Hannah Doyle

Das Alphabet der Liebe

Roman

Aus dem Englischen
von Christiane Bowien-Böll

W0379759

HarperCollins

Die Originalausgabe erschien 2021 unter dem Titel
The A–Z of Us bei HQ Digital, London.

1. Auflage 2022

Deutsche Erstausgabe

Published by arrangement with HQ Digital
an Imprint of HarperCollins Publishers
Umschlaggestaltung von Favoritbüro, München
Umschlagabbildung von tutti_frutti, Mascha Tace,
GoodStudio / Shutterstock
Gesetzt aus der Minion
von Pinkuin Satz und Datentechnik, Berlin
Druck und Bindung von CPI books GmbH, Leck
Printed in Germany
ISBN 978-3-365-00076-2
harpercollins.de

Klimaneutral
Druckprodukt
ClimatePartner.com/15109-2009-1001

FSC
MIX
Papier
FSC® C083411

Zum Buch:
Als Alice Zach auf der Eröffnungsfeier eines Kunstateliers kennenlernt, ahnt sie nicht, dass er der Künstler zu den ausgestellten Werken ist. Zach ist gleich von Alice und ihrem Humor angezogen. Und dann stellen die beiden auch noch fest, dass sie Anfang und Ende des Alphabets sind. Klingt nach Schicksal, findet Zach – klingt kitschig, findet Alice. Dennoch lässt sie sich auf ein weiteres Date mit dem charmanten Mann ein. Alice glaubt nicht an die eine große Liebe, und sie hat klare Regeln, mehr als drei Dates gibt es bei ihr nicht. Doch Zach schafft es, sie umzustimmen und davon zu überzeugen, dass sie mit ihren Namen einfach Dates von A–Z brauchen. Geplant wird immer abwechselnd. Und je mehr Dates vergehen, desto sicherer wird Zach sich, dass er sich in Alice verliebt hat. Aber Alice ist davon nicht so leicht zu überzeugen …

Zur Autorin:
Hannah Doyle liebt es so sehr, zu schreiben, dass sie gleich zwei Studienabschlüsse machte, bloß um Stift und Papier (beziehungsweise Finger und Tastatur) als Arbeitswerkzeug nutzen zu können. Als Journalistin arbeitete sie für zahlreiche Magazine, bevor sie von London nach Yorkshire zog. Jetzt lebt sie mit ihrem Ehemann und Zwillingen in Sheffield, schreibt für Frauenzeitschriften sowie einen Blog und vertreibt sich die Zeit auf Instagram.

Für die Liebe

Ausstellung: Kunst und Pappmaschee

Alice

Überall liegt ihr Kram verstreut. Haarnadeln. Ein halber Babybel. Ein Lippenstift ohne Hülle. Mittendrin sitzt meine beste Freundin und durchwühlt hektisch den Inhalt ihrer Handtasche. Ihr scheint nicht klar zu sein, dass sie gerade die gesamte Vernissage auf stumm geschaltet hat, indem sie »OH, ICH VOLLIDIOT!« in den Raum hineinposaunte. Tatsächlich ist es an diesem bis jetzt recht geräuschvollen Ort so still, dass man eine Nadel fallen hören könnte. Sämtliche Blicke richten sich auf sie, die am Bartresen sitzt. Ich schätze, Kunstliebhaber sind es nicht gewohnt, so rüde von einer zornigen Blondine unterbrochen zu werden. Die Sohlen meiner Turnschuhe quietschen, als ich zu ihr hinüberhaste.

Kaum sehen die Leute, dass ihr jemand zu Hilfe kommt, wenden sie sich wieder einander zu und führen ihre hochtrabenden Gespräche fort, was eine große Erleichterung ist, denn als ich bei Natalie ankomme, höre ich, dass sie mit ausgesucht drastischen Flüchen nicht spart. Selbst der durch nichts aus der Ruhe zu bringende Barkeeper wirkt etwas nervös.

»Hey, was ist los?«, schnaufe ich und bereue die Kanapees, die ich mir in den Mund gestopft habe, bevor ich losgerannt bin.

Meine beste Freundin richtet einen wilden Blick auf mich,

dann wieder auf ihr Handy, das mitten in dem Chaos auf dem Bartresen liegt.

»Alice, ich habe es gelikt.« Sie krallt sich an meinem Ärmel fest. »Ich habe es *gelikt.*«

Ich schaue genauer hin. Auf Natalies Handy erkenne ich ein Instagram-Foto, auf dem sie sich an Jake schmiegt. Neben ihnen sind Rucksäcke, denn sie stehen in der Abflug-Lounge eines Flughafens. Entsetzt stelle ich fest, dass es 2019 gepostet wurde.

Das ist keine gute Nachricht.

»Weißt du noch, wie Jake und ich nach Venedig geflogen sind, als wir ganz frisch zusammen waren? Tja, ich habe eben aus Versehen ein Foto von unserer Reise gelikt. Ich meine – das stammt aus einem anderen Jahrzehnt. Was soll ich jetzt bloß machen?«

»Schon gut«, beruhige ich sie. »Drück einfach noch mal auf *like.*«

»Das VERSUCHE ICH JA DIE GANZE ZEIT!« Sie drückt so fest auf das Display, dass ich fürchte, sie wird ein Loch hineinbohren. »Der Bildschirm ist eingefroren, und jetzt starrt mich dieses große rote Herz an. Warum mussten die bei Instagram sich auch für ein Herz entscheiden? Das ist so emotional. Was ist verkehrt an dem guten alten hochgestreckten Daumen bei Facebook? Gehören die nicht zur selben Firma? Ich habe soeben meinem Ex-Freund praktisch mitgeteilt, dass ich ein altes Foto von uns *liebe.* Und jetzt …« Jetzt fehlen meiner besten Freundin offenbar die Worte. Entnervt hält sie ihre Handtasche hoch.

»Und jetzt suchst du nach deinem Reisepass, um sofort das Land zu verlassen und dieser Schande zu entfliehen?«, vermute ich.

»Genau.«

»Okay, atme erst mal tief durch«, beruhige ich sie. »Deinen Pass wirst du da drin nicht finden. Der ist wahrscheinlich sicher verwahrt bei mir zu Hause. In einem Aktenordner für ›persönliche Dokumente‹, Unterkategorie ›Reiseunterlagen‹, in einem Karton, den du mit deinem Folienmarker mit der Aufschrift ›privat‹ beschriftet hast.«

»Das ist jetzt nicht der richtige Moment, sich über meinen Ordnungssinn lustig zu machen«, schnaubt sie schon fast hysterisch.

»Ich versuche nur, die Stimmung aufzulockern. Ich habe dich noch nie so glücklich gesehen wie damals, als dieser Marker geliefert wurde, aber das spielt jetzt keine Rolle. Komm, wir bringen das in Ordnung.« Ich umarme sie kurz, und dann starten wir gemeinsam Natalies Handy neu und öffnen Instagram. Schließlich gelingt es uns, den Like rückgängig zu machen.

Natalie wirft die Hände vors Gesicht. »Tut mir leid, ich wollte dich nicht anblaffen. Du warst mein Fels in der Brandung, als wir Schluss gemacht haben. Ich bin nicht sicher, ob ich noch aufrecht stehen könnte ohne dich, ganz zu schweigen davon, ob ich überhaupt ein Zuhause hätte. Es ist einfach zu blöd, dass Jake jetzt weiß, dass ich mich durch seine Timeline gewühlt habe, typisch erbärmliche Ex-Freundin.«

»Du bist nicht erbärmlich«, widerspreche ich entschieden und ziehe mir einen Barhocker heran. »Schau dich um, Nat. Dieser Abend ist komplett dir zu verdanken. Du bist eine hervorragende Event-Planerin, und du solltest unglaublich stolz darauf sein, das vollbracht zu haben. Ich habe noch nie so eine gut besuchte Vernissage erlebt, sogar die eingebildeten Kunstkenner-Typen sind beeindruckt. Und das Tiny Food ist köstlich. Nur erfolgreiche Leute organisieren Tiny Food. Hast du schon die Tiny Tacos probiert?«

In dem Augenblick fängt Natalie an zu weinen. Bestürzt suche ich in dem Inhalt ihrer Handtasche, den sie auf den Tresen gekippt hat, nach einem Taschentuch.

Sie schnieft. »Tacos waren unser Ding. Jake hat immer Tacos gemacht, und dann haben wir uns Komödien angesehen, und jetzt …«

»Und *jetzt* wohnst du bei der aktuellen Inhaberin des Titels *Weltweit beste Freundin.* Ich weiß, es ist schwer, Nat, aber das ist ein ganz neues Kapitel. Eines, in dem du dich nicht um Jake kümmern, seine feuchten Handtücher vom Schlafzimmerboden aufheben oder mit ihm streiten musst, wer Frühstücksflocken besorgt. Wer braucht überhaupt einen Mann? Du hast jetzt deine eigene Agenda!«

Sie wischt mit einem manikürten Finger eine Träne weg und tätschelt mir liebevoll die Wange.

»Ach du. Meine lockere, freigeistige beste Freundin. So beschäftigt damit, das Leben bis zur Grenze auszukosten, dass du den Gedanken, sesshaft zu werden und Kinder zu haben, nicht einmal auf dem Radar hast. Ich weiß, die Vorstellung, in einer Paarbeziehung zu leben, ist schrecklich für dich. Aber wir sind eben total verschieden, und für mich ist das wichtig. Ich will das alles: Monogamie, Ehe, viele Kinder. Das Problem ist nur, dass der Typ, mit dem ich geglaubt habe, all das teilen zu können, plötzlich gemerkt hat, dass er bindungsscheu ist. Nach all der Zeit, die wir zusammen waren! Ich hätte nie gedacht, dass ich mit dreißig wieder im Gästezimmer meiner besten Freundin schlafen und eine Selbstmitleids-Tour durch die Fotos aus meinem früheren Leben machen würde.«

Nicht zum ersten Mal in jüngster Zeit ertappe ich mich dabei, dass ich sehr üble Gedanken hinsichtlich Jake hege. Ich ziehe Natalie an mich und umarme sie liebevoll. »Herzschmerz ist wirklich herzzerreißend, ich weiß, und es tut mir leid, dass du dich damit herumschlagen musst. Aber du wirst doch nicht aufgeben wegen dem, was Jake dir angetan hat? Du bist eine großartige, starke Frau, und du wirst wieder dein Glück finden. Versprochen. Allerdings nicht, wenn du nur zu Hause sitzt und meine Pyjamas vollschniefst, während wir uns heulend *Wie ein einziger Tag* ansehen. Es ist Zeit, dass du wieder anfängst, nach vorne zu blicken. Leg dein verdammtes Handy weg, hör auf, der Vergangenheit nachzutrauern, und fang an, in der Gegenwart zu leben.«

»Brutal.«

»Brutal, aber richtig. Oder, wie man auch sagen könnte, brutal richtig.« Ich grinse.

»Du Witzboldin«, sagt sie und lächelt ein ganz klein wenig.

»Ich weiß. Und ich hab dich lieb. Du wirst finden, wonach du suchst, du musst dich nur zuerst durch diesen Schlamassel kämpfen, und die gute Nachricht ist, dass ich für dich da bin! Also schmeiß den halb gegessenen Babybel in den Müll, hör auf, dich an der Bar zu verstecken, und sei stolz auf die harte Arbeit, die du in dieses Event gesteckt hast.«

Normalerweise verbringe ich meine Abende, indem ich mit meinen Freund:innen etwas trinken gehe, mit meinen Freund:innen essen gehe, mit meinen Freund:innen tanzen gehe oder alles davon. Kunstausstellungen sind nicht so ganz mein Ding, allerdings sage ich selten Nein, wenn es darum geht, abends auszugehen, denn ich leide an einer ernsten Form von *FOMO*, also der Angst, etwas zu verpassen. Heute Abend bin ich hauptsächlich wegen Natalie hier. Ich werfe noch einmal einen Blick in ihre Richtung, um sicher zu sein, dass alles in Ordnung ist, und mische mich dann unter die Gäste.

Ich liebe Herausforderungen und bin entschlossen, mich nicht von dieser hochnäsigen Kunstkennermeute einschüchtern zu lassen. Das ist offenbar die erste Ausstellung der neuesten Werke eines aufstrebenden Künstlers, und Natalie und ihre Firma haben dafür dieses Event organisiert. Sämtliche Anwesende tragen Schwarz oder Grau, ich falle also ein wenig auf in meinem kanariengelben Kleid, aber von so einer ausgegrauten Farbpalette lasse ich mich doch nicht abschrecken. Heute Abend werde ich mich in eine abgehobene Kunstliebhaberin verwandeln! Man betrachte zum Beispiel dieses schwarze Quadrat, das da an der Wand hängt. So unglaublich quadratig! Es quillt über von rechten Winkeln.

Eine Frau mit Goldrandbrille und strengem Haarschnitt stellt sich neben mich.

»Das hier ist geradezu lebensecht«, stellt sie bewundernd fest. »Ich habe mich der Amalfi-Küste noch nie so nah gefühlt. Es ist, als ob man am Strand sitzen, Ragù essen und einen erdigen Rotwein trinken würde. Wie heißt das Werk?«

Ich schaue auf das kleine Schild. »Schwarzes Quadrat.«

»Wow. Haben Sie jemals ein Quadrat gesehen, das so wenig quadratisch wirkt?«

Ich versuche, sachkundige, anerkennende Hm-Laute von mir zu geben, aber es kommt nur ein Stottern heraus. Meine Verwandlung in eine Schöngeistin ist vielleicht noch nicht vollständig gelungen. Man sollte meinen, als Floristin wäre mir die Wertschätzung aller Künste angeboren. Immerhin verbringe ich die meiste Zeit damit, Bouquets zu arrangieren, meine kleine Blumenboutique zu dekorieren und Fotos von Blumenarrangements für die sozialen Netzwerke zu machen. Tolle Fotos, das habe ich drauf. Abstrakte Kunst? Weniger. Ich glaube nicht, dass Goldrandbrille und ich sehr viel gemeinsam haben, also entschuldige ich mich und stapfe los in Richtung Toiletten. Am Eingang bleibe ich stehen und mache ein Foto von dem sehr hübsch an einer Wand arrangierten Efeu.

Ich spiele mit dem Licht und mit verschiedenen Schärfeeinstellungen, dann lade ich das Bild auf die Instagram-Seite meines Shops und gebe einen Text dazu ein.

Noch nie so hübschen Kletterefeu gesehen! Diejenigen unter euch mit einem nicht ganz so grünen Daumen können sich freuen: Efeu ist die perfekte Wohnungspflanze, weil praktisch unverwüstlich. Wollt ihr noch mehr gute Nachrichten? Wir haben demnächst wieder sämtliche Topfpflanzen auf Lager, also freut euch auf mehr!

Ich füge die üblichen Hashtags hinzu, und es dauert nicht lange, bis die Likes erscheinen und das vertraute stolze Prickeln in mir auslösen. Gleich bei Eröffnung des Shops habe ich einen Account eingerichtet, um Fotos von unseren Schaufensterauslagen, vom Shop selbst und von allem, was mit Blumen zu tun hat, posten zu können. Mein Geschäft wurde bereits in den Interior-Design-Blogs von Influencer:innen erwähnt, und ich betreue auch die großen Schaufensterauslagen von vielen unabhängigen Läden in Sheffield. Kund:innen können mich mit ihren Fragen direkt kontaktieren, und wenn ich nicht gerade im Laden bin, bin ich meistens auf der Suche nach Inhalten, um sie in den sozialen Netzwerken zu teilen.

Aber die Suche nach blumigen Inspirationen ist wie gesagt nicht der Hauptgrund, weshalb ich heute Abend hier bin. Ich bin heute in Beste-Freundin-Mission unterwegs und blicke immer wieder hinüber zu Natalie, um zu sehen, ob alles in Ordnung ist. Ich merke, dass sie sich sehr bemüht, ihr normales professionelles Selbst nach außen zu kehren, hinter dieser Fassade aber immer noch total niedergeschlagen ist. Mein letzter Kontrollblick hat mir bestätigt, dass sie auf ihr Handy schaut und im Begriff ist, in Tränen auszubrechen. Ich bin unfassbar wütend auf Jake, ich hasse ihn für das, was er ihr angetan hat.

Ich kann hiermit bestätigen, dass es nicht einfach ist, so zu tun, als wäre man fasziniert von Kunstwerken – das Werk, vor dem ich jetzt stehe, heißt »Roter Kreis« –, während man gerade seinen ersten Mord plant. Jake wird ein böses Ende nehmen, und zwar bald. Als ich wieder hinüberblicke, kommt Natalie auf mich zu. Sie wirkt verlegen.

»Nicht böse sein, aber Jake hat gerade geschrieben, wir sollten uns treffen«, sagt sie.

»Ich hoffe, du hast ihm gesagt, wo er sich das hinschieben kann.«

Natalie hüstelt. »Äh, nein, ich habe zugestimmt. Ist es okay für dich, wenn du allein hierbleibst?«

»Nein, ist es nicht! Du kannst dich jetzt nicht mit ihm treffen, Nat, wir sind doch mitten in einer Veranstaltung, die du organisiert hast. Du solltest bis zum Schluss bleiben. Außerdem ist es keine gute Idee. Er hat dir schon genug zugesetzt, er verdient nicht noch mehr von deiner Zeit.«

Natalie seufzt. Sie hat sich schon ihre Tasche um die Schulter gehängt und sieht so verloren aus, dass ich sie am liebsten für immer fest in die Arme nehmen möchte. Das ist genau *der Grund*, weshalb man sich nicht verlieben sollte, ermahne ich mich selbst. Es führt nur zu allen möglichen Formen von emotionalem Stress.

»Ich habe schon mit meinem Chef geredet, und der ist froh, dass alles gut läuft.«

»Natürlich. Er taucht einfach nur auf, trinkt Wein und erntet die Lorbeeren für deine harte Arbeit.«

Nat beißt sich auf die Lippe. »Ja, das stimmt«, gibt sie zu. »Aber diesmal bin ich froh darüber. Ich brauche einfach ein paar Antworten.«

»Lass mich mitkommen und auf dich aufpassen, okay? Vielleicht Jake unter einen Bus schubsen, während wir uns von ihm verabschieden? Du weißt schon, aus Versehen«, sage ich und markiere Gänsefüßchen in der Luft.

»Schon gut.« Sie lächelt. »Bleib. Genieß die Ausstellung oder wenigstens den freien Ausschank. Wir sehen uns.«

Eine Stunde später sitze ich noch immer an der behelfsmäßigen Bar und merke, dass ich ziemlich betrunken bin und alle Hoffnung, die Ausstellung »genießen« zu können, aufgegeben habe. Ich nippe an meinem dritten Glas Wein. Oder am vierten? Keine Ahnung, der Barmann füllt einfach ständig nach. Die gute Nachricht ist, dass ich total vertieft bin in die Konversation, die ich mit mir selbst begonnen habe.

»Und dann faselt sie irgendwas über Ragù und die Amalfi-Küste und erdigen Rotwein. Also wirklich, so was von angeberisch. Es war ein schwarzes Quadrat. Genau das stand sogar drunter: ›Schwarzes Quadrat!‹ Und das Beste? Es kostet vierhundertfünfzig Pfund! Der Künstler wird sich auf dem Weg zur Bank totlachen. Das hätte ich wirklich selbst malen können«, schnaube ich.

Langsam wird mir bewusst, dass der Mann auf dem Barhocker neben mir schon seit einiger Zeit zuhört und mich mit seinen tiefgrünen Augen aufmerksam ansieht.

»Das ist interessant, das Bild wurde nämlich tatsächlich von der Amalfi-Küste inspiriert. Meine Familie stammt aus Italien«, sagt er.

Ich bin verwirrt. Wer ist dieser Hottie von Mann, der da neben mir sitzt?

»Ich glaube, wir wurden uns noch nicht vorgestellt.« Er lächelt und streckt die Hand aus. »Ich bin Zach, und das ist meine Ausstellung.«

Ich blinzle. Doch nicht etwa …

»Ich bin der Künstler«, fügt er erklärend hinzu.

»O Gott. Tut mir so leid.« Ich ziehe die Schultern hoch, ergreife seine Hand und schüttle sie mit ein wenig zu viel Enthusiasmus. »Ich bin Alice, und wie Sie sehen, habe ich wirklich keine Ahnung von dieser Art von Kunst. Ich bin sicher, Ihr Kunstwerk ist voller … Ragù?«

Zach lacht, und ich ertappe mich dabei, dass mein Blick auf den dunklen Haaren verweilt, die sein attraktives, kantiges Gesicht umrahmen. Und auf den intensiven Augen, die mich durch dunkle Wimpern hindurch anblicken. Ich strahle und genieße das Gefühl, das sein Lachen in mir auslöst – als wäre ich gerade in den Sonnenschein hinausgetreten.

»Das ist das erste Mal, dass ich meine Arbeit auf diese Art ausstelle. Mit einer großen Vernissage, meine ich«, erklärt er. »Oder besser, es *war* das erste Mal. Außer uns ist niemand mehr hier.«

Ich blicke mich um und stelle fest, dass er recht hat. »Nun, herzlichen Glückwunsch! Ist es gut gelaufen?«

Können Kunstausstellungen »gut laufen«?, frage ich mich.

»Ich glaube schon …« Er hält inne und scheint tief in Gedanken zu versinken, während er den Rest seines Glases austrinkt.

Ich habe ihn verärgert. Natalie wird mich umbringen! Sie tadelt mich ständig, ich sei zu direkt, und jetzt habe ich den Künstler beleidigt, der sie für sein erstes großes Event engagiert hat.

»Ich bin eindeutig eine Banausin. Ich wollte Ihnen nicht zu nahe treten«, erwidere ich. Aber als unsere Blicke sich treffen, sehe ich ein unmissverständliches Funkeln in seinen Augen.

Er lacht und streicht sich das Haar aus der Stirn. »Keine Sorge. Ich schöpfe Mut aus der Tatsache, dass ich heute Abend ein paar Bilder verkauft habe. Es haben also nicht alle nach einem kurzen Blick auf meine Werke entschieden, dass sie das alles selbst zu Hause mit einem Topf Farbe zustande bringen könnten.«

»Ich würde sagen, ein Blatt Papier und ein Filzmarker würden reichen«, scherze ich.

»Ah, verstehe.« Er grinst, drückt sich aufs Herz und tut schwer verletzt. »Werden sich meine gequälte Seele und mein verletztes Ego davon jemals erholen?«

»Arme Seele.« Ich zwinkere und genieße den Adrenalinschub, der entsteht, wenn man jemand Neuem begegnet. Mit neuen Leuten zu plaudern, gehört zu meinen Lieblingsbeschäftigungen, und ich überlege, ob ich jemals das Vergnügen hatte, das mit einem heißen, wenn auch grüblerischen Künstler zu tun. »Vielleicht kann ich etwas zum Heilungsprozess beitragen?«

»Ich bin nicht sicher, ob ich noch mehr von Ihrer scharfen Kritik ertragen kann, Alice.«

Wie er meinen Namen ausspricht.

»Ich werde Milde walten lassen. Außerdem haben Sie doch ein paar Bilder verkauft, das sollten Sie feiern. Warum besorgen wir uns nicht eine Flasche Prosecco, bevor der Catering-Service verschwindet? Ich will mich nicht aufspielen, aber ich hatte eine Eins im Kunst-Leistungskurs, und vielleicht gebe ich Ihnen ja ein paar Tipps für Ihre nächste Ausstellung.«

Zach schüttelt den Kopf. Er löst keine Sekunde den Blick von mir, und mir wird bewusst, dass ich vor allem noch wegen der Art, mit der er meinen Blick sucht, hier bin. Es ist unglaublich sexy und vielversprechend.

Zum Teufel mit der Mischung aus freiem Ausschank und Tiny Food! Ich darf nicht vergessen, Natalie zu warnen, bevor sie ihr nächstes Event plant. Freier Ausschank sollte immer von normalen Häppchen begleitet werden, die den Alkohol aufsaugen und verhindern, dass jemand zu betrunken wird. Es könnte sein, dass ich einen kleinen Schwips habe. Wenigstens bin ich immer noch aus reiner Selbstlosigkeit hier, nämlich um diesen gequälten Künstler aufzuheitern. Auf keinen Fall bin ich hier, weil ich finde, dass er irgendwie gut aussieht. Überhaupt nicht.

Außerdem glaube ich, dass es funktioniert. Als wir uns begegneten, schien er ganz grüblerisch drauf zu sein, und diese Wolke hat sich gelüftet, seit wir uns in der Mitte des Raumes auf dem Boden niedergelassen haben.

»Pappmaschee ist wirklich eine unterschätzte Kunstform«, stelle ich fest. Ich sitze im Schneidersitz, und meine Hände sind voller Kleister. »Als ich heute Abend aus dem Haus ging, hätte ich nie geglaubt, dass ich auf einer Vernissage zusammen mit dem Künstler einen Pappmaschee-Mond basteln würde. Wundervoll, wie sich so ein Abend manchmal entwickeln kann.«

»Ein Mond soll das sein? Sieht ein bisschen phallisch aus.« Zach hebt die Brauen.

»Wie können Sie es wagen?«

»Alice, was hat Sie eigentlich hierhergeführt, wenn es nicht meine Arbeit war? Ich habe vorhin gesehen, wie Sie drüben bei den Toiletten die Pflanzen fotografiert haben, und habe mich gefragt, wozu.«

Peinlich. Aber auch gut zu wissen, dass er nach mir geschaut hat.

»Ich bin nicht wegen der Toiletten hier, falls Sie das meinen.« Ich schmunzle. »Ich habe nur ein Foto für Instagram gemacht. Eigentlich bin ich hier, um meiner Freundin Natalie beizustehen. Sie arbeitet für die Event-Firma, die diese Veranstaltung organisiert hat.«

Zach nickt. »Sie hat einen Superjob gemacht, ich muss ihr eine E-Mail schicken und ihr danken. Die Location, das Essen ... Haben Sie diese Tiny Tacos probiert?« Seine gefühlvollen Augen weiten sich genießerisch.

»Ich liebe diese Tiny Tacos! Sie musste früher gehen wegen

eines privaten Notfalls, aber ich bin sicher, sie wird sich über Ihre E-Mail freuen.«

»Geht es ihr gut?«

»Ja, sie hat nur ein Problem. Ein Fall von Ex-Lover-Idiotie.«

»Ah, ich habe gehört, das ist ziemlich verbreitet. Ich bin sicher, sie wird sich vollständig erholen.«

»Das hoffe ich. Ich habe ausgiebiges Traurige-Filme-auf-Netflix-Gucken verschrieben und hatte gehofft, heute Abend könnte sich für sie ein neues Kapitel öffnen, aber ich weiß nicht … Schluss zu machen, ist anscheinend ganz schön übel.«

»Anscheinend?« Er reibt sich das Kinn.

»Ich habe nicht sehr viel Erfahrung.«

»Ah, Sie sind also eher selbst Herzensbrecherin?«

»Äh, ich glaube nicht.«

»Dann gehören Sie wohl zu diesen etablierten Leuten mit langjährigem Freund und ohne Beziehungsdramen?«

Ich schüttle den Kopf. »Nein, nicht etabliert.«

»Sie haben den Einen noch nicht gefunden?«

»Das ist eine sehr persönliche Frage, Zach. Darf ich Ihnen ein Geheimnis verraten? Ich bin nicht überzeugt, dass es den Einen gibt«, flüstere ich.

»Wie das?«, flüstert er zurück. Er runzelt die Stirn und blickt mich zweifelnd an.

»Ich schätze, mir sind einfach mein Job und meine Freund:innen genug. Ich bin glücklich, verstehen Sie? Im Moment kann meine beste Freundin nicht einmal die Hülle für ihren Lippenstift finden, und ich kann Ihnen sagen, sie ist normalerweise unglaublich strukturiert. All das nur, weil ihr das Herz gebrochen wurde. Ich denke, das ist der Beweis: Liebe kann ganz schön kompliziert sein.« Ich halte inne, als mir klar wird, dass ich besser von meinem hohen Ross steige, sonst läuft mir dieser hübsche Junge weg, bevor ich die Chance hatte, seine

Gesellschaft noch etwas länger zu genießen. »Ich bin ein bisschen zynisch, wenn es darum geht«, füge ich mit einem Schulterzucken hinzu.

»Sie haben also der Liebe abgeschworen, weil sie Ihnen das Make-up ruinieren könnte?« Wenn Zach lächelt, entstehen in seinen Augenwinkeln kleine Fältchen und er wirkt noch attraktiver.

Ich verspüre einen Schauer der Vorfreude. »Sie wissen, was ich meine!«

Bis jetzt hatte er die Beine lang ausgestreckt und sich mit den Händen abgestützt, aber jetzt dreht er sich zu mir um.

»Tja, ich höre, was Sie sagen«, erwidert er nachdenklich. »Aber ich bin eher der Ich-liebe-die-Liebe-Typ. Nichts ist vergleichbar mit dem Gefühl der Verbundenheit und des Abenteuers, dem Gefühl, einer Person begegnet zu sein, von der man nie genug bekommen wird. Es ist … es ist das, was das Leben ausmacht.«

Seine Augen leuchten auf, während er spricht, und angesichts der Leidenschaft und Intensität in seinem Blick frage ich mich für den Bruchteil einer Sekunde, ob er recht hat. Dann fällt mir ein, dass das auf keinen Fall zutrifft. Wir könnten nicht unterschiedlicher sein, und doch möchte ich aus irgendeinem Grund einfach nur hierbleiben, in seiner Nähe, die ganze Nacht. Und in dem Moment erinnere ich mich an meine Trumpfkarte.

»Ich glaube nicht, dass ich schon einmal einer Frau begegnet bin, die ständig ein Uno-Kartenspiel dabeihat.« Zach lacht, als ich in gespielter Entrüstung die Arme verschränke. Wir spielen nämlich schon die fünfte Runde, und ich gewinne einfach nicht.

»Ich glaube das einfach nicht. Normalerweise bin ich bei Uno immer die Gewinnerin.«

»Tja, der Punktestand spricht für sich.« Zach grinst. »Vier

Runden gehen an mich. Bin jetzt ich der totale Uno-Champion?«

Er ist ein Witzbold *und* er hat Ehrgeiz? Ich beglückwünsche mich selbst zu dem Vorschlag, den Abend mit einem Kartenspiel auszuläuten. Wir spielen weiter, und ich werde immer ungeduldiger, als seine Glückssträhne nicht aufhört.

»Göttin Fortuna meint es heute Abend gut mit dir«, sage ich, als er ein weiteres Mal »Uno« ruft. Mittlerweile sind wir nämlich beim »Du« angekommen.

Zach blickt von seinen Karten auf und schaut mir in die Augen.

»Ich bin geneigt, dir zuzustimmen«, sagt er nach einer Weile. »Wie kann ich das sagen, ohne dass es gemein klingt? Es tut mir sehr leid, dass deine Freundin Schwierigkeiten hat, aber ich bin auch … irgendwie froh?«

Ich lasse meine Karten fallen. »Was? Du willst wohl, dass ich dich auf meine Abschussliste setze, Zach.«

»Du hast eine Abschussliste?«

»O ja. Natalies Ex-Freund steht als Einziger darauf … bis jetzt.«

»Okay, verstanden. Lass Alice' Freundinnen in Ruhe. Ich werde es mir für nächstes Mal merken. Also, ich weiß nicht, wie es dir geht, aber der heutige Abend war genau das, was ich gebraucht habe. Es hat mir viel Spaß gemacht.« Unsere Blicke gleiten zu dem Pappmaschee-Penis / -Mond, der jetzt unbeachtet auf dem Boden liegt, und Zach unterdrückt ein Lachen. »Danke für die Kunstunterrichtsstunde. Ich werde daran denken, wenn ich wieder im Studio bin. Es war ein gutes Date, dafür dass es keins war, und … nun ja, hättest du vielleicht Lust, es zu wiederholen?«

»Willst du damit sagen, du hättest gern eine weitere Unterrichtsstunde?«

»Wie wäre es mit einem richtigen Date?«, schlägt er vor. »Also, ich habe darüber nachgedacht, was für ein Zufall es war, dass ich auf der Vernissage heute Abend Alice begegnet bin. Und dass unsere Namen mit den Anfangs- und Endbuchstaben des Alphabets beginnen. Vielleicht sollten wir nächstes Mal etwas unternehmen, was mit B anfängt, und uns danach weiter durchs Alphabet arbeiten …«

Alice und Zach. Er hat recht. Ich spüre, dass meine Wangen heiß werden, weil mich seine Nachdenklichkeit so überrascht. Ich glaube nicht, dass mich jemals jemand auf diese Art um ein Date gebeten hat. Normalerweise ist es die Einladung auf einen Drink im nächsten Pub oder vielleicht zu einem Dinner. Allerdings vermeide ich es im Allgemeinen, zu einem ersten Date ins Restaurant zu gehen. Was, wenn ich merke, dass ich mein Gegenüber schrecklich finde, noch bevor ich überhaupt mein Essen bestellt habe, und wir dann eine GANZE MAHLZEIT voller Unbehagen überstehen müssen?

»Hast du mich gerade zu fünfundzwanzig Dates eingeladen?«, bringe ich endlich heraus. »Das klingt nach starkem Interesse.«

»Ich habe ein starkes Interesse«, erwidert er, jetzt etwas selbstsicherer.

WOW. Der Typ ist süß. Ich habe mich heute Abend sehr viel besser amüsiert, als ich gedacht hätte, und es wäre schön, das zu wiederholen. Ich meine, wir werden es bestimmt nicht bis Date Nummer sechsundzwanzig schaffen, schon wegen meiner strikten Drei-Date-Regel, aber eine oder zwei weitere Gelegenheiten, Zeit mit Zach zu verbringen, das wäre *sehr* amüsant.

»Sagen wir erst mal, ein oder zwei«, erwidere ich und nippe an meinem Glas, um mich abzukühlen. »Aber es wird schon sehr gut werden müssen, damit wir bis C kommen.«

»Ich nehme die Herausforderung an. Und wenn wir bis C

kommen, dann musst du Zeit und Ort wählen, dann hast du die Verantwortung.« Einer seiner Mundwinkel verzieht sich zu einem Lächeln. Verdammt sexy!

Genau in dem Augenblick summt mein Handy und zwingt mich, den Blickkontakt abzubrechen.

Bin wieder in deiner Wohnung. Jake hat eine andere. Ich hasse alles.

Ich runzle die Stirn. »Die ist von Natalie. Sie braucht mich. Ich muss wohl gehen.«

»Ich hoffe, es geht ihr gut«, sagt Zach, und dass er tatsächlich besorgt klingt, macht ihn noch anziehender.

»Es war schön, dich kennenzulernen, Zach.«

»Dich auch«, erwidert er und drückt mir eine Visitenkarte in die Hand. Jetzt, da wir beide stehen, stelle ich fest, dass er mindestens dreißig Zentimeter größer ist als ich. Er beugt sich herab. Bartstoppeln streifen meine Haut, als er mir einen Abschiedskuss auf die Wange drückt.

»Wir sehen uns bei B«, sagt er leise, und sein Atem streicht heiß über mein Gesicht.

Als ich zur Bushaltestelle gehe, drehe ich die Karte in meiner Hand um.

Er hat etwas auf die Rückseite gekritzelt.

»A-Z. Ruf mich an.«

Buchladen

Zach

Ein falscher Schritt entscheidet darüber, ob ich stolz auf das Kunstwerk bin oder ob es im Mülleimer meines Studios landet. Ein falscher Pinselstrich kann die Arbeit einer Woche oder eines Monats zunichtemachen. So einfach ist das. Und dann gibt es das genaue Gegenteil, wenn alles sich plötzlich genau richtig entwickelt.

So wie der Tag, an dem Alice in mein Leben getanzt ist.

Ich war unglaublich nervös an diesem Abend vor der Vernissage. Ich musste das Hochstaplersyndrom und alles mögliche andere niederkämpfen. Und dann, als ich am wenigsten damit rechnete, ist diese schöne Frau in Gelb aufgetaucht. Alice war wie ein Sonnenstrahl, der durch die Wolken bricht, und ich muss seitdem unaufhörlich an sie denken.

Jetzt kommt sie auf mich zu, und ihr blaues Kleid bauscht sich in der leichten Sommerbrise. Ein selbstsicheres Lächeln erhellt ihr Gesicht, und sie mustert den Buchladen, vor dem ich stehe.

»Du hattest wohl keine Lust auf Bondage, oder?«, scherzt sie und entwaffnet mit einem einzigen Satz, genau wie letztes Mal.

»Bondage?« Ich hüstele entschuldigend und blicke zu ein paar Passanten, die an uns vorbeigehen.

»Unser A-Z-Thema! B für Bondage?«

»Ich dachte, das ginge vielleicht ein *bisschen* zu weit für ein zweites Date. Wobei wir natürlich jederzeit unsere Pläne ändern können …« Ich rette mich mit einem, wie ich hoffe, provozierenden Augenzwinkern.

»Jetzt hast du die Chance verspielt«, neckt sie mich, und ihre Wangen färben sich in einem hübschen Rosaton.

»Du siehst wirklich hübsch aus«, sage ich.

Hübsch? Komm schon, Zach! Dir hätte etwas Besseres einfallen können als *hübsch*.

»Danke. Es ist schön, dich wiederzusehen.« Alice stellt sich auf die Zehenspitzen und küsst mich auf die Wange. Sie hat ihr Haar mit einem rosa Haarband gebändigt, und sie duftet nach grünen Äpfeln. »Also, was machen wir jetzt wirklich in einem Buchladen?«

»Ich war da drin am Tag, nachdem wir uns begegnet sind«, erkläre ich. »Ich wollte ein Buch über Popkunst kaufen und beschloss, mich ins Café des Buchladens zu setzen, um es zu lesen. Aber nach einer halben Stunde habe ich gemerkt, dass ich fast nur an dich denke.«

»Schmeichler!«

»Ich schwöre, es stimmt. Der Abend hat mir wirklich sehr gefallen.« Ich spähe zu ihr hinüber und sehe, dass sie mich anlächelt. »Und … du hast etwas über ein neues Kapitel gesagt, das mich berührt hat.«

»Ah? Du meinst, als ich dir von Natalie und ihren Problemen mit ihrem Ex-Freund erzählt habe?«

»Ja. Das hat mich daran erinnert, dass man, sogar wenn nicht alles nach Plan verläuft, immer eine neue Seite aufschlagen und ein neues Kapitel anfangen kann. Ich war also hier, um ein bisschen zu recherchieren, allerdings vergebens, weil ich immer an dich denken musste. Dann habe ich begriffen, dass dieser Buchladen perfekt wäre für unser erstes richtiges Date. Wir könnten uns umsehen und uns gegenseitig Bücher zum Lesen aussuchen und … vielleicht unsere eigene neue Story anfangen?«

Das war jetzt kitschig, oder?

Alice lehnt sich ans Schaufenster des Buchladens und beobachtet mich mit leicht geöffnetem Mund.

Meine Nervosität ist zurück, und ich tue so, als würde ich die Idee gleich wieder verwerfen.

»Ach was, das ist eine blöde Idee. Wir könnten auch etwas ganz anderes machen. Bowling spielen? Bäume umarmen? Nein, Bäume zu umarmen, ist noch blöder.«

Was zum Teufel? Ich fange an zu stammeln.

Nach einer unangenehm langen Pause stupst Alice mich scherzhaft an. »Aha, du kannst also nicht aufhören, an mich zu denken?«

Manchmal mache ich mir Sorgen, dass ich meine Gefühle zu leicht zeige. Schon in meiner Jugend haben sich all meine Freunde an die Devise »Sei kalt, mach sie heiß« gehalten, aber ich war nie gut darin, in Beziehungen Spielchen zu spielen, weil ich einfach immer mein Herz auf der Zunge trage. Das hat sich für mich nicht gerade ausgezahlt, und vielleicht sollte ich lernen, etwas cooler zu sein, aber ich musste wirklich ständig an Alice denken. Obwohl … jetzt, da ich es ausgesprochen habe, ist es mir peinlich. »Übrigens sind die Zimtschnecken hier im Café pervers lecker«, versuche ich, das Thema zu wechseln.

Sie lacht.

»Ich verstehe, aber ich erhöhe den Einsatz auf Aprikosentörtchen. Hast du die schon mal probiert? Die sollten verboten werden. Ich habe mir untersagt, hierherzukommen, weil ich ›floristische Recherche‹ schamlos als Vorwand genutzt habe, um meiner Sucht nach Kaffeestückchen zu frönen. Du bringst mich auf Abwege, Zach.«

Na, damit komme ich klar. Grinsend nehme ich sie bei der Hand, und dann gehen wir hinein.

Ich muss wirklich meinen Dating-Smalltalk verbessern und einfach locker bleiben. Bis jetzt habe ich Alice nur gefragt, ob sie viel liest, und mich innerlich dabei gekrümmt, weil ich mich anhöre wie jemand, der gerade das Thema »Was sage ich beim ersten Date« gegoogelt hat. Das Wiedersehen mit Alice macht mich total nervös, und ich versuche, mich an eine Technik vom Lauftraining zu erinnern. Es läuft im Grunde einfach aufs Atmen hinaus, also ist es vielleicht übertrieben, es als Technik zu bezeichnen. Aber wenn ich mich auf diese einfache Sache konzentriere, höre ich vielleicht damit auf, Mist zu reden, und werde wieder cool. Oder ich beruhige mich zumindest so weit, dass ich die Situation genießen kann.

Zum Glück scheint mein blödes Gefasel Alice nicht abzuschrecken. »Lesen ist eine meiner Lieblingsmethoden, wenn ich abschalten will. Ein Date in einer Buchhandlung ist perfekt.«

»Gut zu wissen. Und nach einem so großartigen Start würde ich sagen, wir sind auf dem besten Weg zu Date Nummer drei.« Schon besser! Das klingt eher nach Flirt. Ich kriege das hin.

»Na, na. Nur nichts überstürzen, Zach.« Sie grinst, um mir zu zeigen, dass es scherzhaft gemeint ist. Oder wenigstens glaube ich das. Ich habe den Eindruck, dass Alice mich bereits durchschaut. Ich habe die Neigung, mich kopfüber in alle möglichen Abenteuer zu stürzen.

Alice schmunzelt immer noch, weil unser zweites Date in einem Buchladen stattfindet, als ich vor einem Regal mit japanischer Literatur stehen bleibe.

»Ich glaube, ich suche das hier für dich aus«, sage ich und reiche ihr das Buch.

Alice nimmt es mir aus der Hand und dreht es um, um den Rückseitentext zu lesen. »Hier steht, es ist eine ›fesselnde Story über die Missionare in Japan im 16. Jahrhundert‹, Zach.« Sie dreht sich um und sieht mich an. Ihr Gesicht drückt Erheiterung aus. »Also wirklich! Das Wort ›fesselnd‹ kommt mir hier ein bisschen irreführend vor.«

»Es ist richtig gut, wirklich. Wenn auch ein bisschen zu lang«, gebe ich zu.

Alice blättert durch das Buch. »Über sechshundert Seiten! Ich würde sagen, das sind sechshundert Seiten zu viel über Missionare in Japan, findet du nicht? Willst du im Ernst behaupten, dass du so etwas liest, wenn du dich entspannen willst?«

Entwaffnet, schon wieder. Lass mich doch wenigstens so tun, als wäre ich tiefgründig und interessant, Alice.

»Na schön.« Ich lache. »Ich lese auch sehr viele skandinavische Krimis. Die Art von Büchern, in denen unweigerlich in einem netten schwedischen Fischerdorf jemand als Leiche in einer Badewanne endet.«

Sie reibt sich die Hände. »Das ist schon eher etwas! Ich hatte angefangen, mich für Kriminal-Dokumentationen zu interessieren, bevor Nat bei mir eingezogen ist, aber sie ist kein Fan davon.«

»Tatsächlich? Ich stehe auch auf Kriminal-Dokus.« Unsere Blicke treffen sich, und ich spüre, dass ein Funke überspringt, als wir eine Gemeinsamkeit entdecken. »Komm mit.« Ich verschränke meine Finger mit ihren, als wir zwischen den Regalen hindurch zur Krimi-Abteilung gehen, und komme mir dabei wie ein Teenager mit seiner allerersten Liebe vor.

Nachdem wir festgestellt haben, dass Alice es am liebsten möglichst schaurig mag, suche ich das blutrünstigste Buch aus, das ich finde, während sie überlegt, was sie für mich auswählen soll. Sie hat diese liebenswerte Art, draufloszuplaudern und mir das Gefühl zu geben, auf einer Wolke leichter Konversation dahinzuschweben. Ich habe ständig Angst, etwas Idiotisches zu sagen, während Alice so unbeschwert wirkt, so frei von jeder Unsicherheit.

»Das Erste, was mir in den Sinn kam, war *Sweet Valley High*«, sagt sie. »Solche Bücher habe ich verschlungen, als ich jünger war, so wie jeden Band von *Point Horror*, den ich kriegen konnte. Aber ich dachte mir, das wäre nicht cool genug für Zach, den Künstler …«

Ihr unbeschwertes Selbstvertrauen scheint ansteckend zu sein, denn ich ertappe mich dabei, wie ich mich vertraulich vorbeuge. »Da bin ich mir nicht so sicher. Wenn du das jemals weitererzählst, werde ich es entschieden bestreiten, ich stehe nämlich in dem Ruf …«

»Oh? Erzähl! Ich bin sehr gut darin, Geheimnisse zu bewahren.«

»Wie gut?«

»Sehr gut.« Sie beißt sich auf die Lippe. Ich bin nicht sicher, dass sie die Wahrheit sagt.

»Ich habe *Point*-Romane gelesen, als ich jünger war«, flüstere ich.

Alice sprudelt über vor Entzücken. Ihr ganzes Gesicht strahlt vor Belustigung, und jetzt weiß ich genau, weshalb ich nicht anders konnte, als diesem hübschen Mädchen eines meiner peinlichsten Geheimnisse zu erzählen. Wenn ich sie nur lachen sehe, geht es mir gut.

»Was?! *Du* hast *Point*-Romane gelesen?«

»Vielleicht einen oder zwei.« (Mindestens ein Dutzend.)

»Ich bin erschüttert«, sagt sie. Und dann, etwas leiser, fast wie zu sich selbst: »Du stehst auf Liebesgeschichten, was?«

Wird sie das abschrecken?, frage ich mich. Sie ist bekennende Zynikerin, wenn es um »den Einen« geht, und ich bin heimlicher Liebesromanleser. Zum Glück habe ich keine Gelegenheit, weiter darüber zu grübeln, denn Wirbelwind Alice ist schon weitergehüpft zu der Regalreihe mit zeitgenössischer Belletristik.

Ich wollte ein rasches Ende unseres Dates verhindern und habe Alice gefragt, ob sie sich dazu überreden ließe, ihr selbst auferlegtes Kuchenverbot zu vergessen, und jetzt sitzen wir im Cafébereich und unterhalten uns angeregt. Unsere Neuerwerbungen liegen auf dem Tisch. Alice erzählt gerade ausführlich von der laufenden Auseinandersetzung zwischen ihr und einem Tauberich in ihrem Garten. »Ich nenne ihn ›großer Kackerdu‹, weil er mir immer wieder auf die Wäscheleine kackt, dabei ist unser Trockner kaputt …«

Ich gebe mir Mühe, nicht zu lachen. Ihr beim Reden zuzuhören, ist, als würde man zusehen, wie sich Champagner in ein Glas ergießt. Sogar eine Geschichte über einen kackenden Tauberich bekommt etwas Perlendes durch Alice, die bei Unterhaltungen förmlich übersprudelt vor Energie.

»Das ist nicht lustig, Zach! Ich hatte eine ganze Stunde mit einem neuen Klienten geredet, bis ich gemerkt habe, dass ich Vogeldreck auf der Schulter habe.«

»Erzähl mir mehr aus deinem Floristinnen-Leben.« Ich sehe, wie ihre Augen aufleuchten, als sie von ihrem Geschäft erzählt.

»Ich war Mitte zwanzig, als ich mein Geschäft eröffnet habe, und seitdem ist mir nie langweilig. Ich stehe morgens früh auf und arbeite oft noch an den Auftragsanfragen, wenn der Laden schon geschlossen ist. Ich finde, ich habe wirklich Glück, dass ich meine Leidenschaft zu meinem Beruf machen konnte.«

»Das klingt unglaublich bescheiden. Man muss sehr hart arbeiten, um mit einem eigenen Geschäft Erfolg zu haben. Du solltest stolz auf dich sein.«

»Danke.« Sie strahlt. »Das bin ich. Aber schau dich an. Die Menschen bezahlen für die Kunstwerke, die du kreierst. Das ist toll.«

»Wie das? Du machst dich nicht lustig über mich wegen Bildern, die jemand mit einem DIN-A4-Bogen und einem Marker heute selbst gemalt haben könnte?«, erwidere ich lachend. Sie schiebt sich den letzten Bissen ihrer Zimtschnecke in den Mund. »Spaß beiseite, danke. Es ist nicht einfach, aus seinen kreativen Interessen etwas zu machen, von dem man leben kann, aber ich bin froh, eine Arbeit zu haben, die ich liebe. Wie bist du im Floristik-Business gelandet?«

Für einen kurzen Augenblick liegt ein Schatten über ihrem Gesicht, aber sie verscheucht ihn sofort und nippt an ihrem Kaffee. »Als ich klein war, ist mein Dad freitagabends immer mit einem neuen Blumenstrauß für meine Mum nach Hause gekommen. Manchmal waren es Blumen, die er im Garten gepflückt hatte, manchmal war es ein gekaufter Strauß. Dann waren wir alle zusammen in der Küche und haben die Blumen auf Marmeladengläser verteilt, die ich später überall im Haus aufgestellt habe. Das war für mich der schönste Teil der Woche.«

Ich stelle mir Alice' Kindheit vor. Sie erscheint mir wie all das, was ich nicht hatte.

»Als Studentin hatte ich einen Teilzeitjob als Floristin, und dabei habe ich eine Marktlücke entdeckt, etwas, für das sich eher der junge Markt interessieren würde. Mein Shop ist inzwischen so etwas wie ein Instagram-Hotspot geworden. Er sieht wirklich entzückend aus, wenn ich das so sagen darf. Im Außenbereich haben wir unter einem grün-weiß gestreiften Vordach alte Holzkisten aufgestellt, in denen wir die Blumen ausstellen. Drinnen hängt an einer Wand ein Neon-Reklameschild, neben dem sich Kund:innen gerne fotografieren lassen, eine Gitterwand mit unseren letzten Neuheiten, und an der hinteren Wand steht ein massiver Eichenholztisch, an dem ich Blumen schneide und Sträuße binde. Den habe ich in einem Antiquitäten-Shop in der Stadt gefunden. Die Leute kommen aus ganz Sheffield, nur um einen Strauß zu kaufen und Fotos von meinem Laden zu machen. Wir haben eine große Online-Fangemeinde, und ich bekomme Aufträge aus ganz Yorkshire.«

»Erstaunlich, wie du das Geschäft so toll weiterentwickelt hast.«

Sie lächelt stolz. »Es war viel Arbeit. Ich wette, das kannst du nachempfinden?«

»O ja.« Ich lache. »Als ich mit dem Studium fertig war, wurde mir schnell klar, dass kein Mensch einem völlig Unbekannten Bilder abkauft, also habe ich einen Job in einem Coffeeshop angenommen und so viele Schichten übernommen, wie ich konnte. Jede freie Stunde habe ich gemalt – in einer Ecke des Zimmers, das ich bei einem Freund gemietet hatte. Das Licht dort war wirklich schlecht! Lange Zeit habe ich mir Sorgen gemacht, nie ein richtiger Künstler zu werden, dass ich den Traum aufgeben und mir einen ›richtigen‹ Job suchen müsste, aber ich hatte wirklich Glück. Eine lokale Kunstgalerie beschloss, eine Ausstellung von aufstrebenden Talenten zu veranstalten, und das war mein großer Durchbruch. Ich bekam Aufträge, und eins führte zum anderen. Es war gefühlt eine sehr lange Durststrecke, aber jetzt bin ich froh, die Miete für mein Atelier bezahlen zu können.«

»Und gerade hattest du deine erste eigene Ausstellung! Das ist wundervoll.« Alice strahlt.

»Und die Leute aus Sheffield müssen nicht mehr den Kaffee trinken, den ich gemacht habe, eine echte Win-win-Situation.«

»Es ist schon eine steile Lernkurve, nicht wahr?«, bemerkt sie. »Ich meine, ich hatte keine Ahnung von der geschäftlichen Seite, als ich anfing, aber es ist auch wahnsinnig befriedigend. Manchmal habe ich das Gefühl, ich platze vor lauter Ideen, was ich als Nächstes machen möchte.«

»Hey, noch nicht platzen. Es macht viel zu viel Spaß mit dir.«

»Keine Sorge. Für unser Date habe ich strikt dienstfrei.«

»Wenn das so ist, habe ich wohl extremes Glück. Du hast übrigens recht.«

»So?« Scherzhaft schlingt sie die Finger um ihre Kaffeetasse.

»Das Aprikosentörtchen gewinnt tatsächlich.«

Da lacht sie und beißt wieder in ihre Zimtschnecke.

»Ich weiß nicht, die hier sind auch echt lecker. Bei Kaffeestückchen hast du einen hervorragenden Geschmack, Zach.«

Normalerweise ist das Plaudern mit neuen Bekanntschaften für mich anstrengend, aber nicht mit Alice. Wir haben schon ein paar unbeschwerte Stunden zusammen verbracht, und ich möchte mich unbedingt weiter mit ihr unterhalten, aber als jemand vom Personal anfängt, die Tische um uns herum abzuräumen, gebe ich mich geschlagen.

»Das hat Spaß gemacht.« Alice blickt im Hinausgehen zu mir hoch. »Und ich freue mich auf diesen skandinavischen Krimi. Allerdings fürchte ich, er könnte mich im Hinblick auf Nats Ex-Freund zu gewissen Brutalitäten inspirieren.«

»Nur um ganz sicher zu sein, du bist keine Mörderin, oder?«

»Nur um ganz sicher zu sein, du bist nicht immer noch begeisterter Leser von *Point*-Romanen, oder?«, gibt sie zurück.

Wir stehen jetzt an der Bushaltestelle, und ich drehe mich zu ihr um.

»Ich kann nicht anders, ich bin ein alter Romantiker.«

Jetzt küss sie schon!

»Ich verrate dir ein Geheimnis«, flüstert sie. »Ich bin nicht wirklich eine Mörderin. Aber ich hege den einen oder anderen Groll wegen Menschen, die ich liebe.«

»Okay, ich habe nicht vor, bei unserem nächsten Date einen solchen Groll auszulösen.«

»Du gehst also davon aus, dass es noch eins geben wird?«

»Das hoffe ich.«

Es folgt eine lange Pause, und ich verspüre das bekannte flaue Gefühl im Magen. Vielleicht habe ich mir das nur eingebildet, und es ist gar nicht so gut gelaufen, wie ich dachte. Vielleicht hat es Alice gar keinen Spaß gemacht, und sie hat nur abgewartet, bis es Zeit wurde, zu gehen. Das wäre jetzt der perfekte Moment, sie zu küssen, aber was, wenn sie gerade im Begriff ist, mich in die Freundeszone zu schieben?

»Überlass die Organisation des C-Dates lieber mir.« Sie lächelt.

Ein Gefühl der Erleichterung durchströmt mich. Wir haben ein weiteres Date. Was für ein Wahnsinnsergebnis! Ich bin so froh, dass sie mich wiedersehen will.

Alice blickt mir jetzt tief in die Augen, und mehr Hinweise brauche ich nicht.

Jetzt ist der Moment gekommen, sie zu küssen. Sei selbstbewusst, und tu es einfach, denke ich. Ich beuge mich vor, um endlich das zu tun, was ich mir seit unserer ersten Begegnung wünsche: ihre Lippen mit meinen berühren. Als ich mein Gesicht ihrem nähere, rieche ich den Duft ihres Shampoos: grüner Apfel und Zimt. Wir berühren uns schon fast, da zögere ich, denn ich möchte diesen Augenblick genießen, und blicke ihr noch einmal in die Augen.

Aber, Moment mal, sie sieht gar nicht mich an.

Sie blickt über meine Schulter. Ich folge ihrem Blick und sehe, dass der Bus gerade neben uns anhält. Die Türen öffnen sich direkt neben mir.

Argh.

Ich versuche, so zu tun, als wäre nichts passiert, und jetzt treffen sich unsere Blicke doch. »Endlich einmal pünktlich«, sagt sie und schnalzt mit der Zunge, während ich mich aufrichte und versuche, nicht so auszusehen, als ob ich sie gerade küssen wollte. O Mann.

»Steigen Sie ein oder nicht?«, brüllt der Fahrer.

»Ich sollte wohl …«, sagt sie und deutet auf die geöffneten Türen.

»Klar«, sage ich und hebe die Hand, um ihre abzuklatschen, High five.

High five. Was für ein rasanter Abstieg, schneller, als ein Sportwagen von null auf hundert beschleunigt: von einem verpatzten Kuss zu einem kumpelhaften High five. Als der Bus losfährt, trete ich missmutig gegen die Bordsteinkante und beklage das unglaublich ungeschickte Ende unseres Dates.

Comedy-Show

Alice

Wie immer knurrt mein Magen, lange bevor es akzeptabel ist, Mittagspause zu machen. Freitagmorgens geht es im Shop immer hektisch zu, da unsere Kundschaft vor dem Wochenende frische Blumen haben möchte. Ich liebe es, ihre beglückten Gesichter zu sehen, wenn wir ihnen perfekt arrangierte Bouquets mit Blumen der Saison übereichen, aber selbst das hat mich nicht davon abgehalten, an den Halloumi-Salat zu denken, den ich heute Morgen zubereitet habe.

ISS MICH, ALICE!

Hör auf, mich anzumachen, Mittagessen!

»Oh, oh, ruft dein Mittagessen schon wieder nach dir?«, fragt Eve von ihrem Platz an der Kasse. »Du hast wieder diesen vor Hunger fast mordlustigen Blick. Ich halte hier gern die Stellung, wenn du früher in die Pause gehen willst.«

»Du bist ein Engel.« Ich bin so dankbar, dass ich sie küssen könnte, obwohl ich ziemlich sicher bin, dass ich damit die Arbeitgeber-/Arbeitnehmer-Grenzen überschreiten würde. Ich beglückwünsche mich selbst jeden Tag dafür, dass ich Eve eingestellt habe. Sie kann fantastisch mit der Kundschaft umgehen, und sie ist viel besser im Rechnen als ich, was sehr praktisch ist, wenn es darum geht, nun ja, ihr wisst schon, ein Geschäft zu führen. Ich gehe in unsere kleine Küche, mache mir eine Tasse Kräutertee, hole meine Lunchbox aus dem Kühlschrank und trete hinaus in den Garten hinter dem Haus. Die Sonne bricht durch die Wolken, und ich will mich gerade auf mein Essen stürzen, als mein Handy mich rüde mit einer SMS unterbricht.

Alice! Freu mich total, dich heute Abend zu sehen. Gehen wir nach der Show einen trinken?

DYLAN!, tippe ich als Antwort. *Ja, bitte. Ich will so viel wie möglich von dir haben, solange du wieder da bist, es passiert ja nicht oft.*

Geradeheraus wie immer, Gürkchen. Aber, schon klar. Vermisse mein Zuhause total.

Ja, es ist bestimmt hart, berühmt zu sein und in London zu leben. Vergiss nicht, ich habe gesehen, was für ein dickes Auto du fährst.

Und seitdem hörst du nicht auf, mich wegen meines Weinkühlschranks zu verarschen.

Vergessen wir nicht den Whirlpool. Die Glastreppe. Ich könnte ewig weitermachen …, tippe ich grinsend. Die Tatsache, dass einer meiner engsten Freunde jetzt in solchem Luxus lebt, wird mich immer in Erstaunen versetzen.

Genau deshalb komme ich ja diesmal nach Hause, damit wir uns sehen. Mein Apartment und ich können nicht noch mehr Kritik aushalten.

Ich bin wirklich stolz auf dich. Andererseits, Quatsch! Du kommst zurück, weil du einen Auftritt hast und reale Leute dich dafür bezahlen, dass du Witze machst. Wohnst du bei deiner Familie?

Ja, bin früher angekommen, und Mum hat auf Overdrive geschaltet.

Drück sie für mich, okay? Wie lange bleibst du?

Nur übers Wochenende. Ich fange am Montag wieder mit einem Dreh an.

Och nö.

Sorry, Gürkchen.

Werden sie heute Abend den roten Teppich für dich ausrollen?

Haha. Ich kann sie ja fragen, ob sie einen für meinen besonderen Gast ausrollen. Möchtest du eine zweite Eintrittskarte?

Ja, bitte.

Wie geht's Natalie?

Ganz gut, aber nicht sehr gut. Ist eine lange Geschichte. Die zweite Karte ist aber nicht für sie. Ich bringe jemanden mit. WERDE NICHT PEINLICH DESWEGEN!

Mein Display zeigt an, dass Dylan etwas schreibt, kurz darauf folgen kitschige GIFs von Teddybären, die Händchen halten, und von Kaninchen, die Möhren durch Herzen schießen. Ich wusste, dass es so kommen würde.

🙄 *Bist du fertig?*

Einer fürs Herz?

Sag jetzt bloß nicht das L-Wort, Mann!

Na schön! Erzähl …

Er heißt Zach, er ist Maler.

Willst du, dass er dich so malt wie eines seiner Modelle?

Hoffe, die Witze heute Abend sind besser. Bis später.

Als ich den Chat schon verlassen möchte, überfällt mich Panik. Schnell füge ich hinzu: *Bitte mach kein großes Ding daraus. Sprich mir nach … Kein. Großes. Ding. Wir stehen noch ganz am Anfang, und ich bin nicht sicher, worauf es hinausläuft.*

Leadmill, 20.00 h, tippt Dylan. **Kein-großes-Ding steht auf der Gästeliste.**

Ich verstaue mein Handy und fange an, zu essen. Dabei überlege ich, worauf das mit Zach hinausläuft. Bei unserem letzten Date hätte ich schwören können, dass es die ganze Zeit zwischen uns geknistert hat, und ich habe wirklich geglaubt, wir würden es mit einem Kuss beenden. Das unbeholfene Highfive-Ding war also ein bisschen enttäuschend. Normalerweise kann ich mich ganz gut in andere einfühlen, aber dieses Mal habe ich die Zeichen fehlgedeutet, und, machen wir uns nichts vor, ich bin kein Profi, was Dates angeht. Vielleicht gehört Zach ja zu diesen superheißen Typen, die mit jeder Frau flirten? Geistesabwesend tunke ich den Teebeutel immer wieder ins heiße Wasser. Ich schätze, es wäre einfacher, wenn Zach einfach nur befreundet sein wollte, obwohl ich mich bei dem Gedanken merkwürdig enttäuscht fühle.

Rund um den Veranstaltungsort wimmelt es von Menschen, und das vertraute erwartungsvolle Stimmengewirr wird von Minute zu Minute lauter. Ich warte auf Zach. Für unser drittes Date. Oder Verabredung unter Freunden … was auch immer.

»Hi«, sagt Zach selbstbewusst, als er plötzlich neben mir auftaucht.

»Hi!« Ich lächle zurück. Ich habe Zach noch nie in etwas anderem als einem dunklen, lose fallenden T-Shirt mit aufgekrempelten Ärmeln gesehen, aber heute Abend hat er einen leichten Pullover an, der sich perfekt an seine Schultern schmiegt. Ich kann seine definierten Muskeln darunter erahnen. Seine wilde Mähne hat er zurückgekämmt, und er trägt eine Schildpattbrille. Auch wenn es am Ende nicht mehr wird als eine Freundschaft, schadet es nichts, wenn er gut aussieht. Auch als Kumpel-Freundin darf man einen Kumpel-Freund für gut aussehend halten, *hab ich recht?*

»Ganz schön viel los hier, wie bist du an die Tickets gekommen? Ich habe gehört, die waren innerhalb von Stunden ausverkauft.«

»Ich muss dir etwas gestehen, ich kenne den Comedian«, sage ich, als wir uns einen Weg durch die Menge bahnen, um unsere Tickets abzuholen. »Er ist mein bester Freund, wir sind zusammen aufgewachsen. Er ist nicht mehr oft hier, aber das Timing erschien mir perfekt … Comedy-Night für unser C-Date. Und nach der Show können wir alle zusammen ausgehen.«

»Du bist mit Dylan Smith befreundet?«

»Ja, und er kann von Glück reden, dass er mit mir befreundet ist.«

»Bestimmt. Wenn ich bei meinem Bruder bin, endet es immer damit, dass wir uns seine Show im Fernsehen ansehen. Meine Schwägerin Ellie findet ihn wahnsinnig komisch, und ich habe den Verdacht, dass sie ganz schön in ihn verknallt ist.«

Ich lache. »Erwähn das nicht gegenüber Dylan, der ist schon eingebildet genug.«

Zach und ich sitzen nahe an der Bühne, und er brüllt vor Lachen, während Dylan Witze über das Leben als Yorkshire-Mann in London reißt. Ich bin so stolz auf ihn, auch wenn es ein bisschen merkwürdig ist, den Jungen, der immer die Milky Ways aus unserem Kühlschrank geklaut hat, als einen der angesagtesten Comedians auf der Bühne zu sehen.

Als Zach nach seinem Glas greift, streift seine Hand versehentlich meine. Das löst in meinen Fingern ein Prickeln aus, und ich spüre, wie ein Funke überspringt, was wiederum einen Wirbelsturm in meinem Kopf auslöst. Ich glaube, da ist etwas zwischen uns, aber erwidert Zach wirklich meine Gefühle? Und warum will ich das, wo ich doch weiß, dass winzige Funken zu einem großen Brand führen können, bei dem Menschen verletzt werden? O mein Gott, ich muss mich beruhigen. Eigentlich ist es nicht meine Art, alles so zu »zerdenken«. Ich richte meine Aufmerksamkeit wieder auf die Bühne und konzentriere mich darauf, wie Dylan mit seiner liebenswerten Art die Leute zum Lachen bringt. Als sein Programm zu Ende ist, stehe ich auf wie alle anderen. Applaus erfüllt den Raum.

»Wie fandest du es?«, frage ich Zach über den Lärm hinweg.

»Er ist wirklich komisch.« Zach erwidert mein Lächeln. »Außerdem liebe ich Live-Comedy, das war also eine gute Wahl für unser C-Date …«

»Sehr gut!«

»Hör zu … Alice, ich habe mir überlegt, wenn du Lust hast … könnten … nur wir bei…«

Ich kann nicht verstehen, was er sagt, so laut ist es hier, aber ich spüre, dass mein Handy vibriert, also ziehe ich es aus der Tasche und lächle entschuldigend in Zachs Richtung, weil ich ihn unterbrochen habe. »Ich habe gerade eine Nachricht von Dylan bekommen«, schreie ich, deute auf mein Handy und in einer Art Zeichensprache wieder auf die jetzt leere Bühne. »Er fragt, ob wir mit ihm noch in einen Pub gehen. DRINKS.« Ich tue, als würde ich ein Glas leeren. Zach runzelt die Stirn, also bedeute ich ihm, mit mir nach draußen zu gehen.

»Dylan schlägt vor, dass wir noch zusammen ausgehen«, sage ich, als die Lautstärke nachlässt. »Bist du einverstanden? Tut mir leid, was wolltest du vorhin sagen?«

»Nichts weiter. Wenn du mit Dylan in einen Pub gehen willst, dann machen wir das.«

Die Straßen sind voller Menschen, die aus den Pubs und Bars in die milde Abendluft des Frühsommers strömen.

»Ich fühle mich wie im Urlaub«, sage ich auf dem Weg zu der Bar.

»Geht mir genauso«, erwidert Zach.

»Erstaunlich, dass Sheffield so etwas bewirkt. Ich liebe diese Stadt.«

»Ah, mir geht es einfach in deiner Gesellschaft so.«

Oh, das ist süß. Das ist definitiv nichts, was ein Mann zu einer Frau sagt, wenn er nur Freundschaft will, richtig?! Wir sind jetzt an der Bar angekommen, und ich drehe mich zu Zach um. Die Fragen, die in meinem Kopf herumwirbeln, verschwinden, als unsere Blicke sich treffen. Langsam legt Zach den Arm um mich, und ich trete näher an ihn heran und lege die Hand auf seine Brust. Wir lösen den Blickkontakt keine Sekunde.

Das ist definitiv ein Kuss-Moment.

Mein Herz beginnt zu rasen, und dort, wo Zachs Hände einen schmalen Streifen Haut zwischen meinem Top und meinen Jeans gefunden haben, wird mir ganz heiß. Seine Fingerspitzen auf meiner Haut elektrisieren mich. Er beugt sich ganz langsam vor, und ich lege erwartungsvoll den Kopf zurück.

»GÜRKCHEN!«

Der Ruf kommt von der anderen Straßenseite und reißt uns auseinander. Es ist Dylan, er kommt auf uns zu.

ZUR HÖLLE MIT DIR, Dylan.

»Ups, tut mir leid, wollte euch nicht stören.« Er zwinkert mir zu, als er merkt, dass er gerade voll ins Fettnäpfchen getreten ist.

»Gürkchen?« Zach hebt die Augenbrauen.

Och nee.

»So nennt er mich schon ewig«, erkläre ich. »Zach, das ist mein unverschämter Freund Dylan. Dylan, das ist Zach.«

Typisch Dylan, denke ich. Eine ehemalige Unterführungs-Toilette als Ort für unsere kleine After-Show-Party vorzuschlagen. Ich grinse vor mich hin, während wir draußen warten. Bestimmt muss man hier normalerweise einen Tisch reservieren, denn es ist ziemlich eng da drin, aber wie durch ein Wunder bekommen wir innerhalb von Minuten Sitzplätze und studieren die Getränkekarte.

»Tut mir leid, wenn ich störe.« Eine wahnsinnig attraktive Frau kommt an unseren Tisch. »Gehören Sie beide zusammen?« Ich sitze auf dem kleinen Sofa, gefangen zwischen Dylan und Zach, und Dylan hat seinen Arm um mich gelegt.

»O nein«, erwidere ich hastig.

»Nur gute Freunde.« Dylan grinst, kritzelt seine Nummer auf ein Stück Papier, das er in seiner Börse findet, und gibt es der Frau, bevor sie verschwindet. Dylan ist wie ein brünstiger Hirsch.

»Dylan hat einen Fanclub«, erkläre ich Zach und verdrehe die Augen. »Das Twitter-Handle lautet HeckYeahDylanSmith oder so, und manchmal schicke ich ihm einen Screenshot davon. Der Chat ist teilweise obszön.«

Zach lächelt, während er zuhört, aber ich spüre, dass Dylans besitzergreifendes Verhalten ihn ärgert. Von Zeit zu Zeit wirft er einen Blick auf Dylans Arm um meine Schultern, und ich muss an die Frau denken, die gerade an unserem Tisch war. Ich krümme mich innerlich. Es ist ein bisschen peinlich, dass es so aussieht, als wäre ich Dylans und nicht Zachs Date. Ich lehne mich zurück und versuche, unauffällig näher an Zach heranzurücken, aber auf dem kleinen Sofa ist nicht viel Platz. Außerdem sitzt Dylan wie üblich total breitbeinig da.

»Vergiss meinen Fanclub.« Dylan ignoriert meine Schubser und legt den Arm noch fester um meine Schultern. Er hatte bei diesem Thema schon immer eine lange Leitung. »Erzähl, was macht Natalie?«

»Argh, Jake ist ein kompletter Idiot«, antworte ich und schüttle den Kopf. »Er hatte hinter ihrem Rücken schon seit einer Weile eine andere, bevor er Schluss gemacht hat, und das hat sich alles im Lauf der letzten Monate herausgestellt. Ich versuche, sie davon abzulenken, aber jedes Mal, wenn es so aussieht, als hätten wir Fortschritte gemacht, nimmt er wieder Kontakt zu ihr auf, und sie kann ihm nicht widerstehen. Es ist, als ob sie sich absichtlich wehtun wollte, indem sie sich mit ihm trifft und sich anhört, wie er bis aufs kleinste Detail erklärt, was passiert ist.«

Zach stützt die Unterarme auf die Knie und beugt sich vor.

»Manchmal ist das so, wenn eine Beziehung zerbricht. Manchmal will man einfach Antworten auf Fragen. Und manchmal überrascht man sich selbst, weil man erkennt, dass etwas, was man für ganz, ganz groß gehalten hat, eigentlich gar nichts war.«

Meine Aufmerksamkeit richtet sich wieder auf Zach, und ich muss sagen, ich bewundere ihn. Wir reden hier über jemanden, den er nicht kennt, und er bemüht sich trotzdem, sich am Gespräch zu beteiligen und seine eigenen Erfahrungen einzubringen.

»Da hast du recht, Kumpel«, erwidert Dylan. »Ich hatte einmal ein schlimmes Beziehungsende, ich wollte nicht, dass Schluss war. Für mich lief es auf die Frage hinaus: ›Wieso bin ich nicht gut genug für dich?‹ Vielleicht könnte Nat eine kleine Auszeit gebrauchen. Ich könnte sie fragen, ob sie Lust hat, eine Weile bei mir zu wohnen. Ihr seid beide immer willkommen, und ein Tapetenwechsel könnte ihr guttun. Was meinst du?«

»Das ist eine super Idee«, erwidere ich, aber jetzt wird es Zeit, das Gespräch auf ein Thema zu lenken, zu dem alle etwas beitragen können. Zach kommt mir zuvor.

»Ihr drei kennt euch also alle von der Schule?«, erkundigt er sich.

»Alice und ich wohnten Tür an Tür«, erklärt Dylan. »Natalie kennen wir von der Schule.«

»Ihr habt wohl zusammen ziemlich viel Blödsinn gemacht?«

Dylans Gesichtsausdruck hellt sich auf. »Oh, Gürkchen und ich haben alles gemacht«, sagt er lachend und wirft Zach einen Blick zu. Ich habe das Gefühl, dass da etwas in der Luft liegt zwischen den beiden, auch wenn sie bis jetzt nur grinsen und scherzen.

»Erzählt«, sagt Zach und winkt dem Kellner für eine weitere Runde.

»Okay.« Dylan reibt sich freudig die Hände. »Wo sollen wir anfangen? Damals, als wir uns einen Traktor ›geborgt‹ haben, den wir auf einem Feld gefunden hatten, und damit eine Menge Heu verdorben haben? Der Bauer war stinkwütend.«

»Das war deine Schuld!«, sage ich. »Dylan hat behauptet, es wäre eine gute Übung fürs Autofahren. Am Ende mussten wir viele, viele Sommerjobs machen, um den Bauern zu entschädigen.«

»Oder damals, als du Batik-Enthusiastin wurdest und beschlossen hast, deine eigene Kleiderkollektion zu kreieren?«

»Dylan und Nat mussten für meine T-Shirts modeln.« Ich kichere.

»Wir haben furchtbar ausgesehen.« Dylan lacht. »Erinnerst du dich an den Sommer, als wir mit deinen Leuten rüber nach Frankreich gefahren sind und ich dich vor einem Kayak-Lehrer retten musste, der sich so in dich verguckt hatte, dass er ständig an dem Haus aufgetaucht ist, das deine Eltern gemietet hatten?«

»Den hatte ich total vergessen.«

»Was für ein gruseliger Typ.« Wir prusten vor Lachen, während wir in Erinnerungen schwelgen. Dylan hat sich warmgeredet und beschließt, das allerpeinlichste Material in einem großen Schwung über uns auszuschütten. Er ist wie berauscht. Zum Glück wirkt Zach nicht allzu beunruhigt angesichts der Tatsache, dass ich zwei ganze Jahre lang darauf bestanden habe, ein Einhorn namens Barry zu sein. Trotzdem versetze ich Dylan einen kurzen, heftigen Stoß zwischen die Rippen, damit er aufhört. Abgesehen davon, dass er mich total ausliefert, zieht er die ganze Aufmerksamkeit auf sich und gibt Zach keine Chance, auch nur ein Wort beizutragen.

»Übrigens war sie immer hungrig.« Dylan lacht und hört keineswegs auf. »Sie war eine von denen, die einen kompletten

Braten vertilgen können und dann immer noch Platz haben für drei Portionen Pudding. Einmal habe ich sie erwischt, als sie saure Gurken direkt aus dem Glas aß, als Vormittags-Snack. Daher der Spitzname. Meine Mum musste doppelt so viele Lebensmittel einkaufen, wenn Alice zu uns kam.«

»Das stimmt nicht«, protestiere ich. »Außerdem mag ich nun mal Pudding.«

Lachend zieht Dylan mich an sich und drückt mich. Als ich ihn scherzhaft wegschubse, bemerke ich, dass Zach Dylan aufmerksam beobachtet, wie um ihn einzuschätzen. Sie sind ganz schön unterschiedlich. Dylan liebt es, sich aufzuspielen, Zach wirkt viel zurückhaltender.

»Du bist also oft bei ihnen gewesen?«, fragt er mich.

»Ständig. Dylans Mum hat mich für eine Weile unter ihre Fittiche genommen.«

Wie immer, wenn ich das Gefühl habe, es wird ein bisschen heikel, springt Dylan geschickt ein. Das tut er seit meiner Teenagerzeit, und dafür liebe ich ihn sehr. Allerdings bringt er mich trotz meines Rippenstoßes weiter in Verlegenheit, und dafür liebe ich ihn gleich ein bisschen weniger.

»Sie war herrisch und willensstark und ließ sich durch nichts bremsen. Sie kann immer noch ziemlich brutal sein. Aber sie ist auch die gutherzigste, treueste, lebenslustigste Person, die mir je begegnet ist.«

»Danke, Dyl. Jetzt haben wir aber wirklich genug über mich geredet.«

»Aber ich habe Zach noch nichts von unserer ersten Hausparty erzählt. Erinnerst du dich? Du hast dir sämtliche Alkopops reingezogen, in die Gummistiefel deines Dads gekotzt und …«

»NICHT HEUTE, SATAN.«

»Schon gut, schon gut.« Dylan streckt die Hände hoch. »Ich

glaube, ich lasse euch Turteltäubchen jetzt sowieso allein. Die Frau von vorhin hat mir eine Nachricht geschickt.«

Ich stehe auf, um ihn zu umarmen, und dann tauschen er und Zach einen frostigen Händedruck aus. Wir verabschieden uns, und ich frage Zach, ob er Lust auf noch einen Drink hat, bevor wir gehen.

»Ich muss morgen früh raus. Ich habe einen neuen Auftrag für ein Porträt, und der Kunde kommt morgen zur ersten Sitzung …«

»Oh … kein Problem«, sage ich.

Zach leert sein Glas und sieht mich an. »Aber vielleicht kann ich dich nach Hause begleiten?«

Als wir durch die leeren Straßen gehen, streift Zach zufällig meine Hand, und ich verschränke meine Finger mit seinen. Normalerweise hätte ich sein Angebot, mich heimzubringen, abgelehnt, denn ich bin stark, unabhängig und absolut fähig, allein überall hinzugehen. Aber ich habe den Eindruck, dass Zach mir das nicht als unangebrachte Galanterie oder als Mittel zum Zweck angeboten hat, sondern weil er einfach noch etwas Zeit mit mir verbringen will.

»Wir sind da«, sage ich und suche in meiner Tasche nach dem Hausschlüssel.

»Ganz eindeutig das Haus von Alice«, stellt Zach fest und blickt an meinem gemieteten Reihenhäuschen hoch.

»Wieso das?«

»Es ist wie aus dem Bilderbuch … genau wie du.« Er betrachtet den blühenden Kirschbaum, der auf einem Fleckchen Erde vor dem Haus wächst, die Blumenkörbe, die an jeder Seite meiner Haustür hängen, und den kleinen Lattenzaun vor dem winzigen Vorgarten.

»Ich weiß, es ist irgendwie kitschig, aber ich liebe es. Ich habe den Zaun in Regenbogenfarben gestrichen, weil …« Ich beende den Satz nicht. Wir sind uns jetzt so nahe, dass ich völlig den Faden verloren habe. Zach hat begonnen, mit dem Zeigefinger meine Handfläche zu streicheln. Als ich noch etwas näher rücke, rieche ich den Duft, den seine Haut ausstrahlt – Waschpulver, vermischt mit Zitrusfrüchten. Ich spüre, wie seine Fingerspitzen ihre Reise von vorhin wieder aufnehmen und auf dem Hautstreifen in meinem Rücken herumtanzen. Jetzt bewegen sie sich aufwärts, und ich höre, wie sich Zachs Atem beschleunigt. Diesmal werden wir nicht unterbrochen. Kein Bus, der anhält. Keine besten Freunde mit ausgesucht schlechtem Timing.

Nur Zach und ich.

Es war noch nie mein Ding, darauf zu warten, dass der Mann mich zuerst küsst. Wenn ich etwas will, dann nehme ich es mir.

Und jetzt will ich Zach.

Ich drücke mich an ihn, lege den Kopf zurück und richte den Blick auf seine vollen Lippen. Ich gehe auf die Zehenspitzen, und ein Prickeln überläuft mich von oben bis unten, als endlich, endlich unsere Lippen zueinanderfinden. Erst küssen wir uns behutsam, als müssten wir zusammen eine neue Sprache lernen, dann wird der Kuss drängender, leidenschaftlicher.

Atemlos halte ich inne.

Zach hebt den Kopf, ein Lächeln spielt um seine Lippen.

»Das war so gut«, sagt er rau. Er fährt mir mit der Hand durchs Haar und betastet meine Ohrringe. »Ich glaube, wir müssen das wiederholen. Nur … äh, um sicher zu sein, dass das kein Zufall war.«

»Sehr gute Idee«, murmele ich und schmiege mich wieder an ihn.

In diesem Augenblick vergesse ich, dass Funken zu einem

Brand führen können. Ich lasse zu, dass mein Körper in Flammen aufgeht, während ich mich in Zachs Welt entführen lasse. Was erste Küsse angeht, weiß ich schon, dass es hier nichts zu optimieren gibt.

Date mit Hund

Zach

Also *dafür* hat sich das Warten gelohnt. Seit Alice und ich uns geküsst haben, tanze ich geradezu durchs Leben, und ich habe den Verdacht, es fällt den Menschen auf. Heute Morgen hat sich die Barista in meinem Coffeeshop sogar erlaubt, anzumerken, wie viel »fröhlicher« ich wirke, als sie mir meinen Flat White reichte, und mir ist nichts Besseres eingefallen, als etwas über das gute Wetter zu murmeln und schnell zu verschwinden.

Ich bin aber tatsächlich fröhlicher. Eigentlich hätte ich gern die Führung übernommen, wie man so sagt, aber es war unglaublich sexy, wie Alice bei dem Kuss die Initiative ergriffen hat. Ich war immer noch völlig unsicher, was ihre Gefühle betraf, da hat sie einfach die Sache selbst in die Hand genommen.

»Was ist los mit dir?«, fragt Raff und zieht mich von der Straße weg und durch die Tür.

»Ist das eine Art, deinen einzigen Bruder zu begrüßen?«, sage ich lachend.

»Du siehst aus, als würdest du in einer Traumwelt schweben.«

Ich will ihm gerade antworten, dass ich mich tatsächlich so fühle, als wir den Lärm von gar nicht so kleinen Schritten auf der Treppe hören. Es folgt ein überschwängliches »Onkel Zach!«, und schon werfen meine Nichten sich in meine Arme und fordern die übliche Koalabären-Umarmung. Mit der Wucht meines eigenen und des Gewichts zweier Fünfjähriger taumele ich rückwärts gegen die Haustür.

»Seid ihr gewachsen, seit ich euch das letzte Mal gesehen habe?«, keuche ich, als sie endlich wieder von mir ablassen.

»Kann ich dein Handy haben für Selfies?« Fran ignoriert, was ich gesagt habe.

»Keine Handys! Ihr seid noch zu klein«, mischt Raff sich ein und macht auf strenger Vater. »Wirklich, Zach, du glaubst nicht, worauf man damit inzwischen Zugriff hat. Francesca, Sienna, geht nach oben und packt eure Sachen fertig. Keine weiteren Fragen.«

Als sie davonstürmen, lege ich einen Arm um Raffs Schultern. »Hallo, Bruderherz. Du siehst …«

»Fertig aus? Wie ein Schatten meines früheren Selbst?«, ergänzt Raff.

»Ich wollte sagen ›gut‹.«

»Gar nicht.« Er lacht. »Ich sehe aus wie ein Mann Mitte dreißig, der drei temperamentvollen Italienerinnen völlig ausgeliefert ist. Du dagegen siehst aus wie frisch von einem Dolce-und-Gabbana-Shooting. Du sorgloser Bastard. Ich kann es nicht erwarten, dich wegen deines Bierbauchs und deiner grauen Haare zu verarschen, wenn du mal in meiner Lage bist.«

»Ich glaube, man sagt: grau meliert.« Ich lächle und fahre mit der Hand durch seine unordentliche Mähne. Letztere ist eine wilde und zugegebenermaßen grauere Version meiner eigenen.

»Danke, dass du dich bereit erklärt hast«, sagt er, als wir in die Küche gehen. »In dem Ferienhaus sind Haustiere nicht erlaubt, und ich könnte Tiny niemand anderem anvertrauen.«

»Tiny« ist alles andere als winzig. Sienna und Fran dachten sich den Namen aus, als ihr Bernhardinerwelpe ins Haus kam, und er war ihm nach ungefähr drei Tagen entwachsen. Inzwischen ist er so groß wie ein kleines Pony und verbellt die Vögel im Garten. Als er von draußen sieht, dass ich da bin, kommt er angesaust, und ich werde zum zweiten Mal an diesem Morgen beinahe umgerannt.

Raff reicht mir einen Becher Kaffee und blickt seinen Hund liebevoll an. »Wie übel ist das, dass ich lieber einfach nur mit dem Hund in Urlaub fahren würde?«

»Ziemlich übel. Du hast eine wunderbare Frau und zwei tolle Töchter, du Glückspilz. Die hast du gar nicht verdient.«

»Es wäre alles so viel entspannter«, sagt Raff wehmütig, als ich den Kopf über ihn schüttle. In dem vertrauten Gefühl, zu Hause zu sein, setze ich mich an den Tisch. Raff ist, kurz nachdem die Mädchen zur Welt kamen, in ein idyllisches Dorf im Peak Distrikt rausgezogen, und was er sich hier aufgebaut hat, ist wundervoll. Ich bin ehrlich gesagt ganz schön neidisch. Es ist ein gemütliches, chaotisches Zuhause, das zu dem Familiennest geworden ist, das Raff und ich als Kinder niemals wirklich hatten. Ich sehne mich danach, so etwas auch zu haben.

»Tz, tz. Du solltest verdammt noch mal dankbar sein.«

»Ich weiß.« Er gähnt. »Und meistens bin ich das auch. Aber versuch du mal, dankbar zu sein, wenn du vor sechs Uhr morgens aufwachst, weil man dir zwei Plastik-Dinos ins Auge sticht. Was soll's, im Kühlschrank ist etwas zu essen, und Bier und Hundefutter stehen in der Waschküche. Tiny frisst viel, deshalb wirst du wohl …«

»Ich hüte euer Haus ja nicht zum ersten Mal, vergessen? Tiny und ich kommen schon klar.«

»Natürlich.« Raffs Ehefrau Ellie kommt herein. Wir begrüßen einander mit Küsschen auf die Wange. »Ich habe Prosecco in den Kühlschrank gestellt, falls Besucher auftauchen.« Sie zwinkert mir zu.

»Besucher? Mehrzahl?« Raff blickt verblüfft drein.

»Na schön, Großpapa«, sage ich und lache. »Einen Gast könnte es tatsächlich geben. Vielleicht lade ich Alice hierher ein.«

Ellie zieht sich einen Stuhl heran und blickt mich erwartungsvoll an.

»Alice?«, wiederholt sie.

»Alice.«

Ellies Augen weiten sich angesichts der Aussicht auf Neuigkeiten. »Schon wenn du ihren Namen sagst, grinst du, als ob du im Lotto gewonnen hättest. Schieß los.«

»Ich nehme an, sie ist neu?« Raff stupst mich an.

»Wir sind uns auf meiner Vernissage begegnet und haben danach Zeit miteinander verbracht, das war dann sozusagen ein Date, das eigentlich kein Date war. Seitdem hatten wir zwei richtige Dates«, sage ich und blase auf meinen heißen Kaffee.

Ellie trommelt mit den Fingern auf den Küchentisch. »Komm schon, Zach! Können wir nicht ein bisschen mehr erfahren? Dein Bruder und ich sind seit, hm, sechs Jahren verheiratet, und alles, worüber wir reden, ist, wer dran ist, die Kinder zur Schule zu bringen, oder welche DVD wir als Nächstes gucken. Wir brauchen ein bisschen Aufregung im Leben.«

»Hey! Wir haben uns wirklich nett unterhalten, als es gestern Abend um unsere Rentenpläne ging.«

»Ich bin nicht sicher, ob ›nett unterhalten‹ der Sache gerecht wird, Raff. Ich bin fast am Tisch eingeschlafen. Also los!« Meine beste Freundin blickt mich auffordernd an. »Lass uns deine Romanze nacherleben, bitte.«

Ich räuspere mich. »Na schön. Also, sie ist wundervoll. Intelligent. Lustig. Schön.« Und dann rede ich drauflos und erzähle ihnen von der Idee mit dem alphabetischen Dating. »Es gibt da nur ein Problem.«

»Ach ja?« Ellie zieht die Stirn kraus. Sie holt gerade ein paar heiße Croissants aus dem Ofen.

»Ja. Sie ist bekennende Zynikerin, was Liebe betrifft.«

Ralf johlt. »Du verstehst es wirklich, dir Frauen auszusuchen, die dir das Leben schwermachen. Hast du die letzte vergessen?«

Ich verdrehe die Augen. Natürlich habe ich »die letzte« nicht vergessen, wie Raff es so charmant ausdrückt, aber mir wird gerade bewusst, dass ich an *die* nicht mehr gedacht habe, seit ich Alice kenne.

»Musst du ihn so aufziehen?«, sagt Ellie und stößt meinen Bruder in die Rippen.

Raff hebt die Hände. »Na schön, na schön! Ich wollte nur darauf hinweisen: Wir alle wissen, dass du ein eingefleischter Romantiker bist, Zach, und jetzt sagst du, du hast dir eine Zynikerin ausgesucht? Klingt für mich nicht nach einem Erfolgsrezept.«

Ich kratze mich am Kopf. Raff hat recht. Was qualifiziert mich dazu, Alice von mir zu überzeugen, wenn für sie bereits feststeht, dass es so etwas wie den Richtigen nicht gibt? In der Geborgenheit meiner Familie komme ich zu dem Schluss, dass ich genauso gut alle meine Sorgen offenlegen kann.

»Und das ist noch nicht alles. Für unser letztes Date hat sie mich zu einer Comedy-Show eingeladen, und dabei stellte sich heraus, dass sie sehr gut mit Dylan Smith befreundet ist …«

»Donnerwetter«, schreit Ellie, und Croissant-Krümel purzeln aus ihrem Mund. »Ich liebe ihn.«

Raff ist sichtlich von uns genervt.

»Unser Zach sieht sogar besser aus«, sagt er, und ich muss lachen. »Ist das das Problem? Hast du Angst, dass Alice einmal etwas mit ihrem wahnsinnig gut aussehenden und ziemlich berühmten besten Freund gehabt hat?«

»Ehrlich gesagt, nein, das war nicht das Problem, bis du es erwähnt hast.«

Ellie gibt Raff einen Klaps auf den Arm.

»Blödmann«, sagt sie. »Jetzt hast du ihn verunsichert.«

»Tut mir leid, Bruderherz. Ich bin sicher, sie haben nicht … äh … du weißt schon. Ich wette, sie haben nie …«

Und *jetzt* kann ich nicht mehr aufhören, an das zu denken, worauf Raff wettet, dass sie es nie getan haben.

»Beachte ihn nicht«, befiehlt Ellie. »Jeder hat eine Vergangenheit, und ihr zwei steht ja noch ganz am Anfang. Ihr solltet es einfach genießen, richtig?«

»Aber was ist das Problem?« Raff lässt nicht locker.

»Nun ja, nach Dylans Show waren wir noch auf einen Drink in einer Bar, und als ich von der Toilette zurückkam, habe ich gehört, wie Dylan etwas über eine Drei-Date-Regel zu Alice sagte. So als ob sie diese Regel befolgen würde. Mehr habe ich nicht mitbekommen, weil sie das Thema gewechselt haben, als sie mich sahen. Aber er scheint irgendwie einen Scherz gemacht zu haben über eine Drei-Date-Regel oder etwas in der Art. Jetzt frage ich mich, ob sie vielleicht mit keinem Mann über das dritte Date hinausgeht und es damit aus ist für uns.«

»O Mann, da ist vielleicht was los in deinem Kopf, Bruderherz.« Raff tippt mir an die Schläfe, und ich schlage seine Hand weg. »Du solltest dich ein bisschen zurücklehnen, so wie ich«, fügt er hinzu, wobei er aufsteht und zum dritten Mal an diesem Morgen Tinys Futternapf kontrolliert.

Genetisch betrachtet gibt es keine Hoffnung für mich.

»Es gibt nur einen Weg, das herauszufinden, Zach«, meint Ellie. »Lade sie hierher ein. Wäre das nicht euer drittes, Schrägstrich, viertes Date?«

Ich nicke. »Ich habe mir überlegt, dass wir einen Spaziergang mit Tiny machen könnten.«

»Na also. Wenn sie kommt, hast du keinen Grund mehr, dir Sorgen zu machen.«

Später, als mein Bruder Fran und Sienna auf der Rückbank

seiner Schrottmühle in ihren Kindersitzen anschnallt, zieht Ellie mich auf die Seite.

»Kümmere dich nicht darum, was Raff gesagt hat, okay?«

»Du meinst, über meine Ex?«

Ellie nickt. »Du bist mein bester Freund und mein Schwager, und ich kenne dich. Sobald wir losgefahren sind, wirst du darüber nachdenken. Es gibt absolut keinen Grund, dass die Geschichte sich wiederholt, okay? Wir alle machen Fehler, und wir alle verlieben uns manchmal in die falsche Person. Lass dich dadurch nicht davon abhalten, wieder dein Glück zu finden. Du und Alice, ihr seid unterschiedlich, na und? Die besten Beziehungen, die ich kenne, basieren darauf, dass man gerne zusammen ist, nicht darauf, dass man exakt die gleiche Lebenseinstellung hat.«

Sie tätschelt meinen Arm und geht hinüber zum Auto. Alle winken, als Raff den Motor anlässt. Tiny hüpft um meine Füße herum, bereit zum Spielen, und ich fotografiere den liebenswerten Kerl mit dem Handy. Dann schicke ich das Bild mit einer Nachricht an Alice.

Hi, ich bin der größte Tiny, der dir jemals begegnen wird. Lust, mich und Zach am Wochenende beim Spaziergang zu begleiten? X

»Ich fühle mich wie in dieser Szene in *Titanic*«, ruft Alice mit weit zur Seite gestreckten Armen, als sie auf dem Gipfel des Mam Tor steht. Ich würde, ganz im Stil von Jack und Rose, die Arme um ihre Taille legen, wenn Tiny nicht gerade in dem Augenblick beschlossen hätte, einen Haufen zu machen. Ich versuche, ihn mit meinem Blick zu töten, weil er meinen romantischen Augenblick mit Alice ruiniert.

Sie dreht sich um und kommt zurück zu uns, die Wangen gerötet von dem starken Wind. Alice sieht sogar im Wander-Outfit gut aus. Aus ihren Wanderstiefeln schauen pastellfarbene Söckchen hervor, und ansonsten sind ihre Beine nackt bis hinauf zu den Denim-Shorts. Ein weicher grüner Pullover betont die Farbe ihrer Augen. Ihr Haar hat sie heute zu einem Pferdeschwanz zusammengefasst, und mir wird bewusst, dass mein Herz jedes Mal in Flammen aufgeht, wenn wir uns sehen.

»Es ist großartig hier oben.« Sie strahlt.

Tiny bellt zustimmend und bekommt dafür das Kinn gekrault. Glückspilz.

»Ein Spaziergang war also ein guter Vorschlag? Und es hat dir nichts ausgemacht, so früh loszugehen?«

»Ein toller Vorschlag«, erwidert sie. »Außerdem bin ich es von der Arbeit gewohnt, früh aufzustehen. Allerdings hast du mich um die einzige Ausschlaf-Gelegenheit der Woche gebracht.«

»Entschuldige vielmals.« Ich grinse. »Im Sommer kann es hier oben ziemlich voll werden, aber nichts ist schöner, als über den Bergen die Sonne aufgehen zu sehen.«

»Du alter Charmeur.«

Ich muss lachen. »Findest du?«

»Sieh dir diesen Ort an! Atemberaubend und superstimmungsvoll. Fast könnte man meinen, du versuchst, mich zu umgarnen, Zach.«

»Das tu ich«, erwidere ich zu schnell.

Du darfst nicht so eifrig klingen, sonst verschwindet sie.

Alice hat das Gesicht zur aufgehenden Sonne gedreht und die Augen geschlossen, aber jetzt öffnet sie eines und wirft mir einen Blick zu, als ob sie sich über mich amüsieren würde. »Du kommst also oft hierher?«, fragt sie und übergeht geschickt den Moment der Unbeholfenheit.

»Ja. Mein Bruder Raff ist vor einiger Zeit mit seiner Familie hierhergezogen.«

»Und deine Eltern wohnen auch in der Nähe?«

»Nein, Mum und Dad haben sich getrennt, als Raff und ich Kinder waren. Sie stammen beide aus Italien, und Dad ist wieder nach Italien gegangen, aber Mum ist hiergeblieben. Sie haben uns ins Internat gesteckt, und Mum ist wegen eines Jobs nach Manchester gezogen.«

»Ich kann mir vorstellen, dass es im Internat nicht gerade so ist wie bei *Harry Potter*, auch wenn das alle glauben.«

Ich muss lachen. »Ich hatte jedenfalls keinen Tarnumhang und auch keinen Halbriesen als besten Kumpel.«

Sie hat aufgehört, zu reden, und ihr Blick ist so liebevoll, dass ich das Gefühl habe, sie fühlt mit. Aber ich glaube, dass das nicht der richtige Augenblick ist, ihr zu viele Fragen über ihre eigene Kindheit zu stellen. Außerdem hatte Ellie recht, als sie sagte, ich sollte heute einfach nur das Zusammensein mit Alice genießen.

»Was ist mit der da?« Ich deute auf eine Wolke, die gemächlich am Himmel vorbeizieht.

»Einfach«, sagt Alice. Sie liegt neben mir auf dem Rücken, und unsere Finger berühren sich, während wir die vorbeiziehenden Wolken beobachten. »Das ist ein Kaninchen.«

»Auf keinen Fall!«

»Na schön, Picasso. Was ist es deiner Meinung nach?«

»Natürlich ein Frosch.«

»Es ist eindeutig ein Kaninchen, und ich spreche hier als Fachfrau. Ich muss dich doch wohl nicht an meine Eins im Leistungskurs Kunst erinnern, oder?«

Ich stütze mich auf den Ellenbogen, und Alice beschirmt ihre Augen mit der Hand und blickt mich belustigt an.

»Na schön, wieder einmal beuge ich mich deiner überlegenen Expertise.« Ich grinse und will sie küssen. Die Sommersonne scheint mir warm auf den Rücken, eine leichte Brise weht mir Strähnen ihres Haars ins Gesicht. Es riecht nach …

OH, VERDAMMT NOCH MAL, TINY.

»Wow, zweimal an einem Nachmittag. Womit fütterst du ihn?«

Alice ist aufgesprungen, macht ein paar Schritte weg von dem Aroma, das Tinys Hintern verströmt, und rümpft die Nase. Ich kann es ihr nicht verübeln.

»Zum Teufel mit Raff«, brumme ich. »Das hat er letztes Mal, als ich Hundesitter spielte, genauso gemacht. Hat Tiny viel zu viel Futter gegeben, bevor er weggefahren ist, deshalb ist der Hund jetzt total, äh … du weißt schon. Raff hat ein Problem damit, zu akzeptieren, dass ich zweiunddreißig bin und durchaus fähig, mich um seinen geliebten Hund zu kümmern. Es spielt keine Rolle, dass ich gutes Geld verdiene und mein eigenes Haus habe, ich werde für ihn immer ein kleines Kind bleiben.«

»Oh, das klingt irgendwie traurig.«

»Ach was, so ist er halt, der große Bruder. Er kümmert sich schon sein ganzes Leben um mich, und inzwischen kann er einfach nicht mehr anders. Wir sollten wohl zurückgehen und diesen Köter möglichst bald in die Wanne stecken.«

»Ja, er ist ganz schön dreckig.« Alice lacht, als Tiny schon wieder eine matschige Stelle findet, in der er sich wälzen kann.

»Ein ganz schön intensives Training«, schnauft Alice. Sie beugt sich vor und stemmt die Hände auf die Knie. »Ich bin ziemlich sicher, dass wir für heute unser Schrittpensum geschafft haben. Nicht, dass ich noch meine Schritte zählen würde. Ich habe einmal gelesen, dass man sich zehntausend Schritte pro Tag vornehmen sollte, was ganz schön viel ist, und eine Zeitlang habe ich vor dem Schlafengehen oft Runden durchs Haus gedreht, um sicher zu sein, dass ich mein Soll erfülle.«

»Das nenne ich Prinzipientreue.«

»Ich weiß! Jetzt versuche ich, nicht mehr darauf zu achten. Niemand will vor dem Schlafengehen zehnmal die Treppe rauf- und runterrennen. Es war eine ziemlich schweißtreibende Zeit.«

Ich lache. »Du bist also ehrgeizig?«

»Und wie.« Sie nickt. »Wer als Erster bei dem Baum dort ist?« Und schon ist sie losgerannt.

Tiny ist begeistert. Er springt hinterher.

»Du hast gewonnen.« Ich hebe meine Hände hoch, als ich neben ihr ankomme.

Alice strahlt. »Und du? Bist du ehrgeizig?«

»Was mich betrifft, ja. Ich will immer alles so gut wie möglich machen bei der Arbeit, und ich versuche immer, beim Joggen oder Klettern meine persönlichen Bestleistungen zu übertreffen.«

»Du bist voller Überraschungen, Zach. Ich hatte dich als den Typ eingeordnet, der von schwarzem Kaffee und Eiern lebt und vielleicht in der Freizeit anspruchsvolle Literatur liest oder auf seinem altmodischen Plattenspieler Schallplatten von früher hört.«

»Wieso? Weil ich Künstler bin?«

»Nun ja.« Sie blickt verlegen drein.

»Klingt, als ob du mich total in eine Schublade gesteckt hättest«, erwidere ich und blicke sie streng an. Um ehrlich zu sein, ich bin einfach froh, dass sie sich überhaupt Gedanken über mich gemacht hat.

»Und doch sind wir hier, an der frischen Luft und im Sonnenschein!«, scherzt sie.

»Wie du das sagst, klingt es, als hättest du mich als Vampir oder so etwas Ähnliches eingeschätzt.« Ich lache.

»Nicht gerade ein Vampir, aber eindeutig ein Fan von krassen Filmen und … vielleicht Jazz?«

»Du machst mich fertig. Erst redest du meine Kunst klein, und jetzt stellst du pauschale Vermutungen über meine Persönlichkeit an. Also, ich weiß ja, dass ich sehr oft Schwarz trage, aber …«

»Tut mir leid«, sagt Alice und grinst. Sie schlingt die Finger um meinen Bizeps. »Ich mache eigentlich nur Spaß. Allerdings kommst du für mich schon ein bisschen rätselhaft rüber. Grüblerisch und nachdenklich, aber gleichzeitig magst du Sonnenschein und romantische *Point*-Romane.«

»Ich hatte gehofft, du hättest die literarischen Entscheidungen meiner Teenagerzeit vergessen.«

»Niemals«, sagt sie und lacht. »Das gehört zu den Eigenschaften, die dich liebenswert machen.«

Sie findet mich liebenswert? Mein Herz beginnt schneller zu schlagen, und ich spüre schon, wie ich mich hinwegtragen lasse.

»Du bist also froh, dass du gekommen bist?«, frage ich.

»Sehr.« Sie lächelt.

Mein nächster Satz sprudelt aus mir heraus, bevor ich Zeit habe, darüber nachzudenken.

»Rein technisch ist das nämlich unser drittes Date. Oder vielleicht unser viertes, wenn wir den Abend mitzählen, an dem wir uns begegnet sind.«

»Sehr gute Rechenkenntnisse.« Sie lächelt, aber ihr Ausdruck hat sich leicht verändert.

»Danke. Ich, äh, als wir letzte Woche zusammen ausgegangen sind, habe ich mitbekommen, wie ihr etwas von einer Drei-Date-Regel gesagt habt, Dylan und du.«

»Aha.« Alice schweigt einen Moment. Wir sind jetzt auf dem Rückweg ins Dorf, und ich bleibe stehen, um Tiny wieder anzuleinen, was er nicht besonders mag. Alice redet weiter, aber zum ersten Mal fällt mir auf, dass sie beim Sprechen zögert.

»Tja … das stimmt. Ich verabrede mich normalerweise nie mehr als drei Mal mit einem Mann.«

»Wie das?«

»Hm, na ja, wo soll ich anfangen?« Sie schüttelt kleine Grasbüschel von ihren Stiefeln. Eine Weile bleibt sie in Gedanken versunken, und ich ringe mit allen möglichen Gefühlen. Bedeutet die Tatsache, dass wir es bis hier geschafft haben, dass sie mich mehr mag als irgendeinen anderen, mit dem sie ausgegangen ist? Oder wird das unser letztes Date bleiben?

Nach einer Pause sucht Alice meinen Blick und lächelt schief. »Hör zu, Zach, es fällt mir nicht so leicht, mich zu öffnen … oder über meine Gefühle zu reden.« Sie sieht mich entschuldigend an, und ich merke, dass ich den Atem anhalte. »Aber im Prinzip stimmt das, ich gehe eigentlich nie längere Zeit mit jemandem aus. Das ist eine Art ungeschriebenes Gesetz für mich.«

Verdammt.

Sag ihr, dass du sie magst!

»Darf ich jetzt mal ein Plädoyer für mich halten?«, sage ich.

Wieder blickt sie mit diesem schrägen Lächeln zu mir hoch, als ob sie selbst versuchen würde, sich über ihre Gefühle klar zu werden.

»Ich respektiere vollkommen, dass du dich nicht öffnen willst, und ich würde deswegen niemals Druck auf dich ausüben, aber ich möchte eines sagen: Ich mag dich wirklich, Alice. Ich habe das Gefühl, dass uns etwas verbindet, das wir unbedingt weiter erkunden sollten, und ich fände es sehr schade, das abzubrechen. Es ist toll, mit dir zusammen zu sein. Ich würde schrecklich gern mehr Zeit mit dir verbringen, Abenteuer erleben, unter den Sternen tanzen.«

Häh? O MANN!

»Halt, warte, das klang jetzt wirklich kitschig«, bremse ich mich und suche nach Worten, die sich nicht so schmalzig anhören. Aber da beschließt Tiny, die Sache selbst in die Hand zu nehmen. Er zerrt an der Leine und rennt zum Haus, sodass mir nichts anderes übrig bleibt, als hinterherzurennen. Meine idiotische Formulierung bleibt unwidersprochen stehen.

Im Vorraum kicke ich meine Stiefel weg und bitte Alice herein, aber sie bleibt zögernd in der Tür stehen.

»Im Kühlschrank ist Prosecco«, sage ich. »Ich dachte, wir könnten unseren Sieg feiern.«

»Äh?«

»Das Wettrennen zum Baum?«

Sie lacht, aber ich sehe, dass sie immer noch nicht die Stiefel ausgezogen hat.

»Eigentlich wollte ich jetzt nach Sheffield zurückfahren.«

»Nein!« Ich räuspere mich. »Ich meine, ich würde mich freuen, wenn du bleibst. Ich wollte uns später zum Abendessen etwas kochen, wenn du Lust hättest?«

»Das ist wirklich süß von dir, aber ich denke, ich fahre besser zurück.«

»Okay.« Es gelingt mir nicht, meine Enttäuschung zu verbergen. »Ich kann dich fahren.«

»Nein, ist schon gut. Ich habe eine Rückfahrkarte.«

»Dann fahr ich dich eben zum Bahnhof.«

»Das ist ja nicht weit.« Sie lächelt. »Ich glaube, ich schaffe noch ein paar Schritte, bevor ich mich setzen muss.«

Niedergeschlagen merke ich, dass ich nichts tun kann, also mache ich Anstalten, ihr einen Abschiedskuss zu geben, doch sie richtet ihre Aufmerksamkeit auf Tiny. Dann drückt sie mir einen Kuss auf die Wange, und als ich ihr nachschaue, schleichen sich Zweifel ein. Dieser Kuss hat sich so oberflächlich angefühlt wie ein Kuss, den man einem älteren Verwandten gibt.

Mist. Ich war zu aufdringlich, oder? Ich habe sie verschreckt, und jetzt ist sie gegangen, und ich kann es nicht zurücknehmen oder wiedergutmachen. Als sie außer Sichtweite ist, gehe ich an meinen Stiefeln vorbei und schließe die Haustür. Ich weiß, ich werde mir den Kopf zerbrechen über diesen Kuss und darüber, ob ich hätte wissen müssen, dass es so kommen würde.

Ich mache trotzdem genug Pasta für uns beide, aber jetzt erst fällt mir auf, dass mir der Appetit vergangen ist. Enttäuscht befülle ich die Spülmaschine. Ich hatte gehofft, den Abend hier zusammen mit Alice zu verbringen, nur sie und ich, und dass wir uns besser kennenlernen könnten. Stattdessen sind es jetzt nur Tiny und ich. Tiny, der offenbar meine Stimmung übernommen hat. Er tappt hinüber zu Raffs Spirituosenschrank und legt sich davor, die Schnauze direkt an der Tür.

»Ja, Tiny. Whiskey. Du hast ganz recht.«

Ich stürze ein Glas hinunter.

»Meinst du, ich höre jemals wieder etwas von ihr?«

Tiny bellt.

»Ich auch nicht.« Ich seufze. »Verdammt.«

Am nächsten Morgen wache ich mit Kopfschmerzen auf, und ein sabbernder Hund liegt neben mir. Auf dem Bett ausgestreckt, ist Tiny fast so lang wie ich. Es ist nicht die Art, aufzuwachen, auf die ich gehofft hatte, um ehrlich zu sein. Ich war so frei, mir auszumalen, dass ich neben Alice aufwachen würde und unsere Kleider im Zimmer verstreut wären. Ihr Gesicht würde in der Morgensonne leuchten, und sie würde sich warm und weich an mich schmiegen.

Mein Herz fühlt sich schwer an, wenn ich an den Abschied und an den Abschiedskuss denke. Je mehr Whiskey ich gestern Abend getrunken habe, desto leichter fiel es mir, mich davon zu überzeugen, dass ich genau wusste, was der Kuss bedeutete.

Es war nett, dich kennenzulernen, aber mach's gut.

Der Gedanke, sie nicht mehr wiederzusehen, ist wie ein körperlicher Schmerz, und ich bin nicht bereit, mich noch mehr zu quälen, also lasse ich mein Handy auf dem Nachttisch liegen und gehe die Treppe runter. Wenn ich schon Alice nicht haben kann, kann ich wenigstens etwas arbeiten. Ich nehme den Skizzenblock mit hinaus in den Garten und lebe von Kaffee, während ich ein paar neue Ideen ausprobiere.

Den größten Teil des Tages verbringe ich damit, dem Handy auszuweichen, aus Angst, dass es keine Nachricht von Alice gibt oder, schlimmer, dass sie noch einmal in Worte gefasst hat, was dieser Kuss bedeuten sollte. Aber als mein Magen sein Recht fordert und ich nach drinnen gehe, um den Kühlschrank zu plündern, fühle ich mich von dem Handy magisch angezogen, als ob ich nach schlechten Botschaften lechzen würde.

Ich nehme es in die Hand.

Sie *hat* geschrieben.

In meinem Kopf vermischt sich ein Hoffnungsschimmer mit der Angst vor einer schlechten Nachricht. Ich bin froh, dass sie sich gemeldet hat, aber …

Mensch, lies es einfach, Zach!

Ich öffne die Nachricht.

Tut mir leid, dass ich so schnell verschwunden bin. Ich bin ein bisschen verwirrt, um ehrlich zu sein. Ich bin wirklich gern mit dir zusammen, und ich möchte dich auch wiedersehen, ich gerate nur in Panik, wenn die Situation zu intensiv wird. Ist es dir recht, wenn wir beim nächsten Date einfach nur ein bisschen Spaß zusammen haben? Ohne Druck? X

Ein Abend im Stil der Achtziger

Alice

»Ooh, ein Shell Suit!«, ruft Natalie entzückt. Sie wühlt in den Stapeln von Kleidungsstücken aus verwaschenem Denim, Strickstulpen, übergroßen Blazern und anderen Must-haves aus den Achtzigern, die im Moment auf dem Boden meines Schlafzimmers verstreut sind. Ich beobachte sie über den Rand meines Make-up-Spiegels, mit dessen Hilfe ich nachtblauen Lidschatten auftrage.

»Freut mich sehr, dich wieder lächeln zu sehen.«

»Wie kann man nicht lächeln, wenn man dermaßen gut aussieht?« Sie wirf sich in Pose und bauscht ihre Perücke auf.

»Du bist heute Abend die perfekte Kylie Minogue aus der Zeit von *Nachbarn.*«

»Charlene!«, keucht sie. »Ich glaube, das ist das größte Kompliment, das ich je bekommen habe. Du siehst übrigens absolut umwerfend aus.«

Jetzt bin ich dran mit Keuchen. Ich stelle mich vor den Spiegel und sehe mich zum ersten Mal in meinem Outfit für diesen Abend. Ich habe nur sehr wenig an. Schwarze Netzstrümpfe und einen Body aus Goldlamé mit übergroßen Schulterpolstern. Das ist praktisch alles. Natalie steht mehr auf Themenabende als ich, aber ich bereue es ein wenig, ihr die Wahl meines Outfits überlassen zu haben.

»Man sieht meinen Hintern. Ist das nicht ein bisschen übertrieben?«

»Yes! Auf die bestmögliche Art. Du siehst aus wie eine Mischung aus Joan Collins und Madonna. Zach wird den Verstand verlieren, wenn er dich sieht.«

Ich spüre Schmetterlingsflattern, als sein Name erwähnt wird. Ich freue mich total auf ihn, und ich bin auch ein bisschen nervös. »Das wird unser fünftes Date, Nat.«

»Wow. Mit einem Typen mehr als drei Mal auszugehen, ist ja so untypisch für dich. Du musst wirklich …«

»Sprich es nicht aus!«, falle ich ihr ins Wort.

Nat setzt sich auf mein Bett und klopft auf den Platz daneben. Ich setze mich und komme mir dabei vor wie Raffs Hund Tiny. Nur ein wenig gehorsamer. Bei der Erinnerung daran, wie er bei unserem letzten Date Zachs romantische Momente ruiniert hat, muss ich dermaßen grinsen, dass mir die Wangen wehtun.

»Was ist los?«, fragt sie.

Ich öffne eine Puderdose und frage mich, ob ich die Antwort auf ihre Frage vielleicht darin finde.

»Ich weiß nicht«, antworte ich schließlich. »Bei unserem letzten Date bin ich ein klein wenig ausgeflippt, und seitdem bin ich total … durcheinander. Es hat wirklich Spaß gemacht, mit Zach den Hund auszuführen, aber dann hat er mich nach der Drei-Date-Regel gefragt.«

»Du hast ihm davon *erzählt*?«

»Nein! Er hat es mitbekommen, als Dylan und ich darüber geredet haben, als wir zusammen im Pub waren. Also, er hat dann angefangen, ein Plädoyer für sich zu halten und über die Verbindung zwischen uns zu reden, und da bin ich in Panik geraten.«

»Er hat ein Plädoyer für sich gehalten? Alice, das ist total süß.«

»Es war zu viel.«

»Manchmal vergesse ich, dass du kein normaler Mensch bist.« Natalie lacht.

»Hey!«, protestiere ich.

»Scherz. Hör zu, es hört sich so an, als würde er dich mögen und als hättet ihr zwei einfach unterschiedliche Blickwinkel, das ist alles.«

»Ich glaube, du hast recht. Ich bin wirklich gern mit ihm zusammen, aber das ist das Problem. Ich fühle mich zu ihm hingezogen wie eine Motte zum Licht, und wir wissen ja, dass diese Art von Anziehung nie gut endet.«

»Ich glaube, du musst aufhören, dich als Motte zu betrachten, Süße. Die sind doch die gemeinsten Schlampen in der Welt der Insekten, findest du nicht? Meine Alice ist zweifellos ein Schmetterling.«

»Schmetterlinge sind bunter«, gebe ich zu.

»Hör mal, du hast dich jetzt schon so lange in deiner kleinen Festung eingeschlossen, und wir beide wissen, weshalb. Reiner Selbstschutz. Ich will nicht darauf herumreiten, aber schau dich an. Du bist stark, fröhlich, erfolgreich. Du hast den besten Geschmack, was beste Freundinnen betrifft.« Sie zwinkert mir zu. »Du hast dir ein großartiges Leben aufgebaut, und jetzt hast du zum ersten Mal überhaupt einen Mann gefunden, für den du bereit wärst, die Zugbrücke herunterzulassen. Du hast ihn natürlich noch nicht wirklich hereingebeten, aber du erlaubst ihm gerne, sich ein wenig umzuschauen.«

Ich beiße mir auf die Lippe. »Wie lange soll das mit diesem Festungsvergleich noch weitergehen, Nat?«

Sie kichert. »Aber du kapierst es schon, nicht wahr? Das alles ist neu für dich, und natürlich macht es dich ein bisschen nervös. Aber es gibt keinen Grund, wegen Motten und Flammen in Panik zu verfallen, okay? Du sagst selbst immer, dass man sein Leben leben sollte, und genau das meine ich. Tu doch genau das. Amüsier dich und genieße!«

Ich nicke und muss immer noch schmunzeln. »Ein sehr guter Ratschlag, danke. Deshalb habe ich für unser heutiges Date extra eine Gruppenaktivität ausgewählt. Einfach nur Spaß haben, ohne Erwartungsdruck.«

Natalie strahlt mich an und konzentriert sich dann wieder auf das Ankleben falscher Wimpern.

»Weißt du, dass ich verdammt stolz auf dich bin?«, füge ich noch hinzu. Der Thriller, den Zach für mich bei unserem Buchladen-Date ausgesucht hat, hatte mir ein paar Ideen für Jakes Ableben eingegeben, aber nachdem ich sehe, wie gut meine Freundin mit ihrer Trennung klarkommt, ist ihr Ex erst einmal nicht in Gefahr.

»Nun, ich sitze nicht mehr die ganze Zeit heulend auf dem Sofa. Dank dir. Weißt du noch, wie ich versehentlich dieses alte Foto von Jake gelikt habe und deshalb fast ausgewandert wäre? Du hast mir gesagt, ich sollte anfangen, im Hier und Jetzt zu leben, und du hattest recht, Alice. Heute Abend – let's Disco!«

Natalies zerknitterter Shell Suit ist einfach genial. Ich habe ein Foto gemacht, bevor wir loszogen, das Muster aus grünen und pinken Diagonalstreifen zu den Instagram-Posts meines Blumenladens hinzugefügt und meine Follower gefragt, ob sie nächste Woche eine Schaufensterdekoration im Stil der Achtziger sehen möchten. Die Antwort war ein überwältigendes Ja, und in meinem Kopf wimmelt es schon von Ideen, aber ich will jetzt nicht an die Arbeit denken. Die Tanzfläche ruft. Laut und deutlich. Wir trällern uns gegenseitig Balladen aus den Achtzigern in die Ohren, während sich der Raum mit den unglaublichsten Outfits füllt. Übergroße Blazer, neonfarbige Overalls und all diese glänzenden Stoffe. Eve, ihre Freundin Nicky und ein paar andere Freunde sind dazugekommen, und wir singen lauthals »I Wanna Dance with Somebody«.

»Das ist alles, was wir brauchen!«, schreie ich und drücke Natalie an mich, als wären wir ein Paar. Ich habe ja so ein Glück, dass diese tolle Frau zu meinem Leben gehört.

Sie macht ein Keine-Ahnung-was-du-sagst-Gesicht.

»Freundschaft!«, schreie ich. »SPASS! Mehr brauchen wir nicht.«

»Bist du dir sicher?« Sie blickt über meine Schulter und dreht mich herum.

Zach ist da.

Er kommt über die überfüllte Tanzfläche auf mich zu, und – O WOWOWOW – er sieht gut aus.

Ich bin entzückt, zu sehen, dass er sich auf das Thema eingelassen und seine übliche Palette von Grautönen gegen einen leuchtend grünen Adidas-Anzug eingetauscht hat – mit offenem Reißverschluss, weißem Unterhemd und nagelneuen weißen Turnschuhen. Er sieht ja so dermaßen nach Achtzigerjahren aus und als käme er direkt vom Laufsteg. Ich glaube, es ist mehr, als ich verkraften kann.

Zach löst keine Sekunde den Blick von mir. Die Zeit vergeht wie in Zeitlupe, als er sich unserer Gruppe von erhitzten, verschwitzten Tänzern nähert. Endlich ist er da, und ich will etwas sagen, etwas wie – ich weiß nicht. Hi. Aber er sieht mich unentwegt an, und ich merke, dass ich aufgehört habe, zu tanzen.

»Du siehst unglaublich gut aus«, sagt er mit gesenkter Stimme.

Ich stehe in Flammen. Ich umfasse mit beiden Händen seine Taille und küsse ihn zur Begrüßung. Unsere Münder sind nur Millimeter voneinander entfernt, und ich will ihn noch einmal küssen, als der Song *Sexual Healing* von Marvin Gaye anfängt und ein Kichern auslöst.

»Hi«, sage ich endlich.

»Hallo.«

Meine Ohren fühlen sich heiß an. Nie habe ich einen Mann in glänzendem Trainingsanzug mehr begehrt. Ich deute auf unsere Gruppe, um zu sehen, ob er Lust hat, zu tanzen, aber Zach signalisiert, Drinks zu besorgen, und dann führt er mich zu einem Tisch in der Ecke. Ein Tisch nur für uns zwei. Argh! Ich brauche Menschen um mich herum, sonst kann ich bei diesem Mann für nichts garantieren.

»Das ist also Tanzen im Stil der Achtziger.« Zach zupft an seinem Outfit herum, als würde er sich außerhalb seines Fahrwassers fühlen.

»Sehr gut kombiniert.« Ich grinse. »Ich hatte keine Ahnung, dass dir ein giftgrüner Trainingsanzug dermaßen gut stehen würde. Gefällt mir irgendwie.«

Du flirtest, sage ich mir. Ich muss mich beruhigen.

»Ha. Danke. Extravagante Kleidung ist eindeutig nicht mein Ding, aber ich wollte mir für dich Mühe geben.«

Ich merke, dass Zach mich dazu bringt, mich gut zu fühlen, und das auf eine sehr süße Art.

»Wollen wir tanzen?«, frage ich und blicke zur Tanzfläche.

Ein Ausdruck von Schüchternheit huscht über Zachs Gesicht. »Ich tanze nicht besonders gern in der Öffentlichkeit«, gesteht er.

»Ah. Okay. Habe ich die falsche Wahl getroffen für unser Date?«

»Nein, gar nicht! Ich mag die Musik total, und deine Freundinnen haben ein paar … interessante Moves drauf.« Er lacht, als wir Natalie und Eve dabei beobachten, wie sie zusammen den *Running Man* probieren. »Aber Selbstsicherheit ist nicht meine Stärke. Außerdem hätte ich nichts dagegen, den Abend nur in deiner Gesellschaft zu verbringen.«

Schmetterlinge! Oder Motten? Nein, hör auf damit.

»Tja, Zach Moretti, die gute Nachricht ist, dass ich jede Menge möglicherweise unangebrachte Selbstsicherheit habe und mich total darauf freue, mit dir die ganze Nacht über die Tanzfläche zu wirbeln wie ein paar Clowns.«

»Ein paar Clowns, sagst du?«

Ich nicke.

»Dann komm.« Er nimmt meine Hand, und wir schmiegen uns aneinander, während wir zu *Papa Don't Preach* tanzen. Die Discokugel ergießt Lichtblitze über uns, und ich blicke hoch auf Zachs Gesicht, das leuchtet wie ein Diamant. Er sieht heiß aus, und ich mag ihn. Es gibt keinen Grund, deswegen panisch zu werden, oder? Wiederhole: Wir amüsieren uns einfach. Total entspannt. Ohne Erwartungsdruck. Total entspannt. Ohne Erwartungsdruck.

Später versuche ich einen Move mit den Händen um mein Gesicht und hoffe, es taugt als kleine Madonna-Masterclass für Zach. »Das heißt Voguing. Es kann doch wohl nicht sein, dass du noch nie davon gehört hast.«

»Ich weiß, was muss ich mit dem Mund machen?« Er grinst, und es ist total süß, wie er sich fast ins Auge sticht, als er versucht, mich nachzuahmen.

»Ich wette, du warst in einer Band.« Plötzlich kommt mir ein Bild von Zach als Gitarre spielender Teenager in den Sinn. »Ich kann mir dich total vorstellen, wie du Liebeslieder für deine erste Freundin schreibst und dir beim Texten das Herz blutet.«

Zach gibt den Versuch auf, meine Moves zu imitieren, und ergreift meine Hände. Mit einem Lächeln schiebt er mich Schritt für Schritt von der Tanzflächenmitte zum weniger überfüllten Rand.

»Falsch getippt. In keiner der Bands an meiner Schule gab es großen Bedarf für einen introvertierten Klavierspieler.«

»Du spielst Klavier?«

»Seit Längerem nicht mehr, aber ja, als ich jünger war. Allerdings habe ich keine Liebeslieder gespielt. In der Hinsicht war ich wohl ein Spätzünder.«

Ein neuer Song fängt an, und Natalie kehrt von der Toilette zurück und hüpft an uns vorbei. »Was macht ihr hier am Rand? Kommt mit!«, ruft sie und bedeutet uns, in die Mitte zurückzukehren. Ich würde zu gern, aber ich will nicht unhöflich zu Zach sein.

»Na, dann komm«, sagt er und lächelt. »Ich sehe schon, ich muss mich anstrengen, wenn ich mit dir mithalten will, Alice.«

Begeistert führe ich ihn zurück ins Getümmel, wo Natalie die gesamte Tanznummer aus *Thriller* abspult.

»Ich überlege, ob ich mich beruflich verändern soll«, sagt sie, die Hände immer noch in die Luft gekrallt. »Im Ernst: Soll ich mich einer Tanzgruppe anschließen?«

Ich schnaube. »Es ist immer gut, ein Ziel zu haben.«

»Es liegt am Shell Suit.« Sie grinst. »In dem fühle ich mich wie eine Dance-Queen. Siehst du dort drüben den heißen Typen im Blazer? Ich habe ihm gerade meine Nummer gegeben. Warum nicht, Mensch? Jake kann mir nicht mehr dazwischenfunken.«

»Das ist die richtige Einstellung!« Ich applaudiere und drehe mich, weil ich Zach zulächeln will. Als ich ihn entdecke, versucht er gerade, sich an unseren Tisch zurückzustehlen. Ich packe ihn bei der Hand. »O nein, kommt nicht infrage.«

Er lächelt und drückt mir einen Kuss auf die Lippen. »Ich habe mir überlegt, ich lasse dich einfach hier in Ruhe.«

»Was?«, frage ich niedergeschlagen. Ich dachte, wir würden uns amüsieren, und ich will nicht, dass er geht.

»Komm schon, du kannst das doch gar nicht brauchen, dass ich dir noch mehr den Spaß verderbe.«

»Das tust du nicht! Ich verbringe gern Zeit mit dir. Warum verschwinden wir nicht zusammen?«

»Alice, das ist lieb von dir, aber ich sehe doch, dass du unheimlich viel Spaß mit deinen Freundinnen hast, und das solltest du ausnutzen. Bleib und genieß deinen Abend, lass ein bisschen Dampf ab. Außerdem war es ein langer Tag, und ich bin ziemlich fertig. Können wir uns bald wiedersehen?« Er zieht mich für einen Kuss zu sich heran. Meine Hände wandern unter seinen Shell Suit, und ich streiche mit einem Finger über den Rand seiner Hose.

»Ja, bitte«, flüstere ich.

»Abgemacht«, sagt er und sieht erfreut aus. »Und jetzt geh und amüsiere dich.«

Ich winke ihm zum Abschied, dann mache ich auf dem Absatz kehrt und gehe zu meinen Mädels.

»Ist alles in Ordnung mit Zach?«, erkundigt Nat sich später. Wir haben stundenlang getanzt und machen gerade eine wohlverdiente Trinkpause.

»Ich bin nicht sicher, ob er mit uns mithalten könnte.« Ich kicke meine hochhackigen Schuhe weg und massiere meine Füße.

»Ich glaube, wir tragen manchmal ein bisschen dick auf«, sagt Nat und nickt in Eves Richtung, die mitten auf der Tanzfläche ein paar *Magic Mike*-Moves zu vollführen scheint. Ich sehe ihr eine Weile zu und warte ab, dass sich meine Gedanken klären.

»Zach hat sich heute bei mir ernsthaft ein paar Pluspunkte verdient«, sage ich. »Er wusste, dass ich hier mit euch einen Heidenspaß habe, und er hat mich nicht bedrängt oder ist geblieben und hat schlechte Stimmung verbreitet, weil es nicht sein Ding ist. Ich habe ihm angeboten, gemeinsam zu gehen, als er gehen wollte, aber er hat darauf bestanden, dass ich bleibe. Er gönnt mir mein Vergnügen, und das gefällt mir.«

»Ja, das ist rücksichtsvoll«, sagt Nat und nickt. »Jake hat immer darauf bestanden, dass wir alles gemeinsam machen. Mir wird jetzt erst bewusst, wie einengend das war.«

»Ja, nicht wahr? Paare scheinen oft zu einer Einheit zu verschmelzen. Ich habe aufgehört, zu zählen, wie viele unserer Freunde jetzt von sich selbst nur noch als ›wir‹ reden, wenn ich sie frage, wie es ihnen geht oder was sie so tun.«

»Ja, stimmt. Und ich weiß, ich habe es genauso gemacht, als Jake und ich zusammen waren.«

»Ist ja auch nicht schlimm, Nat. Ich finde das auch manchmal süß. Sich als Team zu fühlen, etwas gemeinsam zu machen, Teil einer kleinen Einheit zu sein.« Ich höre auf, zu reden, ich will ja nicht über das Leben als Paar schwadronieren, wenn Nat sich doch gerade von ihrer Trennung zu erholen scheint.

»Da wir gerade davon sprechen, Jake war eine schwache Vier.« Sie grinst.

Ich johle.

»Zach auf der anderen Seite hört sich nach einer Eins mit Stern an.«

»Meinst du?« Ich kann nicht verhindern, dass mein Mund sich zu einem Grinsen verzieht.

»Ja. Und ich glaube, du findest das auch.«

»Nun ja, die Sache macht mir nicht mehr so viel Angst. Bei unserem letzten Date bin ich ausgeflippt, aber heute Abend hat er sich auf das Tanzen eingelassen, obwohl es nicht sein Ding ist. Er hat sich nicht vor einem Gruppentreffen gesträubt oder darauf bestanden, dass wir den Abend gemeinsam beenden. Er hat meine Bedürfnisse wichtiger genommen. Das schätze ich wirklich an ihm.

»Gib es zu, Babe, du magst ihn.«

»Na, na! Nur nichts überstürzen.« Ich lache, ziehe meine hochhackigen Schuhe wieder an und nehme Nat bei der Hand. Noch ein letzter Tanz.

Filmfestival

Zach

Die Sonne steht hoch am Himmel, aber die Luft ist immer noch ein bisschen frisch, als ich vor Alice' Haus parke. Sie lehnt sich an die Haustür und hat die Arme um sich geschlungen, wie um sich zu wärmen. Bekleidet ist sie mit Shorts und einem Pulli mit einem Blitz auf der Vorderseite.

»Hübscher Pulli.«

»Danke. Wie du siehst, habe ich nie das Memo bekommen, in dem stand, dass man sich als Erwachsene nicht mehr wie ein Kind anziehen soll. Außerdem ist dieser Blitz aus Pailletten gemacht, die die Farbe wechseln, wenn man darüberstreicht.«

»Soll das eine Aufforderung sein?«

»Nur mit der Ruhe.« Sie zwinkert mir zu. »Außerdem hängt das davon ab, ob du dich früher aus diesem Date verabschiedest oder nicht.«

»Argh, nimm mir das nicht übel. Ihr Mädels habt euch so gut amüsiert bei der Achtziger-Disco, und … um ehrlich zu sein, in der Öffentlichkeit zu tanzen, erinnert mich zu sehr an meine frühe Schulzeit, als ich noch so überhaupt nicht cool war. Ich war eher der Typ, der bei der Schul-Disco irgendwo am Rand gesessen und sämtliche Erdnussflips aufgegessen hat, während in der Mitte die angesagten Typen ihren ersten Slow-Dance probiert haben.«

»O Zach. Damit hast du jetzt mein eiskaltes Herz ein klein wenig zum Schmelzen gebracht.«

»Keine Sorge, ich bin drüber hinweg.« Ich grinse in der Hoffnung, dadurch nicht ganz so sehr als Loser dazustehen. »Aber du warst an dem Abend der Mittelpunkt der Party, und ich wollte nicht derjenige sein, der dich von dort wegholt.«

»Schon okay, ich scherze ja bloß. Ich war zwar enttäuscht, als du so früh gingst, aber es hat gutgetan, mit den Mädels ein bisschen Dampf abzulassen. Ich musste einfach mal wieder einen draufmachen. Das war sehr einfühlsam und rücksichtsvoll von dir.«

Ich ziehe meine nicht vorhandene Mütze vom Kopf. »Gern geschehen. Allerdings fürchte ich, dass ich heute ganz und gar egoistisch mit dir umgehen werde. Genauer gesagt, ich habe ein paar Tricks in petto.«

»Tatsächlich?«

Ich deute auf den verbeulten alten Golf GTI, den ich vor ihrem Haus geparkt habe. Wenn alles nach Plan läuft, wird das heutige Date romantisch sein *und* mir eine Chance bieten, Alice zu beeindrucken. Vorausgesetzt, ich kann mich bremsen, weiter über meine uncoole Zeit zu reden. »Alice, darf ich dir Gerty vorstellen?«

»Du nennst dein Auto Gerty?« Sie grinst.

»Klar. Und Gerty hat den Auftrag, dich heute nach Leeds und wieder zurück zu bringen.«

Lässig schalte ich die Stereoanlage ein – als ob ich nicht Stunden und viel Sorgfalt darauf verwendet hätte, die Playlist für den heutigen Roadtrip zusammenzustellen – und bin mir der Tatsache, dass Alice im Auto neben mir sitzt, sehr, sehr bewusst. Sie spielt wieder mit dem Ring an ihrem Mittelfinger. Mir ist schon aufgefallen, dass sie den immer trägt. Ich frage mich, welche Geschichte sich damit verbindet. Wir sind jetzt beim sechsten Date, und es gibt so vieles, was ich unbedingt über Alice wissen möchte.

»Ich liebe diesen Song«, sagt sie und streckt die Hand aus, um die Lautstärke aufzudrehen

Erleichterung. Die Verbindung zwischen uns ist unverkennbar, auch wenn wir in vieler Hinsicht verschieden sind, und ich bin froh, dass ich mit meinem Musikgeschmack das Richtige getroffen habe. Alice hat begonnen, mitzusingen, und ihr Trällern lenkt mich dermaßen ab, dass ich beinahe eine rote Ampel überfahren hätte.

»Langsam.« Sie lacht. »Ich hätte dich nicht als Regelbrecher eingeschätzt.«

»Ich habe nicht oft so eine angenehme Ablenkung auf dem Beifahrersitz.«

Alice wirft mir einen strengen Blick zu. »Ich bin für dich eine Ablenkung?«

»Ah, nein. Das war nicht gut ausgedrückt. Ich wollte sagen …«

»Zach! Scherz.«

»Ich bin nicht sicher, ob das so klug ist.« Ich ziehe eine Braue hoch. »Du weißt ja, dass ich heute nicht nur dein Chauffeur bin, oder? Ich bin auch verantwortlich für sämtliche Snacks. Je mehr so coole Sprüche, desto weniger Snacks für Alice.«

Wieder lacht sie. »Was haben wir eigentlich vor?«

»Nachdem du mir deine Liebe zum kitschigen Pop der Achtziger offenbart hast, dachte ich mir, ich gestehe dir auch eine peinliche Vorliebe. Wir sind auf dem Weg zu einem Filmfestival.«

»Mit lauter künstlerischen Filmen, die Preise gewinnen, aber keinen Sinn ergeben? Hätte ich meine Brille und ein schwarzes Polohemd einpacken sollen?«

»Das war's dann mit den Hula Hoops.«

»Moment, nein! Tut mir leid, manchmal kann ich mich nicht beherrschen. Ich liebe Hula Hoops. Und ich habe eigentlich nichts gegen künstlerische Filme. Je mehr Untertitel, desto besser, sage ich immer.«

»Klingt schon besser«, sage ich und grinse. »Was ist die beste Sorte, Salz oder Salz und Essig?«

»Ich würde sagen, Beef.«

»Stimmt. Ich habe sicherheitshalber alle drei Sorten gekauft.«

»Drei Tüten Hula Hoops, und ich gehöre dir.«

Ich sage ihr nicht, dass ich glaube, dass ich ihr schon lange gehöre.

»*Notting Hill*? Machst du Witze? Das war in meiner Jugend mein Lieblingsfilm. Als du gesagt hast, wir würden zu einem Filmfestival fahren, dachte ich …«

»Ich weiß genau, was du gedacht hast.« Ich grinse. Ich wollte Alice zeigen, dass ich nicht nur der leidenschaftliche Künstler bin, den sie in mir zu sehen scheint, und noch mehr als das wollte ich einfach, dass wir beide im Hier und Jetzt eine schöne Zeit verbringen. Ich bin wirklich froh und unendlich erleichtert, dass ihr dieses Date Spaß zu machen scheint.

Nachdem ich den Wagen geparkt habe, öffne ich den Kofferraum, hole die Kühltasche heraus, die ich mir ausgeliehen habe, und verfluche Ellie insgeheim. Als sie gesagt hat, ich könnte sie mir ausleihen, war mir nicht klar gewesen, dass sie mit rosa Flamingos bedruckt sein und meinem männlichen Stolz eine Delle verpassen würde.

»Hübsche Tasche.« Alice lächelt breit und streckt nach der langen Fahrt die Beine aus.

»Nur das Innere zählt«, erwidere ich. »Und wir haben ja schon geklärt, dass du dich durch drei Tüten Hula Hoops durcharbeiten musst. Lass uns gehen.«

Ich hänge mir die Kühltasche über die Schulter, und wir gehen zum Eingang. Das Festival findet auf dem Gelände eines alten herrschaftlichen Anwesens statt, und in den kommenden Wochen wird jeden Tag ein anderer Film gezeigt werden. Eine riesige Leinwand ist am Fuß eines sanft ansteigenden Hügels aufgestellt. Darum herum schlagen die Leute ihre Zelte auf. Der Himmel ist gesprenkelt mit Schäfchenwolken, und in den überdachten Bereichen wird es schon voll, deshalb steuere ich eine Stelle unter einer alten Eiche an, stelle die Tasche ab und hole eine Picknickdecke und ein paar Kissen aus meinem Rucksack.

»Das ist so süß«, sagt Alice und lässt sich im Halbschatten des Baumes nieder. Wir liegen mit ausgestreckten Beinen auf dem Bauch, und ich bin so entspannt wie lange nicht mehr. Alice' weiche Haut streift meine, als sie aufsteht, ihre Sonnenbrille aufsetzt und verkündet, dass sie uns etwas zu trinken besorgen möchte. Als sie mit Prosecco und Mineralwasser zurückkehrt, setzt sie sich auf die Fersen, und wir stoßen mit unseren kompostierbaren Bechern an.

»Irgendwie schade, dass du heute nicht deinen Achtzigerjahre-Shell-Suit anhast. Als Nat dich gesehen hat, hat sie gesagt, ich soll dich ›flachlegen‹.«

»Also, jetzt fühle ich mich aber zum Objekt degradiert.«

»Haha«, kichert sie. »Mir wird langsam klar, dass alle meine Freundinnen ganz schön verklemmt sind. Sie haben Dylan noch nicht verziehen, dass er dir die Fotos von mir an der Grundschule gezeigt hat.«

»Du meinst das, auf dem du ein bisschen wie Darth Vader aussiehst?«

»Hey!«, entrüstet sie sich und schnippt ein Hula Hoop in meine Richtung.

Ich hebe die Hände zur Selbstverteidigung. »Von jedem gibt es solche Fotos aus der Vergangenheit. Ich habe Raff schon zur Verschwiegenheit verpflichtet.«

Alice beugt sich vor. »Heißt das, wir könnten deinem Bruder und deiner Schwägerin eines Tages begegnen?«

Ich bin nicht sicher, wie ich darauf antworten soll. Es überrascht mich so sehr, dass diese bindungsscheue Schöne so eine Frage stellt, dass all meine Worte zu einem einzigen zusammenschmelzen. *Geh einfach darüber hinweg, Zach, und trink einen Schluck.*

»Würdest du das gerne?«, sage ich, als ich mich endlich wieder gefangen habe.

Statt zu antworten, dekoriert sie ihre Finger mit Hula Hoops, um sie dann einen nach dem anderen abzuknabbern. »Bisher sind wir bei unseren Dates immer allein. Ich bin dir doch nicht insgeheim peinlich, oder, Zach Moretti?«

»Das könnte nicht weiter von der Wahrheit entfernt sein. Jedenfalls sorgst du immer dafür, dass wir bei unseren Dates von deinen Freunden umringt werden!«

»Ich schätze, ich bin es einfach mehr gewohnt, etwas mit einer Gruppe zu unternehmen«, erwidert sie achselzuckend. »Ich habe nicht wirklich oft Dates. Gruppenaktivitäten und entspanntes Zusammensein sind mehr mein Ding.«

»Vielleicht ist es egoistisch von mir, dass ich mit dir allein sein will.«

Darüber muss sie lachen. »Als einziges Kind wurde mir von meiner Mum nie gestattet, egoistisch zu sein.«

»Scheint eine weise Frau zu sein, deine Mum.«

Etwas zuckt auf in Alice' Blick, nur für einen Moment. »Die allerweiseste. Da wir gerade von Freunden reden, was hältst du von Dylan? Ich hatte schon Angst, du könntest ihn vielleicht nicht leiden.«

Schon wieder ertappt.

»Oh, äh, er ist wohl ein ziemlich gut aufgelegter Typ …«

»Moment, ich muss seinen Agenten anrufen«, unterbricht

sie mich trocken. »Gut aufgelegt, ha! Dylan wird deinen begeisterten Kommentar bestimmt für seine nächste Werbekampagne verwenden wollen.«

Wieder muss ich lachen. Wenn ich so darüber nachdenke, hatten wir bis jetzt kein Date, bei dem Alice mich nicht zum Lachen gebracht hat. Das ist hervorragend. Ich mag ihren Witz sehr.

»Ich bin nur froh, dass er dich mit seinen peinlichen Geschichten über mich nicht verscheucht hat. Außerdem neigt er dazu, die Aufmerksamkeit für sich allein zu beanspruchen.«

»Er ist definitiv ein Mann für die Bühne«, sage ich vorsichtig. »Wir sind sehr unterschiedlich, glaube ich. Es kann einen einschüchtern, wenn das Mädchen, das man mag, so einen charismatischen besten Freund hat.«

Sie hält inne, schaut mich aufmerksam an, und ich frage mich, ob ich zu viel gesagt habe, aber nach einer Weile breitet sich dieses wunderschöne Lächeln auf ihrem Gesicht aus, und sie gibt mir einen scherzhaften Schubs.

Eine Lautsprecheransage verkündet, dass der Film in zehn Minuten anfängt, und Alice macht sich auf die Suche nach den Toilettenboxen, was mir die Gelegenheit gibt, das Überraschungs-Dinner vorzubereiten. Ellie hat mir gestern Abend bei den Vorbereitungen geholfen. Köstlich gefüllte Muffins, in Backpapier gewickelt, gefüllte Paprika, ein Ziegenkäsesalat. Es sieht ziemlich gut aus, so wie es jetzt hier ausgebreitet ist, auch wenn es eine beängstigende Erfahrung war, mit Ellie zusammen in der Küche zu sein. Ich bin immer noch geschockt von ihrem Geschrei: *»Nicht die Paprika anbrennen lassen.«* Oder: *»Das muss ganz FEIN gehackt werden!«* Ich bin nicht sicher, ob meine Nerven sich schon von dem Stress erholt haben.

»Oh, wow, das sieht gut aus! Hast du das alles gemacht?«, will Alice wissen.

»Ich hatte ein bisschen Hilfe von Ellie.«

»Es ist großartig, dass ihr euch so nahesteht, deine Schwägerin und du.«

»Die beiden haben sich sogar durch mich kennengelernt«, erwidere ich. »Ellie und ich haben gemeinsam studiert. Sie ist sowohl meine beste Freundin als auch meine Schwägerin.«

Alice nimmt einen Teller, befüllt ihn eifrig und reicht ihn dann mir, dann nimmt sie sich auch einen und leckt sich die Finger ab. »Bitte, sage ihr, dass ich Danke gesagt habe. Ich liebe Ziegenkäse.« Ihre Begeisterung wärmt mein Innerstes wie die Sonne, die gerade untergeht und Alice in einen goldenen Schimmer taucht. Sie leuchtet geradezu. Als sie ihren Pulli auszieht, erhasche ich einen kurzen Blick auf ihren Bauchnabel und wünsche mir nichts sehnlicher, als ihn mit den Fingerspitzen nachzuzeichnen.

»Du willst heute wohl alle möglichen Wetterlagen mit deinem Outfit abdecken? Pullover mit Gewitterblitz, Regenbogen-T-Shirt …«

»Sonnenblumen-Halskette«, fügt sie hinzu und zupft an der filigranen Goldkette unter ihrem T-Shirt.

»Passender geht es nicht, du bist wie ein Sonnenstrahl«, sage ich.

»Oh, hör auf.« Sie grinst und seufzt zufrieden. »Ich glaube, ich habe noch nie so ein perfektes Picknick erlebt. Leckeres Essen, einer meiner Lieblingsfilme fängt gleich an, und die Begleitung ist auch nicht übel.«

»Langsam, langsam«, sage ich und lache. »Das wird vielleicht zu viel für mein Ego. Also, bist du bereit für ein Quiz?«

Alice klatscht. »Ich liebe Quizze. Kann ich dabei weiteressen?«

»Natürlich. Ich zitiere ein paar Sätze aus *Notting Hill*, und du kannst mir sagen, von wem sie stammen.«

Alice scheint begeistert.

»Wer sagt in dem Film ›Hoppsala‹?«

»Leicht. William Thacker, gespielt von Hugh Grant, als er versucht, in den privaten Park zu kommen. Bekomme ich Extrapunkte für Detailwissen?«

»Klar«, sage ich und tue so, als würde ich ihren Punktestand auf einem imaginären Zettel notieren. »Wer sagt ›Demi Capu‹?«

»Ich liebe diesen Mann! Martin aus dem Buchladen, ich glaube, im wirklichen Leben heißt er James Dreyfus?«

»Ich bin beeindruckt. ›Surreal, aber schön‹?«

»Wieder William.«

»Sehr gut«, sage ich und nicke.

Ich blicke zu ihr. Sie beugt sich eifrig vor. Sie ist nun mal ehrgeizig. Und ich sage mir, jetzt oder nie.

»›Ich bin nur ein Jung, der vor einem Mädchen steht und es bittet, ihn zu lieben.‹«

Alice überlegt einen Moment. Sie scheint verwirrt. Dann schüttelt sie den Kopf und sagt: »Das ist verkehrt herum. Es ist Anna Scott, gespielt von Julia Roberts, die das sagt. Erinnerst du dich? In dem Buchladen. Sie bittet William, sie zu lieben, und er weist sie ab, und das ist die schmerzlichste Szene in dem ganzen Film. Das Zitat heißt also: ›Ich bin nur ein Mädchen‹ und so weiter.«

Tiefer Atemzug.

»Und wenn ich es doch nicht falsch herum gesagt habe? Was, wenn das jetzt *ich* bin, der das sagt?«, frage ich. »Was, wenn ich das jetzt zu dir sage, Alice? Ich stehe hier vor dir und frage dich, ob du mehr Zeit mit mir verbringen möchtest. Ich mag dich, Alice. Ich verstehe voll und ganz, dass du dich nicht zu tief und zu schnell auf eine Beziehung einlassen willst, aber ich versuche hier, dich – ziemlich ungeschickt – zu fragen, ob du damit einverstanden wärst, wenn wir uns exklusiv verabreden würden? Verdammt, wo ist Richard Curtis, wenn man ihn braucht?«

Alice lächelt.

Bitte sag Ja!

Noch nie habe ich mir von einer Person mehr gewünscht, dass sie etwas sagen möge.

Das Schweigen dehnt sich endlos aus.

»Zach, ich …« Sie bricht ab, und ich merke, dass ich die Luft anhalte. »Ich möchte nicht verletzt werden.«

»Ich würde dich niemals verletzen.«

»Das kannst du nicht wissen«, sagt sie stirnrunzelnd.

»Alice, schon mein ganzes Leben quäle ich mich mit Selbstzweifeln, und ich neige dazu, viel zu viel über alles nachzudenken, sodass ich meistens zu dem Schluss gelange, dass ich etwas Dummes oder Peinliches gesagt oder getan habe. Wenn ich mit dir zusammen bin, scheint das alles … zu vergehen? Als ob all meine Sorgen unbedeutend werden. Du hilfst mir, hinter meinem Schutzwall hervorzukommen.« Ich schweige, kratze mich am Kopf und denke natürlich wieder zu viel nach über das, was ich gerade gesagt habe. »Du hast recht, ich kann dir nicht versprechen, niemals deine Gefühle zu verletzen, aber ich kann versprechen, dass ich wirklich alles geben werde für uns beide. Ich glaube, es könnte wirklich etwas werden mit uns, wenn du es willst.«

Alice bricht den Blickkontakt ab und blickt zur Leinwand.

»Der Film fängt an«, sagt sie geistesabwesend.

Ich verstehe das als ein Nein und fühle mich wie ein Ballon, der gerade geplatzt ist.

Ich drehe den Kopf zur Sonne. Enttäuschung durchströmt mich. Da rutscht Alice herüber und setzt sich so zwischen meine Beine, dass wir beide die Leinwand sehen können. Ich schlinge die Arme um sie, und sie wendet sich um und flüstert mir ins Ohr: »Okay.«

»Was? Heißt das, du bist einverstanden?« Ich lehne mich ein Stück zurück, um sie besser anschauen zu können, denn ich möchte nichts von diesem Augenblick verpassen.

»Ich bin einverstanden. Aber … kein Druck, okay? Lass es uns langsam angehen.«

»Abgemacht.« Ich versuche nicht einmal, das Grinsen zu unterdrücken, das sich auf meinem Gesicht ausbreitet.

Zwei Stunden später, als der Abspann läuft, lehnt sie sich an mich, und ich rieche den Apfelduft ihres Haars, wobei mir bewusst wird, dass ich während des ganzen Films nicht aufgehört habe, zu grinsen.

»Zach?«

»Hm?«

»Ich finde es wundervoll, dass du in dieser Szene Julia Roberts warst.«

»Und du hast einen großartigen William Thacker abgegeben. Ich kann nicht behaupten, dass ich jemals zuvor Hugh Grant küssen wollte.«

»Hugh würde sich sofort auf diesen Kuss einlassen«, sagt sie und wendet mir das Gesicht zu. Unsere Münder treffen sich, und wir küssen uns unter der alten Eiche. Zu gern würde ich die ganze Nacht hierbleiben, aber Alice' Handy piept, und sie zieht es aus der Hosentasche.

»Tut mir leid, aber ich muss nachschauen«, sagt sie. »Ich habe morgen ein paar wichtige Aufträge und muss sicherstellen, dass alles in Ordnung ist. Und schau auf die Uhr! Wir sollten wohl besser zurückfahren?«

Ich möchte sie überreden, noch auf ein Glas zu bleiben, aber sie ist schon dabei, die Picknickdecke zusammenzurollen. Wir gehen also Hand in Hand zurück zum Auto, packen unseren Kram in Gertys Kofferraum und fahren los.

Auf der Rückfahrt ist Alice ganz still, und ich möchte sie nicht unterbrechen, wenn sie gerade über ihre Arbeit nachdenkt, also konzentriere ich mich aufs Fahren. Ich lasse die besten Momente dieses Abends noch einmal Revue passieren und fühle mich total happy, weil sie zugestimmt hat, unsere Beziehung offiziell zu machen. Ich weiß, für sie ist das eine schwierige Entscheidung, und ich kann immer noch kaum glauben, dass sie sich für mich entschieden hat. Mir wäre es lieber gewesen, wenn das Date länger gedauert hätte, aber was Alice betrifft, lerne ich gerade, mich über alles zu freuen, anstatt mich kopfüber auf das Nächste zu stürzen.

Alice' Hand liegt auf meinem Knie.

Ich gestatte mir einen kurzen Blick zu ihr hinüber. Sie hat den Kopf an die Kopfstütze gelehnt und ein Lächeln spielt um ihre Lippen. Die Musik ist aus, nur das Geräusch unserer Atemzüge ist zu hören, und die Atmosphäre im Auto ist plötzlich sehr aufgeladen. Die Haare auf meinem Arm haben sich aufgerichtet. Ich weiß, sie spürt es auch, denn wir haben den ganzen Tag mit lockerer Konversation zugebracht, und jetzt sagt keiner von uns etwas. Das müssen wir auch nicht. Die Vorfreude ist genug.

Ich lausche dem Flattern des Fahrtwinds, der durch das offene Fenster dringt. Alice' Daumen zeichnet zarte Kreise auf meinen Schenkel.

Endlich halten wir vor ihrem Haus an, und ich bin nicht sicher, was nun passiert. Ihre Bitte, es langsam angehen zu lassen, geht mir durch den Kopf. Ich folge ihr an die Haustür. Sie dreht sich um und ergreift meine Hände.

»Es war ein wundervoller Tag«, sagt sie.

Da küsse ich sie im Schutz der Dämmerung.

Sie zieht das Schlüsselbund aus ihrer Tasche und öffnet die Tür, bevor sie sich wieder zu mir umdreht.

»Möchtest du noch hereinkommen?«, fragt sie mit leuchtenden Augen.

»Bist du sicher?«, frage ich, denn ich möchte nicht, dass sie sich unter Druck fühlt.

»Ich möchte sehr gern, dass du über Nacht bleibst, Zach«, sagt sie und hakt die Finger in die Gürtelschlaufen meiner Jeans. Sie zieht mich hinein, und jetzt gehöre ich mit jedem meiner Sinne Alice. Ich umfasse ihre Handgelenke und ziehe sie zu mir heran. Ich streiche über ihre Oberarme und spüre ihre Gänsehaut. Sie bewegt sich rückwärts, bis sie an die Wand stößt und unsere Körper aneinandergedrückt werden. Sie legt den Kopf zurück. Wieder küssen wir uns, und ich fühle mich, als würde ein Stromstoß meinen Körper durchzucken. Mein Herz steht in Flammen. Ich berühre die weiche Haut in ihrem Nacken. Sie schiebt die Hände unter mein T-Shirt. Plötzlich bricht sie den Kuss ab und sieht mir in die Augen. Dann führt sie mich hinauf zu ihrem Schlafzimmer.

Gartenarbeit

Alice

ES GIBT NEUIGKEITEN. Seid ihr zwei bereit für eine kleine Telko?

Natalie antwortet sofort: **Dyl scrollt gerade durch seine Kontakte auf der Suche nach »heißen, nicht liierten Promis« für mich 😮. Promis machen mich nervös, also JA, ich bin bereit, machen wir es bitte sofort?**

Ich drücke in unserer WhatsApp-Gruppe auf das Telefonsymbol, und die Gesichter meiner Freunde erscheinen auf dem Display. Natalie sieht beunruhigt aus.

»Alles in Ordnung?«, frage ich.

»Alles klar«, geht Dylan dazwischen. »Der Sinn dieses Wochenendes besteht schließlich darin, sie wieder unter die Leute zu bringen.«

»Ich dachte, es sollte eine Gelegenheit zum Reden für zwei alte Freunde sein?« Nat kaut an ihrem Daumennagel.

»London ist voller reicher Typen. Wenn du schon hier bist, sollten wir dafür sorgen, dass du wieder in der Dating-Szene aufschlägst.«

»Ich bin doch kein Ball.«

»Außerdem ist nicht jeder permanent geil, Dylan«, sage ich, um Natalie zu unterstützen.

»Sagt die Frau, die nicht aufhören kann, über den Typen zu reden, mit dem sie neuerdings ausgeht.« Er grinst.

»Ich würde nicht behaupten, dass ich nicht aufhören kann,

vielen Dank auch«, erwidere ich schmollend, muss allerdings fairerweise zugeben, dass ich die beiden extra angerufen habe, um über Zach zu reden. »Und was treibt ihr beiden so?«

»Heute Morgen sind wir an den Kanälen spazieren gegangen und haben einen Brunch aus wahnsinnig überteuerten Waffeln mit Speck zu uns genommen. Und heute Abend soll ich unbedingt auf Promi-Jagd gehen, Dylan besteht drauf«, stöhnt Nat.

»Wir gehen aus«, sagt Dylan zwinkernd, was bedeutet, dass meinen besten Freunden eine lange Nacht mit viel Champagner bevorsteht. Ich verspüre einen heftigen Anfall von Angst, was zu verpassen.

»Passt auf euch auf! Und vermisst mich nicht.«

»Natürlich werden wir dich vermissen. Wie auch immer, was hast du für Neuigkeiten?«, will Natalie wissen.

»Oh, äh, ja. Sitzt ihr gerade?« Ich sehe, wie Natalie und Dylan sich brav auf sein Sofa setzen. »Gut. Also, Zach und ich sind jetzt offiziell zusammen.«

Dylan und Natalie wechseln einen Blick.

Ich trommle mit den Fingern auf den Küchentisch und warte ungeduldig darauf, dass sie etwas sagen. *Irgendetwas.*

»O verdammt«, sagt Dylan endlich.

»O verdammt?« Ich runzle die Stirn. »Das ist alles, was du zu sagen hast?«

»Wow, Alice!«, ruft Natalie.

»Ich weiß! Und …?«

»Und …« Natalie schubst Dylan.

»Du wirst natürlich so tun, als wäre es nicht so, aber du magst ihn offenbar sehr«, vermutet Dylan.

Ich winde mich.

»Wenn man bedenkt, dass *Kein-großes-Ding* …«

»Hör auf, ihn so zu nennen, Dylan!«, falle ich ihm ins Wort. »Das habe ich damals, als wir zu deinem Auftritt in Sheffield gekommen sind, nur gesagt, weil ich weiß, wie du überreagieren kannst.«

»Na schön. *Zach*«, sagt er übertrieben betont. »Wie auch immer, ich bin ziemlich sicher, dass Zach der erste Mann ist, mit dem du so etwas wie eine Beziehung hast, seit …«

»Der erste überhaupt?«, schlägt Natalie vor.

»Hm-hm.« Ich nicke.

»Das ist riesig«, ruft Natalie und breitet wie zur Erklärung die Arme aus.

»So groß ist also sein Penis?«, erwidert Dylan, und die beiden kriegen sich kaum noch ein, während ich genervt zusehe. Also wirklich, wieso die sich unbedingt wie Dreizehnjährige aufführen müssen, wo sie doch beide schon dreißig sind, ist mir unerklärlich.

Natalie ist die Erste, die ihre Gesichtszüge wieder unter Kontrolle hat. »Tut mir leid, Alice. Ich wollte natürlich sagen, das sind riesig tolle Neuigkeiten. Ich freue mich so für dich.«

»Die Ausreißerin hat einen festen Freund.« Dylan blickt ungläubig.

»Woah. Beruhigt euch.« Ich fange an, zu schwitzen. »Ich habe keinen festen Freund. Wir haben lediglich darüber geredet, dass wir uns ab jetzt exklusiv treffen wollen. MOMENT MAL. Wie hast du mich gerade genannt?«

»Du hast doch gewusst, dass das dein Spitzname ist, oder?«

»Nein, habe ich nicht gewusst«, gebe ich zurück. »Das ist ein bisschen …«

»Zutreffend?«, ergänzt Dylan.

»Es stimmt irgendwie«, fügt Natalie sanft hinzu. »Schon der kleinste Hauch von Verbindlichkeit genügt, und du nimmst Reißaus. Bis zur Mitte einer Hochzeitszeremonie war deine persönliche Bestleistung, glaube ich. Weißt du noch?«

Ich verdrehe die Augen. Natürlich weiß ich das noch. Ich

hatte mich erst zweimal mit Matt verabredet, als er mich fragte, ob ich ihn zur Hochzeit seines Freundes begleiten würde. Ich habe die Einladung jedoch gern akzeptiert, denn ich liebe Hochzeiten! Sie sind natürlich nicht das Richtige für mich, aber die Chance, den ganzen Tag in einem attraktiven Outfit im Gespräch mit neuen Leuten zu verbringen und auf das glückliche Paar anzustoßen, ist immer ein Gewinn. Nur habe ich es bei dieser Hochzeit nicht ganz bis zu den Toasts geschafft.

»Bist du nicht mitten in der Zeremonie ausgerissen?«, sagt Dylan.

»Nicht mittendrin, nein! Nur … direkt danach.« Ich hüstele. »Fairerweise muss man sagen, dass ich in dem Glauben war, Matt und ich hätten keine feste Beziehung. Ich hatte nicht damit gerechnet, dass er anfangen würde, zu heulen, als die Braut den Mittelgang hinabschritt, oder krampfhaft meine Hand halten würde, als sie ihr Jawort gegeben haben. Und ganz sicher hatte ich nicht damit gerechnet, dass er zu mir sagen würde, wir würden die Nächsten sein. Es war ja tatsächlich erst unser drittes Date!«

»Also hast du ihn beim Konfettiregen einfach stehen gelassen, und er musste den Rest des Tages die Hochzeit von jemand anderem feiern, nachdem ihm selbst gerade ein Schlag mit dem Holzhammer verpasst wurde.« Dylan schüttelt lachend den Kopf. Er liebt diese Geschichte. »War das nicht der Startschuss zu deiner Drei-Date-Regel?«

»Ja, richtig.« Ich nicke. Ich habe danach die Anzahl von Dates pro Mann limitiert, um nicht wieder so überrascht zu werden. »Ich weiß, ich war brutal, aber ich habe später mit Matt gesprochen und alles geklärt.«

»Und jetzt hast du nicht nur deine Drei-Date-Regel gebrochen, sondern bist auch noch exklusiv mit Zach zusammen. Das ist ein großer Schritt für dich, Schätzchen.« Nat strahlt.

Ich nicke, streiche mir das Haar aus den Augen und versuche, mich nicht so beklommen zu fühlen. Zachs Nur-du-und-ich-Rede war so süß, und ich bin glücklich darüber, was zwischen uns ist, auch wenn es mir ein ganz klein wenig Angst macht. Ich hätte mir für meinen ersten Ausflug in die Welt des regelmäßigen Datings natürlich jemanden aussuchen können, der nicht so gefühlsbetont ist. Wie zum Beispiel, keine Ahnung, jemanden, der kein unverbesserlicher Romantiker ist? Aber ich glaube, genau das ist der Punkt. Keiner hat bis jetzt den Wunsch nach regelmäßigen Dates in mir ausgelöst.

»Weiß er, dass du ein Schmetterling bist, der sich nicht einsperren lässt, Gürkchen?«, fragt Dylan.

»Äh, ich habe ihm gesagt, dass ich nicht an den Einen oder, äh, an die Liebe glaube.«

»Ooh, der Glückspilz. Und er hat noch nicht die Flucht ergriffen?«

»Ist offenbar immer noch interessiert.«

»Also, ich finde, das sind wundervolle Neuigkeiten«, sagt Nat. »Du bist wirklich mutig, Al, du lässt dich auf etwas ein, von dem du geschworen hast, dass du nichts davon wissen willst. Ich hatte ja noch keine Gelegenheit, mit Zach zu reden, aber er scheint ein guter Typ zu sein. Und er ist verdammt heiß.«

»Nicht zu vergessen, sein offenbar ›riesiger‹ …«

»*Danke*, Dylan«, fahre ich dazwischen. Er und Nat prusten schon wieder vor Lachen.

»Okay, es war toll, mit euch zu plaudern …«

»Nein, warte, nicht auflegen! Du weißt, wir haben dich lieb, und wir machen bloß Spaß. Und wer weiß, vielleicht ist das der Anfang von etwas Wunderbarem«, sagt Nat.

Dylan streckt den Daumen hoch.

»Danke. Aber jetzt muss ich los. Viel Spaß noch.« Ich schicke ihnen ein paar Luftküsse und versuche, den Gedanken zu unterdrücken, der mir gerade gekommen ist, dass Natalie nämlich vor allem aus einem Grund in London ist – um über ihr gebrochenes Herz hinwegzukommen. Und dass Dylan die perfekte Unterstützung hierbei bieten kann, weil er eigentlich nie so lange bleibt, dass Herzschmerz zum Problem werden könnte.

Ich lasse die Schultern kreisen und ermahne mich, bloß nicht auszuflippen. Schließlich muss ich mich auf ein Date vorbereiten und kann nicht mitten in einem Anfall von Panik mein Outfit aussuchen. Hoffen wir einfach, dass Zach die Überraschung gefällt, die ich mir für heute ausgedacht habe.

Tomaten reifen vor sich hin, rund und rot, grüne Bohnen ranken sich an Bambusstäben, und Hummeln auf Pollensuche summen in der Luft. Ich hole tief Luft und genieße den Geruch von frisch umgegrabener Erde und Lagerfeuern. Meine kleine »Scholle« ist mein Rückzugsort. Dad war bis jetzt der einzige VIP auf der Gästeliste, aber jetzt ist Zach auf dem Weg hierher. Die meisten Leute wirken überrascht, wenn sie hören, dass eine Frau von Ende zwanzig einen Schrebergarten besitzt, und ich frage mich, wie Zach darauf reagieren wird, dass mir Umgraben in der Gesellschaft von Achtzigjährigen genauso viel Spaß macht, wie auf einer Tanzfläche herumzuwirbeln. Wahrscheinlich verliere ich dadurch ziemlich viele Coolness-Punkte. Vielleicht ändert er sogar komplett seine Meinung über mich – er scheint die lockere, extrovertierte Alice zu mögen, nicht die Seelchen-Version meiner selbst, die empfindsamer ist, als sie zugeben möchte.

Ich überlege, was das in mir auslöst, und ein Teil von mir kommt zu dem Schluss, dass es eine Erleichterung wäre. Die Entscheidung wäre mir aus der Hand genommen, bevor wir mit dem, was uns bis jetzt verbindet, überhaupt auf ein riskanteres Terrain geraten könnten. Aber um wirklich ehrlich zu sein, wäre ich auch ein bisschen enttäuscht, weil ich keine Chance hätte, herauszufinden, wohin es führen könnte, besonders da es so positiv angefangen hat.

Eine Windböe lässt den Seidenschal in meinem Haar flattern. Nach dem Telefonat mit Dylan und Nat habe ich Musik angestellt, meinen Kleiderschrank durchsucht und meine übliche Gärtneruniform aus Latzhose und T-Shirt aufgepeppt, indem ich mir einen grellorangen Schal ins Haar geflochten und dazu passenden pfirsichfarbenen Lippenstift aufgetragen habe.

»Wie hübsch Sie wieder aussehen!« ViVi, meine Gartennachbarin, taucht über der Hecke auf, die unsere Parzellen trennt.

»Danke.«

»Erwarten Sie jemanden?«

»Vielleicht«, sage ich und ziehe eine Grimasse.

ViVi blickt mich über den Rand ihrer Gleitsichtbrille entzückt an. »Wenn das so ist, dann brauchen Sie unbedingt etwas davon.« Sie reicht mir ein Weidenkörbchen voll saftiger Erdbeeren.

»O ViVi, das ist so nett von Ihnen. Können Sie die wirklich entbehren?«

»Auf meinen Küchenregalen ist kein Platz mehr für noch mehr Marmelade.« Sie schmunzelt.

»Du hast einen kleinen …« Zach streichelt meine Wange, und ich bekomme eine Gänsehaut. »… Garten.« Er grinst.

»Ich lande hier *immer* in einem Chaos.«

»Als du einen Sonntag mit Gartenarbeit für unser G-Date vorgeschlagen hast, war ich ein bisschen überrascht. Ich dachte, nach allem, was du bisher ausgewählt hast, würdest du vielleicht vorschlagen, Gokart zu fahren oder an einer Geister-Stadtführung teilzunehmen. Damit habe ich wirklich nicht gerechnet.« Zach blickt sich auf meiner Parzelle um. Heute trägt er wieder seine Uniform aus dunklem T-Shirt und hochgekrempelten Jeans.

»Nachdem du darauf hingewiesen hast, dass ich bis jetzt immer Gruppenaktivitäten ausgesucht habe, sagte ich mir, wir könnten mal etwas Ruhigeres machen, nur wir zwei. Aber wir können im Hintergrund ein bisschen Musik aus den Achtzigern laufen lassen, wenn du möchtest?«

»Ehrlich gesagt, würde ich lieber die Vögel zwitschern und die Bienen summen hören.«

»Dann also Vögel und Bienen«, sage ich mit einem Augenzwinkern. Zachs Kinnmuskeln spannen sich an, und er zieht mich zu sich heran und küsst mich.

»Ich könnte mich daran gewöhnen, dich hier zu haben«, sage ich und lächle. »Hast du Lust, mir beim Aussäen zu helfen? Ich habe eine super Idee für eine Halloween-Dekoration im Blumenladen, und ich habe mir überlegt, dass ich doch versuchen könnte, meine eigenen Kürbisse dafür anzubauen.«

»Du weißt schon, dass wir erst Juni haben?«

»Ja, ich weiß, es ist erst Juni! Früchte brauchen eine Weile zum Wachsen, Zach.« Ich verdrehe theatralisch die Augen. »Also, wie wär's, wenn du aufhörst, sarkastisch zu sein, und anfängst, zu arbeiten?«

»Oh, ich verstehe, du hast mich nur eingeladen, weil du ein Paar starke Arme brauchst.« Zachs Augen funkeln.

»Ich meine ja nur, es wird dich bestimmt niemand verurteilen, falls du beim Umgraben dein Shirt ausziehen möchtest.«

Zach dreht sich zu mir um und verschränkt die Arme vor der Brust. »Und was wirst du tun, während ich mir die Hände schmutzig mache?«

Ich deute auf meinen kleinen Schuppen, den ich in eine gemütliche und mit Lichterketten verzierte Laube verwandelt habe. Darin sind eine Minibar und alles, was man so braucht.

»Mach dir keine Sorgen um mich. Ich kümmere mich um Getränke, Knabbereien und darum, dass mir mein neuer Gärtner nicht zu oft widerspricht.«

Zach tippt sich an die imaginäre Dienstkappe und macht sich an die Arbeit.

Ich fühle mich wie in einem Jackie-Collins-Film, nur mit etwas kleinerem Budget. Mit einem Glas Limonade in der Hand sitze ich auf einem Liegestuhl und schaue zu, wie Zach, mein neuer Platzwart, sich die Hände schmutzig macht. Es gibt zwar keinen Swimmingpool, und ich trage weder Perlenkette noch einen breitkrempigen Hut, aber trotzdem, mir gefällt es.

Zach ist nicht der geschickteste Gärtner. Er bringt ständig die Bezeichnungen für die verschiedenen Geräte durcheinander, und ich bin ziemlich sicher, dass er gerade eine Sukkulente geköpft hat, die ich im Schuppen gezüchtet habe. Aber es macht ihm Spaß, zuzupacken, und ich finde seine Bereitschaft, etwas Neues auszuprobieren, wirklich liebenswert. Eine Playlist meiner Lieblings-Wellness-Songs erklingt aus den Lautsprechern im Schuppen, und wir plaudern gut gelaunt über alles Mögliche. Gerade summe ich ein Lied mit, das mich in die Schulzeit zurückversetzt, als ich merke, dass Zach auch mitsummt. Ich lächle, mir wird bewusst, wie entspannt ich in seiner Nähe bin. Bei Zach kann ich ganz ich selbst sein, nicht nur die Frau, die gerne abends einen draufmacht, sondern auch die Frau, die gerne ein ruhiges Wochenende in ihrem Schrebergarten verbringt.

»Wie bist du zum Gärtnern gekommen?«, erkundigt sich Zach, als das Lied zu Ende ist. Ich hole tief Luft und beschließe, dass ich bereit bin, ihm gegenüber noch etwas offener zu werden und zum ersten Mal seit langer Zeit über meine Vergangenheit zu sprechen.

»Meine Mum starb, als ich fünfzehn war«, sage ich. Sofort greift Zach nach meiner Hand und hält sie fest. Mit einem Finger streichelt er meinen Daumen, während ich rede. »Es wurde eine aggressive Form von Krebs diagnostiziert, und ein paar Wochen später saß ich an dem Pflegebett, das wir zu Hause hatten aufstellen lassen, und verabschiedete mich von ihr, während sie vom Morphium ganz benommen war. Eine Minute war sie bei sich, in der nächsten schon wieder weg.« Zach drückt meine Hand, und als ich auf dem Liegestuhl das Gewicht verlagere, beugt er sich vor und küsst mich auf die Stirn.

»Ich erinnere mich ganz deutlich, dass ich die ganze Zeit das Gefühl hatte, fremd in meinem eigenen Körper zu sein. Wie konnte das nur passieren? Es fühlte sich so unwirklich an. Wir wurden fortgetrieben auf einer Welle von Bestattungsarrangements und Beileidsbekundungen, und erst später, als keine Blumen mehr geschickt wurden, als keine Karten mehr auf der Fußmatte landeten, wurde es uns richtig klar. Sie war fort. Es waren nur ein paar Wochen, die mein Leben unwiderruflich veränderten.«

Tränen steigen mir in die Augen, und ich blinzle sie weg. Ich glaube nicht, dass ich diese Geschichte jemals erzählen kann, ohne wieder zu dem fünfzehnjährigen Mädchen zu werden, das seine Mutter in einem Alter verliert, in dem es sie am meisten gebrauch hätte. Und es fühlt sich immer noch an, als wäre es gestern passiert.

»Alice, das ist furchtbar«, sagt Zach. Er kniet jetzt direkt neben mir, zieht mich zu sich heran und drückt mich fest. Ich kuschle mich an ihn, es tröstet mich, sein Herz direkt neben meinem Ohr schlagen zu hören. Seine Gegenwart hat etwas Beruhigendes, und es tut gut, zu wissen, dass er einfach nur zuhört.

»Dad und ich machten weiter, so gut wir konnten, aber es

fiel uns beiden schwer. Ich machte eine Phase durch, in der ich entsetzlich wütend auf alles und jeden war. Dad saß einfach nur still da, während ich tobte. Er wartete ab, bis ich meine Wut herausgelassen hatte, und tröstete mich, wenn ich nichts mehr zu sagen hatte. Er war mein Fels in der Brandung und arbeitete hart, sorgte für mich und stellte mich immer an erste Stelle. Aber ich wusste, sein Herz war gebrochen und würde nicht mehr heilen. Oft saß er da und weinte leise, wenn er glaubte, ich sei längst schlafen gegangen.«

»Als Kind gibt es nichts Schlimmeres, als zu wissen, dass es einem Elternteil nicht gut geht, und das Gefühl zu haben, nichts tun zu können.« Zach setzt sich aufs Gras und bedeutet mir, das Gleiche zu tun. »Ich habe oft erbitterte Streitereien zwischen Mum und Dad angehört, wenn Raff und ich schon im Bett waren. Sie hielten sich anscheinend zurück, bis wir in unserem Zimmer waren, aber wir konnten es trotzdem hören. Sie tobten vor Wut, und ich weiß noch, wie ich in meinem Zimmer lag und mich so hilflos fühlte. Ich glaube, Raff und ich haben uns lange die Schuld daran gegeben, was mit unseren Eltern passierte.«

»O Zach, das ist so traurig. Ihre Trennung war nicht eure Schuld. Du warst ja noch ein Kind!«

»Das weiß ich jetzt«, sagt er leise. »Es ist alles so verwirrend, wenn man klein ist. Und dass du deine Mum mit fünfzehn verlieren musstest … O Alice. Ich kann mir gar nicht vorstellen, wie hart das für dich gewesen sein muss.«

»Es war hart«, gebe ich zu. »Eines Tages – nachdem Dad und ich beschlossen hatten, dass wir so weit waren – fingen wir an, Mums Sachen zu sortieren. Die Kleider anzufassen, die wir einmal so bewundert hatten. Das fühlte sich an, als würden wir etwas Magisches zerstören. Wir stapelten die Kleider aufeinander, die wir an gemeinnützige Organisationen spenden wollten. Danach fand ich, dass wir uns eine Portion von dem Fish-und-Chips-Wagen verdient hatten, der immer durch unser Dorf fuhr. Als ich zurückkam, war Dad immer noch im Schlafzimmer und hielt eines von Mums Lieblingskleidern in den Händen. Ich sehe noch deutlich vor mir, wie weiß seine Knöchel waren, als ob er niemals wieder loslassen wollte. Da wusste ich, dass Dad nie wieder derselbe sein würde. Er hatte die Liebe seines Lebens verloren.« Mir bleibt die Stimme weg.

»Und du hattest deine Mum verloren«, flüstert Zach.

»Von da an begann ich, meinen Dad mit aller Kraft zu beschützen. Das tue ich immer noch. Er sollte niemals wieder verletzt werden. Also konzentrierte ich meine ganze Energie darauf und sorgte dafür, dass er Ruhe hatte, wann immer er das brauchte.«

»Das muss so schwer gewesen sein – im Haus zu sein, ohne dass sie da war, vor allem am Anfang«, sagt Zach mitfühlend.

Ich nicke. »Deshalb landete ich mehrmals pro Woche bei Dylan und aß seiner Mutter den Kühlschrank leer. Es wurde leichter für uns auf eine Art, die es wiederum fast schwerer machte. In vielerlei Hinsicht will man gar nicht, dass so etwas leichter wird. Aber selbst nach langer Zeit erinnerte uns zu Hause alles an Mum. Die kleine Kuhle auf ihrer Seite des Sofas, wo sie abends immer gesessen hatte. Ihre Lieblingskaffeetasse. Die Fotos von ihr mit uns überall im Haus. Als ich anfing, zu studieren, beschloss Dad, unser Haus zu verkaufen. Er kaufte eines in der Nähe, aber weit genug entfernt für einen Neuanfang. Wir sehen uns oft, und es macht ihm Spaß, mir missratene Aufnahmen von seinem Abendessen oder ungeschickte Selfies mit seinen Kumpels im Pub zu schicken.« Ich grinse.

Wir stehen gleichzeitig auf, Zach umfasst noch immer meine Taille. »Bestimmt ist dein Dad unglaublich stolz auf dich.«

»Jedenfalls sagt er mir das oft.« Ich lächle. »Weißt du noch, dass ich dir erzählt habe, dass Dad meiner Mum jede Woche Blumen geschenkt hat? Es war so ein einfacher, aufrichtiger Liebesbeweis, und deswegen liebe ich Blumen so sehr. Ich meine, nach dem Begräbnis wurde mir von ihrem Anblick fast schlecht. Das Haus war noch Wochen überschwemmt von weißen Lilien. Aber nachdem sich alles wieder normalisiert hatte, wurde die Gartenarbeit für mich zu einer Möglichkeit, in gewisser Weise Kontakt zu meiner Mum aufzunehmen. In einem Jahr war sie sehr erfolgreich im Garten mit einer Rosmarin-Pflanze, und seitdem gab es immer einen kleinen Topf mit irgendwelchen Keimlingen, um die sie sich kümmerte. Nach Mums Tod wurde das Gärtnern meine Art – ich weiß nicht –, diese Liebe weiterzutragen? Ein Stück von ihr bei mir zu haben, glaube ich.«

»Dass du das alles machst, um deiner Mum nahe zu sein, finde ich wundervoll, Alice. Sie wäre so stolz auf dich.«

»Danke. Das hoffe ich. Während des Studiums habe ich gelesen, wie Gartenarbeit zur Bewältigung von Stress oder Trauer beitragen kann. Da habe ich mich an einem Gartenprojekt der Gemeinde beteiligt. Als ich anfing, den Boden zu harken, habe ich es sofort verstanden. Wir haben Brachland in Blumen- und Gemüsegärten verwandelt, und alles wachsen zu sehen, hatte etwas sehr Positives. Nach dem Studium kam ich zurück nach Sheffield, und als ich mein Blumengeschäft eingerichtet hatte, merkte ich, wie sehr ich das Gärtnern vermisste, also habe ich mir meine eigene Parzelle angeschafft. Das klingt jetzt wahrscheinlich echt kitschig, aber hierherzukommen, ist eines meiner Wellness-Rituale. Es bedeutet, ich kann *sowohl* der Mittelpunkt einer Party sein *als auch* eine Auszeit genießen.«

»Gar nicht kitschig.« Zach lächelt. »Ich halte sehr viel davon, sich Zeit für sich selbst zu nehmen, wenn man das braucht. Ich gehe dann in die Berge, um zu klettern, oder ich gehe einfach raus und laufe. Nichts geht über dieses Gefühl von Freiheit, dieses Gefühl, den alltäglichen Zwängen zu entkommen. Es macht einen klaren Kopf.«

»Absolut.« Ich nicke, erleichtert, dass mein plötzlicher emotionaler Ausbruch ihn nicht verschreckt hat. »O Gott, tut mir leid, Zach. Ich merke gerade, wie lange wir geredet haben. Ich wette, du hast nicht damit gerechnet, dass die einfache Frage, wie ich zum Gärtnern gekommen bin, zu einer umfangreichen Erklärung über den emotionalen Ballast ausarten würde, der dahintersteckt.«

Er drückt meine Schulter. »Bitte entschuldige dich nicht. Ich bin wirklich gerührt, weil du mir gegenüber so offen darüber redest und mir vertraust. Ich kann nur versuchen, mir vorzustellen, wie es sich anfühlen muss, ein Elternteil zu verlieren, aber dein Bedürfnis nach einem Raum für dich selbst kann ich sehr gut nachfühlen. Raff und ich haben viele Wochenenden damit zugebracht, von einem Elternteil zum anderen kutschiert zu werden, und das war hart. Ich hatte das Gefühl, niemals wirklich irgendwo richtig hinzugehören. Andere Kinder in der Schule erzählten von ihren Familiensonntagen, an denen ein Elternteil sie zum Fußballspiel fuhr, während der andere ein Sonntagsessen kochte. Wir wussten von einem Wochenende zum anderen nie wirklich, wo wir sein würden, ich hatte also nie das Gefühl … geerdet zu sein? Ich habe jedes Mal geweint, wenn ich mich nach dem Wochenende von Dad verabschieden musste, und bei Mum war es genauso.«

Er zieht einen Liegestuhl heran und klappt ihn auf, damit wir zusammen darauf sitzen können. »Aber Scheidungen kommen ja häufig vor.« Er zuckt mit den Achseln. »Und es geht uns allen gut, ich habe also eigentlich keinen Grund, mich zu beschweren.«

»Es hatte bestimmt Auswirkungen auf dich, Zach.«

»Ich denke schon. Ich habe sehr viele Schuldgefühle deswegen gehabt, als ich noch jünger war, und ich bin immer noch schnell bereit, mich zu verurteilen. Manchmal stecke ich in meinen Gedanken fest, und dann hole ich die Sportschuhe raus und laufe los. Nach einer ordentlichen Dosis Frischluft fühlt sich alles besser an.«

»Nun ja, ich kann allem zustimmen, was du sagst, bis auf die Sache mit dem Laufen.« Ich lache, und mir wird erst jetzt bewusst, dass ich die ganze Zeit den Ehering meiner Mum hin und her drehe und die Haut an meinem Mittelfinger schon ganz rot ist.

Zach merkt es, fragt, ob der Ring von Mum ist, und ich nicke.

»Es ist schön, dass du etwas tragen kannst, was dich immer an sie erinnert. Und dass du jetzt auch diesen Ort hast, an dem du dich ihr nah fühlen kannst.«

»Verrat Mum nicht, dass meine Rosmarin-Pflanze sogar noch toller ist als ihre.«

Zach tut, als würde er sich die Lippen mit einem Reißverschluss versiegeln, und ich muss lachen. Das fühlt sich so gut an.

»Im Ernst, ich habe das alles noch nie jemandem erzählt«, sage ich nach einer Pause, denn plötzlich fühle ich mich gehemmt und ein bisschen entblößt. »Du bist übrigens der erste Mensch, außer meinem Vater, den ich jemals hierher eingeladen habe.«

»Ich fühle mich geehrt, hier dein zweiter Gast zu sein. Und ich bin wirklich froh, dass du dich sicher genug gefühlt hast, mir das alles zu erzählen.« Zach beugt sich vor, um mich zu küssen.

Doch unser Augenblick wird unterbrochen, denn ViVi streckt den Kopf herüber, um Hallo zu sagen. Ich wusste, sie würde nicht widerstehen können, einen Blick auf meinen neuen Gast zu erhaschen, sobald es eine Gelegenheit dazu gäbe. Zach sagt ihr, dass die Erdbeeren die besten waren, die er je gegessen hat – da ist sein gewohnter diskreter Charme am Werk –, und ich sehe, wie sie übers ganze Gesicht über das Kompliment strahlt. Zach scheint diese Wirkung auf Menschen zu haben.

Wir plaudern eine Weile zu dritt und gehen auf ihrer und meiner Parzelle herum, bis ViVi verkündet, dass sie für heute Schluss macht. Sie winkt mich zu sich herüber und gibt mir eine Portion in Zeitungspapier gewickelte Stangenbohnen. Zach widmet seine Aufmerksamkeit wieder den frisch gesäten Kürbissamen und begießt sie. ViVi formt mit den Lippen ein »Wooooow«.

»Ja, nicht wahr?« Ich kichere. Was Zach an gärtnerischen Fähigkeiten vermissen lässt, macht er durch sein Aussehen mehr als wett. Er hat die Ärmel seines Shirts hochgekrempelt, die jetzt seine starken Arme fest umschließen, und offen gesagt bin ich ganz hin und weg.

»Ich glaube, wir haben uns eine Pause verdient«, sage ich später. Zach richtet sich auf und wischt sich mit dem linken Arm über die Stirn.

»Wir?«, schnaubt er. »Ich bin ziemlich sicher, dass du den Nachmittag mit Sonnenbaden verbracht hast!«

»Ich bevorzuge den Ausdruck ›künstlerische Leitung‹«, erwidere ich und grinse. »Limonade?«

»Weil es britischer kaum noch geht?«

»Hm, es ist alles sehr typisch, nicht wahr?« Gartenarbeit, Erdbeeren, Limonade. Ich halte immer noch die Stangenbohnen in der Hand. »Fehlt nur noch, dass ich mich *cottagecore*-mäßig anziehe und wir im Jane-Austen-Stil durch die Berge wandern.«

»*Cottagecore*?« Zach zieht verwirrt die Brauen hoch.

»Das ist so ein Mode-Ding. Lange, weit fallende Kleider mit hübschem Paisleymuster. Vielleicht hätte ich noch etwas Italienisches dazufügen sollen, damit du dir nicht ganz so vorkommst, als befändest du dich in einer Folge von *Last of the Summer Wine.*«

»Ich brauche immer einen Espresso oder ein *gelato* in meiner Nähe«, scherzt er.

»Da hört man die italienische Abstammung.« Seine wundervolle Aussprache lässt mich dahinschmelzen wie ein *gelato.*

»Das kommt von meiner *nonna.* Nachdem Dad zurück nach Italien gegangen war, verbrachten Raff und ich die Sommerferien immer dort bei unserer Grandma … Ich weiß noch, wie wir die Tage gezählt haben, bis die Ferien anfingen. Wir haben immer noch engen Kontakt zu ihr, und sie liebt Videoanrufe. Als ich das letzte Mal mit ihr geredet habe, hatte sie beim Aufräumen meinen Teddybären in einem Schrank gefunden – Moment, das ist peinlich. Ich hatte niemals einen Teddybären.«

Ich muss lachen. »Endlich! Ich hoffe schon die ganze Zeit auf einen gerechten Ausgleich, seit dieses Foto aus meiner Kindheit aufgetaucht ist.«

»Darth Vader?«

»Sei still.«

Wir sitzen wieder auf unseren Liegestühlen und nippen an unserer Limonade. Ich schmiege mich an Zach, sein vertrauter Duft vermischt sich mit dem der Erdbeeren. Ein Tag im Garten hat meinen Kopf von den vertrauten Blockaden befreit, und es fühlt sich alles so friedlich an, während ich auf Zachs Herzschlag lausche.

Die Sonne geht hinter einem der vielen Hügel von Sheffield unter, und die Lichterketten, die ich um meinen Schuppen herumgezogen habe, fangen an, zu leuchten.

»In allen Farben des Regenbogens«, bemerkt Zach und lächelt. »Deine Vorliebe für Buntes scheinst du von deiner Mutter zu haben.«

Ich hatte ihm zuvor erzählt, wie verrückt Mum nach fröhlichen Farben war. Sie arbeitete als Innenausstatterin und war nie glücklicher als beim Durchstöbern kleiner Vintage-Läden nach besonderen Schätzen. Infolgedessen herrschten in unserem Haus ein Farben-Mischmasch und ein fröhlicher Stilmix. Ein weiches pinkes Sofa aus den Sechzigern stand neben einem mit blauem Samt bezogenen Sessel im Wohnzimmer, und bei unseren Mahlzeiten aßen wir von Tellern mit Paradiesvogel-Aufdruck. Meine schmutzigen Gummistiefel standen neben einem orangen Garderobenständer im Flur. »Die Wände müssen weiß bleiben!«, forderte Mum. »Lasst die Möbel für sich sprechen.« Ich glaube, das ist einer der Gründe, weshalb wir nach ihrem Tod überhaupt das Haus verkaufen konnten. Es hat dann Jahre gedauert, bis wir ihre Möbel wieder herausholten, aber in denen lebte ihre Fröhlichkeit weiter.

»Ich habe endlich auch die Paradiesvogel-Teller ausgepackt«, sage ich zu Zach. »Es ist noch gar nicht lange her. Sie sind in meinem Haus, und ich denke jedes Mal an Mum, wenn ich esse. Ich stelle mir vor, wie sie mich lobt, wenn ich etwas Nahrhaftes mampfe, oder wie sie mit der Zunge schnalzt, wenn ich mir zum Abendessen Instantnudeln mache. Dad verbringt inzwischen seine Abende meistens lang ausgestreckt auf dem pinken Sofa.«

»Klingt, als ob es dir gut ginge, Alice.«

Ich schweige einen Moment, und mir wird klar, dass er recht hat. Zach hat die Beine neben seinem Liegestuhl lang ausgestreckt, und ich habe mich halb gedreht, um meine Beine über seine zu legen. Neben uns stehen die Pappbecher mit lauwarmer Limonade, die kaum noch sprudelt. Zachs Arm liegt immer noch in meinem Nacken. Unwillkürlich lehnen wir die

Köpfe aneinander und verschränken unsere Hände und sitzen einfach so Seite an Seite. Ich schließe die Augen und genieße das Glücksgefühl, das mich durchströmt, während wir uns küssen.

Happy Hour

Zach

Alice lehnt in ihrem Pyjama mit dem tropischen Palmenmuster am Küchentresen. Die Kaffeemaschine erwacht zum Leben, und der Backofen verströmt den Duft von Zimtschnecken. Ich bleibe in der Tür stehen, um sie nicht zu stören, und nehme jedes Detail dieser Szene in mich auf. Die Atmosphäre ist so locker, heiter, entspannt … so viel von dem, wonach ich mich im Lauf der Jahre gesehnt habe. Ich war wirklich froh, dass Alice mir gestern in ihrem Garten so viel von sich erzählt hat. Es ist ihr sicher nicht leichtgefallen, über ihre Mum zu sprechen. Zu erfahren, was sie hinter sich hat und was sie in so jungem Alter verkraften musste, hilft mir, einige fehlende Teile ihres Puzzles zusammenzufügen. Jetzt verstehe ich, weshalb sie nie etwas von Liebe wissen wollte. Sie hat Angst. Sie hat erlebt, wie leicht Liebe einem das Herz zerreißen kann, sie versucht, sich zu schützen. Sie hat aus gutem Grund einen Schutzwall um sich herum errichtet.

Ich glaube allerdings nach wie vor fest an die Liebe. Und zu erfahren, dass Alice so ein großes Herz hat, lässt mich erst recht hoffen.

Sie sieht mich in der Tür stehen und kommt herüber, ein schläfriges Lächeln erhellt ihr Gesicht.

»Guten Morgen.«

»Guten Morgen. Dein Bett hat sich ohne dich so leer angefühlt, da musste ich einfach mal nachsehen.«

»Freut mich«, sagt sie. »Es passiert nicht oft, dass ein Mann in Boxershorts zu mir in die Küche kommt.«

»Und das freut mich wiederum«, antworte ich lachend.

»Zach, mach dich bereit. Heute Morgen werde ich den besten Kaffee deines Lebens kochen. Das ist eine großspurige Behauptung, ich weiß. Schließlich bist du Italiener und hast in einem Coffeeshop gearbeitet. Aber ich schaue mir seit zwanzig Minuten YouTube-Tutorials an, und jetzt bin ich eine qualifizierte Barista, findest du nicht auch?«

Mit belustigtem Blick zieht sie mich an den Küchentisch und bedeutet mir, mich hinzusetzen, während sie die gemahlenen Bohnen abwiegt.

»Ich bin jetzt schon beeindruckt«, sage ich, als sie das Pulver zusammendrückt.

»Nat hat dieses komplette Kaffee-Set mitgebracht, als sie eingezogen ist«, erklärt Alice. »Ich bin ziemlich sicher, dass sie es bei einem Event, das sie organisiert hat, geklaut hat. Moment, nein. Natalie ist sehr professionell und stiehlt niemals Sachen von Kunden.« Sie dreht sich um und zieht eine Grimasse.

Ich tue schockiert. »Sollte ich dein Haus nach Werken von mir durchsuchen?«

Alice grinst. »Ach was. Ich stehe auf kräftige Farben und am liebsten mehrere. So viele wie möglich, großzügig auf einer Leinwand verteilt.«

»Pollock?«

»Kein Grund, unhöflich zu werden.«

»Nein, ich meine Jackson Pollock. Den Maler. Ich dachte, du hattest eine Eins im Kunst-Leistungskurs?«

»Hatte ich auch! Aber mein Thema war die Renaissance. Und Fotografie. Muss ich jetzt wieder mein Polo-Shirt herausholen, während du mir eine Lektion in moderner Kunst erteilst?«

»Immer diese Frotzeleien.« Ich seufze. »Wie wär's, wenn

du den Mund hältst und mir endlich meinen Kaffee bringst, Weib?«

»Und das, mein Herr, waren die letzten Worte des bekannten Künstlers Zach Moretti, bevor er verschwand und nie wieder gesehen wurde.« Sie wedelt drohend mit dem Kaffeestampfer, und ich halte die Hände hoch und ergebe mich.

»Schon gut, schon gut, ich nehme es zurück«, sage ich lachend, und Alice gibt mir meinen Kaffee.

»Bitte halte niemals den Mund. Im Ernst. Ich liebe es, dich reden zu hören. Das ist, als wenn ich meinen persönlichen Stimmungsaufheller-Podcast eingeschaltet hätte.«

Ich probiere einen Schluck.

»Und?«, fragt sie.

Hm. »Schmeckt gut«, sage ich.

»Der beste Kaffee deines Lebens?« Sie stemmt in gespielter Entrüstung eine Hand in die Hüfte.

»Äh … ja?«

Sie lacht. »Du bist wirklich ein schlechter Lügner, was wohl eine gute Eigenschaft ist, schätze ich. Also, ich würde sehr gerne mit dir hier faulenzen, aber ich habe heute Nachmittag einen Termin mit einem potenziellen Neukunden. Montags geht es im Geschäft normalerweise eher ruhig zu, und Eve macht heute den Laden auf, aber ich möchte trotzdem hingehen und mich auf den Termin einstellen. Es geht um eine Hochzeit, und ich will einfach vorbereitet sein. Du kannst gerne hierbleiben.«

Eigentlich möchte ich am liebsten den Vormittag mit Alice im Bett verbringen, aber ihr Ehrgeiz und ihre Leidenschaft, wenn es um ihre Karriere geht, gehören zu den Eigenschaften, die sie für mich so anziehend machen.

»Geh nur, und zeig es ihnen«, sage ich. »Ich müsste auch mal wieder ins Studio. Und da ich für unser nächstes Date zuständig bin, hast du heute Abend Zeit?«

»Nat kommt erst später zurück, und ich habe nichts vor …«

»Ein alter Freund von mir hat eine neue Bar eröffnet und feiert heute Einweihung.«

»Wie das? Du lädst mich in eine Bar ein? Du weißt aber schon, dass wir dort … anderen menschlichen Wesen begegnen könnten?«

»Du bist ganz schön frech!«

Sie strahlt. »Eine Bar hört sich gut an, besonders nachdem unser letztes Date so bodenständig war. Zwei Dates innerhalb von zwei Tagen, Zach! Aber da gibt es ein großes Problem …«

»Tatsächlich?«, frage ich besorgt.

»Ein sehr großes.«

Ich bin perplex.

»Unser Dating-Alphabet?« Sie reißt die Augen auf. »Sag bloß, du hast es vergessen! Wer ist hier der Romantiker?«

»Stimmt«, sage ich erleichtert. »Wenn du mich bitte ausreden lassen würdest. H wie Happy Hour. Klingt das gut?«

»Drinks am frühen Abend? Klingt schon besser!« Sie fährt mir durchs Haar und küsst mein Ohrläppchen, bevor sie verschwindet, um zu duschen.

Als ich im Studio ankomme, frage ich mich, ob ich mich überhaupt konzentrieren kann, da ich ständig an Alice denke. Sie hat die letzte Zimtschnecke für mich eingepackt, für den Fall, dass ich einen vormittäglichen Energieschub brauche. Ihre Fürsorglichkeit rührt mich. Die Spotify-Playlist läuft, und ich lasse mich auf dem Stuhl vor der Staffelei nieder. Vermutlich bringe ich ausschließlich Skizzen von Alice zu Papier, anstatt an meinem Auftrag zu arbeiten. Dieses Muttermal auf der Innenseite ihres linken Schenkels. Die kleine Narbe über ihrem Bauchnabel. Ihr kastanienbraunes Haar, das sich wie ein Wasserfall über ihren nackten Körper ausbreitet, wenn wir im Bett sind.

Natürlich geht mir das alles immer wieder durch den Kopf, aber es scheint meine Kreativität eher zu fördern, als zu blockieren. Inzwischen sind Kohlezeichnungen rund um meine Füße auf dem Boden verstreut, und am Spülbeckenrand liegen Pinsel, die in Farben getaucht wurden, die ich normalerweise nicht benutze. Als ich endlich auf die Uhr sehe, stelle ich fest, dass ich nur noch eine Stunde bis zu unserem Date habe, und ich möchte unbedingt meine farbverschmierten Sachen ausziehen, bevor ich Alice wiedersehe, also flitze ich nach Hause, um zu duschen.

Hier herrscht Chaos. Ich will das Haus renovieren, seit ich Anfang des Jahres eingezogen bin, finde aber kaum Zeit dafür, weil ich im Studio so viel zu tun habe. Ich ziehe mir frische Sachen an und will gerade losgehen, als mein Handy vibriert. Vielleicht braucht Alice eine Wegbeschreibung zu der Bar.

Doch das Display zeigt einen anderen Namen.

Clara.

Ich runzle die Stirn. Es ist eine Weile her, seit sie das letzte Mal angerufen hat. Ich dachte, sie hätte die Botschaft verstanden, nachdem ich die wenigen Anrufe und WhatsApp-Nachrichten, die ich in den Tagen nach unserer Trennung von ihr bekommen habe, ignoriert beziehungsweise gelöscht habe.

Was will sie wohl jetzt?

Ich schüttle den Kopf. Egal. Wie von selbst bewegt sich mein Daumen auf *Anruf ablehnen*, und dann schalte ich mein Handy stumm, denn ich möchte nicht gestört werden.

Theo steht im Eingang der Bar, als ich ankomme, und begrüßt alle Leute mit einem breiten Lächeln.

»Zach, wie gut, dich zu sehen! Ist lange her.«

Theo und ich haben zusammen in einem Coffeeshop in Sharrow gearbeitet, bevor er sein eigenes Café etabliert hat und ich mit meiner Kunst erfolgreich wurde und deshalb keinen Zusatzjob mehr brauchte.

»Glückwunsch, Mann.« Ich klopfe ihm auf die Schulter. »Ein Café, das gut läuft, und jetzt auch noch eine Bar. Das Imperium wächst!«

»Na, noch nicht ganz ein Imperium. Aber – gib mir noch etwas Zeit. Und jetzt komm rein und schau dich um.« Er geht voraus, und ich betrachte die naturbelassenen Holzböden und Tische im Skandi-Stil, kombiniert mit Plüschsesseln und tiefblauen Wänden.

»Sieht wirklich gut aus«, sage ich.

Theo lächelt. »Ich habe einen Tisch für dich reserviert. Getränke gehen für alte Freunde aufs Haus. Ich komme später noch mal. Zum Reden.«

Ich nehme die Cocktail-Karte zur Hand und beschäftige mich mit der Frage, was Alice am besten gefallen würde. Schließlich entscheide ich mich für einen Drink namens Hugo aus Holunderblütensirup, Prosecco, Mineralwasser und Minzblättern. Das klingt irgendwie botanisch, und ich weiß ja, wie sehr sie das Pflanzen und Säen in ihrem Garten liebt.

Auf dem Rückweg vom Tresen muss ich lächeln, als ich sehe, wie Theo souverän mit den anderen Gästen sein Begrüßungsritual abspult. Ich weiß genau, Theo ist nicht der Typ, der sich unbehaglich fühlen würde, wenn er in einer belebten Bar auf ein Date wartet, so wie ich gerade. Er ist mit der gleichen natürlichen Selbstsicherheit ausgestattet wie Alice. Es ist schon eine Weile vergangen, und der Prosecco in den Cocktails, die ich georderт habe, hat aufgehört, zu perlen. Wo bleibt sie? Hoffentlich ist alles in Ordnung.

Mir fällt ein, dass ich mein Handy stumm geschaltet habe, als ich aus dem Haus gerannt bin, also ziehe ich es heraus und checke, ob sie geschrieben hat.

Da erst sehe ich es.

Vier verpasste Anrufe und eine Sprachnachricht von meiner Ex.

So oft hat Clara mich nie kontaktiert, nicht einmal, als wir noch zusammen waren. Es ist also total untypisch für sie, mich so oft anzurufen, was in mir die Sorge weckt, es könnte sich um einen Notfall handeln. Zögernd drücke ich bei der Voice-Mail auf *abspielen.*

»*Zach, hallo, ich bin es …*« Ich schaudere, als ich die Stimme höre, die mir einmal so vertraut war. Sie wirkt auf mich wie eine Zeitmaschine, die mich aus meinem jetzigen Leben wegträgt und zurück in die Zeit, in der Clara und ich zusammengehörten. Ich höre zu. »*Ich weiß, das kommt jetzt etwas plötzlich, und es tut mir leid, dass ich auf diese Art Kontakt zu dir aufnehme. Du hast ja klar zum Ausdruck gebracht, dass du nichts mehr von mir hören willst, und ich verstehe das. Ich musste dich jetzt kontaktieren, weil es etwas gibt, das du wissen solltest. Es tut mir leid, es dir als Voice-Mail mitzuteilen, aber wenn du meine Anrufe nicht beantwortest, geht es nicht anders. Also, hier ist die Nachricht. Zach, ich bin verlobt. Ich weiß, das kam schnell …*«

Ich lege das Handy auf den Tisch, denn ich will nichts weiter hören. Ich habe das Gefühl, mein Verstand arbeitet mit tausendfacher Geschwindigkeit, die Gedanken kommen und gehen so schnell, dass ich sie nicht lange genug festhalten kann, um irgendetwas davon zu verarbeiten.

Sie ist verlobt?

Ich sollte an die frische Luft gehen, einen klaren Kopf bekommen und keinen weiteren Gedanken an das hier verschwenden. Mit meinem Cocktail versuche ich, ins Hier und Jetzt zurückzukehren, aber das ist nicht so leicht. Wie ein Idiot greife ich wieder zum Handy und scrolle durch Instagram, auf der Suche nach Claras Profil, dem ich längst nicht mehr folge.

Da ist es.

Eines von diesen weit verbreiteten, elegant gestylten Schwarz-Weiß-Fotos, aber dieses ist von ihr. Normalerweise teilt sie keine Fotos von sich in den sozialen Medien. Oder besser: *teilte.* Ich kenne sie ja praktisch nicht mehr. Das Foto zeigt Clara, wie sie sich an ihn lehnt, und der Ring an ihrem Finger funkelt heller als die Lampen im Hintergrund.

Ich scrolle zur Bildunterschrift, was ich, wie ich weiß, besser lassen sollte.

Federnden Schritts in die neue Woche! Am Wochenende habe ich Ja gesagt!

Es ist heute gepostet worden, und die Likes werden immer mehr, denn ihre Freunde und Freundinnen gratulieren wie am Fließband.

Was mir am meisten zusetzt, ist, dass ich weiß, wer ihr Verlobter ist. Es ist der Mann, mit dem Clara sich während unserer ganzen Beziehung heimlich getroffen hat. Der berühmte rosa Elefant ist gerade in die Bar einmarschiert: Alice ist auf dem Weg hierher, und ich habe ihr *immer noch* nichts von dem Drama meiner früheren chaotischen Beziehung erzählt.

Alice bringt einen Schwall frischer Luft mit, als sie hereinkommt und sich zu mir setzt. Ein Lächeln breitet sich auf ihrem Gesicht aus beim Anblick der zwei leeren Gläser auf dem Tisch. »Na, na! Bin ich so spät dran, dass du alle Cocktails allein trinken musstest?«

»Ah, tut mir leid.« Ich versuche, ihr Lächeln zu erwidern. »Ich hatte Durst. Ich besorge neue Drinks.« Ich gehe zum Tresen und ordere das Gleiche noch einmal. Mir ist leicht schwindlig, weil ich zwei Drinks hintereinander runtergestürzt habe. »Der Cocktail nennt sich Hugo. Ich dachte mir, der könnte dir schmecken, es sind jede Menge Zutaten drin, die man anpflanzen kann«, erkläre ich, als ich zurückkomme.

»Zach, das ist süß.« Sie nippt daran. »Mm, schmeckt gut.«

Sie sieht heute Abend sogar noch hübscher aus. Das Haar fällt ihr auf die Schultern, und sie trägt eine dunkelblaue Seidenbluse mit gelben Punkten und dazu eine locker sitzende Jeans, und ihre Füße stecken in karamellfarbenen Schuhen mit Blockabsatz.

Ich knacke mit den Fingerknöcheln und versuche, die Anspannung, die ich im ganzen Körper spüre, loszuwerden.

»Ist alles in Ordnung?«, fragt sie liebevoll. »Du wirkst irgendwie angespannt.«

Reiß dich am Riemen, Zach.

»Mir geht's gut, danke.« Ich nicke und versuche, Alice' positive Ausstrahlung aufzusaugen. Warum lasse ich zu, dass Clara mir so zusetzt? Sie ist Vergangenheit.

»*Okay.* Ist im Studio alles in Ordnung?«

»Äh, ja, es ist wirklich gut gelaufen. Danke. Wie war dein Tag?« Ich versuche, das Gespräch von mir abzulenken. Es hat keinen Sinn, sich über dieses Thema Gedanken zu machen, sage ich mir.

Alice klatscht in die Hände, ihr Gesicht leuchtet auf vor Freude. »Erinnerst du dich an die Braut, von der ich heute Morgen erzählt habe? Wir hatten ein wundervolles Meeting. Sie hat auch ihren Verlobten mitgebracht, und die beiden sind ein total süßes Pärchen. Und so begeistert. Sie haben sich erst am Freitag verlobt, aber sie ist schon mit Feuereifer bei der Sache und hat eine klare Vorstellung davon, was sie will. Und das Beste ist: Sie ist Fashion Director, das Ganze könnte also einen enormen Einfluss auf mein Geschäft haben.«

Eine Frau, die Fashion Director ist und sich erst vor ein paar Tagen verlobt hat? Das kann doch wohl nicht wahr sein!

Alice fragt mich, ob ich von dem Magazin gehört habe, bei dem sie arbeitet, und natürlich kenne ich es. Ich rutsche unbehaglich auf meinem Platz hin und her und wünschte, unsere Unterhaltung ginge in eine andere Richtung.

»Wie auch immer«, fährt Alice unbekümmert fort. »Sie ist durch den Blog einer Innenausstatterin, mit der ich schon einmal zusammengearbeitet habe, auf mich aufmerksam geworden. Wie cool ist das? Sie hat sich also schon über meinen Laden schlau gemacht und weiß, dass ich schnell ausgebucht bin, besonders während der Hochzeitssaison. Deshalb hat sie mich auch so schnell kontaktiert. Das könnte eine Riesensache für mein Geschäft werden, Zach. Sie ist eine tolle Influencerin, und ich weiß jetzt schon, dass ihre Hochzeit grandios wird.«

Sie hält inne, um an ihrem Drink zu nippen, und ich habe keine Ahnung, was ich sagen soll.

»Sie sind ein so attraktives Paar. Heute Nachmittag wollen sie es offiziell auf Instagram verkünden, das haben sie erst direkt vor unserem Meeting beschlossen. Dann hat sie ständig ihr Smartphone gecheckt und sich riesig gefreut über die vielen Kommentare, die hereinkamen.«

Meine Ex heiratet, und die Frau, mit der ich eine ernsthafte Beziehung anstrebe, ist für die Blumen zuständig. Ich kann nicht glauben, dass das wirklich passiert – jetzt, da ich darüber hinweg bin und auch ein neues Leben anfangen möchte.

Alice ist voller Enthusiasmus, und ich schüttle den Kopf, in der Hoffnung, das Gewitter, das sich hier zusammenbraut, vertreiben zu können, aber das funktioniert nicht.

»Hört sich gut an.« Ich versuche, ein wenig Begeisterung aufzubringen, um Alice in ihrer Freude über ihre neue Kundin zu bestätigen.

Sie nimmt jetzt einen großen Schluck aus ihrem Glas.

»Zach, ich habe das Gefühl, ich habe etwas nicht mitbekommen. Du wirkst so … abwesend. Bedrückt dich etwas, oder bist du sauer auf mich, weil ich mich verspätet habe?«

»Nein, das ist es nicht.«

»Es waren ja auch nur zwanzig Minuten.«

»Wie gesagt, das ist es nicht.«

»Also, was ist es dann?« Sie strafft die Schultern. »Langweile ich dich mit meinem Gerede über die Arbeit? Du hast kaum ein Wort gesagt, seit ich hier bin.«

»Ich bin nicht wie du, Alice«, höre ich mich sagen. »Ich bin nicht immer so quietschfröhlich, okay?«

Alice zuckt zusammen.

Hör auf, dich wie ein Idiot zu verhalten.

»Nein, das hätte nicht so klingen sollen, als würde ich dich ablehnen, tut mir leid. Ich bin nur … Du bist immer so positiv. So munter. Ich kann da heute nicht mithalten.«

»Ich habe das nie verlangt«, gibt sie etwas beleidigt zurück. »Heute Morgen war alles bestens. Ist etwas passiert?«

»Äh … nein.«

»Nein? Ist das alles? Kriege ich jetzt nur noch gegrunzte Ein-Wort-Antworten?« Sie verschränkt die Arme vor der Brust und wirkt verletzt und verwirrt. Ich weiß, ich sollte zurückrudern, aber Claras Nachricht tut weh, und ich schlage zurück und treffe die Person, die es am wenigsten verdient hat. Schlimmer noch, das Foto hat mich daran erinnert, dass ich Alice gegenüber unbedingt ganz offen sein muss, aber dann wird sie sich von mir entfernen.

Ich hole tief Luft.

»Es tut mir wirklich leid, Alice. Du hast recht, es ist etwas passiert, aber ich will jetzt wirklich nicht darüber reden. Lass uns einfach den Abend genießen.«

Alice nickt mitfühlend und ich komme mir vor wie ein Vollidiot. So viel zur »Happy Hour«.

»Was auch immer geschehen ist, ich bin für dich da, wenn du es möchtest. Für mich hört es sich so an, als ob du Zeit bräuchtest, um etwas zu verarbeiten. Wirklich, Zach, es hätte mir nichts ausgemacht, wenn du heute Abend abgesagt hättest. Ich bin da ziemlich locker, weißt du?« Sie lacht kurz, und ich lächle zurück, verärgert über mich selbst, weil ich es vermasselt habe. »Hör zu, warum beenden wir den Abend nicht einfach? Wir können ihn nachholen, wenn du genug Zeit gehabt hast.«

Sie hat recht. Es ist besser, sich jetzt zu verabschieden, bevor ich mich noch blöder verhalte und Alice total vor den Kopf stoße.

»Okay«, sage ich, frustriert über mich selbst. »Tut mir wirklich leid.«

»Du musst dich nicht entschuldigen. Wir sehen uns bald, wenn du willst.« Sie küsst mich sacht auf die Wange und geht.

Bist du noch im Büro? Ich bin in einer Bar gleich um die Ecke, und ich habe richtig Mist gebaut.

Ich mache um sechs Feierabend und kann in zehn Minuten bei dir sein. X

Neun Minuten später stürmt Ellie durch den Eingang.

»Bitte sag, dass du die nicht alle selbst getrunken hast?« Sie blickt auf die leeren Gläser.

»Ich bin seit fünf hier wegen der Happy Hour, und offen gesagt hat Alice nur eins davon getrunken.«

»Ist sie hier?« Ellie blickt sich erwartungsvoll um.

»Sie ist gegangen, das ist mein Problem.«

»Es ist aber nicht aus, oder?« Ellie ergreift meine Hand.

»Nein, sie will mir nur Zeit geben.« Ich erzähle ihr von Claras Nachricht und dass meine schlechte Stimmung das Date mit Alice ruiniert hat.

»O Zach.« Ellie schiebt ein Glas Wasser zu mir. »Sei nicht so hart zu dir selbst. Das ist schließlich nicht leicht zu verkraften.«

»Ich komme mir vor wie ein Idiot. Ich hatte keine Ahnung, dass Clara in einer festen Beziehung war, als wir uns kennenlernten. Und dann habe ich herausgefunden, dass es da einen Ex gab, und sie hat geschworen, diese Sache sei wirklich vorbei. Wie kommt es dann, dass sie, nur wenige Monate nachdem wir Schluss gemacht haben, mit ihm verlobt ist?« Ich schüttle den Kopf.

»Sie hat dich knallhart belogen, Zach. Du hast es nicht verdient, so behandelt zu werden.«

»Ich bin wirklich wütend auf mich, Ellie.«

»Es war nicht deine Schuld.«

»Aber ich habe zugelassen, dass es meine Zeit mit Alice vergiftet. Jetzt hat sich auch noch herausgestellt, dass sie mit der Blumenausstattung für die Hochzeit beauftragt ist, und sie ist ganz aus dem Häuschen, weil Clara so eine tolle Kundin ist. Eine Sekunde lang habe ich überlegt, ob ich Alice sagen soll, dass ich Clara gekannt habe, aber es hat sich so merkwürdig angefühlt. Und dann konnte ich nicht einmal ein bisschen Begeisterung aufbringen und habe wahrscheinlich unhöflich und desinteressiert gewirkt, als sie mir von ihrer Arbeit erzählte, die ihr doch so viel bedeutet. Es ist alles ein verdammtes Chaos, und jetzt ist sie weg.«

»Das ist peinlich«, sagt Ellie mitfühlend. »Aber nichts, was man nicht wiedergutmachen könnte. Kann sein, dass du ein kleines bisschen überdramatisierst, genau wie dein Bruder. Vielleicht wird es Zeit, dass du ihr von Clara erzählst? Ich glaube, es würde dir helfen, Ruhe zu finden. Und den heutigen Abend kannst du jederzeit ein anderes Mal wiedergutmachen, indem du für sie *nonnas* Zucchini-Pasta kochst.«

Trotz allem tröstet mich allein schon diese Erwähnung. Raff und ich haben in jenen wundervollen Sommertagen bei *nonna* so oft wie möglich auf Zucchini-Pasta bestanden. Es ist ein Familienrezept, das von Generation zu Generation weitergereicht wurde, und es ist immer noch eine unserer Lieblingsspeisen. Raff und Ellie haben sie bei ihrem Hochzeitsessen serviert und allen britischen Gästen erklärt, dass Zucchini der italienische Name für Courgette ist, wie wir es hier nennen.

»Ich könnte einen Mord dafür begehen«, sage ich mit einem halbherzigen Lächeln.

»Na also! Geht es dir schon besser, Zach?«

»Ja.«

»Als du das Bild von Claras Verlobung gesehen hast, hat ein Teil von dir sich gewünscht, dass du das wärst? Ich meine, dass du ihr den Heiratsantrag gemacht hättest?«

Meine Antwort kommt spontan und geradeheraus.

»Auf keinen Fall.«

Ich bin selbst überrascht, dass ich mir da so sicher bin, obwohl ich mir, als wir noch zusammen waren, erlaubt hatte, darüber nachzudenken, ob wir vielleicht eines Tages heiraten würden. Ich räuspere mich und erwidere Ellies Blick. Sie sieht mich aufmerksam an. »Es ist eigenartig, wie schnell sich Gefühle für einen anderen Menschen ändern können. Ich meine damit nicht, dass ich geschockt bin, weil sie jetzt heiratet, was ich natürlich bin, aber weißt du was? Als ich dieses Foto gesehen habe, wurde mir bewusst, dass ich total über sie hinweg bin. Ich habe es die ganze Zeit gewusst, aber … keine Ahnung. Ich schätze, der Anblick dieses Fotos hat es bestätigt. Aber, verdammt, Ellie, ich komme mir so blöd vor, so wie sich gerade alles entwickelt. Es ist offensichtlich, wie sehr ich Alice mag, aber das macht mir Angst.«

»Warum?«, fragt Ellie mitfühlend.

»Weil ich mir nicht noch einmal so blöd vorkommen will.«

»Du bist nicht blöd, Zach. Verletzlich zu sein, bedeutet nicht, dass man blöd ist. Es gehört dazu, wenn man jemanden liebt, und leider hat die Person, in die du zuletzt verliebt warst, das ausgenutzt. Das heißt nicht, dass sich die Geschichte wiederholt, und es heißt ganz sicher nicht, dass du aufhören solltest, nach der Liebe zu suchen. Ich habe den Eindruck, du ärgerst dich einfach zu sehr darüber, was du über Clara herausgefunden hast, und das ist verständlich. Aber du weißt jetzt, was du zu tun hast, oder?«

Ich schüttle den Kopf.

»Geh und hol dir deine Frau.«

Ikea

Alice

Falls ich geglaubt habe, die Brotabteilung in meinem Lebensmittelladen würde mir helfen, auf andere Gedanken zu kommen, habe ich mich geirrt. Es gibt auch nur noch ein einziges Brot (Vollkorn, als ob ich dafür jetzt Verwendung hätte). Nicht einmal ein Schwätzchen mit dem Typ an der Kasse hält mich davon ab, über das abrupte Ende unseres Happy-Hour-Dates von vorhin nachzudenken. Wahrscheinlich würden Zach und ich inzwischen irgendwo nett zu Abend essen. Wenn er doch nur nicht so beschäftigt gewesen wäre mit – womit auch immer. Ich glaube, ihn einfach in Ruhe zu lassen, war das Richtige, hoffentlich geht es ihm gut. Als ich meine Haustür aufschließe, werde ich geradezu erschlagen von den Aromen von tausend Duftkerzen.

»So früh zu Hause?«, fragt Natalie.

»Zach war nicht so ganz bei der Sache, ich mache mir wohl Käsetoast zum Abendessen. Ich würde dir etwas davon anbieten, aber es sieht so aus, als ob du ausgehen willst?« Ich stelle fest, dass meine beste Freundin in Jeans und BH herumläuft und mein Wohnzimmer in einen begehbaren Kleiderschrank mit stimmungsaufhellender Beleuchtung verwandelt wurde.

»Tut mir leid, das zu hören, heiße Frau. Möchtest du darüber reden?«

Ich schüttle den Kopf. »Was ich wirklich gern tun würde, ist, dir beim Aufbrezeln zu helfen. Ich glaube, das wird ein Spaß.«

»Gut, ich kann mich nämlich nicht entscheiden, was ich anziehen soll. Dylan hatte recht, es wird Zeit für mich, wieder auszugehen, und ich habe vor, mit sämtlichen infrage kommenden Männern von Sheffield auszugehen. Es gibt da einen, der mich wirklich anmacht«, sagt sie und schlüpft aus der Jeans-und-Top-Kombi, die sie gerade verworfen hat, während ich ihre beeindruckende Sammlung von Haarbändern durchwühle. »Er ist total süß *und* wir gehen Ramen essen.«

»Wie wär's damit?«, frage ich und reiche ihr ein Band-T-Shirt und einen Lederrock. »Irgendwie cool, aber auch süß, oder?«

Als Natalie das Outfit anzieht, renne ich die Treppe hinauf und hole meine Make-up-Tasche. »Ich folge einer tollen Make-up-Künstlerin auf Instagram, die macht die unglaublichsten Dinge mit Eyeliner. Sollen wir eins ihrer Videos laufen lassen, während ich das an dir ausprobiere?«

»Na klar.« Nat setzt sich gehorsam, als ich zurückkomme.

Ich nehme mein Handy und klicke das Tutorial an.

Oh.

»Alles in Ordnung?«, fragt Nat.

»Ich habe nur gerade eine Nachricht von Zach bekommen. Ich lese sie später.«

»Netter Versuch, aber du solltest sie jetzt lesen«, fordert sie.

Ich öffne die Nachricht und lese sie. »Er entschuldigt sich dafür, dass er so schlecht gelaunt war. Sagt, er will mir alles persönlich erklären, und fragt, ob er herkommen kann.«

»Also, ich bin bald weg. Klingt, als hätte er dir etwas Wichtiges zu sagen.«

»Ja, nicht wahr?« Ich bin gleichzeitig neugierig und besorgt.

Als Nat bereit zum Ausgehen ist und fantastisch aussieht, umarmt sie mich und sagt: »Ich schalte mein Handy nicht aus. Ruf mich an, wenn du mich brauchst, okay?«

»Danke.« Plötzlich bin ich nervös.

Zach lehnt am Kühlschrank, sein Haar ist zerzaust und er sieht mich mit gerunzelter Stirn an. Er wirkt so unsicher, dass ich ihm diesen Ausdruck am liebsten aus dem Gesicht küssen möchte, aber ich habe das Gefühl, er muss erst einmal reden.

»Wie gesagt, es tut mir leid wegen vorhin«, sagt er und dreht die Handflächen nach oben.

Ich mache uns eine Tasse Tee.

»Alles in Ordnung?«, frage ich.

»Ich, äh …« Er streicht sich über die Stirn. »Es gibt etwas, das ich dir sagen muss.«

»Setz dich. Käsetoast?«

»Ja, bitte.«

»Diese Cocktails hatten es in sich, was?«, sage ich und lache kurz. Ich weiß nicht, was Zach mir zu sagen hat, aber da er so nervös wirkt, fange ich an, mir Sorgen zu machen. Ich stelle die Teller mit Käsetoast ab und setze mich ihm gegenüber. Als ich ein Stück Kruste abbeiße, merke ich, dass ich eigentlich gar nicht so hungrig bin.

Zach räuspert sich.

»Alice, es tut mir leid, dass ich vorhin in der Bar so schlecht gelaunt war. Du hast mich keineswegs gelangweilt.« Er holt tief Luft. »Es ist nur so, dass die Hochzeitskundin, mit der du heute ein Meeting hattest, meine Ex-Freundin ist.«

»Clara? O Gott. Das ist unangenehm, tut mir leid, Zach, ich hatte keine Ahnung.«

Er nippt an seinem Tee. »Du brauchst dich wirklich nicht zu entschuldigen. Das ist mein Problem. Ich wusste nicht, dass sie verlobt ist, deshalb ist das Ganze für mich ziemlich schockierend.«

»Ja, das kann ich verstehen. War das mit euch damals etwas Ernstes?«

Zach nickt und erwidert für eine Sekunde meinen Blick. »Wir waren ungefähr achtzehn Monate zusammen.«

»War sie deine erste Liebe?«, frage ich. Vielleicht hatten sie deshalb überhaupt keinen Kontakt mehr zueinander. Ich meine, ich weiß schon, dass nicht viele Paare befreundet bleiben, nachdem sie Schluss gemacht haben, aber es erstaunt mich, dass er nicht wusste, dass sie inzwischen eine neue ernsthafte Beziehung hat.

»Nein, so lange ist es nicht her. Wir haben uns erst vor ein paar Monaten getrennt.«

Autsch. Clara muss sich ganz schön schnell neu orientiert haben. Kein Wunder, dass er wütend ist. Obwohl, wenn ich darüber nachdenke, ich könnte schwören, sie und James haben gesagt, sie seien schon seit ein paar Jahren zusammen. Irgendetwas passt hier nicht ganz zusammen. Ich runzle die Stirn und versuche, es zu verstehen. Zach beobachtet mich, sein Gesicht drückt Verlegenheit und Unbehagen aus. Und plötzlich dämmert es mir.

»Aber Clara hat mir erzählt, dass sie und James schon ein paar Jahre zusammen sind. Das heißt also, du warst mit Clara zusammen, während …« Ich formuliere es nicht als Frage, da mir die Wahrheit langsam klar wird.

Zach holt noch einmal tief Luft und blickt durch seine dunklen Wimpern zu mir herüber.

»Ja«, sagt er.

Ich lehne mich zurück und schiebe den Teller von mir weg. Zachs letzte Beziehung war eine Affäre. Ich spüre, wie sich mein Schutzwall langsam wieder um mich herum aufrichtet.

»Darf ich es erklären?«, fragt er.

Ich nicke und verschränke die Arme vor der Brust.

»Okay.« Er räuspert sich. »Vor ein paar Jahren bekam ich von Claras Magazin den Auftrag, einige Tuschezeichnungen im

Rahmen eines Mode-Shootings anzufertigen. So haben wir uns kennengelernt. Sie hat mich auf einen Drink eingeladen, als die Ausgabe herauskam, und dann führte eines zum anderen. Wir begannen, uns zu verabreden, es lief sehr gut, es wurde zu einer ernsthaften Beziehung. Du weißt, wie das läuft. Aber etwa nach einem Jahr fand ich heraus, dass es diesen Ex gab.«

»James?«, frage ich, nachdem ich zwei und zwei zusammengezählt habe.

»Ja. Clara hat fest behauptet, sie wären nicht mehr zusammen gewesen, als wir uns kennenlernten, und dass er nur deshalb noch in ihrem Leben vorkäme, weil sie Kollegen waren. Es gab jede Menge Warnzeichen, zum Beispiel, dass sie unsere Beziehung möglichst geheim halten wollte, sie hat mich nie zu ihren beruflichen Events eingeladen …« Zach stößt einen leisen, aber tiefen Seufzer aus. »Aber ich hatte sie gern, ja, ich habe geglaubt, sie zu lieben, und deshalb wollte ich ihr glauben. Erst heute habe ich es endlich kapiert. Sie hat mir eine Sprachnachricht hinterlassen, in der sie mir mitteilt, dass sie verlobt ist. Dann habe ich das Foto von ihr und James auf Instagram gesehen … Sie hatte sich überhaupt nie von ihm getrennt. Ich war nur … ich weiß nicht, ein Bonus.«

Ich kaue an meinem Daumennagel. Zach sieht so traurig aus, und ich fühle mich selbst so traurig, dass mir das Herz bricht.

»Was heute passiert ist, das war … nur die Bestätigung, dass sie nie aufrichtig zu mir war, schätze ich.«

»Ich hatte keine Ahnung, Zach. Seit wann seid ihr denn getrennt?«

Zach stützt sich jetzt mit den Ellenbogen auf die Tischplatte und reibt sich mit dem Daumen übers Kinn, während er auf den Käsetoast blickt, den er nicht angerührt hat.

»Sie hat am Tag meiner Vernissage mit mir Schluss gemacht«, sagt er und macht eine Grimasse.

»An dem Tag, als wir uns begegnet sind?«

»Am dem Tag, als wir uns begegnet sind«, bestätigt er.

Da stehe ich auf, die Beine meines Stuhls schaben über den Holzboden. Ich will nichts mehr hören.

»Ich weiß, du bist jetzt wütend, Alice, aber bitte …« Er ist auch aufgestanden und geht um den Tisch herum auf mich zu, aber ich hebe abwehrend die Hände und mache einen Schritt von ihm weg.

»Ich brauche einfach Zeit, um über alles nachzudenken. Das ist eine Menge zu verarbeiten. Ich denke, du solltest gehen.«

»Natürlich. Es tut mir wirklich leid. Ich … ich mag dich wirklich, Alice.«

Ich lächle gezwungen und bringe ihn zur Haustür. Alles dreht sich in meinem Kopf, und ich bin verwirrter als je zuvor.

Am nächsten Morgen höre ich ein Klopfen an der Schlafzimmertür, gefolgt von einem gekünstelten Hüsteln.

»Kümmert euch nicht um mich!«, ruft Natalie durch die Tür. »Lasst euch nicht beim Vögeln stören. Ich wollte nur sagen, dass ich losgehe, Frühstück holen. Schreibt mir, wenn ich euch etwas mitbringen soll.«

»Du kannst reinkommen, ich bin allein«, rufe ich zurück. Ich schlüpfe in eine Jogginghose und reiße die Tür auf.

»Kein Zach?« Sie späht ins Zimmer hinein. »Ich dachte, er bleibt über Nacht. Aber nach deinem Gesichtsausdruck zu urteilen, ist es gestern Abend nicht gut gelaufen?«

»Nein«, sage ich. »Gib mir fünf Minuten zum Zähneputzen, dann komme ich mit.«

Weite Jogginghose, Flip-Flops und ein Gärtner-T-Shirt – nicht gerade mein bester Look, aber es fühlt sich sowieso schon wie ein Null-Bock-auf-gar-nichts-Tag an, und ich bin froh, mit Nat aus dem Haus zu kommen. Unterwegs habe ich sie über alles, was Zach mir gesagt hat, auf den neuesten Stand gebracht, und jetzt verschlingen wir mit den Augen das Angebot an Frühstücksschlemmereien. Ich ordere eine Kardamomschnecke und einen Cappuccino zum Mitnehmen und dann in letzter Sekunde noch ein Puddingteilchen, um die Sache abzurunden.

Während wir für unsere Heißgetränke anstehen, summt mein Handy mit einer Nachricht von Zach. Ich lese die Voranzeige auf meinem Display:

Alice, ich wollte dir sagen, dass mir klar ist, dass meine letzte Beziehung chaotisch war, und ich bereue so vieles …

Nat liest über meine Schulter mit. »Willst du die Nachricht nicht öffnen und den Rest lesen?«

»Aber dann kann er sehen, dass ich sie gelesen habe.«

»Na und?«

»Ich bin sauer, Nat! Ich will eigentlich gar keine Beziehung, und gerade als ich beschlossen habe, es doch einmal zu versuchen, gerade als ich merke, dass ich jemanden mag, stellt sich heraus, dass derjenige einen Riesenballast mit sich herumschleppt und jede Menge Drama in mein Leben bringt.«

»Du wirst ihn also einfach ignorieren?«

»Argh«, mache ich, anstatt etwas zu sagen. Ich weiß jetzt schon, dass ich Zach nicht ignorieren werde, obwohl mich diese Situation total frustriert. Ich öffne WhatsApp, und dann lesen wir gemeinsam die ganze Nachricht.

Alice, ich wollte dir sagen, dass mir klar ist, dass meine letzte Beziehung chaotisch war, und ich bereue so vieles an dieser Beziehung, aber was ich vor allem bereue, ist, dass ich fürchte, es mir mit dir verdorben zu haben. Ich fühle mich furchtbar, weil ich zugelassen habe, dass sich das auf unser Happy-Hour-Date ausgewirkt hat. Ich hoffe wirklich sehr, dass ich es nicht total vermasselt habe. X

»Wie geht es dir damit?«, will Nat wissen.

»Ich bin wütend. Ich finde es nicht gut, dass seine letzte Beziehung, nur ein paar Stunden bevor wir uns begegnet sind, geendet hat. Ich würde sagen, er hat sich sehr beeilt, jemand Neues zu finden, oder?«

»Für mich klingt es, als ob Zach gewusst hätte, dass etwas in seiner letzten Beziehung nicht gestimmt hat, und dass sie wahrscheinlich, lange bevor sie beendet wurde, vorbei war. Ich glaube, er ist sich auf schmerzhafte Art bewusst, was für einen Eindruck seine Vergangenheit macht, aber deshalb will er auch, dass du weißt, was für starke Gefühle er für dich hat.«

»Aber ich will nicht in einer Beziehung sein, in der es so ein Drama gibt! Ich wollte eigentlich überhaupt keine Beziehung, hallo? Und dann kommt Zach daher mit seiner unglaublich coolen Art und seinem Gerede von Liebe und … Und jetzt *mag* ich ihn, und es stellt sich heraus, dass er eine andere mochte, bis kurz bevor wir uns kennengelernt haben. Wenn er so schnell über jemand anders hinwegkommt, könnte er mich am Ende doch verletzen, oder? Ich bin risikoscheu, Nat, und das kommt mir plötzlich sehr riskant vor.«

Natalie reicht einen Kaffee an mich weiter und zieht mich hinaus auf die Straße.

»Atme mal tief durch«, sagt sie. »Du hast einiges zu verarbeiten. Jetzt bist du die, die ein bisschen Zeit braucht. Aber wenn du meine Meinung hören willst, ich bin beeindruckt, weil er versucht, dir gegenüber ehrlich zu sein. Das ist gut, oder etwa nicht?«

Ich stoße einen verächtlichen Laut aus.

»Es hat Zach viel Mut gekostet, dir das zu sagen. Ja, er war wirklich mutig.«

»Kann sein. Aber es ist ein riesengroßes Alarmzeichen, oder? Er war mit einer Frau zusammen, die schon eine Beziehung hatte! Egal, was sie behauptet hat, das ist nicht gerade toll. Und komischerweise war mir Clara bei unserem Meeting wirklich sympathisch. Sie und James kamen mir als Paar richtig nett vor.«

»Das zeigt nur, dass niemand von uns eine Ahnung davon hat, was sich hinter den Kulissen abspielt, Schätzchen. Beziehungen sind kompliziert und manchmal schwierig. Und ja, das ist ein Alarmzeichen im Hinblick auf Zach, aber du hast auch schon so viele andere Zeichen von ihm bekommen. Dass er so ehrlich zu dir war, ist eins davon, ein großes. Das ist vielleicht nur ein kleines Hindernis auf eurem gemeinsamen Weg.«

Ich nehme mir Zeit, in meine Kardamomschnecke zu beißen, während wir weitergehen.

»Das nervt so. Warum mache ich mir überhaupt Sorgen? Ich hätte mich längst aus dieser Situation herausziehen sollen. So wie ich es sonst immer mache, oder? Aber du hast recht, es kamen viele positive Zeichen von ihm. Er war ehrlich über seine Ex. Er ist unglaublich einfühlsam, wenn es um meine Mum geht. Er gibt mir das Gefühl, dass ich in seiner Gegenwart ganz ich selbst sein kann. Er ist lieb, er ist rücksichtsvoll, er bringt mich zum Lachen. Ich habe Schmetterlinge im Bauch, wenn wir zusammen sind …« Ich halte inne, weil ich merke, dass ich ewig so weiterreden könnte.

Natalie grinst mich an.

»Halt den Mund!«

»Hab nichts gesagt.« Ihr Grinsen wird immer breiter.

Ich verdrehe die Augen. »Also gut, es gibt sehr, sehr viel Positives. Aber deswegen habe ich ja … verflixt … Gefühle für ihn entwickelt, und was jetzt? Ich bin ganz panisch! Was ist los mit mir?«

»Was los ist? Du magst ihn, und das ist etwas Neues für dich. Ich weiß, du hast diesen Schutzwall um dich herum aufgerichtet, nachdem deine Mum gestorben ist, aber es wird Zeit, dass dieser Schutzwall einstürzt, und genau das passiert, wenn man jemanden kennenlernt. Jeder schleppt seinen persönlichen Ballast mit sich herum, weißt du?«

Ich schniefe, den Pappbecher in einer Hand, das süße Teilchen in der anderen. Zucker und Kaffee sollen mich aufbauen.

Nat besteht auf einer Guten-Morgen-Verwöhn-Aktion, um mich abzulenken. Ich bin auch schon viel gelassener jetzt – mit einer großzügigen Kur im Haar, während meine beste Freundin eine Tonerde-Gesichtsmaske aufträgt.

»Ich habe gar nicht gefragt, wie das Date gestern Abend gelaufen ist«, sage ich schuldbewusst.

»Sagen wir, die Ramen und mein Outfit waren die Höhepunkte.«

»So schlimm?«

»Er war einfach langweilig, das ist alles«, erklärt sie. »Aber es ist trotzdem gut, wieder in der Szene mitzuspielen.«

»Du gibst dem Herzschmerz wirklich einen Tritt in die Eier, Nat. Ich bin stolz auf dich.«

Sie hebt die Schultern.

»Im Ernst. Ab jetzt nenne ich dich Känguru, weil du so tolle Sprünge machst. Ich will nicht den ganzen Vormittag über Männer reden, weil wir ja viel wichtigere Dinge auf der Agenda haben, wie zum Beispiel unseren Plan, die Welt zu erobern …«

»Oder wohin wir im nächsten Urlaub fahren …«, fügt Nat hinzu.

»Oder ob wir nach Neuseeland ziehen sollten, weil die dort anscheinend alles im Griff haben …«, schlage ich vor.

»Oder ob wir heute Abend Lasagne oder Pappardelle essen sollen …«

Ich schnaube. »Siehst du. Es gibt so viel zu bereden. Aber

wenn ich nur ganz kurz noch einmal auf Männer zurückkommen darf, ich wollte dich noch fragen, wie du dich nach Jake beim Dating so fühlst?«

Natalies Maske schrumpelt gerade zusammen wie ein in Salz gebackener Kabeljau, deshalb versucht sie, zu sprechen, ohne die Lippen zu bewegen. »Es ist irgendwie merkwürdig, aber nur, weil alles noch so neu ist. Manchmal ertappe ich mich dabei, dass ich mir unsere alte Beziehung zurückwünsche. Aber, Al, ich glaube, das liegt nur daran, dass unsere Beziehung zu einer Gewohnheit geworden war. Was ich wirklich vermisse, ist die Bequemlichkeit, wenn man weiß, was als Nächstes passiert, verstehst du das? Es fühlte sich sicher an, alles im Voraus geplant zu haben. Aber ich glaube, ich habe mich ziemlich schnell an meine neue Normalität gewöhnt. Man kann es sich nicht aussuchen, wann sich das Leben verändert.«

Ich höre meiner besten Freundin zu und werde still. Sie versucht, mit den Augenbrauen zu wackeln, aber das ist nicht so einfach, wenn das Gesicht von einer Schlammkruste überzogen ist, also nickt sie stattdessen bloß mehrmals. »Falls du es nicht gemerkt hast, das ist mein Das-gilt-auch-für-dich-Gesicht«, sagt sie.

»Man kann es sich nicht aussuchen, wann sich das Leben verändert?«, wiederhole ich.

»Genau. Ich weiß, du hast Angst, es könnte bei dir und Zach alles zu schnell gegangen sein, aber man kann sich nicht den perfekten Zeitpunkt aussuchen, um jemand Neues zu treffen. Besonders wenn diese Person ein herziger Sonnenschein namens Alice ist. Es hat Zack viel Mut gekostet, dir das alles zu sagen, und ich wette, er hat Angst, du könntest …«

»Sag jetzt nicht *ausreißen.*«

Sie presst die Lippen zusammen.

»Und … wirst du ausreißen?«

Ich verknote mein Haar zu einem unordentlichen Knoten, während ich darüber nachdenke.

»Nein«, sage ich schließlich. »Du hast recht. Dazu brauchte er Mut.«

»Niemand ist frei von Ballast, Alice. Wir haben alle unsere Geschichte.«

Sie hat recht. Und jetzt, da ich mich ein bisschen beruhigt habe, fühle ich mich bereit, seine Nachricht zu beantworten.

Ich weiß deine Ehrlichkeit zu schätzen, Zach. Ich will nur klarstellen, dass ich, wenn ich in dieser Beziehung mitspielen soll, sicher sein muss, dass du auch mitspielst. Ich will nicht, dass uns das Gleiche passiert wie das, was in deiner letzten Beziehung passiert ist.

Alice, ich spiele mit. Und wie! Er antwortet sofort.

Dann am nächsten Samstag um neun bei mir?

Abgemacht. Du wirst es nicht bereuen. X

»Gerty! Ich habe mich so darauf gefreut, dich wiederzusehen.« Ich grinse und tätschle liebevoll die Motorhaube des Wagens, als dieser eine Woche später wie verabredet vor meinem Haus parkt. »Freut mich, dass du auch deinen Chauffeur dabeihast.« Ich nicke in Zachs Richtung.

»Einspruch. Ich bin auch ein Geschenküberbringer«, sagt Zach nervös und überreicht mir eine große Papiertüte.

»Soll ich die aufmachen?«

»Das ist gewissermaßen der Sinn dahinter«, scherzt er.

Ich greife hinein und hole ein gerahmtes Gemälde heraus. Leuchtende Farbspritzer formen so etwas wie einen abstrakten Blumenstrauß. Ich zeichne die Formen mit dem Finger nach. Das Gemälde ist von Zach signiert.

»Du hast das gemalt?«

»Ich war im Studio, dachte an dich und spielte mit den Farben herum. Dann dachte ich, es könnte dir gefallen …« Er sieht so hoffnungsvoll aus.

»Ich liebe es. Ich bin wirklich gerührt, dass du das für mich gemacht hast.«

»Es ist meine Art, Danke zu sagen, schätze ich. Dafür, dass du mir eine Chance gegeben hast. Das, was wir haben, bedeutet mir sehr viel.«

Ich blicke ihn an, tief berührt, wie viel er offenbar für mich empfindet, und in dem Moment bin ich sicher, die richtige Entscheidung getroffen zu haben.

»Außerdem hast du gesagt, dass du renovieren willst, also dachte ich, du möchtest vielleicht etwas Neues an die Wand hängen, wenn du fertig bist?« Er lehnt sich an Gerty und beobachtet mich nervös.

»Das ist total süß, Zach. Also dann, fahren wir los?«

»Klar. Vielleicht sagst du mir vorher noch, wohin wir fahren.«

»Hinweis: billige Fleischbällchen.«

»Ikea?«

Ich gebe ihm ein High-five. »Menschenskind, ja. Hast du *500 Days of Summer* gesehen?«

Zach nickt. Natürlich.

»Nun, ich war dabei, eine Liste von Dingen zu erstellen, die ich fürs Renovieren brauche, da ist mir eingefallen, dass es keinen besseren Test gibt, als mit dem Mann, mit dem man sich trifft, eine Einkaufstour bei Ikea zu machen. Außerdem bist du überzeugt, dass ich beziehungsscheu bin, also …«

»Willst du mir beweisen, dass du das nicht bist?«

»Ich werde jedenfalls so tun, als wäre ich Zooey Deschanel, und ich werde auch eine Menge Fleischbällchen essen.«

Lachend öffnet Zac die Beifahrertür, und ich steige ein.

»Winziger Bleistift?«, frage ich.

»Check.«

»Lageplan?«

»Check.«

»Einkaufswagen?«

»Brauchen wir den wirklich? Hast du nicht gesagt, du brauchst nur ein paar Kleinigkeiten?«

»Lass mich eins klarstellen«, unterbreche ich ihn. »Es ist eine allgemein bekannte Tatsache, dass man nicht zu Ikea gehen und ›nur ein paar Kleinigkeiten besorgen‹ kann. Selbst die zielstrebigsten Menschen lassen sich von all dem Zeug verlocken. Warte es nur ab.«

»Na schön, aber du schiebst.« Er grinst.

»Oh, was für ein Gentleman«, scherze ich.

Jetzt mache ich es mir zur Aufgabe, mich in jedem einzelnen Möbel-Set, an dem wir vorbeikommen, niederzulassen und in jeder dieser perfekt skandinavisch gestylten Oasen so zu tun, als würde ich hier leben. Zach macht inzwischen mit, und wir spielen jedes Mal ein Rollenspiel. Gerade bin ich Devil Boss auf dem Drehstuhl in einer Home-Office-Kulisse. Ich wirble herum, blicke Zach an und schnauze ihn an: »Wie kommen Sie darauf, dass Sie für diesen Job geeignet sind?«

Amüsiert hebt er die Brauen. »Könnten Sie mir bitte die Aufgabenstellung dieses Jobs noch einmal nennen?«

»Mit mir ausgehen«, sage ich und setze mein strengstes Gesicht auf. »Das ist ein Vollzeit-Engagement. Ich bin sehr anspruchsvoll. Ich erwarte tagsüber mindestens einmal in zehn Minuten einen Anruf sowie einen Gutenmorgengruß sofort nach dem Aufwachen. Außerdem möchte ich bei jeder Gelegenheit mit Liebesbeweisen überschüttet werden.«

Zach tut, als würde er sich Notizen machen, während ich meine vorgetäuschte Checkliste abhake.

»Kein Problem.« Er strafft die Schultern. »Ich sehe das genauso. Ich werde immer allem zustimmen, was Sie sagen, und niemals streiten, auch wenn Sie beschließen, sehr hohe Ansprüche zu stellen.«

Er hält den Lageplan hoch. Auf die Rückseite hat er »Sie sind süß, und ich mag Sie« gekritzelt.

Er schreibt einen weiteren Satz und zeigt ihn mir. »Sie verdienen es, glücklich zu sein.«

»Wie schmalzig«, spotte ich und verdrehe die Augen, obwohl ich Herzklopfen bekommen habe. Mein Date ist charmant, und es ist herrlich, zu spüren, dass wir wieder zu unserer alten Form zurückgefunden haben. Ich drehe mich zu meinem imaginären Computer um, tue, als würde ich auf der Tastatur tippen, und sage: »Ich würde Sie bitten, mir Ihren Lebenslauf zukommen zu lassen, aber wir alle wissen schließlich, wie der aussieht.«

»Was ist falsch daran, ein erfolgreicher Maler zu sein?«

»Ich meinte Ihren Liebeslebenslauf.«

»Das war gemein. Was hältst du davon, mich nicht mehr zu triezen, sondern mir stattdessen etwas Hübsches zu kaufen?«

»O nein, auf keinen Fall«, sage ich und ziehe den Einkaufswagen aus Zachs Reichweite.

»Was soll das heißen?«, fragt er mit gespielt erschüttertem Blick.

Diese Augen.

»Kommt nicht infrage, dass du etwas in meinen Einkaufswagen legst.«

»Ach, jetzt ist es dein Einkaufswagen, was?«

»Das war immer mein Einkaufswagen. Seitdem du dich über den Gedanken, dass man ihn brauchen könnte, lustig gemacht hast, erinnerst du dich? Oder hast du das bequemerweise vergessen, jetzt, da du jede Menge Dinge entdeckt hast, die du nicht brauchst, aber unbedingt kaufen willst?«

Er blickt auf die Keramikseifenschale in seiner Hand.

»Möglicherweise hatte ich unrecht.« Er grinst.

»Hm-hm. Und was willst du jetzt tun?«

»Deinen benutzen! Es ist nicht einmal deiner, Alice. Er gehört Ikea.«

»Ich habe vorhergesehen, dass man ihn brauchen würde, wie eine stinknormale Wahrsagerin.«

»Dann hast du wohl auch das vorhergesehen.« Bevor ich weiß, wie mir geschieht, ist Zach mir plötzlich ganz nah und lehnt das Kinn an meine Stirn. »Das habe ich vermisst«, flüstert er, und mein Herz fährt mit der schrittweisen Auftau-Aktion fort. Plötzlich macht Zach einen Schritt von mir weg, löst seine Hände von meinen und sieht mich triumphierend an. Ich blicke umher, um zu sehen, was er im Schilde führt. Seine Seifenschale liegt in meinem Einkaufswagen!

»Hey, du hast mich ausgetrickst«, brumme ich. Normalerweise lasse ich mich nicht so leicht von ein bisschen sexy Geplänkel ablenken. Was immer hier gerade läuft, mir gefällt es.

»Ein Spieler muss eben spielen«, sagt Zach, und seine Gesichtszüge entgleisen fast vor Belustigung.

Ich verschränke die Arme und unterdrücke ein Kichern.

»Wenn das so ist, dann nichts wie los zum Restaurant. Wer zuletzt kommt, bezahlt die Fleischbällchen«, rufe ich, schubse den Einkaufswagen in seine Richtung und renne los.

Mit Zach und dem sperrigen Einkaufswagen auf den Fersen bremse ich endlich vor dem Restaurant ab, lasse mich am nächstbesten Tisch auf einen Stuhl fallen und strecke die Hände mit einem zweifachen Siegeszeichen in die Luft. Ich will gerade etwas Triumphierendes rufen, da merke ich, dass ich Seitenstechen habe. Autsch. Zach stellt sich neben mich, sein dichtes dunkles Haar wirkt nach dem Wettrennen besonders zerzaust.

Als ich endlich wieder zu Atem komme, sage ich: »Ich habe gewonnen!«

»Du hast geschummelt«, widerspricht er und lehnt sich an den Tisch.

»Ich habe einfach eine Chance ergriffen.«

»Du hast mich eingeklemmt *und* mir den Einkaufswagen überlassen, der schwierig zu manövrieren ist.«

»Vorwände, nichts als Vorwände. Wie fühlt man sich so als Loser?«

»Ich kriege Genugtuung bei unserem nächsten Date, du wirst schon sehen.«

»Ach, tatsächlich?«

»Tatsächlich. Das heißt, wenn du dich einem weiteren Date gewachsen fühlst?« Er grinst. Seine Augen funkeln. Ich nicke. »Warum drückst du dir so in die Seite?«

»Ich habe Seitenstechen vom Rennen«, gestehe ich.

»Und da dachtest du dir, du behandelst einen scharfen, stechenden Schmerz unter den Rippen, indem du zurückstichst?«

»Was soll ich sagen, eine medizinische Karriere war meine zweite Option, für den Fall, dass es mit der Floristik nicht klappen würde.«

Zach lacht, schiebt meine Hand weg und befiehlt mir, langsam und tief zu atmen. Er geht neben mir auf die Knie und passt seine Atemzüge meinen an, bis der Schmerz nachlässt. Ein wundervoller Moment.

»Besser?«, fragt er nach einer Weile.

»Besser. Es hat wirklich funktioniert. Danke!«

»Freut mich, helfen zu können, Ma'am. Und jetzt bin ich dran mit Bezahlen, glaube ich. Was möchtest du?«

Ich reibe mir die Hände. »Ich kann mich nicht entscheiden:

Hotdog oder Fleischbällchen. Vielleicht nehme ich einfach beides?«

Zach steht auf. »Beides?«

Klingt doch vernünftig, oder?

Er blickt auf seine Armbanduhr. »Es ist noch nicht einmal elf, du hättest also gern einen Hotdog und Fleischbällchen als Brunch.«

»Ja«, juble ich.

Als Zach zur Essensausgabe geht, frage ich mich, ob er beeindruckt ist oder fassungslos.

Wie vorauszusehen war, hat Zach sich mit Kaffee und Kuchen für ein etwas eleganteres Elf-Uhr-Frühstück entschieden, und er verputzt beides innerhalb von Minuten.

»Wer zuletzt lacht, lacht am besten«, sage ich. »Du bist schon fertig, aber ich habe noch eine Menge Fleischbällchen«, feixe ich.

»Mir scheint, du hast dich auch ganz gut drangehalten.« Er grinst und zieht die Brauen hoch. »Wärest du vielleicht bereit, mir ein Stück von dieser Wurst abzugeben? Du hast schließlich noch eine Menge vor dir.«

»So isst man nun mal in Schweden.«

»Ja oder nein? Ein Stück von deinem Hotdog?«

»Na schön.« Ich lächle und halte ihm den Teller hin. Er nimmt einen Bissen. Danach hat er amerikanischen Senf an den Lippen, und ich wische ihn mit der Hand weg.

»Und die Gewinnerin des heutigen Iss-so-viel-du-kannst-Wettbewerbs ist …« Zach erzeugt mit den Fingern einen Trommelwirbel auf der Tischplatte. »… Alice O'Neill. Herzlichen Glückwunsch, Alice, wie fühlen Sie sich?«

Er hält mir ein imaginäres Mikrofon vor den Mund, und ich kichere.

»Mund … noch … zu voll.«

»Es tut mir leid, meine Damen und Herren, aber es scheint, als würde unsere Gewinnerin immer noch weiteressen. Welch ein beeindruckender Appetit! Zweifellos werden wir im Verlauf unseres Sommerprogramms von Iss-so-viel-du-kannst-Wettbewerben noch sehr viel von Ms. O'Neill hören.«

Nachdem ich endlich alles hinuntergeschluckt habe, verbeuge ich mich. »Ich danke sehr.«

»Und die Menge begann zu toben!«

Wir lachen und schauen uns an und amüsieren uns über meinen offenkundigen Sieg.

»Als Chef-Juror hätte ich nichts dagegen, Sie jetzt nach Hause zu bringen.« Zach grinst.

»Würde das nicht die Grenzen zwischen Wettbewerbsteilnehmer und Jury überschreiten? Ich bin sicher, dafür gibt es Regeln«, scherze ich.

»Wie es der Zufall will, habe ich diese Regeln aufgestellt.« Zach schiebt seine Brille zurecht und tut, als würde er aus einer imaginären Regelliste vorlesen. »Hier steht es. Unter Kategorie B, Abschnitt C ist klar zu erkennen, dass das definitiv in Ordnung wäre.« Er strahlt, hält mir seine Hand hin, und ich greife danach. Wir kichern immer noch, als wir zurück zum Parkplatz gehen.

Joggen

Zach

Irgendetwas stimmt nicht ganz bei meinem Bruder. Über einem Löffel Frühstücksflocken betrachte ich sein Gesicht auf dem Handy-Display. Warum sieht er heute anders aus? »Trägst du etwa Lippenstift?«, frage ich schließlich.

Raff wirkt unkonzentriert. »Hm? O ja, stimmt. Fran und Sienna haben mich heute Morgen in die Mangel genommen. Sie meinten, ihr Daddy müsste aufgepeppt werden. Keine Ahnung, was das heißen soll.«

»Steht dir.«

Raff lacht. »Wir haben uns lang nicht gesehen. Ist das wirklich mein Bruder, der mich da anruft?«

»Sehr witzig. Hör zu, Mann, tut mir leid, dass ich nichts von mir hab hören lassen. Ich hatte wahnsinnig viel zu tun, aber diese Woche bin ich mit einem Auftrag endlich fertig geworden, und deshalb gönne ich mir jetzt ein freies Wochenende.«

»Willst du vorbeikommen?«

»Ah, würde ich gerne, aber ich treffe mich später mit Alice.«

»Alles wieder im grünen Bereich?«

»Ich glaube schon. Sie weckt einfach das Beste in mir, sie bringt mich zum Lachen, und, wirklich, ich kann jetzt auch besser arbeiten. Mir geht es definitiv am besten, wenn sie in meiner Nähe ist, aber wir haben uns in letzter Zeit kaum gesehen, weil Alice auch extrem beschäftigt ist wegen der Hochzeitssaison. Für sie ist es eine hektische Jahreszeit.«

»Zieht ihr immer noch das Ding mit den alphabetischen Dates durch?«

»Das letzte war bei Ikea«, erwidere ich und muss lächeln, weil ich daran denke, wie närrisch wir uns aufgeführt und so getan haben, als würden wir in den Möbel-Sets leben.

Raff zieht eine Grimasse. »Da war ich nicht mehr, seit die Zwillinge drei waren. Es war sehr voll, und die Mädchen hatten beschlossen, sich mit einem Furzwettbewerb die Zeit zu vertreiben. Ich glaube nicht, dass wir dort willkommen wären. Ich nehme an, ihr schon?«

»Das könnte man sagen«, erwidere ich mit einem breiten Grinsen. Das Verspeisen von Fleischbällchen im Wert von einem Pfund war ja keineswegs der Höhepunkt des Tages. Als wir wieder bei Alice zu Hause waren, haben wir den Rest des Tages im Bett verbracht.

»Dieses Grinsen sagt alles.« Raff schnalzt mit der Zunge. »Alter Glückspilz. Und seitdem habt ihr euch nicht gesehen?«

»Richtig. Das sind jetzt zwei Wochen, und ich kann es kaum erwarten, mich mit ihr zu treffen. Ich habe sie vermisst, aber ich war dabei auch merkwürdig gelassen. Ich finde es gut, dass wir beide unser eigenes Leben haben und uns nicht ständig auf der Pelle hängen. Bei Clara war es so, dass ich mich dauernd versichern musste, dass sie sich Zeit für mich nehmen würde, aber ich glaube, das lag daran, dass ich gespürt habe, dass es nicht wirklich rund lief zwischen uns.«

Ellies Kopf erscheint auf dem Display, als sie sich zu Raff setzt. »Das lag daran, dass Clara eine verrückte, dämonische …«

»… Person war«, ergänzt Raff schnell.

»Nicht genau das, was ich sagen wollte, aber ja.« Ellie grinst.

Ich schiebe mir einen weiteren Löffel Frühstücksflocken in den Mund, während mein Bruder und meine Schwägerin es sich nebeneinander bequem machen.

»Bei Alice habe ich das Gefühl, ich kann mich in aller Ruhe um meine eigenen Sachen kümmern.«

Ellie schlägt mit der Hand auf den Küchentisch, dass wir zusammenzucken. »Soso, Alice ist wohl die erste Person, die dich zur Ruhe bringt!«, verkündet sie, aber dann zieht sie ein Gesicht. »Hör zu, ich mache mir Sorgen deswegen, Zach.«

»O nein.« Raff seufzt.

»Sei still«, befiehlt sie.

»Sorgen? Wieso das?« Ich runzle die Stirn.

»Dass du von einer Clara, die nicht erreichbar ist, gewechselt bist zu einer Frau, die nicht beziehungsfähig ist.«

»Nicht beziehungsfähig? Ellie, du warst selbst von Anfang an dafür, dass ich es mit Alice versuche. Was hat sich geändert?«

»Findest du es nicht merkwürdig, dass sie noch nie eine ernste Beziehung hatte?«, erwidert sie. »Ich meine, versteht mich nicht falsch, ich bin sehr dafür, dass man sich selbst und die eigene Karriere wichtig nimmt, aber …« Ich höre, wie sie mit den Fingernägeln auf die Tischplatte trommelt. »… aber sie hat dir auch gesagt, dass sie eine Zynikerin ist, wenn es um Romantik geht, und dass sie nicht an ›den Einen‹ glaubt. Für mich sind das Alarmzeichen. Ich will nicht, dass deine Gefühle noch einmal verletzt werden.«

»Du hast wohl wieder zu viele Memes von Amateurpsychologen auf Instagram gelesen, Schätzchen«, scherzt Raff und wird prompt von seinem Platz verdrängt.

»Hör zu, Ellie, ich weiß es zu schätzen, dass du dir Gedanken machst. Alice hat mir vor einer Weile in ihrem Garten einiges über sich erzählt, und ich glaube, ich verstehe, warum sie Beziehungen bis jetzt ausgewichen ist. Sie muss wirklich nichts an sich verändern, okay? Sie ist völlig in Ordnung, so wie sie ist. Ich versuche einfach nur, eine Zeitlang im Augenblick zu leben, mehr so wie Alice zu sein, denn sie in meiner Nähe zu haben, macht mich glücklich.«

Das scheint Ellie anzuerkennen. »Das ist die Hauptsache. Ich würde sie sehr gerne einmal kennenlernen.« Vor meinem geistigen Auge entsteht ein Bild von Alice, angestrahlt von einem Scheinwerfer, während Ellie sie mit Fragen bombardiert. »Also … worauf wartest du?«

»Darauf, dass meine beste Freundin der Frau, mit der ich zusammen bin, nicht die Hölle heißmacht und sie vergrault.«

Ellie verdreht die Augen. »Ich bitte dich. Ich werde die Liebenswürdigkeit in Person sein. Lass uns einen Termin ausmachen!«

»In Ordnung. Ich werde mit ihr darüber sprechen. Mal sehen, was sie dazu sagt. Und jetzt, Raff, geh los und lass dich aufpeppen. Sag Fran und Sienna, Onkel Zach findet, ein bisschen glänzender Lidschatten würde ihrem Dad wirklich gut stehen.«

»Ich werde nichts dergleichen sagen«, brummt Raff.

»Aber ich vielleicht.« Ellie grinst und wirft mir Luftküsse zu.

Es ist Samstagnachmittag, und Alice kommt in lila Leggings und passendem bauchfreien Oberteil auf mich zu. Ihr Pferdeschwanz wippt bei jedem Schritt. Ich lehne mich an einen Baum und versuche, mir ihre mühelose Lässigkeit anzueignen, was nicht ganz einfach ist, denn ich fühle mich wie der größte Glückspilz im Land.

»Ich kann nicht glauben, dass ich so scharf darauf war, dich zu sehen, dass ich mich aufs Jogging eingelassen habe«, sagt sie aufgeregt.

»Aha?« Ich ziehe eine Braue hoch. »Du warst also scharf darauf, mich zu sehen?«

Alice zieht ihren Pferdeschwanz straff.

»So habe ich das nicht gesagt«, murmelt sie und versucht, es mit einem Schulterzucken abzutun.

»Doch, hast du, eindeutig. Wer hätte gedacht, dass Madame Ich-bin-ja-so-cool, ich zitiere, ›scharf darauf war, mich zu sehen‹?«

Sie verdreht die Augen.

»Hast du mich vermisst?« Ich grinse.

»Ich bitte dich.«

»Ich habe dich nämlich vermisst.«

»Könnte sein, dass ich dich ein ganz klein wenig vermisst habe, aber lass dir das bloß nicht zu Kopf steigen.« Es ist kaum zu glauben, dass diese wundervolle Frau wirklich Wert auf meine Gesellschaft legt. Ich binde meine Schuhe neu und nutze den Moment, um das, was sie gesagt hat, eine Weile nachhallen zu lassen.

»Bist du bereit? Der Tag ist perfekt für eine schöne lange Tour«, sage ich schließlich.

»Und mit schön und lang meinst du …«

»Ungefähr zehn Kilometer?«

Entsetzt reißt Alice die Augen auf. Sie deutet auf ihre lila Leggings und ihre strahlend weißen Sportschuhe, aus denen rosa Läufersocken herausschauen. »Also noch mal zum Mitschreiben«, sagt sie, und ich schlucke schwer und versuche, mich nicht von ihrem umwerfenden Aussehen ablenken zu lassen. »Ich bin keine Läuferin. Das ist das einzige Sport-Outfit, das ich besitze, und ich trage es normalerweise, um mit YouTube und Natalie Yoga zu machen. Und wenn ich sage *machen*, meine ich *zuschauen*. Wir rollen unsere Yogamatten aus, und manchmal versuchen wir es mit ein paar Atemübungen, aber meistens sitzen wir einfach da und essen Snacks, bevor wir am Schluss ›Om‹ singen.«

Ich muss lachen. »Ich wusste gar nicht, dass du so eine Fitnessphobie hast.«

»Ich ziehe den Ausdruck *Fitnessaversion* vor.« Sie kichert.

»Hin und wieder mache ich ein bisschen Sport, aber um ehrlich zu sein, bin ich ja den ganzen Tag im Laden auf den Beinen. Du dagegen bist anscheinend der Typ, der beim Laufen regelrechte Distanzen überwindet, das ist besorgniserregend.«

»Gar nicht besorgniserregend«, versuche ich, sie zu beruhigen. »Beim Laufen bekommt man einen richtigen Endorphinschub, und es ist eine gute Möglichkeit, sich von allem Möglichen zu befreien. Aber keine Panik, wenn es vorbei ist, gibt es vielleicht Kuchen. Ich kombiniere eine Joggingrunde mit Junkfood, das ist unser J-Date.«

»Oh, das klingt schon besser.« Alice strahlt. »Du kennst mich ja so gut.«

Nach fünf Minuten fragt Alice, ob wir schon zehn Kilometer geschafft haben, also schlage ich vor, unsere Zielsetzung zu revidieren und stattdessen nur fünf Kilometer zu laufen.

»Kommt nicht infrage. Nein, nein. Ich gebe nicht auf. Du hast gesagt, zehn, also gebe ich dir zehn«, schnauft sie. »Wie lange brauchst du normalerweise für so eine Strecke?«

»Nicht ganz eine Stunde«, erwidere ich. Wir joggen jetzt am Fluss entlang in Millhouses Park.

»Ooh, ist das ein Tretboot?«, fragt Alice, die sich von einem Tretboot in Schwanenform ablenken lässt, das über den Ruderteich gleitet. »Sollten wir nicht lieber so etwas machen? Schau nur, die Leute auf dem Boot dort, sie essen Eiscreme.«

»Ich fürchte, weder Tretboot noch Eiscreme fängt mit J an.«

»Moment mal. Hast du gerade gesagt, zehn Kilometer dauern eine Stunde? EINE STUNDE RENNEN? Machst du Witze, Zach?«

Ich schüttle den Kopf.

»Na schön, mir macht es nichts aus, eine Stunde lang zu rennen. Kein Problem.«

Als wir weiterlaufen, wird mir klar, dass Alice nicht nur ehrgeizig ist, sondern auch unglaublich eigensinnig. Ich gebe anfangs ein langsames Tempo vor, weil ich nicht will, dass sie zu schnell zu müde wird, und weil ich glaube, dass wir in etwa einer halben Stunde sowieso aussteigen. Alice hat andere Pläne. Als wir Ecclesall Woods durchqueren, macht es sie unglaublich stolz, an mir vorbeizulaufen. Es hat seinen Reiz, hinter Alice und ihren lila Leggings herzulaufen, und ich lege keinen Wert darauf, mich an einer schmalen Stelle abdrängen zu lassen, also lasse ich ihr den Vortritt.

»Du bist eine ganz schön taffe Läuferin.«

»Ich gewinne gern«, keucht sie. »Wir haben es doch bestimmt gleich geschafft, oder?«

»Ungefähr die Hälfte«, sage ich und höre sie stöhnen. »Denk einfach an danach. Ich bestelle Burger bei Deliveroo.«

Sie wirft mir einen Blick zu, ihre Wangen sind rot von der Anstrengung. »Ah, sag mir noch mehr so schmutzige Dinge«, sagt sie zwischen zwei Atemzügen.

»Rindfleisch-Patty und geschmolzener Käse.«

»Mehr.«

»Gegrillter Speck obendrauf.«

»Nicht aufhören.«

»Französisches Brot. Pommes in Wellenschnitt. Und dazu ein kühles Bier.«

»Ja. JA. JAAAAAA«, ruft sie, und ich komme mir vor wie in der Restaurant-Szene in *Harry und Sally.*

Ein Spaziergänger mit Hund wirkt peinlich berührt, als wir an ihm vorbeilaufen. Ich muss lachen und fühle mich erst recht angespornt, Alice einzuholen.

»Ich packe das, Zach!« Und schon wieder rennt sie los, vorbei an Dornengestrüpp und über umgefallene Bäume. Einmal dreht sie sich sogar zu mir um und klatscht in die Hände, als wäre sie die geübte Läuferin und ich das Greenhorn. Je mehr Zeit ich mit Alice verbringe, desto mehr wird mir klar, dass es ihr immer wieder gelingen wird, mich zu überraschen.

Wir sind erledigt, als wir wieder bei Alice zu Hause sind und sie zusammen mit einer Dampfwolke aus dem Badezimmer kommt, das Haar unter einem kleinen weißen Handtuch versteckt, die Haut rosig vom Joggen. Ich hüpfe gleich nach ihr unter die Dusche, wo ich mir ihr Apfelshampoo leihe und jetzt auch an mir selbst rieche. Ich hole ein frisches T-Shirt und Jeans aus der Tasche, die ich zuvor gepackt hatte. Dass ich zum Übernachten eingeladen werde, davon wollte ich nicht einfach ausgehen, aber die Joggingrunde war meiner Meinung nach ein schlauer Vorwand, Übernachtungssachen mitzubringen, nur für den Fall.

»SEITENSTECHEN«, brüllt Alice, als ich die Treppe herunterkomme und sie auf dem Sofa liegen sehe. »Ich atme tief ein und aus, wie du es mir gesagt hast, aber es tut immer noch weh.«

»Jesus, was habt ihr zwei wohl getrieben?«, feixt Natalie, die gerade aus der Küche kommt.

»Zach hat mich gezwungen, zehn ganze Kilometer zu laufen, und jetzt werde ich nie wieder einen Finger rühren.«

»Ganz schön melodramatisch«, sagte Natalie und lacht.

»Stimmt.« Ich grinse zu Alice hinüber. »Und lustig, denn in meiner Erinnerung hast du darauf bestanden, dass wir weitermachen, obwohl ich vorgeschlagen habe, aufzuhören.«

»O ja. So kenne ich sie.« Natalie geht zwischen dem Wohnzimmer und der Küche hin und her. »Man macht einen Vorschlag, und im nächsten Moment muss Alice unbedingt die Beste darin sein. Ganz schön nervend, ehrlich gesagt. Erinnerst du dich an den Schulabschlussball?« Vom Sofa her ertönt ein Schnaub-Lachen.

»Eine Haartolle war damals ein Muss«, erklärt Nat. »Je größer, desto besser. Alice und ich haben den ganzen Tag damit verbracht, unsere Haare zu toupieren, und als ich dachte, wir wären endlich fertig, fing Alice an, noch mehr Haarnadeln reinzustopfen und noch mehr Haarspray zu versprühen. Plötzlich war ich auf dem Schulball die Begleitung von Marie Antoinette. Ihr Haar war so hoch aufgetürmt, dass sie sich auf dem Rücksitz im Auto ihres Vaters ganz krumm machen musste, um nicht an die Decke zu stoßen.«

»Haha, sehr lustig, danke fürs Tratschen«, sagt Alice.

»Ich wette, dein Date fand es toll«, sage ich.

»Dylan fand es zum Kreischen«, fügt Nat hinzu.

Oha, Alice und Dylan waren also zusammen, als sie noch zur Schule gingen. War ja wohl klar. Ich spüre, dass sich meine Schultern verspannen, und versuche, locker zu bleiben, denn was immer damals passiert ist, Alice und Dylan sind jetzt nur noch Freunde. Ich versuche, den Stich der Eifersucht auszublenden, doch Natalie muss meine Reaktion bemerkt haben, denn sie macht schon einen Rückzieher.

»Nicht so. Es war kein *Date*-Date. Wir sind alle zusammen gegangen. Sozusagen als Dreier. Moment, jetzt mache ich es noch schlimmer.« Natalie schüttelt den Kopf. »Niemand von uns konnte ein richtiges Date an Land ziehen, wir waren ein ziemlich isoliertes Dreiergespann, das war also nur ein lahmes Freundschafts-Date. Eigentlich haben wir uns bestens amüsiert, abgesehen von dem Teil, wo Alice mich ausgetrickst hat.«

»Das erklärt Alice' Wettrennen zur Cafeteria bei Ikea.« Ich scherze, aber insgeheim bin ich erleichtert darüber, dass Dylan nicht Alice' erste Liebe war. »War sie schon immer so darauf versessen, zu gewinnen, sogar wenn sie dafür schummeln muss?«

»Hey!«, protestiert Alice, als Nat in die Küche zurückgeht.

»Das war kein Schummeln, ich habe nur … die Gelegenheit genutzt, die sich mir mit dem Einkaufswagen geboten hat.«

»Klar, rede dir das nur ein.« Ich grinse und sehe auf die Uhr. »Nun ja, du hast dich beim Joggen bis zum Schluss tapfer geschlagen, also schulde ich dir wohl jetzt Junkfood, wie versprochen.«

»Nat, möchtest du einen Burger bestellen?«, brüllt Alice ihrer Freundin nach. »Warte, entschuldige, Zach, ich hätte dich erst fragen sollen. Bist du einverstanden? Ich möchte nicht, dass sie sich ausgeschlossen fühlt.«

»Klar bin ich einverstanden, ich bin hier das fünfte Rad am Wagen«, flüstere ich Alice zu. Ich drücke ihre Hand und rufe dann in Natalies Richtung: »Du kannst gerne mit uns essen!«

Sie streckt noch einmal den Kopf durch die Wohnzimmertür. »Ehrlich gesagt, ich wollte gerade gehen, ihr seid mich also gleich los, aber danke für das Angebot. Ich trinke nur noch meinen Tee.«

»Ah, gute Idee, man soll doch nach dem Joggen viel Flüssigkeit aufnehmen, oder?« Alice springt vom Sofa. »Lust auf einen Saft?«

Als sie das Zimmer verlassen hat, frage ich Nat, wie es bei ihr in der Arbeit läuft, da ich nicht schweigend mit ihr hier sitzen will, bis Alice wiederkommt. Nat scheint wirklich nett zu sein, und ich glaube, es ist wichtig, dass wir alle gut miteinander auskommen.

»Ganz gut, danke. Es ist ein bisschen ruhig zurzeit. All unsere Kunden sind im Sommerurlaub, deshalb stehen nicht viele Events in unserem Terminplan. Die Zeit vor Weihnachten ist immer die hektischste Phase für uns. Ich drehe also im Moment Däumchen, was ich hasse.«

»Und dass dein Boss ein Idiot ist, macht es auch nicht besser.« Alice kommt wieder herein und stellt die Getränke auf den Couchtisch, bevor sie ein paar Kissen aufschüttelt und sich aufs Sofa fallen lässt. Nat und ich rücken ein Stück, um ihr Platz zu machen. Ich merke, dass Alice' Zuhause das gleiche Wohlgefühl in mir auslöst wie das meines Bruders. Es ist so gemütlich und einladend. Ich sehe mit Freuden, dass sie mein Bild über dem Kamin aufgehängt hat. Das motiviert mich jetzt wirklich, endlich mein Haus aufzuräumen, die halbherzigen Renovierungsversuche zu Ende zu bringen und alle Kartons auszupacken, damit Alice auch gerne zu mir kommt.

Natalie zieht eine entnervte Grimasse. »*Idiot* ist wahrscheinlich nicht ganz fair, aber Sid ist schon in einer sehr bequemen Position, er kriegt ein tolles Gehalt und hat gerade das richtige Maß an Verantwortung, nicht zu viel und nicht zu wenig.«

»Und er heimst die ganzen Lorbeeren für deine Arbeit ein …«, stellt Alice klar.

»Das auch. Im Grunde will ich einfach seinen Job, ich bin allerdings ziemlich sicher, dass er so bald nirgendwohin geht.«

»Das ist schwierig«, sage ich. Ich möchte mich nicht einmischen, andererseits hoffe ich, Alice' bester Freundin damit zu zeigen, dass ich zuhöre und sie unterstütze. »Wer sind seine Vorgesetzten? Könntest du mit denen reden?«

»Das ist Bruno, die Firma ist sein Start-up. Kundenbetreuung ist sein Ding, deshalb ist er fast nie im Büro, was bedeutet, dass Sid praktisch das ganze Tagesgeschäft übernimmt.«

»Ja, Sid schwirrt mit seinen Breitling-Armbanduhren herum und guckt zu, während Natalie den ganzen Kleinkram erledigt. Sämtliche Ideen für die Events kommen von Nat. Sie ist so auf ihre Kunden und deren Wünsche eingestimmt, und dann taucht Sid mit seinem affigen Akzent und einem Sektglas in der Hand auf den Partys auf und beansprucht das ganze Lob für sich.«

»Alice scheint sich mehr über meine Arbeitssituation zu ärgern als ich.« Nat grinst in meine Richtung.

»Nur weil du dich selbst zu billig verkaufst.«

»Nicht jede von uns kann einfach so ohne Erfahrung zehn Kilometer laufen oder ein erfolgreiches Geschäft auf die Beine stellen, weißt du.« Nat seufzt.

»Ich weiß, ich weiß, ich bin toll in allem.« Alice lacht.

»Sogar im Mogeln«, scherze ich. Sie wirft ein Kissen nach mir, trifft genau mein Gesicht. Ich rücke meine Brille zurecht und frage mich, ob der Gedanke, der mir gerade kommt, eine Grenze überschreitet. Mein Bauch empfiehlt mir, ihn einfach auszusprechen. »Habt ihr zwei euch schon einmal überlegt, zusammenzuarbeiten? Mir scheint, ihr würdet ein großartiges Team abgeben: Alice' Kenntnisse in Floristik und sozialen Medien, Natalies Erfahrung in der Event-Planung. Ihr könntet ganz groß rauskommen.«

Alice setzt sich auf, die Kissen purzeln um sie herum. »Das ist wirklich eine gute Idee.«

»Ich werde darüber nachdenken«, stimmt Natalie zu. »Und das könnte mein Zeichen sein, euch Turteltäubchen allein zu lassen.«

»Ich bin ziemlich sicher, dass man nach einem großen Lauf auf diese Art seine Reserven auffüllen sollte«, verkündet Alice zuversichtlich. »Ja, ich glaube, ich habe das sogar in einem dieser Fitness-Magazine gelesen.«

»Burger und Pommes?«

»Und Bier. Hat etwas damit zu tun, dass man sie ersetzen muss, die vielen verlorenen … Kalorien.«

»Bestimmt.« Ich nicke. »Du solltest dir überlegen, ob du nicht als Diätassistentin arbeiten möchtest.«

»Na klar.« Alice lacht und taucht eine Pommes frites in Mayonnaise. Wir sitzen auf kunterbunten Outdoor-Kissen in ihrem Garten, und ich stelle fest, dass Alice das Talent besitzt, alles so aussehen zu lassen wie in einem Magazin. Sie hat eine alte Tischdecke über eine umgedrehte Palette gelegt, die wir behelfsmäßig als Tisch benutzen, und Marmeladegläser mit übrig gebliebenen Blumen darauf verteilt, ganz so, wie sie es als Kind zusammen mit Mum und Dad gemacht hat. Ich habe einen Anflug von Traurigkeit verspürt, als ich sah, wie sie sie auf den »Tisch« stellte, da ich wusste, was für Erinnerungen diese einfache Geste wohl in ihr wachrufen würde.

»Hast du dich jemals gefragt, was du getan hättest, wenn es mit der Floristik nicht geklappt hätte?«, erkundige ich mich.

»Du meinst, ob ich einen Notfallplan hatte? Als ich klein war, dachte ich, ich würde in Mums Fußstapfen treten und Innenausstatterin werden. Ich habe es geliebt, in meinem Sylvanian-Familien-Haus immer wieder die Möbel umzustellen.« Sie lächelt, und ich ertappe mich dabei, ebenfalls zu lächeln. »Aber im Ernst, ich glaube, mein alternativer Traumjob wäre einer, mit dem viele Reisen verbunden wären. Vielleicht könnte ich fließend eine Fremdsprache sprechen und als Privatlehrerin in einer superreichen Familie arbeiten, in ihrer Villa in Monaco wohnen und eine Stunde pro Woche deren Kinder in Englisch unterrichten.«

»Im Grunde also minimaler Output für maximale Arbeitszufriedenheit.«

»Genau!« Sie lacht. »In Wirklichkeit würde ich wahrscheinlich verrückt werden vor Langeweile, aber es hört sich gut an, oder? Was ist mit dir?«

»Es müsste etwas sein, was mit Kunst zu tun hat, glaube ich. Ich kann mir mich absolut nicht in einem Bürojob vorstellen.«

Alice schmunzelt. »Zach im Anzug? Zach, der Tabellenkalkulationen durchforstet? Oder in einer Bank Gewinn- und Verlustzahlen herumbrüllt und zum Mittagessen Sekt trinkt?«

»Nicht wirklich eine Option, oder?«

»Aber du würdest gut aussehen in einem Anzug«, gibt Alice zu. »Also, als künftige Diätassistentin frage ich mich, ob es ein zu hohes arterielles Risiko wäre, morgen Pfannkuchen zum Frühstück zu essen. Das heißt, wenn du so lange bleiben willst?«

»Absolut«, sage ich in dem Gefühl, wieder mal Schwein gehabt zu haben. Musik kommt vom offenen Küchenfenster her, und die Bienen spielen verrückt wegen der Geißblattranken an Alice' Gartenmauer. Ich könnte mir sehr gut vorstellen, mehr Wochenenden mit Alice zu verbringen. Genau so.

Karaoke

Alice

Der vergangene Monat verging wie im Flug – zwei Hochzeiten pro Woche plus der Vollzeiteinsatz im Geschäft. Ich muss allmählich etwas Dampf ablassen und bin schon ganz zappelig. Tonight's the night, Baby! Als die letzten Kunden mit ihren Blumensträußen den Laden verlassen, beschließe ich, das Aufräumen noch aufzuschieben, drehe stattdessen die Lautstärke unserer Boxen auf und fange an, zu tänzeln.

»Ich sollte das wohl filmen.« Eve lacht, als sie mich sieht. »Wir könnten es ›Tanz mit Teerosen‹ nennen.«

»Oder ›Stretching mit Strelitzien‹«, schlage ich vor.

»›Tango mit Tulpen‹.«

»›Rumba mit Ranunkeln‹! Klingt sexy.«

»Ich kann schon sehen, wie es viral geht.« Eve lehnt sich an den Tresen. »Im Ernst, woher nimmst du nur diese Energie? Wir haben die ganze Woche geschuftet wie die Sklaven, und ich freue mich auf ein Bad heute Abend.«

»Was? Du gehst nach Hause, um ein Bad zu nehmen, an einem Freitagabend?! Ihr Generation Zler seid mir ein Rätsel.«

»Achtsamkeit ist sehr wichtig.«

»Da stimme ich dir voll und ganz zu.« Ich nicke und hoffe bereits, am Wochenende Zeit in meiner Gartenparzelle zu verbringen. »Aber es ist auch Freitagabend! Zach und ich gehen später in eine Karaoke-Bar …«

»Ooh.« Ihre Augen leuchten auf. »Jetzt bin ich wirklich hin- und hergerissen. Liebe ich Karaoke so sehr wie mein neues Badeöl? Was für ein Dilemma!«

»Hm, allerdings. Mit deinen Freunden schmalzige Lieder singen oder in der Badewanne vor sich hin köcheln … es *ist* eine schwierige Entscheidung.«

Eve verdreht die Augen. »Du schaffst es immer wieder. Na schön, ich bin dabei.«

»JA! Bring Nicky mit, wenn du möchtest, je mehr Leute, desto besser die Stimmung.«

»Bin nicht sicher, ob es ihr Ding ist, aber ich frage sie.«

»Ja, Zach ist genauso. Ich bin sicher, es wird ihnen Spaß machen.«

Ich hatte eigentlich gezögert, Zach überhaupt zu fragen, ob er mitmachen würde, denn ich weiß ja, dass er sich in größeren Gruppen manchmal unwohl fühlt. Ich fand unsere letzten Dates wundervoll. Zeit miteinander zu verbringen – nur wir beide –, das war die beste Gelegenheit, uns besser kennenzulernen. Aber in letzter Zeit haben wir nonstop gearbeitet, und ich brauche ganz dringend einen Abend außer Haus. Außerdem muss ich jetzt, da wir tatsächlich zusammen sind, wissen, ob ich in seiner Gegenwart wirklich ganz ich selbst sein kann. Ab und zu will ich mich gehen lassen und albern sein. Deshalb hoffe ich, dass eine Karaoke-Nacht das Richtige ist für unser K-Date und wir uns beide ein bisschen amüsieren.

Als Zach in der Karaoke-Bar auftaucht, merke ich sofort, dass dieser geniale Plan ziemlich heftig nach hinten losgehen könnte. Zachs Gesichtsausdruck verrät Angst. »Sag mir, dass ich gerade einen Albtraum habe und gleich aufwache«, sagt er, während ich unter dem Neonlicht am Eingang der Bar herumtänzle.

»Ich fürchte, das kann ich nicht.«

»In der Öffentlichkeit singen? Alice, sind wir uns schon einmal begegnet?«

»Ich habe mir schon gedacht, dass du so reagieren würdest, aber es gibt gute Neuigkeiten. Ich habe eine Kabine gebucht, es wird also außer uns niemand dabei sein.«

»Und mit ›uns‹ meinst du …«

»Dich, mich, Eve und ihre Freundin, und Nat kommt mit einem neuen Begleiter«, erwidere ich.

»Super, ich werde mich vor deinen Freundinnen blamieren. Das ist viel besser, als mich vor Leuten zu blamieren, denen ich noch nie begegnet bin.«

»O Zach! Keine Panik, okay? Ich dachte nur, wir beide haben Tag und Nacht so hart gearbeitet. Einfach mal abends auszugehen, wäre eine perfekte Gelegenheit zum Dampfablassen. Man kann nie wissen. Mach dich locker, am Ende gefällt es dir womöglich.« Ich zwinkere ihm zu.

Zach stemmt die Hände in die Hüften und blickt zum Himmel, bis er sich offenbar damit abfindet. Er rückt seine Brille zurecht und wirft mir einen total süßen Blick zu, als wollte er sagen *Ich mache es, aber nur weil du es bist.*

»Also gut. Aber du bist mir was schuldig.«

»Ich habe mich immer noch nicht ganz von diesen zehn Kilometern erholt, die ich deinetwegen rennen musste. Betrachte das als Ausgleich.«

Zach fährt sich mit der Hand durchs Haar. »Was ich nicht alles tue, um Zeit mit dir zu verbringen«, seufzt er, und mir wird innerlich ganz warm. Ich verschränke meine Finger mit seinen und führe ihn zu unserer Kabine.

Es war ein tolles Gefühl, sich für die Nacht schick anzuziehen. Mein Kleid besteht aus bronzefarbenen Pailletten und ist im Rücken tief ausgeschnitten.

»Du siehst schön aus«, bemerkt Zach, als ich meine Jacke ausziehe. Ich spüre seine Fingerspitzen auf der Haut.

»Mit dem ollen Fetzen?« Ich strahle und versuche, die Schmetterlinge in meinem Bauch zu verdrängen, als Natalie hereinstürmt. Sie hat sich gestylt wie Beyoncé in *Telephone*, trägt Bustier und Rock mit Stars-and-Stripes-Aufdruck. Ihr Date wirkt sichtlich begeistert, sie begleiten zu dürfen.

Ich pfeife und bestelle unsere Drinks, während Natalie mir ein Mikrofon zuwirft und den ersten Song anstimmt. Der war ja zu erwarten angesichts ihres Outfits. Die ersten Klänge von Beyoncés und Lady Gagas *Telephone* erfüllen den Raum. Es kann durchaus sein, dass Nat und ich eine Nacht lang im Alkoholrausch diesen Song gespielt und dabei sämtliche Moves eingeübt haben. So sind wir nun mal drauf. Wir fangen an, zu singen, und aus dem Augenwinkel sehe ich, dass Zach uns zusieht und dabei lächelt. Es gefällt ihm! Er nippt an seiner Bierflasche und sieht unglaublich heiß aus in dem grünen T-Shirt. Offenbar trägt er jetzt auch Farbiges. Er ist tatsächlich schon lockerer geworden. Das Grün bringt seine leicht gebräunte Haut und seine grünen Augen so gut zur Geltung, dass ich mich fast von meinem Auftritt ablenken lasse.

Als unser Duett endet, winke ich Zach, dass er zu uns heraufkommen soll.

Er schüttelt den Kopf.

Ich schalte das Mikrofon wieder ein.

»Meine Damen und Herren, darf ich vorstellen – Zach Moretti!«

Er hebt beide Hände, das universelle Zeichen für »Stopp«.

Eve fängt an, zu rufen: »Zach! Zach! Zach!«

Ihre Freundinnen stimmen mit ein. Natalie und ihr Begleiter ebenfalls. Zögernd stellt Zach sein Bier auf dem Tisch ab und kommt zu mir.

»Du hast gerade sehr viele Minuspunkte gesammelt«, flüstert er mir ins Ohr. Ich versuche, betroffen auszusehen, aber in Wirklichkeit bin ich einfach total froh, weil Zach tatsächlich hier ist.

»Möchtest du dir einen Song aussuchen?«, frage ich.

»Äh, nein.«

Ich lasse nicht locker. »Es muss ein Duett sein, weil ich natürlich mitsingen werde. Was hältst du von Robbies und Kylies Nummer *Kids*? Kennst du das Lied?«

Zach blickt mich genervt von der Seite an. »Erinnerst du dich an meine *Point*-Romane-Zeit? Ich war auch einmal begeistert von Take That«, flüstert er.

Ich quietsche fast vor Freude. Das gehört zu den Seiten, die ich an ihm liebe.

»Take That forever!«, jubelt Nat.

Zach blickt entsetzt auf.

»Ah ja, ich habe vergessen, dir zu sagen, dass unsere Mikrofone noch eingeschaltet sind«, erkläre ich und beiße mir auf die Lippe.

Zach bedenkt mich mit einem gespielt tödlichen Blick, und ich drücke seine Hand und schalte die Musik ein. Ich rechne voll damit, dass Zach einfach die Augen schließen und sich schnellstmöglich durch den Song murmeln wird, aber wie sehr ich mich täusche. Zach überrascht mich immer wieder. Offenbar kennt er den Text von *Kids* und braucht den Teleprompter auf dem Bildschirm nicht. Er gibt mir sogar den Einsatz, wenn Kylies Stimme dran ist.

Er kann singen! Sein Blick ist auf mich gerichtet, und ich schalte für eine Minute auf Kylie Minogue um, stelle mir ihre goldenen Hotpants vor und frage mich, ob Zach jemals eine Guyliner-Phase hatte. Ich würde sagen, ja.

Es ist eine Weile her, seit ich das Lied von Anfang bis Ende gehört habe, und Robbies Rap-Nummer hatte ich völlig vergessen. Aber Zach offenbar nicht. Er rappt drauflos mit einem Stoke-on-Trent-Akzent, genau wie sein Lieblingsmusiker von Take That, und mich haut es einfach um. Ich kann kaum an mich halten, während Zach sich so richtig reinsteigert. Ich schaffe es so gerade, mich für den letzten Refrain zusammenzureißen.

»SO COME ON, ju-u-ump on board«, dröhnt Zach, jetzt so selbstvergessen, dass er sogar die Hände in die Luft wirft und alle in unserer Kabine aufspringen und mitsingen und -tanzen.

Unglaublich! Und ganz schön sexy. Ich schlinge die Arme um Zachs Taille, während wir singen.

»NEHMT EUCH EIN ZIMMER!«, ruft Nat, als wir zum Ende kommen.

Immer noch atemlos, lassen Zach und ich uns nebeneinander auf einen Stuhl fallen, während Natalie mit ihrer Version von Lizzos *Juice* den Rest unseres Mini-Publikums zum Rasen bringt.

»Was hältst du von Nellys und Kellys *Dilemma*?«, frage ich.

»Was?«

»Unser nächstes Duett?«, erkläre ich atemlos. »Das hat gerade so viel Spaß gemacht.«

Zach reibt sich die Stirn. »Es hat wirklich Spaß gemacht, aber ich bin nicht sicher, dass ich das noch mal schaffe.«

»Warum nicht? Alle fanden es toll!« Ich nippe an meinem Drink.

Zach legt die Stirn in Falten.

»Okay, du darfst den nächsten aussuchen«, gebe ich nach.

»Ich hatte gehofft, das würde reichen«, sagt er, und mir wird klar, dass ich ihn überfordere.

»Jetzt fühlst du dich unwohl, und ich bin schuld.«

»Nein, na ja, nicht wirklich«, erwidert er und nimmt meine Hand. »Ich glaube, ein introvertierter Mensch wie ich kann einfach nicht so viel öffentliches Singen vertragen.«

»Ich verstehe. Du kannst aber wirklich gut singen, Zach. Vielleicht kannst du mir ja später noch eine private Show spendieren.«

Er streicht sich übers Kinn und nimmt einen Schluck Bier.

»Vielleicht.« Er lächelt ironisch. »Ich hoffe, du hältst mich nicht für eine Spaßbremse. Manchmal fürchte ich, ich bin nicht gut genug für dich in solchen Situationen.«

Ich trinke einen Schluck Bier und merke, dass ich ganz schön beschwipst bin.

»Auf keinen Fall. Ich bin eindeutig extrovertierter als du, aber du hättest dich vor einer Minute dort oben sehen sollen. Du bist insgeheim ein Entertainer, Zach.«

Er lacht verlegen.

»Es war lustig«, gibt er zu. »Aber verlang nicht zu viel von mir. Ich bin kein geborenes Party-Tier wie du.«

Es ist noch nicht lange her, da habe ich Zach gebeten, in Sachen Romantik nicht zu viel von mir zu verlangen. Schon komisch, wie schnell sich Menschen ändern können.

»Ich glaube wirklich, wir ergänzen uns ziemlich gut«, stelle ich fest.

»Stimmt.« Wir stoßen mit unseren Bierflaschen an, und es fühlt sich an, als wären wir einen Moment allein, da plumpst Natalie auf den Stuhl neben Zach und rückt ihre Brüste zurecht. »Wir haben noch einen Song, also jetzt kommt es drauf an. Nur die Spice Girls kommen infrage. Zach, kennst du den Text von *Wannabe*?«

Argh, Nat, du störst!

Aber Zach tut etwas, was mich wirklich total überrascht. Belustigt zieht er die Brauen hoch und wirft mir einen teils resignierten, teils belustigten Blick zu. »Ja, Natalie!«

Nat springt wieder auf und nimmt seine Hände. Ich bin wirklich froh, dass die beiden sich so gut verstehen.

»Bist du sicher?«, flüstere ich ihm zu.

»Warum nicht?«, erwidert er mit gespielter Resignation. Begeistert führt Nat uns nach vorne, und Zach legt den Arm um meine Schultern, gibt mir ein Mikrofon und beginnt sofort mit Mel B.s Alphabet-Rap. Da fällt mir die Visitenkarte ein, die Zach mir bei unserer ersten Begegnung gab. Wie kühn er verkündete, dass wir uns durch so viele Dates durcharbeiten sollten, wie das Alphabet Buchstaben hat, und wie amüsant ich diese Idee fand. Als ob wir jemals weiter als bis C kommen würden. Und doch, hier ist es, unser K-Date. Der grüblerische Künstler und Gefühlsmensch, von dem ich dachte, er könnte mich für ein paar Dates interessieren, ist jetzt der einzige Mann, mit dem ich ausgehe, und im Moment schmettert er gerade aus voller Brust einen Text von den Spice Girls. Entweder reflektieren die Pailletten an meinem Kleid ein extrem helles Licht, oder um mich herum explodiert gerade ein Feuerwerk.

»Wir machen Schluss für heute.« Natalie zwinkert mir zu, als sie und ihr Date nach ihren Jacken greifen. »Ich gehe mit zu ihm.«

»Schreib mir, damit ich weiß, wo du bist, okay? Und ruf mich an, wenn ihr dort seid. Und pass auf dich auf. Hast du Kondome?«

Natalie kichert. »Schon gut, Mum! Alles in Ordnung, ich kenne ihn aus der Arbeit, kein Grund zur Panik. Du wirst also heute das Haus für dich haben«, fügt sie hinzu und gibt mir einen Schubs.

Ich werfe einen Blick auf Zach, der sich gerade angeregt mit Eve und Nicky darüber unterhält, welches Spice Girl das beste ist, und fühle einen Schauer der Vorfreude. Allein zu Haus mit meinem Date. Als wir das letzte Mal zusammen richtig groß ausgegangen sind, ging er vorzeitig nach Hause, aber heute ist er der »Last Man Standing«.

»Du hast so ein Glück, dass du das alles noch in echt erlebt hast«, sagt Eve, die an Zachs Lippen hängt. »Ich war noch nicht einmal geboren, als die ihren ersten Hit landeten.«

»O mein Gott, ich glaube, ich hasse dich ein bisschen«, sage ich und lache.

Zach grinst. »Anscheinend haben die Spice Girls gerade ein Riesen-Comeback«, sagt er zu mir. »Genau wie die *Friends*-Serie.«

Ich nicke. »Noch so ein Klassiker.«

»Leute, ich könnte euch noch die ganze Nacht zuhören, wie ihr über Alte-Leute-Kram redet, aber Nicky und ich brauchen unseren Schönheitsschlaf, und ich habe noch nicht einmal meine Haferflocken fürs Frühstück eingeweicht.«

»Die Jugend von heute! Wir sehen uns in der Arbeit.« Ich lache und winke ihnen nach, dann drehe ich mich zu Zach um. »Nun ja, hättest du Lust, diese alte Frau von neunundzwanzig nach Hause zu bringen?«

»Ja, hätte ich.«

»Ich bin ein kleines bisschen beschwipst.«

»Ich auch. Nutz das jetzt nicht aus«, raunt er.

»Aber nein! Allerdings muss ich dich warnen, ich fand nämlich dein geheimes Karaoke-Talent sehr sexy.«

Er lacht. »Ich wusste, dass sich meine Take-That-Phase eines Tages auszahlen würde.«

»Siehst du! So schlecht ist das alles gar nicht, oder? Ein bisschen Ausgelassenheit kann sehr amüsant sein.« Ich zeichne mit dem Finger kleine Kreise auf seine Brust.

»Nun, sagen wir einfach, ich bereue nichts. Darf ich dich jetzt nach Hause bringen?« Er zieht mich zu sich heran und raubt mir den Atem mit einem Kuss. Als wir hinausgehen, um ein Taxi zu nehmen, ist mir ganz warm und flauschig zumute. Es war wundervoll, auszugehen und einen draufzumachen, und es ist genauso wundervoll, mit Zach nach Hause zu fahren. Zu wissen, dass ich morgen früh neben ihm aufwachen werde.

Lunch

Zach

Wie für jeden guten Italiener ist die Familie ein wichtiger Teil meines Lebens, wahrscheinlich umso mehr, als meine Eltern eine Generation übersprungen haben, was die Bedeutung der *famiglia* angeht. Ich weiß noch, dass ich als Kind einmal ein Telefongespräch zwischen Mum und *nonna* mit angehört habe, bei dem Mum zu ihrer Schwiegermutter sagte, sie wolle nicht den Rest ihres Lebens immer nur ihren Kindern den Vorrang einräumen, so wie sie es mit Dad gemacht habe. Es versetzt mir jetzt noch einen Stich. Wenn sie doch nur gewusst hätte, dass Raff und ich niemals an erster Stelle stehen wollten, wir wollten einfach nur das Gefühl haben, ihr etwas zu bedeuten.

Als Raff Ellie begegnete, konnte ich erleben, wie mein älterer Bruder mit ihr an seiner Seite seinem Leben einen Sinn gab, und jetzt, da sie die Mädchen haben, geben wir uns noch mehr Mühe, uns regelmäßig zu treffen. Die beiden haben sich dieses wunderbare Zuhause geschaffen, ganz zu schweigen von ihren tollen Kindern, und auch wenn Raff noch so oft grummelt, was für ein unterdrückter Vater er doch sei, weiß ich genau, wie stolz er darauf ist, so eine enge Beziehung zu seinen Kindern zu haben. Es ist genau das, was wir als Kinder nicht hatten. Raff, Ellie, Fran und Sienna. Diese Menschen sind meine Familie.

Tiny bellt am Fuß der Leiter, auf der ich stehe.

»Hast du telepathische Kräfte, Tiny? Keine Sorge, du gehörst auch zu meiner Familie.« Er macht neben der Leiter Sitz und lässt die Zunge heraushängen.

»Jetzt, wo du fragst, ja, ich fühle mich ein bisschen überfordert davon, Alice dieser Bande vorstellen zu müssen.«

Tiny leckt sich das Maul.

»Du hast recht, es ist eine große Sache. Für Alice war es das aber nicht. Sie hat mich vom ersten Augenblick an sofort in ihre Kreise aufgenommen. Wenn ich jetzt darüber nachdenke, muss ich sagen, sie war nur allzu bereit, mich hereinzulassen. Ich glaube, das bringt perfekt auf den Punkt, was für ein Mensch sie ist. Jederzeit bereit, etwas auszuprobieren, herzlich und offen. Gott, ich muss im Vergleich dazu unglaublich reserviert wirken, oder?« Tiny bellt zu mir hoch, und ich bin sicher, ein Stirnrunzeln auf seinem Gesicht zu sehen. »Sie war wirklich begeistert, als ich ihr vorschlug, euch kennenzulernen.«

Noch mehr Bellen.

»Nein, ich hatte damit auch nicht gerechnet. Ich dachte, sie würde die Flucht ergreifen.«

»Na, mal wieder ein Gespräch unter Freunden mit dem Hund?« Es ist Raff. Er kommt mit einer riesigen Schüssel Aprikosen auf mich zu.

Tiny blickt verschwörerisch zu mir hoch. Er kennt so viele meiner Geheimnisse.

»Ich bin nicht sicher, ob diese Wimpel überhaupt nötig sind.« Ich ziehe es vor, Raffs Frage zu überhören. Die letzten zwanzig Minuten habe ich Girlanden aus bunten Dreiecken im Garten aufgehängt, und es sind immer noch Unmengen davon übrig.

»Ellie geht aufs Ganze«, erwidert Raff achselzuckend. »Und du weißt ja, wie sie ist.«

Ein Faktor, mit dem man rechnen muss. Was wahrscheinlich auch der Grund dafür ist, dass ich das hier so lange aufgeschoben habe. Sie könnte Alice vergraulen.

»Für meine früheren Freundinnen hat sie nie die Wimpel herausgeholt«, stelle ich fest.

»Ich glaube, wir haben alle mitbekommen, dass Alice anders ist.«

»Wie das?«

»Du magst sie sehr, das ist offensichtlich, aber du hast nicht diesen Tunnelblick, den du früher hattest. Wie soll ich das ausdrücken? Alice scheint das Beste aus dir herauszuholen.«

»Aha.« Ich kratze mich am Kopf. »Na, das ist eine gute Nachricht, oder?«

Raff lacht. »Guck nicht so besorgt! Die Sonne scheint, und es gibt genug zu essen, dass wir das ganze Dorf versorgen könnten. Das wird ein guter Tag.«

»Sie ist da!« Fran und Sienna rennen von ihrem Aussichtspunkt im Wohnzimmer in die Küche. Die letzten zwanzig Minuten hatten sie einen Platz am Fenster belegt, um auf jeden Fall einen Blick auf Alice zu erhaschen.

Verdammt, bin ich angespannt.

»Ah, ja, sehr gut.« Geistesabwesend nehme ich ein Küchenhandtuch vom Haken und hänge es wieder hin.

»So süß, dass du nervös bist.« Ellie zwickt mich in die Wange, und ich blicke sie finster an. Sie ist zwar meine beste Freundin und Große-Schwester-Ersatz, aber sie kann manchmal wirklich nerven.

Es klingelt an der Tür.

»Du solltest wohl aufmachen.« Ellie grinst.

Wieso zögere ich überhaupt? Ich gehe zur Haustür, aber es ist zu spät, Fran und Sienna waren schneller. Ich kann hören, wie sie drauflosplappern, und beeile mich.

»Du heißt Alice, und du bist Onkel Zachs Freundin, und er ist nervös, weil du uns kennenlernen sollst, aber das ist nicht nötig, sagt Mum, weil wir wirklich total nett sind und überhaupt nicht einschüchternd.«

Freundin? O Gott. Ich kann nicht glauben, dass sie gerade damit herausgeplatzt sind. Für mich fühlt es sich an, als wäre Alice schon meine Freundin, aber wir haben das Thema bisher vermieden, und ich mache mir ohnehin Sorgen, Alice könnte von meiner vorlauten Familie verschreckt werden. Muss jetzt auch noch das F-Wort auf die Agenda?

Aufgeregt komme ich an die Tür, und da steht Alice, eingerahmt vom Hauseingang wie ein Gemälde, das darauf wartet, zum Leben zu erwachen. Auf ihrem Sommerkleid explodieren Gelb- und Orangetöne, ihr Haar hat sie zu Zöpfen geflochten und am Kopf festgesteckt. In einer Hand hält sie einen Blumenstrauß, in der anderen eine Einkaufstüte. Letztere stellt sie auf dem Boden ab, um meine Nichten zu begrüßen.

»Ich bin Alice, hi.« Sie wendet sich mir zu, und ihr strahlendes Lächeln lässt mich wie angewurzelt stehen bleiben. Sie wirkt nicht allzu verschreckt, das ist gut.

»Wie ich sehe, haben Sienna und Francesca sich schon vorgestellt. Möchtest du hereinkommen?«

»Schrecklich gern«, erwidert sie, als ich sie auf die Wange küsse. Ich hebe die Tüte auf, und wir gehen in die Küche, wobei Fran und Sienna ununterbrochen weiterplappern.

»Die berühmte Alice.« Ellie zieht die Schürze aus und küsst Alice dreimal auf die Wangen.

»So wird man gerne begrüßt.« Alice lacht. »Ellie? Es ist mir ein Vergnügen, dich kennenzulernen.«

Die beiden Frauen beäugen sich, und ich merke, dass ich die Luft anhalte. Raff steht neben mir, offenbar geht es ihm nicht anders.

»Vielen Dank für die Einladung«, sagt Alice nach einer kurzen Pause. »Ich habe Zach gefragt, ob ich etwas zur Mahlzeit beitragen kann, aber er hat gemeint, das wäre nicht nötig, also habe ich das hier mitgebracht.« Sie überreicht Ellie die mit einer Manschette aus braunem Papier zusammengehaltenen leuchtend gelben Sonnenblumen.

»Die sind wunderschön«, sagt Ellie. »Danke. Komm rein, komm rein! Fühl dich wie zu Hause. Wir essen nachher draußen.«

»L für Lunch«, meldet sich Fran zu Wort. »Onkel Zach hat uns von euren Alphabet-Dates erzählt.«

»So, hat er das? Und mir hat er erzählt, dass Ausmalen eure aktuelle Lieblingsbeschäftigung ist. Ratet mal, was ich mitgebracht habe? Filzstifte und Malbücher. Also, falls ihr Lust habt …« Alice wird von Fran und Sienna nach draußen gezerrt, bevor sie den Satz beenden kann.

»Mit den Kindern kommt sie ja hervorragend klar«, sagt Raff lachend, und wir sehen zu, wie Alice die Geschenke aus ihrer Tasche holt und auf den Spieltisch im Garten legt. Die Mädchen haben einen Liegestuhl herangezogen, damit Alice bei ihnen sitzen kann, und jetzt streiten sie darum, wer näher bei ihr sitzen darf. Alice scheint diplomatisch dafür zu sorgen, dass sowohl Sienna als auch Francesca das Gefühl haben können, ganz viel Aufmerksamkeit zu bekommen.

»Sie ist ein Naturtalent, was Kinder betrifft«, stellt Ellie fest, als sie unseren Blicken folgt.

Es stimmt. Raff, Ellie und ich bleiben eine Minute lang einfach stehen und beobachten die anrührende Szene draußen, bis der Küchenwecker piept und Raff den Auftrag erhält, das Mittagessen auf den Tisch zu bringen.

Der Tisch biegt sich fast unter der Last der Speisen. Mit Salami und Auberginen gefüllte und in Scheiben geschnittene Foccacia. Salat aus frischen Tomaten mit Kräutern und Olivenöl. Artischocken und gegrillte Paprika. In der Mitte ein Taleggio frittata. Krüge mit Pfirsichsaft, in denen es knackt, als Ellie Eiswürfel dazugibt.

»Himmlisch«, seufzt Alice, als Raff ihr einen gut gefüllten Teller reicht. »Hat Zach euch vorgewarnt, ich würde euch die Haare vom Kopf essen?«

»Ich habe Hula Hoops besorgt, nur für den Fall«, scherze ich, und sie schmunzelt.

»Wir sind hier alle gute Esser, Alice, du passt gut dazu.« Mein Bruder lächelt, und ich glaube fast, Alice freut sich über die Bemerkung.

Sie streicht mit dem Finger über das goldene Besteck und die farbenfrohen Teller. »Das wirkt alles so selbstverständlich elegant.«

»Danke«, erwidert Ellie. »Als Raff und ich geheiratet haben, hat uns seine *nonna* eine riesige Kiste mit nicht zusammenpassendem Geschirr als Hochzeitsgeschenk geschickt. Die Sachen befanden sich seit vielen Jahren im Besitz der Familie.«

»Das Zitronenmuster auf diesen Tellern ist sehr hübsch«, stellt Alice fest.

»Offenbar gibt es noch mehr davon in Italien. Für Zach, wenn er …«

Nicht das H-Wort aussprechen! Das F-Wort macht mir schon genug Sorgen.

»Bitte noch etwas Frittata!«, fällt Raff seiner Frau ins Wort, und ich bin ihm für immer dankbar für sein gutes Timing. Zum Glück gibt es Brüder. Ich bedenke Ellie mit einem, wie ich hoffe, deutlich zum Schweigen auffordernden Blick.

»Habt ihr dort geheiratet?«, erkundigt sich Alice.

»Standesamtlich haben wir hier geheiratet, und danach haben wir in Amalfi groß gefeiert. Meine Familie kommt auch aus Italien, und ich denke, wir wären verstoßen worden, wenn wir das nicht dort gefeiert hätten«, erwidert Ellie.

»Und wie habt ihr euch kennengelernt?«

»Durch diese Legende.« Ellie winkt mir zu. »Zach und ich haben uns an der Uni angefreundet, wir hatten im ersten Studienjahr dieselben Kurse belegt. Zach hatte das einzig anständige italienische Restaurant in New Castle ausfindig gemacht, sich mit den Besitzern angefreundet und sie mit seinem Charme umgarnt, sodass er nach Restaurantschluss umsonst dort essen durfte. Wir haben also während des Studiums meistens spät am Abend schüsselweise Pasta gegessen.«

»Hört sich fantastisch an.« Alice' Blick tanzt zwischen uns hin und her.

»Wenn ich dafür nur nicht so viel Zeit mit diesem Blödmann hätte verbringen müssen«, scherzt Ellie.

»Komm schon. Wir hätten unsere Dissertationen niemals rechtzeitig eingereicht, wenn Angelo uns in der Nacht vor dem Abgabetermin nicht mit Limoncello versorgt hätte«, gebe ich zu bedenken.

»Ich bin Ellie an dem Tag ihrer Abschlussfeier begegnet«, wirft Raff ein. »Ich hatte so viel über diese beste Freundin gehört, dass ich wusste, sie würde ein prima Kumpel sein. Ich hatte nur nicht damit gerechnet, dass ich auch noch mein Herz verlieren würde.«

»Oh, ihr zwei! Das ist so süß«, sagt Alice.

»Erwachsene sind eklig«, verkündet Fran.

Ich zerzause ihr Haar.

»Warte es nur ab, Kleine. Übrigens wurde ich als bester Freund der Braut und Bruder des Bräutigams zweimal zum Polterabend eingeladen.« Ich grinse und nehme mir noch ein Stück Foccacia.

Ellie lacht. »Du warst nicht so begeistert, als meine Freundinnen vorschlugen, dass du dich ausziehst und uns Schnäpse servierst.«

Sie hat recht. *Das* war peinlich.

Plötzlich stemmt Sienna beide Ellenbogen auf den Tisch und macht ein ganz ernstes Gesicht. »Was sind deine Absichten mit Onkel Zach?«, will sie von Alice wissen.

Die Foccacia plumpst auf meinen Teller.

Panisch blicke ich zu Alice. Wie wird sie damit umgehen, dass meine fünfjährige Nichte sie beim Mittagessen ausfragt? Ich hätte eher gedacht, dass von allen Familienangehörigen Ellie diejenige sein würde, die es mit dem Beschützerinstinkt übertreibt. Jetzt flippt Alice ganz bestimmt aus. Sie stellt ihr Saftglas zurück auf den Tisch und blickt um den Tisch herum. Ich folge ihrem Blick. Raff und Ellie lachen lautlos, ihre Schultern zucken. Sienna wirkt sehr zufrieden mit sich.

Alice bricht in helles Lachen aus und alle am Tisch fallen mit ein.

»Hat Onkel Zach dich bestochen, damit du diese Frage stellst?«, fragt sie, nachdem sich alle beruhigt haben. Sienna kichert vergnügt. Sie hängt an Alice' Lippen.

Die schweigt einen Moment und erwidert kurz meinen Blick. »Könnt ihr ein Geheimnis für euch behalten?«, sagt sie im Bühnenflüsterton zu meinen Nichten. Sie nicken eifrig. »Ich mag ihn sehr gerne«, sagt Alice.

Fran und Sienna jubeln, während ich mir ihre Worte auf der Zunge zergehen lasse. »Das beruht auf Gegenseitigkeit«, sage ich.

»Na also«, bricht Raff das Schweigen. »Natürlich bist du nicht bloß hier, um zu essen, Alice. Ich schätze, du willst alles über Zach wissen aus der Zeit, als wir jünger waren. Ellie und ich sind gern bereit, Auskunft zu geben. Sollen wir bei der Teddybär-Zeit anfangen?«

Entzückt klatscht Alice in die Hände, und ich sterbe einen kleinen Tod. »Ja, bitte. Mein Freund Dylan hat Zach ein paar sehr peinliche Fotos aus meiner Kindheit gezeigt, und ich warte schon die ganze Zeit auf diesen Moment. Rache ist süß.«

Schon wieder Dylan, denke ich. Sie spricht zu oft von ihm, und ich darf mich darüber nicht ärgern.

»Fotos, sagst du? Da habe ich etwas Besseres.« Raff dreht sich grinsend zu mir um. Was führt er im Schilde? »Ich habe neulich einige Kisten in der Garage durchgesehen und Zachs Comics gefunden. Du denkst wahrscheinlich, ich meine Comics, die man irgendwo kaufen kann, aber ich spreche von Comics, die er selbst gezeichnet hat, mit sich selbst als Hauptfigur.«

Ich werde Raff umbringen. Mit verzücktem Gesichtsausdruck rennt er zurück in die Küche. Sein Gesicht drückt pures Vergnügen aus. Er wird sie doch nicht holen, oder? Ich werde normalerweise nicht rot, aber jetzt spüre ich, dass mein Gesicht sich dunkelrot verfärbt.

»Nur ein freundlicher Hinweis darauf, dass ich bald wieder für Tiny den Hundesitter spielen werde, Bruderherz«, rufe ich ihm nach. »Du würdest doch nicht wollen, dass ich wegen eines schweren Falls von Demütigung kurzfristig absage, oder?«

Raffs herzliches Lachen schallt aus der Küche. Ellie, Alice, Sienna und Fran sitzen gespannt um den Gartentisch herum, und ich frage mich, ob es zu früh ist, die Wodkaflasche zu öffnen, vor allem in Anbetracht des selbstzufriedenen Ausdrucks auf dem Gesicht meines Bruders, als er wieder aus dem Haus kommt.

»Alice, darf ich vorstellen? *Captain Zach the Brainiac.*«

Wenn der Boden sich jetzt auftäte, um mich zu verschlucken, wäre das super. An *Captain Zach the Brainiac* habe ich seit Jahren nicht mehr gedacht, aber jetzt gibt Raff doch tatsächlich Alice ein Exemplar.

Ich räuspere mich. »Ich gehe nur mal schnell … nachschauen, ob der Ofen ausgeschaltet ist.«

»Nein!«, protestiert Alice. Sie blickt von dem Comic in ihren Händen zu mir hoch, und für einen kurzen Moment überschattet sich ihr Gesichtsausdruck. Sie bedeutet mir, mich neben sie zu setzen, und flüstert mir zur: »Ich will dich nicht in Verlegenheit bringen. Soll ich das weglegen?«

Dass sie nachfragt, rührt mich so, dass mir für einen Augenblick die Worte fehlen.

Ich seufze gutmütig. »Danke, aber es ist nur gerecht, dass du das lesen darfst. Es ist nur … Versprichst du, dass du mich immer noch magst, auch nachdem du Einblick in die Seele eines verängstigen Jugendlichen genommen hast? Zu meiner Verteidigung – ich habe damals jede Menge Emo-Musik gehört.«

Alice lacht. »Ich kann mir dich genau vorstellen, wie du dir die Augen mit Kajalstift umrandest und im Hintergrund *My Chemical Romance* spielt.«

»Die Eyeliner-Phase! Die hatte ich ganz vergessen.« Raff brüllt vor Lachen. »Wirklich, Alice, wir haben dir so viel zu erzählen.«

Das Mittagessen ging nahtlos ins Abendessen über, auf den Pfirsichsaft folgte Weißwein, und jetzt versuchen Raff und Ellie, Fran und Sienna davon zu überzeugen, dass es Zeit ist, schlafen zu gehen.

»Aber ich will nicht«, mault Sienna zum fünfzehnten Mal.

»Kann Alice wiederkommen?«, fragt Fran mit weinerlichem Blick.

»Sie ist jederzeit willkommen«, sagt Ellie lächelnd und lotst die Mädchen endlich nach drinnen.

Jetzt sitzen nur noch Alice und ich im Garten. An den Mauern ziehen sich Solarlichterketten entlang. Es hat mich gefreut, dass Alice sich so problemlos auf meine geräuschvolle, verrückte Familie eingestellt hat, aber es ist auch schön, jetzt etwas

Zeit nur für uns beide zu haben. Ich höre, dass Alice einen zufriedenen Seufzer ausstößt.

»Sie haben dich wirklich lieb gewonnen«, sage ich zu ihr.

»Das beruht auf Gegenseitigkeit. Raff und Ellie ziehen hier zwei starke Frauen groß.«

Ich nicke. »Ich bin stolz auf sie.«

»Zu Recht. Es ist offensichtlich, dass sie ihren Onkel Zach anbeten.«

»Nun ja, Onkel zu sein, ist toll, man erlebt jede Menge Spaß, aber keine Probleme.« Ich werde von Gebrüll unterbrochen, das aus einem der Fenster im oberen Stockwerk dringt.

»DAS IST MEIN TELESKOP, SIENNAAAARRRGGGHHH!«

»Wie bestellt«, lacht Alice.

»Sie können anstrengend sein. Wie zum Bespiel heute Mittag, als sie dich mit dem F-Wort begrüßt haben«, sage ich vorsichtig. Ob es Alice überhaupt aufgefallen ist?

Alice begegnet kurz meinem Blick.

»Du meinst, als sie mich deine Freundin nannten?«

Ich räuspere mich. »Ja. Ich frage mich, äh, wie du dich dabei gefühlt hast.«

Wieder wird sie ganz still und nachdenklich.

»Weil … na ja … wir verabreden uns jetzt schon eine Weile regelmäßig, und ich wollte …« Ich bringe den Satz nicht zu Ende. Die Drei-Date-Regel und die ständige Angst, Alice könnte bald genug von mir haben, setzen mir immer noch zu. Aber Angst bringt mich nicht weiter. Und wer A sagt, muss auch B sagen. »Ich wollte fragen, ob ich mich als dein Freund betrachten kann.«

Jetzt ist es heraus. Es gibt keinen Weg zurück. Ich kann Alice nicht einmal ansehen. Sie wird in Panik ausbrechen und Reißaus nehmen, weil ich zu weit gegangen bin.

Sie nimmt meine Hand, und da riskiere ich einen Blick zu ihr.

»Zach, ich möchte sehr gern deine Freundin sein.« Ein strahlendes Lächeln breitet sich auf ihrem Gesicht aus.

Das Wort *Glück* beschreibt nicht im Entferntesten, was ich empfinde. Ich schlinge die Arme um Alice, spüre die Wärme ihres Körpers und lasse ihre Worte auf mich wirken. Sie legt den Kopf zurück, um mich zu küssen, und ich kann mir nicht vorstellen, wie dieser Tag noch besser werden soll.

»Ich dachte, meine Nichten hätten alles ruiniert, und jetzt stellt sich heraus, dass sie mir einen großen Gefallen getan haben«, sage ich nach einer Weile lachend.

»Ha, ich wette, es ist nicht das erste Mal, dass sie so etwas getan haben.«

»Sie sind seit ihrem ersten Lebenstag eine Herausforderung.« Ich bin immer noch ganz high davon, dass Alice jetzt offiziell meine Freundin ist. Ich kann es nicht glauben! »Anscheinend liegen Zwillingsgeburten bei uns in der Familie. Ellie und Raff hatten zwar nicht damit gerechnet, und ich weiß, dass sie es anstrengend fanden, besonders als Fran und Sienna noch Babys waren.«

»Das glaube ich. Kinder sind sicher der ultimative Test für jede Partnerschaft.«

Ob Alice eines Tages Kinder haben will? In meinem Kopf stelle ich die Frage so laut, dass es mich erstaunt, dass sie sie nicht hört.

Hey. Lass es gut sein.

Genieße einfach diesen Augenblick, und stell jetzt nicht diese Frage.

Ellie schlüpft durch die Terrassentür und bewahrt mich davor, mich zu tief in unsichere Gewässer vorzuwagen. »Ich habe Raff bei den Mädchen gelassen. Die werden zur Schlafenszeit immer zu Monstern. Entschuldigt, störe ich?«

»Wir haben gerade davon geredet, wie anstrengend Kinder

sind, aber du und Raff, ihr scheint das ganz toll hinzukriegen«, sagt Alice.

»Das liegt an einer Mischung aus Liebe, Geduld und einem stets gefüllten Weinregal«, erwidert Ellie mit einem Grinsen.

Alice lacht. »Zweifellos. Bei euch sieht es übrigens ganz einfach aus.«

»Für mich war schon immer klar, dass ich eines Tages sehr gerne Mutter wäre, falls das Schicksal mitspielen würde. Ich bin mir aber bewusst, dass das nicht alle so sehen. Ich habe einen Podcast abonniert über Frauen, die sich – aus welchem Grund auch immer – dagegen entschieden haben, Kinder zu bekommen.«

»Den Link musst du mir unbedingt zuschicken.« Alice interessiert sich für das Thema. »Mutterschaft wurde so lange als einzig wahres Lebensziel für Frauen betrachtet, aber das ist Blödsinn, oder? Wie steht es mit beruflichem Erfolg? Oder wenn man sich aus ökologischen Gründen dagegen entscheidet? Oder sich einfach nicht mütterlich fühlt? Es ärgert mich wirklich, wenn Frauen nur als Mütter oder zukünftige Mütter definiert werden.«

»Dann solltest du dir wirklich diesen Podcast anhören«, sagt Ellie.

Da habe ich wohl meine Antwort. Ich weiß, wir sind heute einen Riesenschritt weitergekommen. Alice ist offiziell meine Freundin, was ich mir schon lange wünsche. Trotzdem, auch wenn ich mich jetzt glücklich fühle, mache ich mir Sorgen, dass ich eines Tages eine Familie gründen möchte und sie vielleicht nicht.

Mini-Urlaub

Alice

»Er ist definitiv kein Alpha-Typ«, bemerke ich, während Nat ein Sortiment von Haarshampoo-Pröbchen in meine Reisetasche wirft. Ich habe über Zachs Comics aus seiner Teenagerzeit nachgedacht, und *Captain Zach the Brainiac* ist vielleicht das, was ich am meisten an ihm mag. Die Schwarz-Weiß-Panels dieser bezaubernden Comics waren voller Bilder von seinem putzigen Anime-Alter-Ego. Nicht beim Bekämpfen von Drachen oder beim Retten von Prinzessinnen oder ähnlichem frauenfeindlichen Quatsch. Seine Cartoon-Figur hatte Superkräfte, mit denen er sich für Kinder einsetzte, die in ihrer Schulklasse tyrannisiert wurden, oder Omas aus dem Altenheim entführte, damit sie ein bisschen Spaß haben konnten, oder massive Schutzbunker baute, um seine Comic-Sammlung aufzubewahren. *Was sagt man dazu?*

»Ein Soft Bro.« Alice nickt wissend.

»Ein was?«

»Das ist das Gegenteil von Alpha-Typ. Schauen wir mal, ob er die Kriterien erfüllt. Ist Zach charmant?«

»Ja.«

»Einfühlsam?«

»Eindeutig ja.«

»Rücksichtsvoll und redet gern über seine Gefühle?«

»Ja und ja.«

»Klassischer Fall von Soft Bro, meine Liebe.«

»Ist das gut?«

Nat verdreht nachsichtig die Augen. »Was denkst du denn? Erinnerst du dich an Jake? Jedes Mal, wenn einer seiner Kumpel eine Beziehung beendete, sind sie gemeinsam losgezogen, um das zu ›feiern‹ und sich zu betrinken. Sie haben sich Schnaps reingezogen und Frauen in hautengen Outfits begafft. In Wahrheit waren sie nichts weiter als emotional verkümmerte Fuckboys. Die Art von Männern, die dich nach der Arbeit auf ›ein Bierchen‹ einladen.«

Bierchen. Ich halte mir die Ohren zu.

»Einfach toxisch, die ganze Bande«, sagt Nat.

»Wie ich merke, bist du noch nicht ganz darüber hinweg, Nat.«

Sie überlegt. »Ich bin eher wütend auf mich selbst. Warum habe ich mich mit diesem Verhalten abgefunden und dafür einen großen Teil meiner Zwanziger geopfert? Jake war ein ungezogenes Arschloch, und ich habe das hingenommen. Schlimmer noch, ich wollte tatsächlich mein Leben mit ihm verbringen. Ich hätte auf dich hören sollen, als du gleich am Anfang deine Bedenken geäußert hast. Aber ich habe sie nicht beachtet, weil du ja nicht auf Partnersuche warst und es deswegen nicht kapiert hast, dachte ich jedenfalls. Aber im Grunde spielte das alles keine Rolle. Sein Charakter war das Problem, nicht die Umstände.«

»O Schätzchen, sei nicht so hart zu dir selbst. Jake war ein Dummkopf, aber er hatte auch einen gewissen Charme, und es hatte den Anschein, als wärest du glücklich.«

»Das ist das Allerschlimmste. Ich *war* glücklich. Ich glaubte, mit dem Mann zusammen zu sein, der Drinks für den ganzen Pub ausgibt, wenn er seine Arbeitsziele erreicht, wäre der Gipfel an Kultiviertheit. Mit dem Mann, der absichtlich ein Steak bestellte, wenn wir mit veganen Freunden ausgingen, nur um zu provozieren. Was habe ich mir nur gedacht?«

»Was man gerade selbst erlebt, kann man nicht immer *durchschauen.* Du konntest diesen Sommer Abstand gewinnen und dir über vieles klar werden, Nat. Die Männer, mit denen du in der letzten Zeit ausgegangen bist, unterscheiden sich ja so sehr von Jake. Ich glaube, dir hat sich eine neue Welt eröffnet.«

»Schon gut, Katie Price.« Sie lacht.

»Halt den Mund. Ich wäre natürlich Peter André.«

»Haha. Aber du hast recht, es war gut, die Dinge aus einer anderen Perspektive zu betrachten.«

»Wer ist denn der Glückliche, mit dem du ausgehst, während ich dieses Wochenende unterwegs bin?«

Nat packt ein paar Mini-Haarkuren in meine Tasche. Sie hat eine mit Proben gefüllte Tasche geschenkt bekommen, nachdem sie ein Event zur Markteinführung einer Beauty-Marke organisiert hat, und ich bin für immer dankbar für diese vorteilhafte Seite ihres Jobs.

»Niemand.«

Ich halte inne. »Niemand?«

Meine beste Freundin zuckt mit den Achseln. »Ich werde mir Zeit für mich selbst nehmen.«

»Und du bist wirklich nicht krank?«

»Nur ein bisschen müde vom Tindern, glaube ich. Ich habe Lust auf ein bisschen Zeit nur für mich. Guck nicht so besorgt! Ich treffe mich mit Freundinnen, gehe ins Kino und lade mich zu *Pie and Mesh* ein. Du genießt in der Zeit dein langes Wochenende mit deinem Freund. Wir haben praktisch die Rollen getauscht«, sagt sie und kichert.

Ich muss lachen. Sie hat recht.

Nur wir drei – Zach, Gerty und ich. Wir fahren durch den Lake District, und eine von Zachs unvergleichlichen Playlists sorgt für den musikalischen Hintergrund. Mir gefällt sein vielseitiger Musikgeschmack. Es sind Lieder, die ich kenne, und auch solche, die sich anhören, als würden sie von einem dieser ultracoolen französischen Radiosender gespielt, die fast unmöglich zu finden sind. Sobald wir Cumbria erreichen, verwandelt sich die Landschaft und bietet grandiose Aussichten auf windumtoste Hügel und exponierte Felsklippen, ein Patchwork aus Braun- und Grüntönen. Ich kurbele mein Seitenfenster herunter (ja, so alt ist Gerty) und schreie in die wilde Landschaft hinaus. »WOOOOOOOOOOOH!«

»Hört sich an, als wären wir mit Tiny unterwegs«, sagt Zach lachend.

»Gemeinheit. Ich verleihe nur meiner Begeisterung Ausdruck.«

Zach kurbelt sein Fenster ebenfalls herunter. »WOOOOO-OOOOOOH!«, ruft er, bevor er schnell den Kopf einzieht, weil auf der Gegenfahrbahn ein Sattelzug vorbeidonnert. Sein Haar ist völlig zerzaust vom Wind.

»Fühlt sich gut an, was?«

Er grinst, und mein Herz schlägt einen Purzelbaum. Ein ganzes Wochenende mit Zach. Ich freue mich ja so. Es ist eine Ewigkeit her, seit ich einen freien Samstag hatte, aber Eve hat mir freundlicherweise angeboten, die Hochzeit zu übernehmen, für die wir dieses Wochenende gebucht waren, und als die Kunden sahen, was sie kann, waren sie völlig damit einverstanden. Ich gebe gerne zu, dass ich dazu neige, mich zur Mikromanagerin aufzuplustern, wenn es um meinen Blumenladen geht. Das Geschäft ist mein Baby, und ich will immer alles selbst machen. Aber Eve ist brillant und hat so ein natürliches Gespür für das Styling. Also bin ich jetzt hier, nehme mir eine Auszeit und verbringe einen Kurzurlaub mit einem Mann, den ich wirklich mag.

Hoppla, ist das die neue Alice?

»Links oder rechts?«, will Zach wissen, als wir uns einer Straßengabelung nähern.

»Ich schätze, links?«

»Du schätzt?«

»Auf diesem Schild steht Windermere, also …«

»Alice, hast du eine Karte ausgedruckt, bevor wir losgefahren sind?«

»Nein, habe ich nicht, Großpapa! Ich hatte vergessen, dass Gerty kein Navi hat«, erwidere ich verlegen.

»Was ist mit deinem Handy?«

Ich sehe nach. »Kein Empfang.«

»Vielleicht ist das jetzt der richtige Moment, mir zu verraten, wohin wir fahren? Zwei Köpfe sind besser als einer und so weiter.«

»Du wirst es lieben«, sage ich zuversichtlich. Die Künstlerresidenz, die ich online gefunden habe, scheint wie für Zach geschaffen zu sein. Deckenhohe Fenster mit Blick auf den See. Minimalistische Einrichtung. Eigener Bootssteg! Ich kann es kaum erwarten, das zu sehen.

Ich kann es nicht sehen. Das liegt daran, dass es stockfinster ist, als wir ankommen. Das Haus befindet sich buchstäblich im Nirgendwo, und ohne Navi und Handynetz mussten Zach und ich in jedem Dorf anhalten und nach dem Weg fragen. Kaum jemand hatte etwas von der Adresse gehört. Schließlich entdeckten wir eine alte Dame, die im Garten ihres abgelegenen Landhauses ihren Hühnern hinterherlief. Zach war so nett zu ihr – er half beim Zusammentreiben der Tiere für die Nacht –, dass sie uns zum Abschied, nachdem sie uns den Weg erklärt hatte, hausgemachten Käse, ein Dutzend Eier und ein Paket Würstchen schenkte. Der Vermieter wirkte weniger begeistert, als wir endlich ankamen. Wir hätten um vier Uhr nachmittags eintreffen sollen, brummt er mehrmals. Wir bitten um Entschuldigung und lassen sein Gebrabbel noch eine Weile über uns ergehen, bis ich ihn schließlich zur Ausgangstür lotse. Es wird Zeit, ein paar Kerzen anzuzünden, eine Flasche Wein zu öffnen und unseren Mini-Urlaub einzuläuten.

»Sieh dir nur diese Aussicht an.« Zach entspannt sich auf einem Sessel, während ich unsere geschenkten Würste auf dem Outdoor-Grill brutzle. Ich gehe zu ihm, lasse mich auf seinen Schoß sinken und folge seinem Blick. Der Himmel ist jetzt ganz dunkel, und ohne den Lichtschimmer irgendeiner Stadt in der Nähe wirkt er tatsächlich wie ein Sternenzelt.

»Wunderschön«, flüstere ich.

Zach wickelt eine Decke um uns beide, und ich lege den Kopf auf seine Brust. Ich fühle mich innerlich ganz ruhig und gleichzeitig putzmunter, um ehrlich zu sein. Aber jetzt erst einmal – Würstchen.

Unseren ersten Vormittag hätte ich gerne an den Seen verbracht, ein reichliches Frühstück verputzt und die Aussicht genossen, aber der Abenteurer hatte eine andere Idee. Schwimmen *im See*! Das Wasser sieht aus, als wäre es eisig, und Zach gelingt es nicht besonders gut, etwas anderes vorzutäuschen.

»Es ist total erfrischend«, ruft er mir mit klappernden Zähnen zu. Ich habe ein großes, flauschiges Handtuch um mich gewickelt und fühle mich ganz wohl, vielen Dank. Aber Zach verfügt über eine sanfte Überredungstechnik … auch Gesicht genannt. Wassertropfen perlen von seiner Stirn herab zu seinem Kinn. Ein Lächeln umspielt seine Lippen. Wirklich, es wäre dumm, Widerstand zu leisten, also lasse ich mein Handtuch zu Boden sinken und springe mit dem Kopf voraus ins Wasser.

»ARGHHHHHHHHHHHHHH«, pruste ich, als ich wieder auftauche.

Zach schwimmt herbei. »Ich hätte dir wohl sagen sollen, dass es keine gute Idee ist, sich den Kopf nass zu machen.«

»Ich. Kann. Meine. Arme und Beine. Nicht. Spüren«, pruste ich.

Zach schlingt die Arme um mich und strampelt auf der Stelle.

»Habe ich noch meinen Bikini an?«

»Leider ja.« Er grinst. »Wird dir jetzt warm?«

»Ich glaube, ja. Entweder das, oder die Unterkühlung hat schon eingesetzt.«

»Folge mir«, sagt er und schwimmt mit langen, kräftigen Zügen auf den See hinaus. Ich strample ihm nach, fasziniert von den grasbedeckten Bergen, die im goldenen Licht der Morgensonne aufleuchten. Das Wasser ist wirklich eisig, aber es spiegelt den wolkenlosen Himmel über uns wider.

»Es ist tatsächlich sehr erfrischend«, verkünde ich nach einer Weile. Ich drehe mich auf den Rücken und beobachte die Raubvögel, die über uns aufsteigen. Zach tut es mir gleich, und dann halten wir uns an den Händen wie Otter, und ich habe das Gefühl, mein Herz ist prallvoll.

»Ich glaube, es ist illegal, an die Seen zu reisen, ohne *Sticky Toffee Pudding* zu essen«, erkläre ich Zach, als wir auf einen Laden stoßen, der ansonsten nur sehr wenig anzubieten hat. Nach dem Schwimmen haben wir uns heute Morgen gemeinsam mit einer langen, heißen Dusche aufgewärmt, sind ins Auto gestiegen und am Ufer des majestätischen Sees entlanggefahren, bis wir nach Ambleside gekommen sind, wo sich Verkaufsstände im Freien mit schicken Delikatessengeschäften abwechseln.

»Ich möchte nicht gegen das Gesetz verstoßen.« Zach nimmt einen Einkaufskorb und füllt ihn prompt *bis oben* mit Puddings. Wirklich, ich mag diesen Mann. »Vielleicht sollten wir aber doch noch etwas fürs Abendessen besorgen?«

Ich blinzle.

»Nur ein Vorschlag«, sagt er, und die Linien um seine grünen Augen ziehen sich belustigt zusammen. »Aber ein Hauptgang wäre durchaus angebracht. Oder sollen wir tatsächlich heute Abend nichts weiter essen als eine Portion *Sticky Toffee Pudding*?«

Jetzt, da er es laut ausgesprochen hat, merke ich, dass mein Plan doch nicht so sexy war. Zu viel Stärke. »Na schön«, gebe ich nach. »Dort ist ein Feinkostladen für deinen exklusiven Geschmack.«

Nachdem wir unsere Puddings bezahlt haben, gehen wir Hand in Hand über die Straße und verbringen eine Menge Zeit damit, alles zu bewundern, was sich hinter der Glasscheibe der Feinkosttheke befindet. Als die Verkäuferin merkt, dass wir es nicht eilig haben, bietet sie uns verschiedene Käsesorten zum Probieren an, und als wir beide die Blauschimmelvariante am besten finden, wirkt Zach ehrlich begeistert. Ich muss über seine Reaktion lachen. »Eine der Eigenschaften, die ich so an dir liebe, ist dein Appetit«, sagt er. Dann sagt er nichts mehr und blickt zu Boden.

Er hat eindeutig das Wort »lieben« benutzt.

Keine Panik, Alice.

»Ich esse praktisch alles«, sage ich und versuche, unser Unbehagen herunterzuspielen. Aber im Ernst. Liebe? So weit sind wir noch nicht, sage ich mir. Ich denke zurück an unsere erste Begegnung bei Zachs Vernissage. Ich denke daran, wie er zu mir sagte, er sei ein Mann, der die Liebe liebt, um mich kurz darauf zu sechsundzwanzig Dates aufzufordern. Ich war sicher, dass wir nicht über das dritte Date hinauskommen würden, und doch sind wir hier, und unser dreizehntes Date ist ein Kurzurlaub. Erst letzte Woche hat er mich gefragt, ob ich seine Freundin sein will, und jetzt redet er von Liebe? Ich tue, als wäre ich fasziniert von der Käsetheke, während es mir auf einmal so vorkommt, als hätte unsere Beziehung innerhalb von sieben Tagen einen Sprung von null auf hundert vollführt. Ich bin gern mit Zach zusammen, aber ich kann mich des Gefühls nicht erwehren, dass ich kurz davor bin, durchzudrehen.

Der Regen fällt plötzlich in dicken Tropfen, als wir unser Dinner auf dem Steg beenden. Zach stapelt die Teller und Schüsseln auf seinen muskulösen Armen, während ich die Weingläser nehme. Lachend rennen wir ins Haus. »Der war wie eine Gewehrkugel«, schreie ich, als ein Regentropfen auf meiner Nase zerplatzt. Drinnen wischt Zach die Gläser mit seinem T-Shirt trocken, sodass ich einen kurzen Blick auf nackte Haut erhasche. Mit einem schiefen Grinsen drückt er mir ein Geschirrtuch in die Hand. Dann machen wir es uns in dem kleinen Wohnzimmer gemütlich. Es ist zu warm, also machen wir kein Feuer im Kamin. Stattdessen verteilen wir Kerzen und dimmen das Licht herunter, kuscheln uns aufs Sofa und schauen hinaus durch die riesigen Fenster. Jedes Mal, wenn ich den See betrachte, hat sich etwas verändert. Es ist wie Magie.

Ich fülle unsere Weingläser auf. Mit italienischem Rotwein *natürlich.*

»Ich glaube, ich habe dir noch gar nicht gesagt, wie sehr ich das Mittagessen mit Ellie, Raff und den Mädchen genossen habe.« Ich schmiege mich an Zach.

Aufmerksam wendet er sich mir zu.

»Tatsächlich? Die können manchmal ganz schön krass sein.«

»Auf die bestmögliche Art. Besonders witzig fand ich, dass Raff Ellie am Ende des Abends zu einem Geschirrspül-Wettbewerb herausgefordert hat.«

»Immer im Wettstreit«, Zach grinst. »Ich glaube aber, sie wollten uns auch ein bisschen Zeit geben.«

»Sie wollten nicht, dass ich helfe! Nachdem ich mich durchgefuttert habe und den ganzen Tag in ihrem Garten gefaulenzt habe. Es war wundervoll.«

Zach lächelt.

»Es ist schön, dass ihr euch so nahesteht«, füge ich hinzu.

»Das war schon immer so. Als meine Eltern sich trennten, hatten wir nur noch uns. Mum und Dad waren immer sehr karrierebewusst, und ich bewundere das. Aber Raff und ich hatten immer das Gefühl, als wären wir für sie vor allem eine Verpflichtung.«

Mitfühlend streiche ich mit der Hand über seine Brust.

»Ist schon in Ordnung«, sagt er. »Ich weiß, dass ich in vielerlei Hinsicht eine gute Kindheit hatte. *Nonna* hat Mums und Dads distanzierte Einstellung zur Elternschaft mehr als wettgemacht. Aber sie war nun mal in Italien, also haben Raff und ich uns gegenseitig emotional unterstützt. Ich betrachte es als großes Glück, ihn und seine Familie zu haben. Das hätte ich eines Tages auch gerne für mich.«

Mein Kopf liegt auf seiner Brust, und ich kann hören, dass sein Herz schneller schlägt, während meines fast stillsteht. Die Situation ist wie geschaffen für romantische Liebeserklärungen, für Zukunftsversprechen. Haus. Kinder. Plötzlich hallt in meinem Kopf wider, was Natalie gesagt hat, als sie nach ihrer Trennung von Jake am Boden zerstört war. Der wesentliche Grund für ihren Herzschmerz lag darin, dass sie sich um ihre Zukunft in einer monogamen Beziehung als verheiratete Frau mit mehreren Kindern betrogen fühlte.

Das Gefühl, am Abgrund zu stehen – da ist es wieder, nur diesmal bin ich zu nah dran. Mein Magen revoltiert, und ich merke, dass ich nichts gegen den drohenden Absturz tun kann. Ich gerate in Panik.

Mein Puls schießt in die Höhe, und ich spüre meinen

Herzschlag an den Rippen. Meine Handflächen sind kalt und feucht, und die Wände um mich herum kommen immer näher. Zach verlagert das Gewicht, er spürt meinen Stimmungsumschwung.

»Alles okay?«

»Nur ein bisschen zu warm«, murmle ich. »Ich gehe mal kurz an die frische Luft. Bleib nur.« Ich ziehe meine Schuhe an und renne hinaus.

Ohne auf den Regen zu achten, der mir ins Gesicht peitscht und mein Oberteil bis auf die Haut durchnässt, gehe ich auf dem Steg auf und ab. Ich bin zu sehr damit beschäftigt, meine Atmung unter Kontrolle zu bringen. Ein. Aus. Ein. Aus. Mit jedem beruhigenden Atemzug spüre ich, wie sich auch mein Puls beruhigt, aber meine Gedanken fahren immer noch Achterbahn.

Was machst du hier eigentlich, Alice? Du willst keine Dates. Und jetzt hast du eine Beziehung mit dem ultimativen Romantiker, der sich, nur Stunden bevor er dir begegnet ist, von seiner Ex getrennt hat und der eines Tages eine Familie gründen will.

Bringe ich ihn genauso durcheinander wie er mich? Und wenn ja, warum? Plötzlich habe ich das Gefühl, dass ich diejenige bin, die uns beide ins Chaos gestürzt hat. Ich lege den Kopf zurück, halte das Gesicht in den Regen und weine.

»Alice? Es ist spät. Geht es dir gut?« Zach kommt aus dem Haus und blickt mich besorgt an.

»Alles klar«, schniefe ich. »Ich habe nur einen Moment gebraucht.«

»Du bist ja ganz nass«, sagt er liebevoll.

»Kein Problem«, erwidere ich mit dem bestmöglichen Lächeln, das ich zustande bringe. »Wirklich, geh nur wieder hinein. Ich komme bald.«

Aber ich bleibe draußen im Regen und versuche, mich zu sammeln. Später, als ich sehe, dass Zach alle Lichter ausgemacht hat, gehe ich auf Zehenspitzen zurück ins Haus und schlüpfe neben ihm unter die Bettdecke.

»Hey«, sagt er schläfrig und schlingt den Arm um mich, was sich inzwischen so vertraut anfühlt.

»Nacht, Zach«, flüstere ich, und mir ist bewusst, dass ich ihn damit zurückweise, und fühle mich schlecht deswegen. Ich drehe ihm den Rücken zu und tue so, als würde ich einschlafen.

Nach einer vorhersehbar schlaflosen Nacht stehe ich in der Morgendämmerung auf und werfe meine Sachen in meine Reisetasche. So leise wie möglich wasche ich mir das Gesicht, schleiche zurück ins Schlafzimmer und ziehe mich an. Da beginnt Zach, sich zu rühren. Die Bettdecke ist verrutscht und bedeckt ihn nur halb, und sein Haar ist ganz zerzaust. Ich fühle mich fast unwiderstehlich zu ihm hingezogen, aber ich unterdrücke den Impuls. Ich brauche Abstand, und zwar jetzt.

»Guten Morgen.« Er setzt sich auf. »Warum bist du schon angezogen? Ich hatte gehofft, wir würden den Tag zusammen im Bett verbringen.« Er streckt die Arme nach mir aus, aber ich weiche zurück.

»Ich kann nicht. Ich muss los.«

Sein Lächeln verblasst. Er blickt mich besorgt und verwirrt an.

»Es tut mir so leid, aber ich muss leider gehen.« Ich komme mir ganz schön blöd vor, als ich meine Zahnbürste in meine Kosmetiktasche stecke und den Reißverschluss zuziehe.

»Alice, bitte geh nicht. Ich verstehe nicht, was los ist. Habe ich etwas falsch gemacht?«

»Überhaupt nicht.« Ich versuche, fröhlich zu lächeln. »Eve hat mir ganz früh heute Morgen geschrieben. Kleiner beruflicher Notfall.« Ich fühle mich schrecklich, weil ich lüge, richtig mies.

Zach zieht sich die Jeans von gestern an. »Gib mir zwanzig Minuten zum Packen. Ich fahre uns nach Hause.«

»Nicht nötig, ich habe ein Taxi bestellt. Ich wollte nicht deinen letzten Tag hier verderben, wir müssen ja erst heute Nachmittag das Haus räumen, also …«

»Wirklich, das ist kein Problem. Ich möchte dir helfen.«

»Nein.« Diesmal klingt es entschlossener, und ich sehe, wie überrascht er ist. »Ich will nicht auch dein Wochenende ruinieren. Bleib hier, mach einen Spaziergang, vielleicht ein paar Skizzen? Ich weiß ja, wie gern du an der frischen Luft bist.«

»Ich würde lieber Zeit mit meiner Freundin verbringen«, sagt er, und als ich dieses Wort höre, fühlt sich die Luft um mich herum dünner an und der Käfig, den ich selbst gebaut habe, noch kleiner.

Es ist zu viel. Der Raum um mich herum wird immer enger, und das Atmen fällt mir schwer.

Ich bin erleichtert, als mein Handy die Ankunft des Taxis meldet. »Es ist da. Bleib nur und genieß den Tag.«

Zach kratzt sich am Kopf, am Boden zerstört, aber darum kann ich mich jetzt nicht kümmern. Ich muss hier raus. Ich küsse ihn nicht einmal zum Abschied, sondern ziehe meine Turnschuhe an, werfe mir die Tasche um die Schulter und gehe.

Am Kühlschrank hängt eine Nachricht für mich von Natalie.

»Kann es nicht erwarten, alle Einzelheiten aus deinem Sex-… äh … Kurzurlaub zu hören. Während du am Wochenende mit deinem Freund unterwegs warst, habe ich gearbeitet und Freunde getroffen. Unser Rollentausch geht also weiter. Bis später.«

Ich werfe die Tasche auf den Boden. Aus der Nachbesprechung mit Natalie wird erst einmal nichts.

HILFE! Ich bin nach der Hälfte meines Wochenendes mit Zach in Panik geraten, und jetzt bin ich schon wieder zu Hause, schreibe ich an Dylan.

Die Ausreißerin, wie sie leibt und lebt!

Die Sache ist ernst. Ich fühle mich schrecklich.

Wirklich?

JA.

Gar nicht typisch für dich. Normalerweise lässt du sie einfach fallen und gehst deiner Wege.

Ich habe ihn nicht fallen gelassen. Ich habe ein paar ernste Fragen zum Thema, was ich mit meinem Leben anfangen will – und mit seinem –, und das ist alles ein totales Chaos.

Gürkchen, tut mir leid, das zu hören. Ich muss jetzt zum Set, aber später habe ich frei, wenn du dann chatten willst?

Dylan hat zu tun. Nat ist nicht da. Was bedeutet, dass es nur noch eine Möglichkeit gibt. Besondere Situationen erfordern besondere Maßnahmen.

»Daddy?«, sage ich zu meinem Handy. Ja, ich nenne ihn immer noch so, okay? Belassen wir es dabei.

»Hallo, Schatz! Wie geht's?«

»Ich …« Sehr gut? Richtig gut? Ich stelle fest, dass ich mit einer meiner üblichen Antworten auf diese Frage nicht weiterkomme. *Was genau ist los mit mir?* »Ehrlich gesagt, ich bin ein bisschen durcheinander, Dad.«

»O nein. Kommst du wieder nicht mit der Buchführung klar? Ich habe dir doch gesagt, stell eine Buchhalterin ein. Das verursacht zwar Kosten, aber wenn es bedeutet, dass …«

»Nein, darum geht es nicht.« Ich muss trotz allem lachen. »Es geht um den Mann, mit dem ich mich in letzter Zeit immer treffe.« Dad weiß, dass Zach und ich uns regelmäßig sehen, denn wir sprechen ständig miteinander, aber ich bringe das Thema nicht oft zur Sprache, und jetzt höre ich förmlich, wie sich in Dads Kopf die Zahnrädchen drehen. »Ich weiß, du bist dieses Wochenende unterwegs, aber hast du einen Moment Zeit?«

»Natürlich! Meine Freunde sind noch am Strand, aber für mich ist es zu heiß geworden, deshalb bin ich schon wieder im Hotel und lese.«

Das bringt mich zum Lächeln. Dad ist mit seinen Kumpels in Cornwall, und seiner empfindlichen Keltenhaut ist die Hitze noch nie gut bekommen.

»Warum bist du verwirrt, mein Schatz?«

Puh. Wo soll ich anfangen? Ich hole tief Luft. »Wir hatten inzwischen dreizehn Dates, Dad. Das weiß ich nur deshalb, weil wir diese Sache mit den alphabetischen Dates durchziehen, und ich hatte eigentlich gar nicht vor, nach dem Buchstaben B weiterzumachen.« Dad schmunzelt durchs Telefon. »Aber unseren Kurzurlaub im Lake District habe ich abgebrochen. Alles war bestens, bis ich mich verschlossen habe wie eine Auster, einen blöden Vorwand über einen beruflichen Notfall vorgeschoben und das Weite gesucht habe.«

»Mach dir keine Sorgen, Schätzchen. Es lässt sich nicht immer alles in Richtig und Falsch einordnen. Aber es schien doch prima zu laufen, und du hast gern Zeit mit Zach verbracht. Wieso bist du in Panik geraten?«

Ich erzähle Dad, wie Zach über seine Familie geredet hat, wie sehr er sich seit der Scheidung seiner Eltern eine eigene Familie wünscht und wie sehr die Bilderbuchfamilie seines Bruders genau dem entspricht, was er für sich selbst möchte. »Ich verstehe das vollkommen, Dad. Und ich mag Zach wirklich, aber ich weiß nicht, ob ich das alles will. Bis vor Kurzem wollte ich nicht einmal einen festen Freund, und jetzt habe ich auf einmal das Gefühl, ich muss all diese wahnsinnig wichtigen Entscheidungen treffen. Ich meine, ich will, dass Zach glücklich ist, aber können wir überhaupt eine gemeinsame Basis finden, wenn wir so fundamental gegensätzliche Einstellungen haben, was unsere persönliche Zukunft betrifft?«

»Alice, das sind wirklich schwierige Fragen«, antwortet Dad nach einer Weile.

Ich kratze mich am Kopf. »Kannst du sie bitte für mich beantworten?«

»Nun ja, was ich mit Sicherheit über meine schlaue Tochter weiß, ist, dass sie immer selbst entscheiden möchte. Du bist stark und unabhängig, Alice. Es scheint, dass Zach und du euch ähnlicher seid, als du denkst. Ihr habt beide als Kind Erfahrungen gemacht, die in euch den Wunsch geweckt haben, euer Leben ganz anders zu gestalten. Für Zach war es die Trennung seiner Eltern, deshalb sehnt er sich nach einer eigenen Familie. Für dich …« Dad hält inne, und ich kann hören, dass ihm die Stimme wegbricht.

»Für dich war es der Verlust deiner Mum, deswegen hast du dir geschworen, dich niemals in eine Situation zu bringen, in der du vielleicht noch einmal so leiden musst.«

Meine Augen füllen sich mit Tränen. Ich blicke auf und blinzle sie weg.

»Ich wünschte, wir könnten uns jetzt drücken«, sage ich.

»Ich bin am Dienstag wieder da«, erwidert Dad. »Bleibt es bei unserem *Mash and Pie*-Abend?«

»Ja, bitte. Bringst du Clotted Cream aus Cornwall mit?« Ich habe das Gefühl, am Wochenende nicht genug geschlemmt zu haben.

Dad lacht. »Hab mir schon vorgemerkt, an welchem Laden ich auf der Heimfahrt anhalten werde«, sagt er. »Alice?«

»Ja?«

»Nicht alles ist entweder schwarz oder weiß. Manchmal bringt es große Freude, sich auf das Unbekannte und Unerwartete einzulassen. Manchmal müssen wir unser Herz öffnen für Erlebnisse, die uns Angst machen, denn wenn wir es nicht tun, verpassen wir vielleicht die Reise unseres Lebens. Du hast dein ganzes Leben bewiesen, dass du stark bist, und ich möchte mir nicht vorstellen, dass dir wegen dem, was passiert ist, etwas Wichtiges entgeht. Was bringt Zach in dein Leben? Ist es fröhlicher und interessanter, wenn er dabei ist? Oder fühlst du dich glücklicher und zufriedener ohne ihn?«

Ich werde still und denke über Dads Worte nach. Zach gibt mir das Gefühl, alles sein zu können, was ich bin. Die Frau mit der klinischen FOMO, die ständig ausgehen muss, und die Frau, die glücklich ist, wenn sie auf ihrer Gartenparzelle herumwerkeln kann wie eine Sechzigjährige. Er bringt mich zum Lachen, so heftig, dass ich am Ende diese komischen schluchzenden Geräusche mache, die mir früher peinlich waren, er jedoch liebenswert findet. Er ist einfühlsam und rücksichtsvoll, und ich muss sagen, dass mir mein Leben besser gefällt, wenn Zach ein Teil davon ist.

Gefangen in meinen widersprüchlichen Gefühlen, wische ich die Tränen weg, die mir inzwischen unters Kinn laufen.

»Ich habe einfach Angst, Dad. Angst, verletzt zu werden.«

Seiner Stimme ist anzuhören, dass er lächelt. »Das ist völlig in Ordnung, Alice. Ich bin immer für dich da und deine Mum auch. Sie ist in deinem Herzen, und sie wird dir helfen, die Entscheidung zu treffen, die für dich am besten ist.«

Ich verabschiede mich von Dad und lege die Hand auf die Stelle, wo ich mein Herz vermute, auch wenn ich in der Schule in Bio eine Niete war. Ich schließe die Augen und lausche der Stimme in meinem Kopf.

Lass ihn nicht derjenige sein, der dich verlässt.

Netflix

Zach

Es ist jetzt drei Tage her, seit wir, nein, seit *ich* von unserem Kurzurlaub zurückgekehrt bin, und das waren vielleicht die bisher unproduktivsten drei Tage meiner Karriere, aber ich kann mich einfach nicht auf die Arbeit konzentrieren. Die Leinwand bleibt hartnäckig weiß. Ich habe aufgehört, zu zählen, wie oft ich mich von ihr entfernt habe, in der Hoffnung, doch noch irgendwo Inspiration zu finden, nur um am Ende wieder hoffnungslos darauf zu starren. Ich bin zu unkonzentriert, weil ich an Alice denke, und wann immer sie mir in den Sinn kommt, greife ich unwillkürlich zum Handy und öffne unseren Chat. Die letzte Nachricht habe ich ihr in der Nacht geschickt, als ich aus dem Urlaub zurückkam.

Alice, was immer du gerade durchmachst, ich bin für dich da. Anscheinend brauchst du gerade etwas Abstand, aber bitte vergiss nicht, dass ich nur einen Telefonanruf entfernt bin. XX

Der blaue doppelte Haken sagt mir, dass sie die Nachricht gelesen hat, aber sie hat nicht geantwortet. Ich kann ihr nicht noch einmal schreiben, das wird sie als übertrieben empfinden. Also lese ich die Nachricht wieder und wieder und quäle mich mit Fragen, wie unser Wochenendurlaub so danebengehen konnte. Offenbar habe ich etwas gesagt oder getan, was sie aufgebracht hat, und obwohl ich verzweifelt versucht habe, es wiedergutzumachen, konnte sie sich an dem Sonntagmorgen kaum schnell genug die Schuhe anziehen, um wegzukommen.

Ich dachte, Alice und ich hätten eine besondere Verbindung, aber vielleicht habe ich mich geirrt. Es wäre nicht das erste Mal.

Ich lasse mein Handy wieder auf die Arbeitsplatte fallen und trinke einen Schluck von dem Kaffee, der mittlerweile kalt ist. Also gehe ich hinüber zur Kochnische und schütte ihn in den Abfluss. Ich fülle gerade den Wasserkessel, als mein Handy klingelt. Da ich annehme, es ist Ellie, die wieder einmal wissen will, wie es mir geht, lasse ich es eine Minute klingeln und setze das Wasser auf.

Endlich sehe ich auf das Handy. Das Display zeigt Alice' Namen.

Eine Million Gedanken rasen mir gleichzeitig durch den Kopf, als ich den Anruf annehme. Ich will sie nicht vergeblich anrufen lassen und damit alles noch schwerer machen. Will sie Schluss machen? Ist das jetzt der Anruf, der unsere Beziehung offiziell beendet?

Bleib stark.

»Hi, Alice.« Ich räuspere mich.

»Es tut mir leid, dass ich erst jetzt anrufe. Es ist nur ein paar Tage her, aber ich habe deine Stimme vermisst.«

»Du musst dich nicht entschuldigen. Ich dachte, du brauchst einfach etwas Abstand.«

»Hm, danke, Zach, das stimmt, und es war rücksichtsvoll von dir, dass du dafür Verständnis hattest.« Alice seufzt, und ich male mir aus, was als Nächstes kommt. *Es tut mir leid, aber es ist vorbei. Mir ist klar geworden, dass das nichts für mich ist. Es ist zu Ende.*

Der Kessel pfeift.

»Hat es geholfen?«, frage ich.

»Ich denke schon. Ich wollte mich entschuldigen, weil ich mich auf diese Art verabschiedet habe … mit so einer miserablen Entschuldigung, meine ich.«

»Ich kann nicht behaupten, dass mich die Sache mit dem ›beruflichen Notfall‹ wirklich überzeugt hat.«

Es folgt eine weitere unbehagliche Pause, in der nur das leise Blubbern des kochenden Wassers zu hören ist.

»Ja, das war nicht so toll. Ich sollte das wohl erklären. Ich fühle mich hin- und hergerissen, Zach. Auf der einen Seite sehe ich dich und wie sehr ich dich mag. Auf der anderen Seite ist diese Angst. Ich glaube, das Wochenende war ein bisschen zu viel, und die ängstliche Stimme in meinem Kopf wurde immer lauter, die Stimme, die wissen wollte, in was ich da hineingeraten bin, und die mir sagte, dass das nur schlecht enden könnte. Ich will dich nicht schikanieren, aber ich will auch nichts versäumen.«

»Warum glaubst du, es muss schlecht enden?«, frage ich ruhig.

»Weil ich mir Sorgen mache, dass wir ganz unterschiedliche Ziele haben.«

»Alice, du schikanierst mich nicht. Ich bin ein großer Junge, und ich bin aus freien Stücken hier. Verdammt, ich bin glücklicher als je zuvor.«

»So geht es mir auch.«

»Lag es daran, dass ich vom Familienleben gesprochen habe, dass du in Panik geraten bist?«

Schweigen. Dann: »Ja …«

»Ich könnte mich ohrfeigen.«

»Aber das solltest du eben nicht, und genau das ist der Punkt. Es ist nun mal das, was du dir vom Leben erhoffst. Das Problem ist, dass ich anders denke. Oder, sagen wir, ich habe mich noch nicht entschieden.«

»Alice, du bist das, was ich mir im Moment vom Leben erhoffe. Alles andere … das sind wichtige Fragen, aber um die müssen wir uns nicht kümmern. Alles, was wir wirklich wissen müssen, ist, dass wir gern zusammen sind und dass wir uns mögen.«

Wieder Schweigen am anderen Ende der Leitung.

»Das denke ich auch.«

»Ich weiß, du willst nichts überstürzen, und ich weiß auch, warum«, versuche ich, sie zu beruhigen. »Nur weil wir unsere Beziehung jetzt eine Beziehung nennen, heißt das nicht, dass wir uns auf einer Einbahnstraße Richtung Hochzeit befinden und ein Haus mit Kindern füllen müssen. Ich will dir nichts vormachen, ich glaube, dass ich das alles gerne irgendwann hätte, aber ich habe mich in keiner Weise festgelegt. Das Schicksal spielt einem einen Querpass zu, und plötzlich merkt man, dass man eine neue Perspektive hat, weil man vielleicht erkennt, dass man genau da ist, wo man sein will.«

Es bleibt einen Moment still, während Alice verarbeitet, was ich gesagt habe. »Willst du mich etwa als Querpass bezeichnen, Zach?« Ein Lächeln deutet sich in ihrem Ton an, und das gibt meiner Zuversicht einen enormen Schub. Alles, was ich tun kann, ist, ganz offen zu sein, denn das bin ich mir selbst schuldig. Ich will Alice nicht überreden, aber ich muss auch ehrlich zu meinen Gefühlen stehen.

»Ich glaube, wir haben beide nicht damit gerechnet, was am Abend meiner Vernissage passiert ist«, sage ich. »Ich erlebe den besten Sommer meines Lebens, weil ich dich kennengelernt habe. Ich wünsche mir, dass das weitergeht. Wir brauchen uns noch keine Sorgen darüber zu machen, was die Zukunft bereithält. Also, was ich sagen will, ist Folgendes: Können wir einfach so weitermachen wie bisher?«

»Das würde ich sehr gern, Zach. Und ich muss auch zugeben, dass dieser Sommer mit dir richtig gut war.«

Erleichtert verpasse ich der Luft einen Faustschlag. »Bedeutet das, du freust dich auf unser N-Date?«

»Kommt darauf an«, lacht sie. »Was hast du dir vorgestellt?«

»Ich dachte mir, etwas ohne Druck und ohne große Gesten könnte gut sein. Netflix am Wochenende? Und da wir uns sonst immer bei dir treffen, kannst du zur Abwechslung gern einmal zu mir kommen.«

Sie kichert. »Darauf hätte ich große Lust.«

Das einzige Problem ist, dass ich mit dem Haus noch nicht sehr weit gekommen bin. Jedes Mal, wenn ich ein Stück Tapete abziehe oder an einem losen Teppichfaden zupfe, denke ich, ich sollte eigentlich im Atelier sein. Mein Haus sieht aus wie ein absichtlich grau in grau gehaltenes Vorher-Bild aus einer dieser Hausrenovier-Shows im Fernsehen.

Als es am folgenden Wochenende an der Tür klingelt, blicke ich mich ein letztes Mal um. Im Hintergrund läuft Musik, und ich habe das Licht stark heruntergedimmt, damit es weniger auffällt, wie dringend ein frischer Anstrich nötig wäre.

Ich öffne die Tür, und Alice steht vor mir und lächelt. Sie trägt verwaschene Jeans und ein weißes T-Shirt, auf dem ein roter Mund aufgedruckt ist, und überreicht mir Wein und Blumen. Seit unserem verunglückten Wochenende habe ich sie nicht mehr gesehen. Einen Augenblick stehen wir einfach nur da, und die Erinnerung daran, was bei unserem letzten Treffen passiert ist, hängt in der Luft.

Plötzlich liegt Alice in meinen Armen. Sie streckt sich, um mich auf die Wange zu küssen, und alles erscheint richtig und im Einklang mit der Welt.

»Ich habe dich diese Woche vermisst. Tut mir leid wegen des Dramas«, sagt sie fast verlegen, während sie sich an mich drückt.

»Ich bitte dich, kein Grund, sich zu entschuldigen.« Wir gehen ins Wohnzimmer. »Ich bin nur froh, dass jetzt alles geklärt ist und dass du hier bist. Ich habe dich auch vermisst.«

»Ich habe mich so auf diesen Moment gefreut. Du kannst dir wahrscheinlich vorstellen, dass es in der Arbeit ziemlich verrückt zugeht, seit ich von unserer Kurzreise zurückgekehrt bin.«

Nach drei Tagen Stille und unserem klärenden Gespräch hat Alice mir zum größten Teil Emojis mit explodierendem Kopf geschickt. »Das habe ich deinen Nachrichten entnommen«, sage ich und grinse.

»Ich war nicht besonders kommunikativ.« Sie stößt mit ihrem Glas an meines und sucht meinen Blick. »Nat und ich arbeiten an deiner Idee.«

Ich gucke wohl verwirrt, denn sie redet weiter. »Du weißt schon, Kräfte bündeln? Das hast du nebenbei vorgeschlagen, als wir über Nats schrecklichen Chef geredet haben. Du hattest recht, Floristik und Event-Planung gehen Hand in Hand. Also sind wir lange aufgeblieben und haben Brainstorming gemacht, wie wir unsere Fähigkeiten kombinieren und daraus eine Geschäftsidee entwickeln könnten.«

»Alice, das ist großartig.«

Sie nickt freudig. »Ich finde es super. Es wäre am Anfang für uns beide eine zusätzliche Belastung, aber ich glaube wirklich, dass etwas daraus werden könnte. Und alles scheint perfekt zu passen. Eve führt den Laden jetzt schon hervorragend, sodass ich mir keine Sorgen darüber mache, ob sie ihn eines Tages übernehmen könnte. Außerdem will Nat lieber heute als morgen Sid und Bruno einen Tritt geben.«

»Das kann ich mir lebhaft vorstellen.« Ich lache, und Alice stimmt mit ein.

»Zach?«

»Hm?«

»Was gibt's zum Abendessen?«

»Dein Magen ist immer dabei.« Ich lächle und hoffe, dass

dieser Abend alles wieder einrenkt. »Hast du Lust, mit mir Pizza zu backen?«

Der konzentrierte Ausdruck auf Alice' Gesicht ist total niedlich. Sie wischt ihre mehligen Hände an der Schürze ab, die aus meiner Zeit im Coffeeshop stammt. Plötzlich hält sie in der Bewegung inne und schüttelt den Kopf.

»Nein, Zach. NEIN. Das ist nicht in Ordnung.«

Mist.

»Was ist denn?« Ich halte ebenfalls inne und sehe sie besorgt an.

»Du belegst deine Pizza mit Ananas, Mann. Du bist doch Italiener! Ganz Italien bricht in Tränen aus.«

Erleichterung durchströmt mich, und ich lache. »Pizza ist ein sicherer Ort, Alice. Ein Ort, an dem man seiner Persönlichkeit Ausdruck verleihen kann, *ohne verurteilt zu werden.*«

»Es gibt so viele Möglichkeiten, sich auszudrücken, wenn es um Pizza geht.« Sie nickt nachdenklich. »Peperoni oder Salami, Mozzarella oder Burrata, Pilze oder Paprika. Aber Ananas? Das ist einfach nur falsch. Nicht zu glauben, dass ich gar nicht wusste, dass du ein verkommener Ananas-Pizza-Fan bist. Was kommt als Nächstes … Kochschinken?« Sie rümpft die Nase.

Ich zeige mit dem Kopf auf die Schinkenpackung hinter einer leeren Pizzateig-Schachtel.

»O nein.« Alice hebt entsetzt die Hände, und ich bin glücklich darüber, wie schnell wir in unser altes Verhältnis zurückgefunden haben. Nach unserem Wochenende dachte ich, es ist vorbei, aber ich verstehe, dass Alice keine Erfahrung mit Beziehungen hat. Ich schätze, es ist normal, dass sie auf diesem Weg hin und wieder stolpert, und alles, was ich dabei tun kann, ist, es mit ihr gemeinsam durchzustehen.

»Du wirst mich doch nicht verlassen wegen meiner Pizza-Vorlieben? Das wäre sehr kurzsichtig von dir. Außerdem – wer im Glashaus sitzt, sollte nicht mit Steinen werfen.« Vielsagend blicke ich auf ihre Pizza. Sie bastelt darauf ein Smiley mit zwei Scheiben Salami als Augen, halbierten Oliven als Pupillen und zwei Paprikastreifen als Lippen. Jetzt fügt sie mithilfe von geriebenem Mozzarella Haare und Augenbrauen hinzu.

Sie folgt meinem Blick und beißt sich auf die Unterlippe.

»Sie soll Penelope heißen«, verkündet sie.

»Ich glaube, meine fünfjährigen Nichten könnten das professioneller machen.«

»Blas dich nicht so auf«, gibt sie zurück. »Penelope braucht noch ein paar Konturen. Könntest du mir die Passata herüberreichen?«

Vergnügt blödeln wir herum, schieben unsere Pizzas in den Ofen und trinken unseren Wein und sind einfach nur da. Es fühlt sich gut an.

Später, als wir auf dem Sofa sitzen und sich jeder ein Stück Pizza nimmt, wirft Alice mir einen schelmischen Blick zu.

»Erzähl das ja nicht weiter«, sagt sie und beißt rasch in mein Pizzastück.

Schnell wie ein Blitz schnappe ich mein Handy und fotografiere sie dabei.

»O nein, wirklich?«

»Nur als kleinen Beweis dafür, dass du gerade meine Ananas-Schinken-Geschmackssensation nicht nur isst, sondern auch genießt.«

»Schmeckt wirklich gut«, flüstert sie.

»Verstehe. Vielleicht steht mir eine Entschuldigung zu?«

Alice knabbert an der Kruste und zieht dabei eine Braue hoch.

»Du hast vorhin gesagt, ich sei eine Schande für meine italienischen Landsleute«, erkläre ich.

»Oh. Ja. Tut mir leid. Ich verbeuge mich vor deiner überlegenen Expertise, Zach Moretti. Möchtest du ein Stück von Penelope?«

Ich betrachte Alice' Kreation. »Meinst du, sie hat etwas dagegen, wenn ich eines ihrer Augen esse?«

»Ach was.« Alice lacht. »Das trägt sie mit Fassung.«

Als wir auf Netflix nach Filmen scrollen, wirkt Alice ehrlich begeistert, als sie entdeckt, dass meine zuletzt gesehenen Filme hauptsächlich aus Romcoms bestehen. Schmunzelnd sagt sie, ich sei äußerlich »cooler, als die Polizei erlaubt«, innerlich aber ein Riesen-Softie. Normalerweise wäre ich davon jetzt peinlich berührt, aber ich bin einfach froh, dass ich sie zum Lächeln gebracht habe. Heute Abend trägt sie ihr Haar wieder offen, und sie schiebt es sich geistesabwesend immer wieder über die Schultern, während wir uns unterhalten.

»Ich finde, wir sollten uns einen skandinavischen Krimi reinziehen«, sagt sie schließlich. »Das Buch, das du für mich ausgesucht hast, hat mir sehr gefallen, und schau nur, in diesem Film gibt es Mord und Schnee. Hört sich nett an!«

»Ein netter Mord?«

»Richtig.« Sie lacht und greift nach der Fernbedienung. »Soll ich den Film anklicken?«

»Alice?« Ich drehe mich auf dem Sofa zu ihr um.

»Du würdest wohl lieber eine romantische Komödie sehen?«

»Nein, ein gemütlicher Mord mit etwas Schnee hört sich gut an. Ich wollte dir nur sagen, dass ich stolz auf dich bin. Ich hoffe, du findest das nicht unpassend. Ich wollte nur … ich weiß nicht. Du hast eine Menge durchgemacht, und doch bist du so ein unglaublicher Sonnenschein. Du bist klug und witzig und ein bisschen böse. Ich meine, wer tauft seine Pizza Penelope und verschlingt sie dann mit Lust?« Jetzt lacht Alice, und ich trinke einen Schluck. »Und erfolgreich und zielstrebig bist du auch. Also, ich wollte nur sagen, ich finde dich toll.«

Plötzlich verlegen, reibe ich mir den Nacken.

Alice ist ein Stück näher gerückt. Wir schmiegen uns aneinander.

»Danke«, flüstert sie nah an meinem Ohr. »Weißt du, ich finde, du und ich, wir sind uns ähnlicher, als wir meinen. Du bist klug und witzig und irgendwie … locker. Hinter dieser total coolen Fassade verbirgt sich ein romantische Komödien liebender Kuschel-Fan.«

»Ich habe nichts gegen Kuscheln«, murmele ich, schlinge die Arme um Alice und ziehe sie auf meinen Schoß.

»Vielleicht sind wir zwei Hälften einer Kugel.« Ihr Haar fällt auf meine Schultern, als ich mich strecke und sie küsse.

So direkt hat Alice bis jetzt nie ausgesprochen, dass wir zusammenpassen, zusammengehören, zusammenarbeiten könnten. Das muss erst einmal genügen.

Orkan der Sinne – Austern und Dessous

Alice

Natalie hockt vor der Waschmaschine und brummelt vor sich hin, als ich in die Küche komme.

»Oh, da bist du ja«, sagt sie vorwurfsvoll und hält mit tadelndem Blick eine meiner Unterhosen in die Höhe.

»Ich wollte gerade die Waschmaschine ausräumen, aber du bist mir anscheinend zuvorgekommen.«

Sie wischt meine Antwort beiseite und betrachtet empört den Slip in ihrer Hand.

»Was ist das?«

Oje, sie dreht durch. Sie hat sich von Jake getrennt, hat die Dating-Szene aufgemischt, sich ein Männer-Sabbatjahr genommen und ein neues Geschäft gegründet … und das alles innerhalb von ein paar Monaten. Ich schätze, es war nur eine Frage der Zeit, aber ich bin sauer auf mich, weil ich die Anzeichen übersehen habe.

»Das ist ein Slip«, sage ich und bewege mich vorsichtig auf sie zu. »Sollen wir ihn weglegen und heiße Schokolade machen?«

»Bei mir ist alles in Ordnung«, sagt sie empört. »Aber bei diesem sogenannten Slip nicht. Der ist beige. Was, zum Teufel, hast du vor in deinem Leben, Baby?«

»Na, das ist jetzt wirklich der Hammer! Ich bin ziemlich beschäftigt damit, eine Firma zu leiten, verstehst du?«

Nat schnalzt mit der Zunge, wirft den Slip in den Wäschekorb und verlangt, dass ich mich setze.

»Dieser Slip ist ein No-Go. Wie kannst du einerseits die Garderobe eines modebewussten Regenbogens besitzen und andererseits dieses Ding mit der Farbe schmutziger Magnolien darunter tragen?«

»Es ist bloß Unterwäsche?«, erwidere ich.

»Bloß Unterwäsche, in der Tat. Ich bitte dich. Du brauchst Dessous, und zwar sofort. Und zwar solche, die man dort kauft, wo es eigentlich zu teuer ist.«

»Ich glaube, ich bleibe lieber dabei, meine Basics bei M&S zu kaufen. Das Letzte, was ich brauche, ist zwickende Unterwäsche bei der Arbeit.«

Nat blickt von Minute zu Minute entsetzter drein. »Ich weiß, was du denkst, und du kannst sofort damit aufhören. Schöne Dessous zu tragen, ist gut fürs Ego. Es geht nicht darum, wer sie zu sehen bekommt. Es geht darum, wie man sich darin fühlt. Geht's deinen Brüsten gut, geht es dir gut, das ist mein Motto.«

»Ach ja?« Ich lache. Aber als ich meine Unterhose ihrem vernichtenden Blick entziehe und die Treppe hinaufgehe, um meine Wäsche aufzuhängen, frage ich mich, ob Nat vielleicht recht hat. Ein paar sexy Dessous könnten nicht schaden, oder?

Also fahre ich mit der Straßenbahn hinaus nach Meadowhall. Und ja, ich kaufe dort sexy Dessous wegen eines Mannes. Und ja, ich werde das bei meinem nächsten feministischen Treffen zu bereuen haben, aber ehrlich gesagt, das ist es mir wert. Als ich nach Hause zurückkehre, besitze ich drei neue Sets und habe ein deftiges Minus auf meinem Bankkonto. Später, als ich in der Küche stehe und etwas Superromantisches koche, trage ich dabei tatsächlich einen pfirsichfarbenen Plunge-BH und einen Slip, der teilweise nur aus Spitze besteht.

Seit meinem Totalausfall haben Zach und ich einen Rhythmus gefunden, der uns beiden passt, und ich habe wirklich das Gefühl, dass wir uns näherkommen. Vor nicht allzu langer Zeit hätte mich allein dieser Gedanke dazu gebracht, das Weite zu suchen, aber jetzt genieße ich es. Ich mag Zach, und ich habe seit einer Ewigkeit nicht mehr daran gedacht, die Flucht zu ergreifen. Das gefällt mir. Und für heute Abend plane ich ein ultimatives Romantik-Dinner-Date. Dylan ist wieder da, für eine ganze Woche, und Nat übernachtet bei ihm im Haus seiner Eltern. Und ich habe hier das Haus ganz für Zach und mich.

Spielt mal bitte jemand eine Barry-White-Playlist ab, schnell!

»Austern?« Zach zieht die Brauen hoch, was ihn teuflisch sexy macht. Gut sieht er aus heute Abend. Er trägt sogar ein T-Shirt mit einem Motiv, womit er sich selbst übertroffen hat. Das Shirt ist blassgrau (natürlich), aber auf der Vorderseite erstreckt sich ein schneebedeckter Berg mit einer roten Sonne dahinter. Rot! Ich finde es wunderbar, dass er jetzt nicht mehr ganz so gedämpfte Farben trägt.

»Nicht einfach Austern«, sage ich. »Es handelt sich um einen Orkan der Sinne! Ich habe sie selbst geöffnet.«

»Die Glücklichen«, raunt er mit seiner tiefen Stimme und fährt sich mit der Hand durchs Haar und dann über sein stoppeliges Kinn.

Ehrlich gesagt möchte ich am liebsten die Kocherei komplett vergessen und direkt das Schlafzimmer ansteuern.

»Champagner?«, schlage ich vor. Meine von pfirsichfarbener Spitze umhüllten Brüste und ich (und das blassrosa Kleid, das ich mir aus Gründen des Anstands übergeworfen habe) gehen zum Kühlschrank. Ich hole zwei von Mums klassischen Sektschalen aus dem Hängeschrank und lasse den Korken knallen, während Zach am Küchentresen lehnt und mir zusieht.

»Zum Wohl«, sage ich.

»Cin cin«, erwidert er, und als wir die Gläser klingen lassen, spüre ich, wie ich mich völlig entspanne. Wie kann jemand dir eine Gänsehaut verursachen und gleichzeitig dieses entspannte Gefühl auslösen? Ist er ein Magier?

Wir arbeiten ganz selbstverständlich Seite an Seite in der Küche. Er hat sich ein Geschirrtuch über die Schulter geworfen und kümmert sich darum, mein Chaos zu beseitigen, während ich mit einer Schale hausgemachter Knoblauchbutter in der Hand gegen die Versuchung ankämpfe, einfach ein Stück Baguette hineinzustippen und es dabei bewenden zu lassen. Aber nein, ich werde mich beherrschen. Ich habe die Austern auf einem Backblech in Salznester gelegt und gebe auf jede einen Klecks Knoblauchbutter. Ich schalte die Grillfunktion ein und lasse sie ein paar Minuten garen.

»Duftet herrlich«, sagt Zach anerkennend.

»Hoffen wir, dass sie auch so gut schmecken«, erwidere ich. Um die Wahrheit zu sagen, ich habe vorher auf YouTube-Videos nachgeschaut, wie man Austern öffnet, damit es so aussieht, als wüsste ich, was ich tue, wenn es ernst wird.

Zach plaudert über sein neuestes Projekt, als wir uns an den Tisch setzen. »Ich bin noch im Frühstadium, aber es ist in gewisser Weise von dir inspiriert«, sagt er und blickt mich unsicher an.

»Tatsächlich?«

»Ich habe meine eigenen Grenzen ein Stück weit überschritten. Für mein neuestes Werk verwende ich eindeutig eine breitere Farbpalette.«

Ich fühle mich geehrt. »Das würde ich zu gern sehen.«

»Wirklich?«

»*Ja!* Ich weiß, ich war am Anfang superkritisch, was deine Arbeit betrifft, aber das war einfach nur schnodderig und respektlos. Nur weil ich etwas nicht unbedingt verstehe, bedeutet das nicht, dass ich es ausschließen sollte, oder?« Zach zieht die Brauen hoch, als wir beide merken, dass dieser Satz auf viel breiterer Ebene eine Bedeutung hat. »Wie auch immer, das Bild, das du für mich gemalt hast, gefällt mir sehr. Außerdem hast du dich so für meine Arbeit interessiert und warst so begeistert von dem Projekt mit Nat, dass ich jetzt das Gefühl habe, es war unhöflich von mir, nicht mehr Interesse an deiner Kunst zu zeigen. Verzeihst du mir?«

Zach lehnt sich auf seinem Stuhl zurück und blickt mich mit seinen wunderschönen grünen Augen an.

»Wirklich, da gibt es nichts zu verzeihen. Ich würde dir die neuen Sachen gern zeigen, aber ich brauche noch eine Weile, bis ich damit zufrieden bin.«

»Dann werde ich mich in Geduld üben.« Ich grinse und stelle die Austern in die Mitte des Tisches. Auf YouTube steht, erst vorsichtig daran zu nippen, zu kauen, dann zu schlucken. Es ist ganz anders, als ich es mir vorgestellt hatte, aber ich will dieses Aphrodisiakum jetzt unbedingt kosten!

Hmm. Ich bin nicht sicher. Es ist irgendwie, als würde man mit Knoblauch gewürzten Schleim kauen. Aber Zach scheint wirklich beeindruckt zu sein, also bin ich zufrieden. Außerdem ist mein beliebtes Pasta-Gericht innerhalb von Minuten fertig, der Hauptgang wird also auf jeden Fall ein Gewinner sein. Ich lasse einen Camembert im Ofen schmelzen und gebe ihn dann zu den Linguine. Nicht besonders gesund, das gebe ich zu, aber ziemlich lecker, wenn ich das so sagen darf.

Nach den Austern serviere ich Teller mit dampfend heißer Pasta und fülle Zachs Glas nach. Er wirft mir über den Tisch hinweg brennende Blicke zu, und ich staune, wie sich heute Abend alles zu einem romantischen Höhepunkt zusammenzufügen scheint. Ein leeres Haus. Ein verdammt erotisches Dinner-Date. Austern als Vorspeise. Champagner. Büstenhalter aus Spitze. Bin ich vielleicht entgegen allen Erwartungen die Königin der Romantik? Ich! Die Beziehungsscheue.

Ich verspüre ein Prickeln, als ich Zach dabei beobachte, wie er Nudeln auf seine Gabel dreht. Als er die erste Gabel in den Mund schiebt, erwidert er meinen Blick.

»Mm, gut«, sagt er.

Liegt es an den Austern oder einfach an Zach? Ich werde demnächst verlangen, dass er sich auszieht. Ausnahmsweise finde ich meinen Teller zu voll. Warum habe ich mir so viele Nudeln aufgetürmt? Es wird ewig dauern, das alles zu essen, und ich habe gar keine Geduld mehr.

Ich nehme einen Bissen, aber plötzlich wird mir ganz anders. Mein Magen vollführt einen Purzelbaum. Verflixt noch mal, ein Teller Austern und ein heißes Date und schon schmelze ich dahin! Ich schwöre, die Schmetterlinge tanzen wie verrückt in meinem Bauch.

Dann vernehme ich ein Grummeln, und langsam, aber sicher wird mir klar, dass das keine Schmetterlinge sind. Das sind die Geräusche eines Magens, der keinen Wert mehr auf die Bekanntschaft mit den Austern legt, die ich ihm gerade vorgestellt habe.

Grummel.

O VERDAMMT, NEIN.

Ich renne ins Bad, so schnell mich meine zitternden Beine tragen. Dort drehe ich panisch das Wasser auf, um das Geräusch zu übertönen, das mein Abendessen macht, als es ungewollt wieder auftaucht.

Ich hänge mit dem Kopf über der Toilette und würge. Es klopft an der Tür, und ich stöhne.

»Alice, alles in Ordnung?«

»Äh …«

WÜRG.

»Kann ich reinkommen?«

»Nein!«

»Hört sich an, als könntest du Hilfe gebrauchen.«

Verzweifelt blicke ich mich im Badezimmer um, das nicht besonders ansprechend aussieht. Meine feuchtkalte Stirn liegt auf der Klobrille, während ich einen Fuß ausstrecke und die Tür aufschiebe, immer noch das Klo umarmend. Zach eilt zu mir, hält mein Haar zurück und versichert mir, dass alles gut wird.

Ich glaube, eher nicht.

Verdammt, mein romantischer Moment ist so was von ruiniert!

»Ich hole dir ein Glas Wasser«, sagt Zach und streichelt mir ein letztes Mal den Rücken, während ich mir selbst sehr, sehr leidtue. So habe ich mir das Ende dieses Abends nicht vorgestellt.

WÜÜÜÜÜÜÜRG.

O mein Gott, es hört einfach nicht auf. Ich sehe tatsächlich Austernstücke in der Toilettenschüssel schwimmen, und dieser Anblick lässt mich erneut würgen. Grauenhaft. Ich höre Zach die Treppe hochkommen und drücke schnell auf die Spülung, in dem Versuch, einen letzten Rest von Würde zu bewahren.

»Hier«, sagt er. Er hat Eiswürfel hineingetan. Ich würde ihm danken dafür, dass er so lieb ist, wenn ich nur die Kraft dazu hätte. Dankbar nehme ich einen Schluck, dann lege ich mich kurz im Badezimmer auf den Boden und versuche zu ergründen, ob da noch etwas in meinem Bauch ist, das herausmöchte. Nach etwa fünf Minuten merke ich, dass es vorbei ist. Das Schwitzen hat aufgehört. Ich fühle mich schwach, habe aber keinen Brechreiz mehr.

Zach hilft mir aufzustehen. »Sollen wir dich von diesen Sachen befreien?«, fragt er.

»Genau das wollte ich von dir hören«, scherze ich mit schwacher Stimme.

»Schon wieder ganz die Alte«, sagt Zach lachend. »Du machst sogar noch Witze, wenn du gerade deine Eingeweide herausgekotzt hast.«

»Geht es dir gut?«, frage ich nach.

»Absolut«, erwidert er. »Ich glaube, du hast eine schlechte Auster erwischt. Wäre es sehr unpassend, wenn ich jetzt sagen würde, dass ich deine Unterwäsche heiß finde?«

Ich blicke auf meinen Spitzen-BH und -Slip. Am linken BH-Träger hängt ein bisschen … Igitt.

»Weißt du was? Warum gehst du nicht einfach unter die Dusche, und ich hole dir frische Sachen?«

Ich nicke erleichtert.

Nach einer warmen Dusche fühle ich mich sauber und deshalb besser, aber dann überfällt mich eine Welle der Erschöpfung. Mein Haar riecht wieder nach Äpfeln anstatt nach erbrochenen Austern, und als ich das Badezimmer verlasse, kommt Zach mit einer Flasche Badreiniger herein und fängt an, die Toilettenschüssel zu schrubben. Seine Rücksicht beschämt und überwältigt mich gleichermaßen.

»Du musst wirklich nicht …«

»Kein Problem«, sagt er. »Ich habe ein paar Sachen auf dein Bett gelegt, die bequem aussehen.«

Ich tappe in mein Schlafzimmer und finde dort eine weiche Baumwoll-Jogginghose und ein Oversize-T-Shirt, außerdem noch ein Glas Wasser.

Da bleiben keine Wünsche offen. Ich sinke aufs Bett und weine.

»Hey, was ist los?« Zach eilt herbei und hockt sich zu meinen Füßen. »Musst du noch mal erbrechen?«

»Nein«, schluchze ich. »Ich bin nur … das ist ja so lieb von dir.«

»Alice, dir geht es nicht gut. Ich kümmere mich nur um dich.«

»Genau!«, schniefe ich, und jetzt können wir zu den Körperflüssigkeiten, deren Zeuge er heute Abend werden musste, noch Rotz hinzufügen.

»Nichts ist schlimmer, als kotzen zu müssen«, sagt er.

»Jemandes Kotze wegwischen zu müssen, ist doch bestimmt noch schlimmer, oder?«, erwidere ich, und Zach lächelt. »Ich glaube, ich muss jetzt einfach schlafen. Es tut mir wirklich leid, dass es heute Abend nicht planmäßig gelaufen ist. Geh ruhig nach Hause.«

»Ich lasse dich bestimmt nicht allein, wenn es dir nicht gut geht«, sagt er. »Das gehört zu meinem Job als dein Freund. Keine Widerrede.«

Mir wird bewusst, dass dies das erste Mal ist – seit ich erwachsen bin –, dass jemand für mich sorgt, wenn es mir schlecht geht. Ich habe mich daran gewöhnt, mich um mich selbst zu kümmern, um mich selbst zu schützen, um niemanden zu nahe an mich heranzulassen, aus Angst, es könnte zu eng werden, zu persönlich. Zu gefährlich. Aber jetzt, da Zach sich neben mich legt und mit den Fingern sanft Kreise auf meine Stirn zeichnet, wird mir klar, dass ich so einiges verpasst habe. Ihn an meiner Seite zu haben, während ich mich krank fühle, ist neu für mich und sehr tröstlich.

Ich entspanne mich unter seiner liebevollen Berührung. Beruhigt durch seine Gegenwart, schlafe ich in seinen Armen ein.

Pingpong

Zach

Ich balanciere zwei Schalen Joghurt und zwei Tassen Tee auf einem Tablett und gehe rückwärts durch die Tür in Alice' Schlafzimmer. Vorsichtig, um nichts zu verschütten, setze ich das Tablett auf dem Bett ab. Die Sonne scheint herein und taucht Alice, die sich aufgesetzt hat, in ein ätherisches Licht.

Als sie mich sieht, hält sie sich ein Kissen vors Gesicht, als wolle sie sich verstecken.

»Falls du die Frau suchst, die den gestrigen Abend damit verbracht hat, sich zu übergeben, die ist nicht da«, sagt sie schaudernd. »Eigentlich ist es nie passiert. Streiche es aus deinem Gedächtnis!«

»Kommt in den besten Familien vor.« Ich lächle, als sie über ihr Kissen zu mir herüberspäht. »Wie fühlst du dich?«

»So viel besser. Ich habe geschlafen wie ein Baby. Danke, dass du dich um mich kümmerst, Zach.«

»Dafür bin ich hier.« Ich reiche ihr eine Tasse Tee. Noch nie habe ich sie so verletzlich erlebt, aber selbst als sie fast ihre Eingeweide erbrechen musste, hat sie Minuten später versucht, einen Scherz zu machen. Ganz schön taff. Sie löffelt ein wenig Joghurt und gähnt.

»Soll ich für dich zur Apotheke gehen? Ich bin nicht sicher, was ich dort holen soll, aber man wird dort bestimmt beraten.«

»Danke, aber das ist wirklich nicht nötig. Ich werde es heute einfach ruhig angehen lassen und viel Wasser trinken.«

»Klingt nach einem hervorragenden Plan. Darf ich bleiben und auf dich aufpassen?«

»Das ist wirklich sehr lieb, aber ich weiß, du wolltest heute ins Atelier gehen, also geh und arbeite an deinem neuen Gemälde. Ich komme schon klar, wirklich. Ich verspreche, mich nicht anzustrengen, und wahrscheinlich werde ich die meiste Zeit des Tages schlafen.«

Ich bin sicher, dass mich meine letzte Lebensmittelvergiftung mehrere Tage außer Gefecht gesetzt hat, aber Alice ist eben stark. Ich bin froh, dass sie etwas im Magen hat und sich ausruhen will, und küsse sie zum Abschied. Auf dem Weg zum Atelier plane ich unser nächstes Date. Es soll sie aufmuntern und wieder ein Lächeln auf ihr Gesicht zaubern. Sie hat sich total angestrengt für unser O-Date und sich ein romantisches Abendessen ausgedacht, und dann ging dieser Schuss sozusagen nach hinten los. Es wäre nur gerecht, wenn ich jetzt etwas aussuche, das sie liebt. Und da Alice so ein Party-Tier ist, schätze ich, eine Gruppenaktivität wäre richtig.

Später schicke ich ihr eine Nachricht.

Wie fühlst du dich? Lust auf eine kleine Aufheiterung am Freitagabend, falls du Zeit hast?

Ein bisschen gelangweilt. Ich hasse es, zu Hause festzusitzen! Aber viel besser, danke der Nachfrage. Und JA, ICH HABE ZEIT! Ist das unser P-Date? Solange es nichts mit Pleiten, Pech und Pannen zu tun hat, bin ich dabei 😂.

Dann halten wir dich wohl besser von der Küche fern 😉.

UNERHÖRT.

Ich grinse. Jetzt wird es Zeit, den Plan zu Ende zu bringen. Ich telefoniere mit dem Veranstaltungsort und buche einen Tisch für uns, dann scrolle ich durch meine E-Mails und finde eine von Natalie. Sie hat mir ein paar Mal geschrieben, als ihre Firma meine erste Ausstellung organisiert hat, und ich bin ziemlich sicher, dass ihre E-Mail-Signatur auch eine Telefonnummer enthielt.

Bingo. Ich speichere ihre Telefonnummer in meinen Kontakten und schreibe ihr eine neue Nachricht, was sich ein bisschen komisch anfühlt, denn das ist das erste Mal, dass ich mit ihr kommuniziere, ohne dass Alice dabei ist, aber es ist für eine gute Sache. Als ich sie frage, ob sie dabei ist, schickt Natalie dreimal ein Daumen-hoch-Emoji und schreibt, dass sie es kaum erwarten kann. Nun steht nur noch eine Person auf meiner Liste.

Dylan.

Alice hat erwähnt, dass er diese Woche wieder in Sheffield ist, und wir hatten keinen sehr guten Start. Er hat einfach etwas an sich, das ich nicht ausstehen kann. Aber er ist Alice' bester Freund, also wird es Zeit, dass ich mich am Riemen reiße. Ihr zuliebe. Ich weiß, dass sie sehr gerne etwas mit ihm unternehmen würde, und vieles hat sich verändert, seit Dylan und ich uns das erste Mal begegnet sind. Ich fühle mich in der Beziehung mit Alice sicherer, jetzt, da sie offiziell meine Freundin ist. Dann nehme ich hoffentlich nicht alles, was er sagt, zu persönlich.

Nachdem ich Natalie gebeten habe, mir seine Nummer zu schicken, schicke ich ihm ebenfalls eine Nachricht.

Hi Dylan, hier ist Zach. Ich organisiere einen Abend für Alice, am Freitag. Es wäre super, wen du auch dabei wärst. Hättest du Zeit? Gruß.

Die Häkchen werden sofort blau, aber er antwortet nicht, also stecke ich mein Handy weg und arbeite weiter.

Drei Tage später, als ich gerade in meinem Atelier zum Lunch einen langweiligen Geflügelsalat esse, bekomme ich endlich eine Antwort von Dylan.

Danke für die Einladung. Ich freue mich immer über ein Wiedersehen mit Gürkchen, wenn ich bei meinen Eltern bin, ich werde also dabei sein.

Hm. Eigentlich eine ganz freundliche Antwort, aber ich bin trotzdem etwas verärgert. Ich glaube, es liegt daran, dass er ihren Spitznamen benutzt, das wirkt so territorial. Ich weiß natürlich, dass das albern ist. Ganz zu schweigen davon, wie lange er gebraucht hat, um zu antworten. Ich weiß, er ist ein angesagter Comedian und so weiter, aber im Ernst, wie kann jemand drei Tage brauchen, um »Danke, ich werde dabei sein« zu tippen? Ich versuche, diese Gedanken abzuschütteln, denn Alice wird begeistert sein, und das ist ja die Hauptsache. Sie hat ein paar harte Tage hinter sich und war am Wochenende krank. Und als wäre das nicht genug, hatte sie auch einen anstrengenden Start in die Woche, sodass wir kaum Zeit hatten, miteinander zu reden, geschweige denn, uns zu sehen. Ich schätze also, sie wird am Freitagabend wirklich einen draufmachen wollen.

Ist es okay, wenn ich jemanden mitbringe? Wieder Dylan. Ihm ist anscheinend noch etwas eingefallen.

Kein Problem, je mehr Leute, desto besser.

In dem Gefühl, die Situation ziemlich gut gemeistert zu haben und nach dem suboptimalen Geflügelsalat einen Bonus verdient zu haben, schließe ich mein Atelier ab und gehe zur Division Street. Es ist schwülheiß, deshalb hole ich mir einen geeisten Kaffee und einen Doughnut von Steam Yard, mache ein Foto davon und schicke es an Alice, bevor ich beides verschlinge, denn ich weiß ja, wie sehr sie darauf steht.

WTF, wo ist meins?!, antwortet sie sofort.

Da wir am Freitag ein Date haben, können wir ja am Samstagmorgen hierherkommen und uns verwöhnen?

Du gehst also davon aus, dass ich über Nacht bleibe? Gar nicht anmaßend 😉.

Ich überlege, was ich antworten könnte, aber sie ist schneller …

Scherz! Bei Doughnut war ich schon überredet.

Ich bin der Erste, also ordere ich eine Runde und gehe zu unserem reservierten Tisch, nehme einen Schluck aus meiner Bierflasche und schaue mich um. Es ist schon ziemlich voll hier, und ich beobachte einen Mann und eine Frau, die bei ihrem Tischtennisspiel ziemlich viel Ehrgeiz entwickeln. Ich muss lächeln, als sie sich immer weiter in das Spiel hineinsteigern. Ich glaube, Alice mit ihrem ehrgeizigen Naturell wird hier in ihrem Element sein.

Dylan bringt jemanden mit, damit sind wir zu fünft, aber ich nehme nur vier Schläger, denn man kann nicht zu fünft Pingpong spielen. Es macht mir nichts aus, zwischendurch zu pausieren.

Jetzt nach Feierabend strömen die Leute nur so herein, strecken den Kopf durch die Tür zu dem Raum, wo die Tischtennisplatten stehen, in der Hoffnung, eine könnte frei sein, aber es ist schon alles ausgebucht. Und plötzlich ist Alice da. Arm in Arm mit Natalie spaziert sie herein.

»Oh, WOW, Pingpong? Eine super Idee.« Alice grinst. »Hey, du.« Sie hört nicht auf, zu lächeln, während wir uns küssen und umarmen, und ich verspüre einen Adrenalinschub. Es freut mich so, dass sie glücklich ist.

»Ich dachte, du könntest eine Aufheiterung gebrauchen nach unserem letzten Date.«

»Igitt. Romantik und ich, das passt eindeutig nicht zusammen.«

»Sag das nicht! Vielleicht sollten wir eine Regel aufstellen: keine Meeresfrüchte!«

»Ja.« Sie lacht. »Das klingt besser.«

»Kein Dylan?«, frage ich, als Alice und Nat ihre Taschen abstellen und Alice anfängt, die Schläger auf unserem Tisch zu untersuchen.

»Er hat gerade geschrieben, dass er mit Octavia unterwegs war und sie sich deshalb verspäten. Der hier sieht gut aus!« Alice hält einen Schläger in die Höhe. »Nicht dass jemand denkt, ich will den besten für mich oder so.«

»Genau das willst du«, stellt Natalie fest und verdreht die Augen. »Ich glaube, ich ordere eine Flasche Wein. Trinkt jemand mit?«

Sie geht zur Bar, und ich versuche, meine Empörung über Dylans Verspätung zu verdrängen.

Fünfzehn Minuten später ist er immer noch nicht da, und ich bin genervt, aber Alice und Natalie scheint es nichts auszumachen. Sie reden ausführlich über Dylans neue Flamme, Octavia, und soweit ich es mitbekomme, scheinen sie beide nicht besonders beeindruckt zu sein.

»Sie führt eine Kunstgalerie in London«, erklärt mir Alice.

»Und sie wirkt ziemlich versnobt und eingebildet«, fügt Natalie hinzu.

»In der Branche gibt es ziemlich viele versnobte und eingebildete Menschen, aber manche sind auch in Ordnung«, erwidere ich.

»Ich war letztes Wochenende mit den beiden zusammen unterwegs, während ihr euer O-Date hattet, und ich finde Octavia kalt und distanziert. Ich verstehe einfach nicht, was Dylan in ihr sieht, abgesehen davon, dass sie ein heißer Feger ist.«

»Ich glaube, da haben wir schon die Antwort.« Alice grinst.

»Was ist mit dir, Natalie? Deine Dating-Auszeit ist wohl noch nicht beendet?«, erkundige ich mich.

»Darauf kannst du wetten! Zurzeit genieße ich es, einfach nur ganz ich selbst zu sein, falls jemand das versteht. Kein Verwässern meines Egos wegen eines der Typen, mit denen ich früher ausgegangen bin. Ich glaube, ich bevorzuge sowieso meine eigene Gesellschaft. Heute Abend gibt es also Natalie pur. Allerdings kann ich nicht sehr lange bleiben, ich muss morgen früh raus.«

»Hoffen wir, dass Dylan bald kommt«, sage ich. »Wir haben den Tisch nur für eine Stunde, und unsere Spielzeit beginnt in fünf Minuten.«

»Oh, mach dir keine Sorgen deswegen«, sagt Alice unbekümmert. »Er kommt, wenn er kommt. Kein Problem, wenn wir ein bisschen später anfangen, oder?«

»Klar«, erwidere ich, während mein innerer Pünktlichkeitsfetischist eine kleine Panikattacke erleidet.

Alice hat ihr Haar mit einem Seidenschal zurückgebunden, um sich ganz darauf konzentrieren zu können, »mich fertigmachen«.

»Was ich an dir am meisten mag, ist, wie überaus charmant und überhaupt nicht wettbewerbsorientiert du bist«, necke ich sie. Wir lassen die Bälle fliegen und rennen an der Tischtennisplatte hin und her, während sie immer wieder »Oh, sieh nur, da ist Banksy« oder »Ich glaube fast, Margot Robbie ist gerade hereingekommen« ruft, in der Hoffnung, mich abzulenken.

»Netter Versuch.«

An der Bar gibt es einen kleinen Tumult, und ich drehe mich um. Dylan wird erkannt, als er hereinkommt. Manche klopfen ihm auf den Rücken, andere bitten um ein Selfie. Er genießt es, so überzeugt von sich selbst, wie er ist, und ich versuche, meine aufsteigende Wut zu ignorieren. Er strahlt übers ganze Gesicht, als er zu uns herüberkommt, gefolgt von einer schönen Rothaarigen mit Kurven wie aus einem Gemälde von Tizian.

»Oi, oi«, sagt er und umarmt zuerst Alice. »Gürkchen, du kennst Octavia noch nicht. Octavia, das ist meine andere beste Freundin Alice … und Zach, ein Freund von ihr.«

Eine Dreiviertelstunde zu spät, und jetzt bezeichnet er mich auch noch als *einen* Freund von Alice? Ich bin ein bisschen beleidigt. Allerdings nehme ich an, mich bei meinem richtigen Namen zu nennen, war ein Fortschritt im Vergleich zu *Keingroßes-Ding*, was er – wie ich damals erkennen konnte – bei seinem Auftritt neben Alice' Namen auf die Gästeliste geschrieben hatte. Ich sollte Alice zuliebe wirklich versuchen, nett zu sein.

Nachdem das Begrüßen und Bekanntmachen erledigt ist, gehen Alice und Nat an die Bar, um eine weitere Runde Drinks zu holen. Octavia scheint derweil nach der am wenigsten kontaminierten Sitzgelegenheit zu suchen und endet schließlich auf der Kante meines Sofas.

»Schön, dich wiederzusehen, Mann.« Dylan klopft mir ein wenig zu fest auf den Rücken.

»Dich auch. Alice sagt, du bist seit einer Woche hier?«

»Ja, Mann, es war super. Ich wollte Octavia meinen Freunden und meiner Familie vorstellen.« Das war bestimmt ein Riesenspaß, denke ich, als sie mir ein knappes Lächeln gewährt. »Übrigens, du hast vielleicht schon von Zach gehört, Octavia. Er ist Kunstmaler.«

»Zach Moretti«, sage ich und strecke die Hand aus.

Ich sehe, wie ihr ganzes Gesicht eine Wandlung durchmacht. Sie blickt mich an, als würde sie mich in einem ganz neuen Licht sehen. »Was du nicht sagst«, erwidert sie schließlich mit ihrem geschliffenen Akzent. »Der Zach Moretti? Roter Kreis? Schwarzes Quadrat?«

Ich nicke.

»Unfassbar«, sagt sie. Dylan ist sichtlich verärgert, als sie direkt neben mich rutscht. Der Duft eines schweren, betörenden Parfüms steigt mir in die Nase.

»Also, ist das zu glauben. Zach, es ist mir ein Vergnügen, dich kennenzulernen. Unsere Galerie hat gerade ein paar von deinen Werken akquiriert, und es haben sich schon einige Interessenten gefunden.« Sie lacht – ein leichtes, perlendes Lachen. »Ich habe nicht erwartet, dem Künstler, von dem ein paar meiner Lieblingsstücke stammen, an einem Ort wie …« Sie hält inne und blickt sich um. Alice und Nat sind inzwischen mit den Drinks an unseren Tisch zurückgekommen, und wir alle beobachten Octavia bei der Suche nach einer akzeptablen Formulierung. »… dieser klitzekleinen Bar-Schrägstrich-Pingpong-Location so hoch im Norden zu begegnen. Von hier ist es doch bestimmt nicht weit bis Schottland.«

»Sheffield liegt in South Yorkshire«, erwidert Alice zu unserer Verteidigung.

»Ja, ja, natürlich.« Octavia nickt. »Ich bin Londonerin, weißt du? Ab Hampstead Heath verschwimmt irgendwie alles im Nebel. All diese klitzekleinen Dörfer!«

Ich kann verstehen, weshalb Alice und Nat vorhin so ausgiebig über sie gelästert haben. Auch wenn ich nicht so viel von Dylan halte, wenn er mein bester Freund wäre, wäre ich auch besorgt wegen seines neuen Dates. Octavia kann einem in der Tat auf die Nerven gehen.

»Ja, ja, natürlich«, schlägt Alice zurück. »Dylan, warum erklärst du Octavia nicht, dass es auch nördlich der Hauptstadt Genialität und Kreativität gibt?«

Dylan wirkt verunsichert, ganz untypisch für ihn.

»Versteht sich ja wohl von selbst, Gürkchen«, sagt er. »Ich bin zum Beispiel aus Sheffield!«

»Und Zach ebenfalls. Ich hatte keine Ahnung, dass die Provinz so fantastische Talente hervorbringt!« Octavia kichert.

Die Provinz. Kein Wunder, dass die Kunstszene so einen schlechten Ruf hat, wenn dort Snobs wie Octavia arbeiten.

»Wer hat Lust auf noch ein Spiel?« Ich schreite ein, bevor Alice Octavia noch an die Spitze ihrer Abschussliste setzt.

Eine halbe Stunde später schauen Alice und ich zu, als Octavia und Natalie ein Spiel beenden.

»Natalie sieht aus, als würde sie diesen Pingpongball am liebsten jemandem dorthin schieben, wo die Sonne nicht scheint«, schmunzelt Alice.

Natalie wirft die Hände in die Luft, als sie gewinnt. »Super! Gut gemacht, Nat«, jubelt Alice.

»Danke.« Sie verbeugt sich. »Und damit lasse ich euch Pärchen allein. Noch einen schönen Abend.«

Octavia setzt sich zu mir, und Dylan fordert Alice zu einer schnellen Runde Pingpong heraus. Auf mich wirkt es schwindelerregend, wie sie sich an der Platte verausgaben, aber das kann auch daran liegen, dass ich schon beim vierten Bier bin. Alice bringt Dylan zum Schwitzen und lacht sich halb tot. Ich lehne mich zurück und wünsche mir insgeheim, ich wäre derjenige, mit dem sie lacht. Aber das ist lächerlich, ich habe ihre Freunde ja aus einem bestimmten Grund eingeladen, und es soll für sie ein Vergnügen sein, auch wenn ich mich dabei ein bisschen ausgeschlossen fühle.

Neben Octavia zu sitzen, ist nicht gerade von Vorteil. Sie scheint ihre Abscheu vor Sitzgelegenheiten aus Plastik überwunden zu haben und sitzt jetzt unangenehm nah bei mir, was Dylan dazu veranlasst, jedes Mal, wenn er in unsere Richtung blickt, mit den Augen Blitze zu schleudern.

»Du kommst ziemlich gut an heute Abend«, bemerkt er irgendwann.

»Was?« Aber er spielt weiter Pingpong mit Alice und antwortet nicht. Sie sieht so glücklich aus, und mein alter Freund, der Selbstzweifel, schleicht sich ein. Ist sie jemals so glücklich, wenn wir zusammen sind? Bringe ich sie genauso zum Lachen wie Dylan? Geistesabwesend stoße ich mit dem Fuß gegen ein Stuhlbein. Ich schätze, so läuft das eben, wenn der beste Freund deiner Freundin sein Geld damit verdient, Witze zu erzählen.

Ich weiß, ich sollte mehr Vertrauen in mich haben, aber die Kombination aus Bier und Dylans offensichtlichem Verdruss über meine Anwesenheit bringt mich durcheinander. Wieder einmal sitze ich am Rand und sehe zu, wie andere sich amüsieren. Wieder einmal fühle ich mich wie der typische unbeholfene Nerd in der Schule, den damals schon alle seltsam fanden, weil ich so still war. Niemand hat gemerkt, dass es nur daran lag, weil ich nicht wusste, was ich sagen sollte und wie ich wirken würde. Ich zerbrach mir immer so lange den Kopf darüber, dass ich die Chance verpasste, oder, schlimmer noch, ich redete zu schnell drauflos und schämte ich mich hinterher.

Ich räuspere mich, wende mich wieder Octavia zu und versuche, aufmerksam zuzuhören, während sie Leute aufzählt, die wir vielleicht beide kennen.

»Clara, natürlich, die kennst du doch bestimmt? Ihr seid beide aus dem Norden und so weiter. Sie macht einen tollen Job, bringt Kunst und Zeitschriften zusammen.«

Dass jetzt auch noch meine Ex ins Spiel kommt, ist das Letzte, was ich brauche. Bekanntlich ist Alice für die Blumendekoration ihrer Hochzeit zuständig, aber wir haben im beiderseitigen Interesse vereinbart, nicht darüber zu sprechen. Ich trinke einen weiteren Schluck aus meiner Bierflasche, da kommt Dylan herüber.

»Ihr zwei scheint euch ja prima zu verstehen«, sagt er.

»Wir haben so viel gemeinsam.« Octavia tätschelt leicht meine Hand.

»Tatsächlich?« Dylan blickt finster drein. Ich stehe auf, fühle mich leicht beschwipst und will nur weg von dieser merkwürdig angespannten Atmosphäre.

»Alles klar, Mann?«, sagt er, gerade so aggressiv, dass ich es wahrnehme.

»Wo ist Alice?«

»Toilette.« Dylan schnappt sich einen Stuhl, und ich setze mich tatsächlich wieder hin. »Ihr seid euch also beim Thema Kunst nähergekommen?«

»Wir haben gerade über eine gemeinsame Freundin, Clara, geredet«, erklärt Octavia.

»Ist das nicht deine Ex?«

»Woher weißt du …«

»Gürkchen hat mir alles erzählt«, antwortet Dylan, ohne abzuwarten, dass ich meinen Satz beende. »Hört sich an, als ob das eine Menge verletzte Gefühle verursacht hätte.« Mit *das* meint er *mich. Ich* habe Alice verletzt, als sie herausfand, dass meine letzte Beziehung so chaotisch war, das will er mir damit sagen.

»Ich gehe mal an die Bar«, verkünde ich, denn ich finde Dylans Bemerkung keiner Antwort würdig. Als ich aufstehe, ruft er mir nach.

»Wir sollten eine Runde spielen, wenn du wieder da bist. Mal sehen, wer am Ende der Gewinner ist, was meinst du?«

»Weißt du was?« Ich drehe mich um und sehe Dylan an. »Die Drinks können warten.«

Ich hebe mein Bierglas und tippe mit dem Zeigefinger dagegen. »Siehst du? Ich habe noch ein Viertel Pint, das gibt mir mehr als genug Zeit, um dich zu schlagen, bevor ich eine neue Runde besorge.«

Dylans süffisantes Grinsen verdüstert sich. Er greift nach einem Paar Schläger.

»Das bezweifle ich, aber ich bewundere deine Selbstsicherheit«, sagt er, drückt mir einen der Schläger gegen die Brust und geht rüber zur Tischtennisplatte.

Klack. Rückhand. Klack. Ausfallschritt. Klack. Schneller.

Schweißperlen rinnen über meinen Haaransatz, und meine Kopfschmerzen werden eher noch schlimmer, so sehr konzentriere ich mich.

»Gut gekontert«, sagt Dylan, als ich einen Punkt mache. »Du bist nicht so schlecht, wie ich dachte.«

Ich trinke betont langsam aus meinem Glas. »Tu nicht so überrascht.«

Klack.

»Ich dachte, Künstler sind zu beschäftigt damit, über Landschaften zu grübeln, um sich fit zu halten.«

»Der war unfair!«, sagt Alice und lacht. Sie und Octavia schauen uns zu.

»Ja, das ist ein totales Klischee, Mann. Du bist auch nicht schlecht, aber du hast wahrscheinlich die Zeit und das Geld, jeden Tag im Fitnessstudio zu trainieren«, gebe ich zurück.

»Stimmt.«

Klack.

Dylan lässt den Ball so schnell zurückschießen, dass ich ihn verfehle.

»Warum konzentrieren wir uns nicht aufs Spiel?« Ich versuche, mich zu beruhigen.

»Gute Idee. Du warst ja den ganzen Abend damit beschäftigt, dich mit Octavia über deine Ex zu unterhalten.«

Alice spitzt die Ohren, ihr Gesicht drückt Verwirrung aus.

»Tatsächlich?«, fragt sie.

»Nein, das stimmt überhaupt nicht«, antworte ich. Die Ungerechtigkeit von Dylans Worten macht mich wütend. Dieser selbstzufriedene Arsch bringt absichtlich alles durcheinander. »Du bist derjenige, der nicht aufhören kann, über meine früheren Beziehungen zu reden. Was soll das alles? Worauf willst du hinaus?«

KLACK. Ich habe das Spiel unter Kontrolle.

Ich mache den Aufschlag, schnell und hart.

»Worauf soll ich denn hinauswollen?«, keucht Dylan, als er einen Ausfallschritt macht, um den Ball zu treffen.

»Versuchst du, mir Alice abspenstig zu machen?«

Dylan lacht. »Ich versuche nur, meine beste Freundin zu beschützen.«

Ich höre auf, zu spielen. »Wovor muss sie denn beschützt werden?«

»Vor dir, Mann. Du bist gefährlich.«

Was, zum Teufel, soll das? Jetzt bin ich ernsthaft sauer, aber ich habe keine Chance, darauf zu reagieren, weil Alice aufgestanden ist. Sie wirkt *richtig wütend.*

»Was ist los mit euch beiden?«, schreit sie und schlägt mit der flachen Hand auf die Mitte des Pingpongtisches.

Dylan legt seinen Schläger hin und nimmt einen letzten Schluck aus seinem Glas. Triumphierend erwidert er meinen Blick.

»Ich schätze, wir gehen besser«, sagt er. »Man sieht sich, Gürkchen. Zach.«

Ich bin noch erhitzt vom Spiel, mein T-Shirt hat Schweißflecken und in meinem Kopf spüre ich die Auswirkungen des Biers.

Alice hat sich wieder an unseren Tisch gesetzt und die Arme vor der Brust verschränkt.

»Was sollte denn das?«, will sie wissen.

In meinem Zustand – erhitzt, betrunken, wütend – bin ich

nicht imstande, die richtigen Worte zu finden, um sie zu beruhigen, und ich hasse mich jetzt schon dafür.

»Er ist offenbar in dich verliebt«, sage ich.

»Was?« Sie lacht fast darüber, und jetzt werde ich noch wütender.

»Bitte lach mich nicht aus. Das hat Dylan schon oft genug gemacht. Ich fühle mich schon den ganzen Abend wie der Trottel in der Schule, der von dem beliebtesten Typen fertiggemacht wird.«

»Dylan ist *nicht* in mich verliebt«, sagt sie entschieden. »Es tut mir wirklich leid, dass du dich heute Abend nicht wohlgefühlt hast, Zach, das habe ich nicht gewollt. Du hast dich allerdings merkwürdig benommen …«

Ich versuche, meine Gedanken zu sortieren.

»Warum hast du ihm von Clara erzählt?«, frage ich schließlich.

»Warum nicht? Er ist mein bester Freund, und ich habe einen Rat gebraucht.«

»Das verstehe ich, das Problem ist nur, dass er mich jetzt offensichtlich hasst.«

»Er hasst dich nicht!«

»Er hat es heute Abend darauf angelegt, mich in Verlegenheit zu bringen. Ich habe ihn eingeladen, weil ich dir damit zeigen wollte, dass ich mir Mühe gebe, was ihn betrifft, und er hat alles getan, um mir das Gefühl zu geben, ein Arsch zu sein.«

»Das finde ich nicht.«

»So sehe ich es jedenfalls. Ich fand es ziemlich unhöflich, so viel zu spät zu kommen, aber du hast das mit einem Schulterzucken abgetan.«

»O mein Gott, wieso streiten wir uns wegen Dylans schlechtem Zeitmanagement?« Alice wirft die Hände in die Luft, sie ist genervt. »So war er schon immer, Zach. Und das ist wirklich kein großes Problem, oder?«

»Es ist nicht nur das. Er denkt, ich bin gefährlich, Alice. Was, zum Teufel, soll das heißen? Er hegt eindeutig Vorurteile gegen mich. Ja, ich habe in der Vergangenheit Fehler gemacht, aber ich würde niemals absichtlich jemandem wehtun. So bin ich nicht. Aber Dylan sieht das nicht. Ich verstehe, dass er dir gegenüber Beschützergefühle hat, ich wünschte nur, du hättest es dir überlegt, bevor du ihm von meiner Vergangenheit erzählt hast. Jetzt hat er nämlich einen Grund, dich dazu zu bringen, dass du alles infrage stellst.«

»Es ist nicht meine Schuld, dass deine letzte Beziehung ein Riesenschlamassel war, Zach«, sagt Alice, und ich zucke zusammen. Das tut weh.

»Ich meine nur …«

»Dass ich mit meinen Freunden nicht über dich reden sollte?«

»Also, nein …«

»Weil sie mich nämlich schon mein ganzes Leben unterstützen und ich ihnen vertraue.«

»Tja, dann bin ich am Arsch, oder? Dylan hat sich nämlich schon eine Meinung über mich gebildet.«

»Und was ist mit dir? Sieht aus, als hättest du dir auch schon eine Meinung über ihn gebildet. Er ist nie pünktlich, und das magst du nicht. Er ist selbstbewusst, und mir scheint, dass er dich verunsichert. Und er will mich beschützen, und das gefällt dir nicht.« Alice zählt die Probleme an den Fingern auf, und in meinem Kopf dreht sich alles.

Die Sache gerät außer Kontrolle.

»Ich habe mich von ihm in die Ecke gedrängt gefühlt, und es wäre schön gewesen, wenn du zu mir gestanden hättest.«

Alice schüttelt den Kopf. »Ich weiß nicht, was ich dazu sagen soll. Ich dachte, ich stehe zu dir, aber das ist offenbar nicht der Fall. Weißt du, ich wollte nie ernsthafte Beziehungen, weil ich keine Lust auf diese Art von Drama in meinem Leben habe. Ich will mich nicht in der Öffentlichkeit mit meinem Freund streiten. Ich will mich nicht verärgert und verletzt und verwirrt fühlen.«

Ich reibe mir die Stirn. Ich finde es furchtbar, dass dieser Abend so aus dem Ruder gelaufen ist und dass ich ein bisschen zu betrunken bin, um klar zu denken.

»Können wir für heute Abend einfach Schluss machen?«, schlage ich vor.

Alice nimmt ihre Handtasche vom Sitz, ihr Gesicht eine wütende Grimasse.

»Ich denke, wir sollten überhaupt einfach Schluss machen. Tut mir leid, Zach, aber mir reicht es.«

Quiz-Abend

Alice

Ich wache auf, durstig und im Zustand seligen Vergessens, doch in den Sekunden, die ich brauche, um nach meinem Wasserglas zu greifen, überfluten mich die Erinnerungen an gestern Abend. Ich war definitiv nicht so betrunken wie Zach, aber mein Gehirn hat trotzdem beschlossen, mich nur tröpfchenweise mit Rückblenden zu versorgen. Dylan und Zach, die sich wie zwei bescheuerte Teenager aufführen. Zach, der unglaublich gestresst ist wegen etwas, was ich für belanglos halte. Und dann der Knaller: Wir machen Schluss.

Gestern Abend habe ich das Beste, was mir seit Jahren widerfahren ist, weggeworfen.

Mir ist heiß, und ich halte es im Bett nicht mehr aus. Ich kicke die Bettdecke weg und stoße das Schlafzimmerfenster auf, so weit wie möglich, in der Hoffnung, etwas kühle Luft hereinzulassen. Aber es ist schon wieder drückend heiß. Mechanisch greife ich nach meinem Handy und versuche, mich zu betäuben, indem ich durch Instagram scrolle, aber selbst die sozialen Medien haben sich heute gegen mich verschworen. Das erste Posting, das ich sehe, stammt von meinem Lieblings-Café: ein Foto mit der heutigen Donut-Lieferung und einem geeisten Kaffee. Zach hatte vorgeschlagen, heute Morgen zusammen dorthin zu gehen, und ich hatte ihn geneckt, wie eingebildet er sei, weil er davon ausginge, ich würde nach unserem P-Date über Nacht bleiben. Der krasse Kontrast zwischen gestern – voller Vorfreude auf ein Wochenende mit meinem Freund – und heute – traurig, wütend und ohne Freund – ist schmerzhaft.

Ich muss mich auf andere Gedanken bringen. Und dafür gibt es nur eines.

Zwanzig Minuten später bin ich bei meiner Gartenparzelle, und ein befriedigend großer Haufen Unkraut türmt sich neben mir auf, während ich in der Erde wühle. Es ist die Art von undankbarer Arbeit, die ich schon ewig vor mir herschiebe, aber wenn es jemals einen Tag zum Unkrautjäten gab, dann heute.

»Heute kein attraktiver Helfer dabei?«, erkundigt sich ViVi. Ihr Kopf erscheint über dem Zaun, als ich gerade ein weiteres Unkrautbündel auf den Haufen werfe.

»Äh …« Mein Kummer droht mich zu überwältigen, und ich finde keine Worte. Ich begegne ViVis Blick, ihr Gesicht wirkt immer besorgter, und ich merke, wie mir meine Gesichtszüge entgleisen.

»Ich komme rüber«, sagt sie entschieden und hastet durch das kleine Tor in meinen Garten. Ich zupfe noch weiter Unkraut. ViVi verkündet, uns eine Tasse Tee zu machen. Sie holt zwei Henkelbecher aus meinem Schuppen, klappt die Liegestühle auf und winkt mir, mich zu setzen.

Ich gehorche und spüre die Sonne auf meinem Gesicht. Meine Finger betasten die Kratzer auf dem Becher, meine Augen sind fest geschlossen. Ich höre ViVis geschäftige Aktivität und fühle mich durch ihre Anwesenheit getröstet. Meine Gedanken wandern in die Zeit zurück, als ich zum letzten Mal so auf meinem Liegestuhl saß. Mit Zach an meiner Seite. Er hat so geduldig zugehört an dem Tag, als ich meine emotionalen Altlasten auf ihm abgeladen habe.

»Ach herrje, Sie weinen ja.« ViVi reicht mir ein Taschentuch.

»Argh, tut mir leid«, erwidere ich und wische ärgerlich eine

Träne weg. »Ich bin normalerweise keine Heulsuse. Ich habe mich nur gerade von meinem Freund getrennt.«

»Das tut mir so leid«, sagt sie freundlich. »Aber es ist nicht verkehrt, wenn man sich mal so richtig ausheult. Nur raus damit.«

Und das tue ich. ViVi sitzt neben mir, während mein Tee kalt wird und mir die Tränen übers Gesicht strömen. Am Ende schnäuze ich mir die Nase mit ihrem Taschentuch und probiere ein Lächeln. »Sie haben recht. Ich fühle mich tatsächlich besser.«

»Möchten Sie darüber sprechen?«

»Hm, ich bin nicht sicher, ob ich das im Moment kann. Ich glaube, ich stecke lieber noch eine Weile den Kopf in den Sand.«

»Ein bisschen Gartenarbeit ist in solchen Fällen immer das Beste«, sagt sie strahlend. »Aber wenn Sie noch weiter so Unkraut jäten, haben Sie bald keine Erde mehr. Wie wäre es mit ein bisschen Gießen?«

»Bleiben Sie hier?«, frage ich.

»Natürlich, Liebes! Ich bin den ganzen Vormittag hier. Sollen wir ein bisschen Musik laufen lassen und mitsingen? Allerdings hat Gerry von der überübernächsten Parzelle immer noch mein Radio. Er soll es reparieren, aber unter uns gesagt habe ich den Verdacht, dass er es noch kaputter gemacht hat und jetzt auf Zeit spielt.«

»Das Problem kann ich lösen«, sage ich lächelnd, gehe in meinen Schuppen und schalte meine Stereoanlage ein. »Was würden Sie gerne hören?«

Zehn Minuten später singen ViVi und ich Hits aus den Sechzigern mit. Von Zeit zu Zeit schmunzelt sie und erzählt mir eine Geschichte aus diesem Jahrzehnt. Ich höre zu und bin zufrieden damit, im Moment an nichts anderes zu denken als an ViVis Vorliebe für Bienenkorbfrisuren und Twiggy-Eyliner.

Als ich am folgenden Morgen die Treppe hinuntergehe, sitzt da Natalie mit untergeschlagenen Beinen, den Laptop auf dem Schoß.

»Wenn das nicht die rar gewordene Alice ist«, sagt sie. »Ich habe dich das ganze Wochenende kaum gesehen.«

Ich lasse mich neben sie fallen. »Gestern war ich den größten Teil des Tages im Schrebergarten, und als ich zurückkam, äh … bin ich früh mit einer Packung *Pot Noodle* ins Bett gegangen.«

»*Pot Noodle*? Hättest du nicht wenigstens die Instantnudeln von *Itsu* nehmen können, die man im Supermarkt bekommt?« Nat gibt mir einen Schubs, um zu zeigen, dass sie scherzt. Dann holt sie tief Luft. »Also … mit Instantnudeln im Bett herumgehangen, was? Ich nehme an, das Pingpong-Date am Freitagabend wurde nicht besser, nachdem ich gegangen bin?«

Ich zucke mit den Schultern. »Ich glaube nicht, dass ich schon bereit bin, es laut auszusprechen.«

»Wie wär's, wenn ich dir eine gute Nachricht erzähle, und danach reden wir darüber?«

»Abgemacht. Was ist die gute Nachricht?«

»Kennst du die *Rustlings Lodge*?«

»Das schickste Hotel in ganz Yorkshire?«

Natalie strahlt und deutet mit beiden Daumen auf sich. »Ich habe die Marketingleiterin umgarnt, und sie hat zugestimmt, dich und mich auf ihre Liste von Hochzeitsausstattern zu setzen.«

»Was? Ernsthaft?«

»Ja! Ich habe dort schon einmal ein Firmen-Event organisiert, und als ich zur Besichtigung der Location dort war, hatten sie alles für eine Hochzeit vorbereitet. Es sah toll aus, aber unsere Firma könnte das so viel besser. Also bin ich wieder hingegangen, habe ein bisschen die Werbetrommel gerührt, und sie waren begeistert.«

»NATALIE! Das ist großartig. Ich weiß, wir haben verabredet, dass du dich um Meetings kümmerst und neue Kunden akquirierst, weil das dein Fachgebiet ist, aber ehrlich gesagt hätte ich nicht gedacht, dass es so schnell gehen würde.«

»Ich weiß! Und da wir gerade davon reden, ich möchte absolut klarstellen, dass ich dich vollständig auf dem Laufenden halten werde, wenn das alles klappt. Dieses Meeting kam in letzter Minute … Die haben mich gestern Morgen angerufen, und ich habe an deine Schlafzimmertür geklopft, aber als keine Antwort kam, dachte ich mir, du und Zach wollt wahrscheinlich ausschlafen nach letzter Nacht.«

»Da muss ich schon im Garten gewesen sein.«

Natalie blickt mich besorgt an. »Oder das.«

»Danke, Nat. Ich bin so stolz auf dich.«

»Ich bin so stolz auf *uns*. Wir müssen so schnell wie möglich unsere Website fertigstellen, damit potenzielle Kunden uns finden können, und ich habe mir überlegt, dass wir ein Shooting organisieren sollten, um unsere Kompetenzen herauszustellen. Deine Floristik, meine Event-Planung und so weiter. Wir müssen auch Visitenkarten drucken lassen und uns einen richtigen Namen für unsere Firma ausdenken …«

»Das ist ja eine ganze Menge.« Ich lache, und meine Stimmung hebt sich. »Ich kann es kaum erwarten. Sollen wir heute mit der Arbeit anfangen? Ich habe nichts anderes vor.« Das hätte ganz locker rüberkommen sollen, aber ich glaube nicht, dass es mir gelungen ist. Nat wirft mir einen mitfühlenden Blick zu.

»Alice, sollen wir jetzt über Zach reden?«

»Es ist vorbei.« Ich zwinge meinen Finger durch ein Loch, das ich im Saum meines T-Shirts gefunden habe. Wie ist das nur dorthin gekommen?

Sie klappt ihren Laptop zu, zieht mich zu sich heran und umarmt mich.

»Mir geht's gut«, behaupte ich. »Ich habe zeitweise einem Mann Zutritt zu meinem Leben gewährt und mich ablenken lassen, und jetzt bin ich wieder in der Spur. Alles klar. Du kennst mich. Arbeit. Freunde. Das ist alles, was ich brauche, richtig? Mir geht's *gut.*«

»Dir geht es also gut?«

»Ja. GUT. Ich war offen für eine Beziehung, und jetzt habe ich Herzschmerz. Ich wusste, dass es so kommen würde.«

»Was ist passiert, nachdem ich die Pingpong-Runde verlassen habe? Octavia war zwar ganz schön hochnäsig, aber ich hatte den Eindruck, alle würden sich gut amüsieren.«

Ich erzähle ihr von Zachs und Dylans alkoholinduzierten Sticheleien an der Tischtennisplatte und von unserem dummen Streit, den ich angefangen habe. Wegen Pünktlichkeit!? Ich erzähle, wie wütend Zach darüber war, dass ich mich Dylan anvertraut hatte, wie er unterstellte, Dylan sei verliebt in mich, wie schrecklich es war, zu sehen, wie die beiden aneinandergerieten. »Im Grunde war es ein totales Alkohol-Desaster, und ich habe die Flucht ergriffen.«

Nat zieht die Luft ein.

»Liebe Güte. Hast du seitdem etwas von Zach gehört?«

»Nein.«

»Hättest du das gerne?«

Ich rutsche auf dem Sofa hin und her und trommle mit den Füßen auf den Boden, während ich überlege.

»Weiß nicht«, schnaufe ich. »Als ich gestern Morgen aufgewacht bin, habe ich seine Abwesenheit so stark gespürt, dass es fast körperlich wehtat, und es ist seitdem nicht besser geworden. Die Vorstellung, ihn nicht wiederzusehen, macht mich traurig und verzweifelt, aber was ist die Alternative? Außerdem war ich es, die gesagt hat, dass es aus ist, also schätze ich, das war es.«

»Weißt du was? Du musst dich ja nicht jetzt sofort entscheiden. Was hältst du davon, wenn wir uns in die Arbeit für unsere Firma vertiefen und du das alles erst einmal ruhen lässt?«

»Das klingt nach einer sehr klugen Idee.« Ich bin erleichtert. Arbeiten. Das kann ich.

Seite an Seite mit meiner besten Freundin zu arbeiten, ist die beste Medizin. Nachdem wir die Ereignisse des Wochenendes besprochen hatten, haben wir jeden Abend die Köpfe zusammengesteckt, Ideen für unsere Marke gesammelt und an einer Website gearbeitet.

Ich durchsuche am Computer Fotos und betrachte all die Hochzeiten, an denen ich mitgearbeitet habe. Ich wähle gerade meine Lieblingsbilder aus, um sie für die neue Website zu verwenden, als Natalie mir einen Teller Spaghetti Bolognese zuschiebt.

»Was würde ich nur ohne dich tun?« Ich lächle und wickle ein paar um meine Gabel.

»Wahrscheinlich an einer Art Mangelernährung leiden«, vermutet sie. »Ich habe gesehen, wie viele Instant-Nudelpackungen diese Woche im Müll gelandet sind, Al. Was würde deine Mum dazu sagen?«

»Sie wäre nicht erfreut.«

»Genau. Nichts spricht dagegen, dass du dich so auf unser neues Projekt stürzt, aber irgendwann musst du dich der Realität stellen. Hast du etwas von Zach gehört?«

Ich schüttle den Kopf »Er hat sich nicht gemeldet, aber ich habe ja auch ganz knallhart gesagt, dass es aus ist mit uns.«

»Aber willst du das wirklich? Ich habe nämlich den Eindruck, dass du so tust, als wäre alles gut, dieser Mann dir aber in Wahrheit viel mehr bedeutet, als du zugibst. Ich habe gesehen, wie du aufs Handy geschaut und dann ins Leere gestarrt hast.«

»Ich glaube, ich bin einfach total durcheinander«, gebe ich zu. »Ich sollte erleichtert sein, weil es vorbei ist, aber es ist nicht so. Ich mochte Zach, und ich vermisse ihn. Ich habe das Gefühl, dass es mir leidtut um das, was wir hatten, und wenn ich länger darüber nachdenke, werde ich traurig und mürrisch und fühle mich überhaupt nicht gut.«

»Du willst also einfach die Risse übertapezieren, indem du noch härter arbeitest als sonst.«

Ich zucke mit den Achseln und streue etwas Parmesan über mein Essen.

»Wir haben unsere ganze Freizeit darauf verwendet, unser neues Geschäft zu organisieren. Ich brauche eine Pause. Warum unternehmen wir heute Abend nicht etwas?«

Ich schaufle mir heiße Pasta in den Mund, überrascht, wie hungrig ich bin.

»Heute Abend?«, sage ich schließlich.

»Ja«, sagt Nat und verputzt eine kleine Portion Salat.

»Heute Abend hätte mein nächstes Date mit Zach stattfinden sollen.«

»Dann haben wir erst recht einen Grund, dich aus dem Haus zu lotsen«, erwidert Nat und räumt unsere Teller weg.

»Ich habe vorhin auf dem Heimweg ein paar *Mr. Kiplings* besorgt …«

»O nein, kommt nicht infrage. Du lässt mich nicht abblitzen wegen ein paar Kirschpuddings, mein Schatz. Komm schon!«

Bestürzt werfe ich einen letzten Blick auf mein Outfit, bevor ich zur Tür hinausbugsiert werde.

Natalie versucht eindeutig, mich zu quälen. Sie hat mich genau in den Pub geschleppt, in dem Zach und ich uns zu unserem Q-Date treffen wollten. Nur dass ich jetzt anstelle von einem sexy Outfit einen extrem weiten Alte-Männer-Pullover anhabe und darunter dasselbe T-Shirt mit Loch, das ich schon seit einer Woche trage. Oh, und habe ich erwähnt, dass mein Look durch ein Paar Leggings vervollständigt wird?

Ich nehme einen Schluck von dem faden Weißwein und beschließe, mich von der Situation nicht zu sehr runterziehen zu lassen. Gefühle einfach beiseiteschieben! Das ist bestimmt die beste Art, damit umzugehen, sage ich mir und schnappe mir ein Quiz-Blatt.

»Wie wäre es mit *Cool Story, Brew*?«, frage ich. »Als Name für unser Team.«

»Warum fragst du nicht ihn?« Nat zeigt mit dem Kopf hinter mich und ich drehe mich um.

Zach ist hier.

Sein Haar ist nass vom Regen, und er kommt auf unseren Tisch zu. Dahin, wo ich sitze.

Zach.

Mein Herz beginnt, schneller zu schlagen, und mein Verstand feuert Fragen ab, so schnell, dass ich kaum mitkomme. *Bin ich froh, ihn zu sehen? Ja. Warum bin ich froh, ihn zu sehen, HABE ICH MEINE LEKTION NOCH NICHT GELERNT?* Schulterzucken. *Warum bin ich so angezogen, als käme ich gerade aus dem Bett?* Das spielt jetzt keine Rolle.

»Hi«, sagt er nervös und blickt mich unter dichten schwarzen Wimpern an. »Ich wusste nicht, ob du mich sehen willst oder nicht. Ich kann gehen, wenn dir das lieber ist …«

»Ähm.«

Warum habe ich die Fähigkeit verloren, Sätze zu bilden? Ich blicke von Zach zu Natalie.

»Ich habe ihm geschrieben«, flüstert sie und ist schon im Begriff, aufzustehen. »HAST DU AUF DIE UHR GESEHEN?! Ich muss unbedingt nach Hause wegen … der Serie, die ich immer ansehe. Total vergessen, dass die heute läuft!« Ich kneife die Augen zusammen. »Zach, warum setzt du dich nicht und nimmst meinen Platz ein?«

»Ist das okay, Alice?«, fragt er. Er wirkt so verzagt und gleichzeitig hoffnungsvoll, dass mein anfänglicher Schreck sich in etwas anderes verwandelt. Ich glaube, es ist Hoffnung.

»Klar«, sage ich.

»Hervorragend.« Natalie klatscht tatsächlich in die Hände. Sie guckt, als hätte sie gerade einen genialen Plan verwirklicht. »Mach's gut, Al. Mach's gut, Zach.«

Mach's gut, Zach. Würde ich das auch gerne zu ihm sagen? Ich hatte noch nie einen festen Freund, mit dem ich hätte Schluss machen können. Bei dem Gedanken, ihn nicht mehr zu sehen, nicht mehr mit ihm zusammen zu lachen oder durch den Wald zu joggen, werde ich wehmütig. Ich will das nicht. Aber was für eine andere Möglichkeit habe ich?

Zach setzt sich mir gegenüber und fingert an dem Salzstreuer herum.

»Es tut mir so leid«, sagt er plötzlich und sieht mir in die Augen. »Ich habe mich bei unserem letzten Date unglaublich blöd benommen, und ich weiß, dass ich es vermasselt habe. Ich habe dich vermisst ...«

»Du hast dich seitdem nicht gemeldet.«

Zachs Blick wandert durch den Raum, während er seine Gedanken sammelt. »Das hätte ich gern. Sehr gern. Aber du warst an dem Abend so wütend, und ich wusste, du brauchst Abstand.«

»Und doch bist du jetzt hier«, stelle ich fest.

Ich merke, dass er ganz fertig aussieht, und meine Finger wollen sich strecken und seine berühren.

Aber das Problem ist, dass ich in dieser Woche, in der ich mich auf die Arbeit gestürzt und ein Loch in mein T-Shirt gebohrt habe, etwas erkannt habe. Nämlich, dass ich an jenem

Abend hauptsächlich deshalb verschwunden bin, weil ich fürchte, Zach nicht trauen zu können.

»Jetzt bin ich hier«, bestätigt er. »Du bedeutest mir so viel, Alice. Ich musste es versuchen.«

Ich fühle mich an etwas erinnert, was ich vor einer Weile zu mir selbst gesagt habe. *Lass ihn nicht derjenige sein, der dich verlässt.*

»Argh.« Ich lege den Kopf auf die Hände. »Es gibt so viel zu verarbeiten, Zach. Du hast mir und Dylan unberechtigte Vorwürfe gemacht, das fand ich gar nicht gut. Er ist mein bester Freund. Warum sollte eine Freundschaft zwischen Mann und Frau eine doppelte Bedeutung haben? Unsere Freundschaft ist rein platonisch, das war sie schon immer.«

»An diesem Pingpong-Abend, da hatte ich einen schlimmen Anfall von Minderwertigkeitsgefühlen und Eifersucht. Ich fühle mich wirklich schlecht deswegen, deshalb habe mich bei ihm entschuldigt.«

Das ist doch schon etwas, finde ich. »Ich hoffe, er hat sich auch entschuldigt? Schließlich hat er sich auch nicht gerade mit Ruhm bekleckert.«

»Nun ja, irgendwie schon. Ich weiß jetzt, dass er dich einfach nur beschützen will.«

»So war er schon immer. An dem Tag, nachdem wir erfahren hatten, dass Mums Krankheit mit dem Tod enden würde, fuhr Dylans Mum uns ans Meer. Wir sollten dort den Tag verbringen und ich sollte abgelenkt werden. Wir aßen Fish and Chips am Strand, obwohl der Wind uns Sand ins Essen blies, und ich weinte und weinte. Dylan war mir immer eine Stütze in dieser tränenreichen Zeit, und er hat mich seitdem immer hartnäckig beschützt. Ich glaube …« Ich halte inne.

Das Pub-Quiz hat angefangen. Zach hört aufmerksam zu, in seinen Augen glimmt unmissverständlich Hoffnung auf. Da wird mir etwas klar, und ich fühle mich, als hätte mich jemand mitten entzweigerissen.

»Ich glaube, Dylan ist dir gegenüber misstrauisch, weil er weiß, dass ich das auch bin«, platze ich heraus. So direkt wie immer. Ich krümme mich innerlich, als ich sehe, wie das auf Zach wirkt. Er trägt heute Abend wieder nur Schwarz und sieht genauso aus wie der Junge, dem ich bei der Vernissage begegnet bin.

»Warum bist du mir gegenüber misstrauisch?«, flüstert er.

Ich spüre, dass mir die Tränen kommen, und blinzle heftig.

»Heißt das, dass du mich nicht brauchst? Bin ich nicht Teil deines Plans?« Er sitzt jetzt vornübergebeugt, die Unterarme auf die Oberschenkel gestützt.

»Du bist ganz bestimmt nicht Teil meines Plans.« Ich lächle sanft, obwohl er mich gar nicht ansieht. Er lässt den Kopf hängen.

»Okay«, sagt er schließlich und blickt traurig zu mir hoch. »Okay.«

»Ich bin dir gegenüber wegen deiner Vergangenheit misstrauisch«, sage ich rundheraus. »Wegen deiner Beziehung zu einer Frau, die schon einen anderen hatte. Ich weiß, sie hat dich deswegen belogen, aber du hast selbst gesagt, dass es Warnzeichen gab und du sie praktisch ignoriert hast. Du wolltest ihr glauben, als sie dir sagte, das mit James wäre vorbei, also hast du es geglaubt. Ich fühle wirklich mit dir, Zach, aber trotzdem … das ist nicht gerade toll, oder?«

Zach sieht aus, als hätte er gerade einen Schlag in die Magengrube bekommen. Er nimmt die Brille ab, legt sie auf den Tisch und kneift sich in die Nase. Das habe ich schon oft bei ihm gesehen, wenn er besorgt oder nervös ist. Jetzt wirkt er so bekümmert, und ich fühle mich schrecklich, weil meine Worte schuld daran sind. Aber es ist die Wahrheit.

»Fuck«, sagt er und schüttelt den Kopf. »Ich wünschte wirklich, ich könnte diesen Teil meines Lebens ungeschehen machen. Ich dachte, du und ich, wir waren schon so weit, dass wir das gemeinsam verarbeitet haben und jetzt hinter uns lassen, aber es ist wirklich schwierig, wenn meine Ex immer wieder auftaucht. Du machst den Blumenschmuck für ihre Hochzeit. Octavia hat sie beim Pingpong ins Spiel gebracht. Dylan scheint es einfach wütend zu machen, dass ich überhaupt eine Vergangenheit habe. Das Problem ist, Alice, ich kann an der Sache mit Clara nichts ändern. Ich bereue das alles so sehr, mehr als irgendetwas anderes, ich wünschte, ich hätte dir nicht diesen Schmerz zugefügt.«

»Du hast recht. Wir hatten das verarbeitet, und ich dachte auch, es liegt hinter uns. Aber dann, an dem Pingpong-Abend … ich fand es schrecklich, dich und Dylan so streiten zu sehen. Ich weiß, du warst wütend auf mich, aber er ist mein bester Freund, und das wird sich nie ändern.«

»Das weiß ich.«

»Und ich glaube, ich habe dich verunsichert, und das finde ich auch schrecklich.«

»Das warst nicht du, das war Dylan. Er hat so eine starke Persönlichkeit, und ich hatte einfach Panik, dass ich dich nie so zum Lachen bringen könnte wie er.«

Da blicke ich auf. »Er ist ein Comedian, Zach.« Ich lächle ein wenig. »Er reißt Witze, seit wir Kinder waren. Aber du machst mich glücklich …« Ich breche ab.

»Du weinst ja«, flüstert Zach.

Ich wische die Tränen von meinen Wangen.

»Ich fühle mich, argh, ich weiß auch nicht. Verwirrt. Ich hasse es, dass du dir deiner selbst nicht sicher bist, wenn wir zusammen sind. Ich weiß, du sehnst dich nach Stabilität und einem richtigen Zuhause«, sage ich und denke an das, was Zach mir von der Trennung seiner Eltern erzählt hat. »Ich mache mir Sorgen, dass ich nicht die Richtige für dich bin. Dass ich dir nicht geben kann, was du wirklich willst.«

»Alice, was ich wirklich will, bist *du*. Du hast recht, ich bin manchmal unsicher, aber das liegt nicht an dir, das liegt an mir. Ich arbeite daran, und bei unserem letzten Date hatte ich einen üblen Rückfall. Den ganzen Abend ist so viel Unwichtiges aufeinandergeprallt. Ja, meine letzte Beziehung war ein Chaos, und ich hätte Clara nicht glauben sollen, aber dass sie immer noch mit ihrem Ex zusammen war, wurde mir erst klar, nachdem wir uns schon getrennt hatten. Das war dumm, aber ich hätte niemals mit Absicht irgendjemandes Gefühle verletzt.«

Seine Worte hängen in der Luft, und ich lehne mich auf meinem Stuhl zurück und denke nach, während im Hintergrund der Quizmaster Fragen herunterrasselt – ein seltsamer Soundtrack zu unserem intimen Gespräch. Zach sitzt über sein Glas gebeugt und starrt auf die bernsteinfarbene Flüssigkeit, als würde er dort Antworten finden. Vielleicht könnte ich mit alldem ja besser zurechtkommen, wenn ich schon einmal eine ernsthafte Beziehung gehabt hätte? Vielleicht würde ich mich dann nicht so fühlen, als würde ich gegen den Strom schwimmen. Ich bin erschöpft von all den Fragen, mit denen mich mein Verstand bombardiert, aber wenn ich dieses beängstigende Gefühl analysiere, dass ich mich zum ersten Mal seit Mums Tod auf etwas Neues einlasse, dann weiß ich, dass ich diese Ängste nur deshalb habe, weil mein Schutzwall sich wieder aufrichtet. Auch wenn es nur ein paar Tage waren, die Zach und ich getrennt waren, es hat sich länger angefühlt, und ich habe ihn vermisst. Ich verbringe sehr gerne Zeit mit ihm. Und meinem Bauchgefühl nach zu urteilen, will ich nicht, dass es aufhört.

»Wir haben alle eine Vergangenheit, nicht wahr?«, sage ich endlich.

»Ich würde dafür plädieren, die Vergangenheit nicht so wichtig zu nehmen. Wir sollten uns auf die Gegenwart konzentrieren.«

»Manchmal bist du wahnsinnig klug.«

Er sieht mich an. Sein Blick ist voller Hoffnung.

»Heißt das, dass …«

»Vor einiger Zeit habe ich mich mit meinem Dad über dich unterhalten«, sage ich und drehe geistesabwesend den Ring meiner Mum an meinem Finger. »Er hat mir ein paar Fragen gestellt, und eine davon war, ob sich für mich das Leben besser anfühlt, wenn du darin vorkommst. Und so ist es, Zach. Ich habe dich vermisst.«

»Ich habe dich auch vermisst.« Er kommt um den Tisch herum zu mir und geht neben mir auf die Knie.

»Aber das Problem ist, dass ich nicht weiß, ob ich dir vertrauen kann. Oder mir selbst. Je näher wir uns kommen, desto mehr Angst habe ich, ich könnte dir wehtun, weil ich immer kurz davor bin, auszureißen.«

»Was das erste Problem betrifft, da könnte ich etwas tun, wenn du mich lässt. Lass mich dir bei unserem nächsten Date beweisen, dass du mir vertrauen kannst.«

Da muss ich lachen. »Hattest du die ganze Zeit schon ein R-Date geplant?«

»Die Idee ist mir gerade eben gekommen.« Er sieht mich verheißungsvoll an. »Bis jetzt habe ich nicht gewagt, darauf zu hoffen.«

»Ich mag Hoffnung. Hoffnung ist gut. Optimistisch und voller Möglichkeiten.«

»So wie du«, sagt Zach.

Ich spüre, dass meine Vorbehalte ein klein wenig nachlassen, und zum ersten Mal, seit Zach hierhergekommen ist, erlaube ich mir, ganz normal zu atmen.

»Ich habe dich vermisst«, sage ich nur. Er kauert neben meinem Stuhl und küsst mich ganz sacht auf die Lippen, und es fühlt sich richtig an.

»Ich habe dich so sehr vermisst«, erwidert er. Ein strahlendes Lächeln breitet sich auf seinem Gesicht aus, als er sich wieder hinsetzt.

»Es gibt nur ein Problem. Wir können dieses Quiz unmöglich gewinnen, weil wir schon die Hälfte der Fragen verpasst haben, und ich kann es nicht leiden, zu verlieren.«

Zach lacht, und ich genieße diesen Klang, überglücklich, dass wir anscheinend wieder auf dem richtigen Weg sind. »Sollen wir es mit der übrigen Hälfte versuchen? Wenn wir schon dabei sind, vielleicht kannst du erklären, wer auf die Idee mit dem Namen *Cool Story, Brew* gekommen ist?«

»Das war Natalie«, flunkere ich. Plötzlich ist mir klar geworden, dass ich mich gerade mitten in einem Date befinde und dabei einen unförmigen Pullover und abgetragene Leggings anhabe und das Ganze von einem Paar weißer Birkenstocksandalen gekrönt wird.

Zach nippt an seinem Bier und hört der Quizmasterin aufmerksam zu, während wir versuchen, aufzuholen. Dabei merke ich, dass das gar nicht wichtig ist.

»Ich will ja nicht angeben, aber ich bin wirklich ziemlich gut bei Quizzen.« Zach erhascht meinen Blick.

»Also, ich bin sehr froh, dass du wieder in meinem Team bist.« Grinsend greife ich nach seiner Hand, als Janet, die Quizmasterin mit der rauen Stimme, uns wieder im Spiel begrüßt.

Rauf zum Gipfel

Zach

Auf der Fahrt zu Alice' Haus befinde ich mich wieder einmal im klassischen Zach-Modus, das heißt, ich mache mir extrem viele Gedanken um alles, was zweifellos an meiner Nervosität liegt. Wird es zwischen uns wieder so sein wie früher, oder behandeln wir uns gegenseitig wie ein rohes Ei? Es scheint lange her, seit wir ein richtig lustiges Date hatten. Eines, bei dem keiner krank wurde oder wir Schluss machten oder ein schwieriges Gespräch führten. Heute soll es unbedingt zwischen uns wieder gut werden.

Ich drücke auf die Klingel und warte.

»Hey«, sagt sie und lächelt.

»Hey.« Ich will sie küssen, doch genau in dem Moment streckt sie sich, um mich auf die Wange zu küssen, sodass ich stattdessen nur mit den Lippen über ihr Kinn streiche.

Einfach peinlich, Zach.

Ich schüttle den Kopf.

»Wollen wir es noch mal versuchen?«, schlägt sie vor.

Diesmal sind wir synchron und küssen uns sanft auf ihrer Türschwelle. Ich atme tief ein, und der Duft ihres Shampoos tut gut. Eine Weile bleiben wir so stehen, halten uns in den Armen und genießen das Gefühl, wieder zusammen zu sein.

»Möchtest du hereinkommen?«

»Sehr gern.« Als wir durchs Haus gehen, sehe ich zu meiner Freude, dass mein Bild immer noch über dem Kamin hängt.

»Du hast es also nach den letzten katastrophalen Dates nicht ins Feuer geworfen, was?«, sage ich kess.

»Ach was.« Alice lacht. »Schließlich kann ich es immer noch verkaufen und meine Donut-Sucht damit finanzieren.«

»Autsch.« Ich grinse und bin froh, dass wir ganz selbstverständlich zurück in unseren früheren Tonfall gefunden haben. »Jetzt müssen wir uns um unser Outfit kümmern, bevor wir zu unserem R-Date aufbrechen.«

»Was ist verkehrt daran?« Alice blickt an ihrem blauen Kleid herab. Ich erkenne es von unserem Date im Buchladen ganz am Anfang unserer Beziehung wieder.

»Nichts, du siehst wunderschön aus, aber es könnte sein, dass es nicht zweckmäßig genug ist für meinen Plan.«

»Zweckmäßig?« Alice zieht eine Braue hoch. »Bist du deshalb angezogen wie fürs HITT-Training?«

»Richtig. Sportkleidung wäre gut.«

»Dann gehe ich mich also umziehen«, stöhnt sie und blickt mich skeptisch an.

Wieder wirft mir Alice diesen Das-kann-nicht-dein-Ernst-sein-Blick zu. Nachdem sie ihr lila Yoga-Outfit angezogen hat, sind wir zu den Peaks hinausgefahren, und jetzt sind wir da, zwanzig Gehminuten vom Parkplatz entfernt. Alice beschirmt ihre Augen mit der Hand gegen die Morgensonne und reckt den Hals, um an einem der großen Felsen hinaufzublicken.

»Will ich wissen, weshalb du mich zu dieser gigantischen Felswand bringst?« Ihr Blick bleibt an der Matte hängen, die ich mir auf den Rücken geschnallt habe. »Oder weshalb du diese Matte bis hierher schleppst? Ich kann nur hoffen, dass die dafür gedacht ist, dass wir den Tag mit Sex an der frischen Luft verbringen können.«

»Ist das alles, was du dir wünschst?«

»Klingt doch gut, oder?«

»Äh, ja, klar.« Nachdem sie es ausgesprochen hat, kann ich kaum noch an etwas anderes denken. »Allerdings bin ich mir nicht sicher, dass die da drüben begeistert wären.« Ich zeige mit dem Kopf auf ein Paar in den Fünfzigern, das sich gerade am Fuße der nächsten Felsklippe niederlässt.

»Spielverderber.« Alice schnalzt mit der Zunge. »Also, was machen wir jetzt?«

»Wir klettern rauf zum Gipfel. Nach allem, was in letzter Zeit passiert ist, glaube ich, dass wir so etwas wie vertrauensbildende Maßnahmen ergreifen könnten. Und dies hier eignet sich perfekt dafür. Ich will dir zeigen, dass ich hundertprozentig hinter dir stehe, Alice.«

Sie blickt mich an, halb gerührt, halb entsetzt.

»Alles okay, versprochen.« Ich lege den Arm um sie und drehe mich mit ihr zusammen herum, sodass wir der Felswand gegenüberstehen, die wir hochklettern. »Der Fachausdruck heißt Bouldern. Viele Menschen kommen hierher, um Klettern zu üben, bevor sie zu den großen Felsen wechseln.«

»Das *ist* ein großer Felsen«, motzt Alice, lässt sich auf die Matte fallen, die ich auf dem Boden ausgebreitet habe, und schlägt sich mit der Hand gegen die Stirn.

»Keine Panik.« Ich ziehe sie wieder hoch. »Es macht Spaß.«

»Spaß? Das Ding ist höher als der Mount Everest!«

»Nicht ganz«, beruhige ich sie. »Der Mount Everest ist auf der ganzen Erde die höchste Erhebung über dem Meeresspiegel.«

»Na, dann ist hier wahrscheinlich die zweithöchste.« Alice stemmt die Hände in die Hüften.

Ich räuspere mich. »Jetzt pass mal auf. Der Mount Everest ist ein Berg, und das hier ist eine Felsklippe. Und soweit ich mich erinnere, ist der Everest ungefähr achttausendachthundert Meter hoch, während diese Klippe etwa drei Meter über dem Boden aufhört.«

»Na schön, *Captain Zach the Brainiac.*« Sie grinst und schlägt einen besserwisserischen Ton an. »Immer noch wesentlich höher als ich.«

»Das stimmt«, gebe ich zu. »Aber die gute Nachricht ist, dass ich mich wirklich mit der Kletterei auskenne, und ich werde dafür sorgen, dass dir bei dieser Wahnsinns-Kletteraktion nichts zustößt.«

Sie schmollt. »Du machst dich über mich lustig.«

»Nur ein bisschen. Ehrlich gesagt, ich verstehe vollkommen, dass du davor zurückschreckst. Als ich mit dem Klettern anfing, haben Raff und ich an solchen Felsen geübt, und sie haben mir damals wirklich Angst gemacht. Ich verstehe dich.«

»Willst du behaupten, du besteigst sonst noch größere Felsen?«

Ich drehe sie herum, sodass sie auf eine echte Felswand blickt. »Tja, zum Beispiel solche.«

»Heilige Makrele. Braucht man dafür nicht Seile und so weiter?«

»Seile, Sicherungsgurte, Kreide ... die ganze Ausrüstung.«

»Wozu Kreide? Damit du auf halbem Weg ein großes grinsendes Gesicht malen kannst?«

»Ha, nicht ganz, aber vielleicht versuche ich das beim nächsten Mal. Die Kreide dient dazu, die Hände trocken zu halten. An so kleinen Felsen wie diesem lernt man am besten, wie man die richtigen Trittstellen findet und klettert. Außerdem braucht man dafür keine Ausrüstung.«

Alice dreht sich wieder zu unserem Felsen um. »Was ich nicht alles tue für dich.«

Nachdem sie an einer Stelle Halt gefunden hat, zieht Alice sich ein Stück höher, sie klammert sich an den Felsen und strahlt beglückt. »Ich schaffe das!«

»Ja, du schaffst das!«

»Wie weit bin ich schon über dem Boden? Ich traue mich nicht, runterzugucken.«

»Äh, ungefähr zehn Zentimeter?«

»Oh. Und jetzt?«

»Schau nach einer weiteren Stelle, wo du Tritt fassen kannst, und nach einer, wo du dich mit der Hand festhalten kannst, und zieh dich weiter hoch.«

»Da ist eine! Ich kriege das hin. O mein Gott. Ich kriege das hin! Wie hoch bin ich jetzt?«

»Das müssten jetzt wohl dreizehn Zentimeter sein«, sage ich.

»Irgendwo versteckt sich da ein Witz. Ich bin sicher, ich würde ihn finden, wenn ich mich nicht gerade mitten in einem lebensbedrohlichen Date mit meinem übergeschnappten Freund befinden würde.«

Ich grinse vor mich hin. Dass Alice mich als ihren Freund bezeichnet, bestätigt, dass wir wirklich zusammen ein neues Kapitel aufschlagen und die Vergangenheit hinter uns lassen können. Ihre panikartige Flucht aus unserem Wochenendurlaub, mein idiotisches Benehmen beim Pingpong. Mein Blick ist fest auf sie gerichtet, während sie hochklettert. Ich beobachte sie mit Adleraugen – sie soll sich sicher fühlen – und rufe ihr aufmunternde Worte zu, während sie sich weiter aufwärts arbeitet. Ich weiß noch, wie unsicher ich bei meinen ersten Kletterversuchen war, und bewundere sie für ihre Bereitschaft, es zu versuchen.

»Ich hasse Eigenlob, aber ich glaube, ich bin ein Naturtalent«, verkündet Alice.

»Du machst das hervorragend. Du hast jetzt bestimmt schon die Hälfte geschafft.«

»Wirklich?«

Alice wirkt begeistert. Dann blickt sie nach unten.

Wichtigste Kletterregel … niemals nach unten schauen.

»ACH DU GROSSE SCHEISSE, ZACH«, kreischt sie. »Das ist so hoch.«

Ihre Fingerknöchel spannen sich noch stärker an, und alles Blut weicht aus ihrem Gesicht. Ich merke, dass sie in Panik gerät, und versuche, sie zu beruhigen.

»Du machst das sehr gut. Weiter so.«

»Ich kann nicht«, schreit sie. Die Panik ist ihr deutlich anzusehen. »Ich bin zu weit vom Boden entfernt. Was soll ich tun?«

»Genau das, was du bis jetzt getan hast«, sporne ich sie an. »Such dir eine Trittstelle. Zieh dich hoch. Mach schön langsam.«

»Aber wenn ich falle? Ich kann das nicht.«

Ihr Gesicht drückt jetzt echte Furcht aus. Ich werde aktiv und nehme die steilere Route, damit ich zu ihr klettern kann.

»Tief ein- und ausatmen«, kommandiere ich. »Du machst das sehr gut. Hier, lehn dich mal an mich.«

»Fallen wir dann nicht beide?«

»Ich habe einen guten Halt«, sage ich und schlinge den Arm um ihre Taille, um sie zu stützen. Mit meiner Hilfe lässt sie mit einer Hand los und lehnt sich mit dem Oberkörper an mich.

»Ich habe Angst«, flüstert sie.

»Ich halte dich.« Ich sehe ihr in die Augen und streichle mit dem Daumen ihre Taille, bis sie ruhiger wird. »Und jetzt haben wir zwei Möglichkeiten. Erste Möglichkeit: weitermachen bis nach oben. Zweite Möglichkeit: abwärts klettern. Wie auch immer, wenn du fällst, was nicht passieren wird, dann schützt dich die Matte.«

Sie atmet ruckartig aus. »Arrrrgh. Was ist mit Möglichkeit

Nummer drei: für immer hierbleiben. Oder Möglichkeit Nummer vier: die Zeit zurückdrehen und die Matte für Sex an der frischen Luft benutzen, wie ich ursprünglich vorgeschlagen habe, anstatt von diesem GIGANTISCHEN FELSEN herabzuplumpsen und sich die Knochen zu brechen.«

»Du machst schon wieder Scherze.« Ich grinse. »Also wirst du das meistern. Vertraust du mir?«

Sie blickt mir direkt in die Augen, als würde sie darin nach einer Antwort suchen. Ich spüre, dass sie sich alles in Erinnerung ruft, was wir durchlebt haben, meine sämtlichen Altlasten. Schließlich nickt sie. »Ich fange damit an.«

Im Kopf vollführe ich einen *Chandler*-Tanz wie in *Friends*, aber natürlich sage ich nichts davon. Ich habe mich immer noch nicht ganz davon erholt, dass sie weiß, dass ich auf *Point-Romance* und auf die Spice Girls gestanden habe, und ich denke, eine uneingestandene *Friends*-Abhängigkeit könnte wirklich zum letzten Sargnagel für meine Reputation als cooler Typ werden.

»Dann lass uns loslegen.« Ich führe ihre Hand wieder an die Felswand und folge genau ihren Schritten, wobei ich sie auf jeden neuen Halt hinweise, den ich entdecke. Sie atmet zunächst sehr schnell und ist ganz still vor Anspannung. Langsam, aber sicher arbeiten wir uns bis zum Gipfel hoch.

»Ich kann das Ende sehen!«, schreit Alice.

»Noch ein Schritt, und du hast es geschafft.«

»Soll ich meinen Fuß da hinsetzen?«

»Sieht gut aus. Siehst du, du brauchst nicht einmal mehr meine Hilfe.«

Sie hält inne. »ICH HABE GERADE RUNTERGEGUCKT!«

»Hör auf damit!«

»Ich glaube, mir ist schwindlig geworden.«

»Noch einmal hochziehen, und du hast den Gipfel erreicht.«

Ein letztes Mal bietet sie all ihre Kraft auf und klettert über die Felskante, ich folge ihr auf den Fersen. Da liegt sie im Gras, flach wie eine Flunder. Ich lege mich neben sie, unsere Finger berühren sich, und wir genießen den Endorphinschub. Ich blicke hinauf zu dem Muster aus Kondensstreifen, das den Himmel überzieht.

Alice ist die Erste, die sich im Schneidersitz aufrichtet. Ein Strahlen breitet sich auf ihrem Gesicht aus, ihre Augen glänzen von der Anstrengung.

»Das war unglaublich! Tut mir leid, dass ich dich so oft verflucht habe.«

»Hast du das?«

»Hast du es nicht gehört?«

»Nö.«

»Aha. Nun, ich habe dich auf keinen Fall einen verdammten Bastard oder so genannt.« Sie grinst. »Nur zartfühlende Worte der Liebe kamen mir über die Lippen, während ich um mein Leben fürchtete.«

Zartfühlende Worte der *Liebe*?

Ich weiß nicht, ob dieser Tag noch besser werden kann. Sie hat eindeutig das L-Wort benutzt. Ich weiß inzwischen, dass ich besser keine große Sache daraus mache, also betrachte ich weiterhin den Himmel, während mein Herz heimlich in Flammen aufgeht. Dass Alice überhaupt darüber spricht, ist fantastisch, und das gibt mir Hoffnung, dass sie *eines Tages* vielleicht tatsächlich solche Gefühle für mich empfindet. Jetzt springt sie auf und betrachtet die Gipfel um uns herum. Wie eine Eroberin sieht sie aus, breitbeinig steht sie da, und ihr Haar flattert im Wind.

»Schönen guten Morgen!«, ruft sie dem Paar in den Fünfzigern zu, das den Gipfel des nächsten Felsens erreicht hat. Sie winken mit ihren Thermosflaschen zurück.

»Auf einmal so leutselig?«, rufe ich.

»Ich weiß auch nicht, ist einfach so über mich gekommen.« Sie kichert, zieht mich vom Boden hoch und schlingt die Arme um meine Taille. »Es ist so energetisch hier oben.«

»Finde ich auch.«

»Es gibt da nur ein kleines Problem.« Sie kaut an ihrer Unterlippe und blickt zu mir hoch.

»Ich habe Snacks dabei, keine Sorge.«

»Nicht das.« Sie lacht. »Obwohl, Gott sei Dank, ich sterbe vor Hunger. Das Problem, das ich meine, ist unser Abstieg. Ich bin nicht sicher, ob ich den Mut habe, wieder hinunterzuklettern.«

»Dann habe ich gute Nachrichten für dich.« Ich drehe mich mit ihr herum, weg von der Felskante und hin zu einem sanft ansteigenden Pfad.

»ES GIBT EINEN WEG? Warum sind wir nicht einfach den hinaufgegangen?«

»Weil das nichts mit Klettern zu tun gehabt hätte, oder? Außerdem habe ich die Aussicht sehr genossen, als ich hinter dir hergeklettert bin.« Ich zwinkere mit den Augen.

Sie legt beide Hände auf meine Brust und schubst mich scherzhaft Richtung Felskante.

»Was du damit sagen willst, ist also, dass wir den Vormittag damit verbracht haben, mein Leben aufs Spiel zu setzen, indem wir den höchsten Berg der Welt …«

»Nach wie vor nur ein Felsen.«

»Indem wir auf dieses Monster geklettert sind?«, fährt sie fort. »Und all das, weil du meinen Hintern bewundern wolltest?«

»Es war nicht der *einzige* Grund.« Ich grinse.

»Ich fürchte, damit landest du direkt auf meiner Abschussliste, Zach Moretti. Dein Leben hängt jetzt einzig und allein von der Qualität der Snacks ab, die du erwähnt hast.«

Ich öffne meinen Rucksack, hole eine Flasche Wasser, ein

paar Snickers und eine Tüte mit geriffelten Kartoffelchips heraus.

Alice beißt sich auf die Lippe, während sie das Angebot begutachtet.

»Du bist aus dem Schneider.« Grinsend reißt sie die Chipstüte auf.

Ich greife nach Alice' Hand und halte sie fest, und wir schweigen einvernehmlich, fühlen uns einfach wohl miteinander. Alles, woran ich denken kann, ist, wie glücklich ich bin, mit ihr hier zu sein. Vor nicht allzu langer Zeit war ich die meiste Zeit auf der Jagd nach dem nächsten Ziel, als ob es darum ginge, alle abzuhaken. Freundin, Haus, Hochzeit, Kinder. In diesem Augenblick bin ich zufrieden damit, einfach da zu sein und in freier Natur mit meiner Freundin ein Snickers zu essen.

»Du hast ein bisschen ausgesehen wie Tarzan, als du mir an der Felswand hinterhergeklettert bist«, stellt Alice fest.

»Damit kann ich leben.« Lachend drücke ich sie an mich.

»MEINE ARME!«, jammert sie und hält inne, um sie zu reiben.

»Die wirst du ein paar Tage lang spüren«, warne ich sie.

»Klettern.« Ihre Stimme klingt erstaunt. »Wer hätte das gedacht. Das hätte ich niemals ausprobiert, wenn ich dir nicht begegnet wäre.«

»Ich glaube, das trifft inzwischen auf einiges zu, was wir unternommen haben.«

Alice nickt. »Ich bin immer offen für neue Abenteuer, aber mit dir ist es anders, Zach. Ich bin früher nie auf die Idee gekommen, meine Erlebnisse mit einem Mann zu teilen.« Wir gehen hinunter zum Parkplatz, und sie blickt gedankenverloren zu den Autos. »Vielleicht glaube ich ja langsam an die L…«

»An die L? Was kann das wohl bedeuten?«, scherze ich, hauptsächlich deshalb, weil ich nicht zu lange über ihren letzten Satz nachdenken will, sonst fange ich tatsächlich noch mit dem *Chandler*-Tanz an. Jedenfalls wollte Alice gerade das L-Wort sagen, da bin ich sicher.

»Halt den Mund.« Sie knufft mich in die Seite.

»Du alte Romantikerin.«

»Aber verstehst du, was ich meine? Ich habe das Gefühl, mich diesen Sommer weiterentwickelt zu haben, in Bereichen, in denen ich nie damit gerechnet hätte. Ich bin jetzt irgendwie … offener geworden.«

»Ich weiß. Ich habe auch gerade darüber nachgedacht, wie sich meine Lebenseinstellung zu verändern scheint.«

Alice zieht einen Lippenbalsam aus ihrem Rucksack und trägt ihn auf, sodass ihre Lippen glänzen. »Hm. Ich auch«, sagt sie und nickt. »Schwer zu erklären. Eines ist jedenfalls sicher: Ich bin eindeutig glücklich.«

»Ich auch.« Sie küsst mich mit ihren Balsam-Lippen. Ich habe vielleicht noch nicht sämtliche Zukunftsträume fertig ausgearbeitet, aber was ich habe, ist so viel mehr wert als das. Eine großartige, wunderschöne Freundin, die meine Welt verschönert. Vielleicht brauche ich ja gar kein Versprechen auf ein Happy End.

Supervollmond

Alice

»S steht ja wohl für Sex, oder? Unmengen davon. Ein ganzes Wochenende, an dem ihr euch gegenseitig die Kleider vom Leib reißt. Es wird als das Wochenende der tausend Orgasmen in die Geschichte eingehen.« Natalie beugt sich mit lüsterner Miene zu mir vor. Ich schiebe meinen Laptop weg und lasse meine Gedanken schweifen.

»Und?« Sie lässt nicht locker und hat offenbar jeden Gedanken an die Arbeit aufgegeben. »Wirst du nun jedes Detail von eurem Versöhnungssex mit mir teilen, oder was? Komm schon! Heftiger Streit. Dramatische Trennung. Versöhnung, gefolgt von einem süßen Kletter-Date. Das ist doch bestimmt das Rezept für ein heißes Sex-Wochenende?«

»Da hast du recht.« Ich muss lachen. »Aber Nat, ist alles okay bei dir?«

»Ja, ja, alles okay.« Sie schnippt abfällig mit den Fingern. »Seit ich dieses Männer-Sabbatjahr angefangen habe, bin ich ganz wild darauf, sämtliche Einzelheiten aus dem Sexleben anderer zu erfahren. Kennst du Betty aus der Bäckerei?«

»Die Sechzigjährige, die so auf blauen Lidschatten steht?«

»Sie tut es immer noch jeden Tag mit ihrem Mann. Ist das nicht süß?«

»Oh, wow. Darf ich fragen, woher du das weißt?«

»Wir sind einfach ins Gespräch gekommen, als ich Brötchen gekauft habe«, erwidert Nat achselzuckend. »Also …«

»Findest du es an der Zeit, wieder mit dem Dating anzufangen?«

»Nee. Zu viel Aufwand. Was ich brauche, ist ein Partner für das rein Physische, der mich ab und zu zum Abendessen ausführt, vielleicht einmal im Monat. Die meisten Männer sind so bedürftig.«

»Natalie, du hast dich verändert.«

Sie kaut am Ende des Stifts, den sie für ihre Notizen benutzt. Wir arbeiten gerade am Branding unserer neuen Firma, die wir jetzt *The Hitch* nennen, spezialisiert auf umweltfreundliche Hochzeiten mit saisonalen Blumen und lokalen, unabhängigen Lieferanten. Ich sprudle über vor Ideen, und es fühlt sich an, als würde ich mein Blumengeschäft noch einmal gründen, nur diesmal mit Nats Kenntnissen aus dem Event-Management und der Hilfe eines gewissen Kunstmalers, mit dem ich zusammen bin. Zach hat für unser Branding geniale Arbeit geleistet, und ich bin sehr zufrieden mit unserem neuen Logo.

»Ich glaube, wir haben uns beide verändert«, sagt Nat. »Auch wenn du dich weigerst, Einzelheiten über deinen Versöhnungssex-Marathon preiszugeben – ich sehe, dass du total glücklich bist.«

»Das bin ich«, stimme ich zu. »Ich habe gemerkt, dass ich nicht meine Freiheit aufgeben muss, nur weil Zach zu meinem Leben gehört, verstehst du? Es ist nicht so, als ob ich meine Identität verloren hätte. Ich habe eine komplette andere Person dazugewonnen, mit der ich meine Erfahrungen teilen kann.«

»Während es mir allein viel besser geht, als ich gedacht hätte«, stellt Nat fest. »Ich werde nicht mehr durch die Person definiert, mit der ich ausgehe, und ich habe jetzt Zeit, mich auf neue Herausforderungen zu stürzen, wie zum Beispiel unser neues Geschäft.«

»Jetzt, da du es erwähnst – eigentlich sollte das ein Arbeitstreffen sein«, verkünde ich und schiebe den Stapel handgeschriebener Notizen hin und her.

»Na schön.« Sie seufzt. »Darf ich nur wenigstens eines noch sagen? Ich glaube, Zach ist da, um zu bleiben.«

»Da könntest du recht haben. Weißt du, er kann die Texte von so ziemlich allen Songs aus den Neunzigern. Warte, ich zeige es dir.«

Ich ziehe mein Handy hervor und schicke ihm eine Zeile aus einem Song von Justin Timberlake.

Er antwortet sofort mit der nächsten Zeile des Songs.

Nat kriegt sich kaum wieder ein. »Er sieht aus, als hätte er seine Teenagerzeit damit verbracht, David Bowie zu hören und so wie Serge Gainsbourg sein zu wollen, aber hinter seiner Künstlerfassade verbirgt sich doch ein bisschen Mainstream.«

Ich grinse. »Das liebe ich an ihm.«

Natalie zieht die Brauen hoch, und ich denke unwillkürlich, wie leicht mir dieser letzte Satz über die Lippen gekommen ist.

»Hast du gerade das L-Wort benutzt?«

Ich rolle meinen Stift auf der Tischplatte hin und her, tief in Gedanken. »Ich fühle mich fast physisch zu ihm hingezogen, und zwar seit dem ersten Tag, an dem wir uns begegnet sind. Also, ja, vielleicht. Was immer in unserem Leben passiert, wir scheinen immer wieder umeinander zu kreisen.«

»Was du damit sagen willst, ist also, dass er dir das Gefühl gibt, in einer anderen Welt zu sein?«, scherzt Natalie.

Und da kommt mir die perfekte Idee für unser nächstes Date.

Mein Herz schlägt schneller, als es am Samstagabend an der Tür klingelt. Als ich öffne, lehnt Zach am Türrahmen. Ich freue mich so auf heute Abend und bin gleichzeitig ein bisschen nervös. Ich habe das Gefühl, es ist an der Zeit, Zach zu sagen, was ich empfinde, zumal diese Gedanken seit Tagen meinen Kopf ausfüllen. Und ich glaube, ich habe das ideale Date dafür.

»Hallo, du.«

»Hallo, DU!« Ich drücke mich an ihn und atme den vertrauten Zitrusduft ein. Er lehnt sich zurück, um mich anzusehen, und mir ist ein bisschen schwindlig.

»Ich habe Jacke und Mütze dabei, wie du gesagt hast.«

»Sehr gut.« Ich nicke und ziehe Zach ins Haus. Man könnte meinen, dass der Herbst dieses Jahr früh dran ist, der August war bis jetzt nämlich ziemlich grau und regnerisch.

»Wirst du es mir jetzt sagen?«, will Zach wissen, und dieses ironische Lächeln zuckt um seine Mundwinkel.

Ich klatsche in die Hände. Ich freue mich wirklich auf dieses Date. Während ich in die Küche gehe, um meine Sachen zu holen, rufe ich laut: »Supermond.«

»Superman?«, ruft Zach mir begeistert nach. Ich gehe zurück und merke, dass er entzückt das Wort »Comic-Festival« vor sich hin murmelt. Mein Herz schmilzt.

»Tut mir leid, nein. SuperMOND. Wenn irgendetwas über Superman in der Stadt stattfinden würde, dann würden wir da natürlich hingehen.«

Zach hüstelt. »Ja, nein, schon in Ordnung. Ich würde sowieso auf keinen Fall zu einem Comic-Festival gehen«, sagt er mit seiner tiefsten Stimme und verleugnet seine rührende Vorliebe für Superhelden.

»Nein, natürlich nicht, du bist ja auch so unglaublich cool und so weiter.«

»Genau.« Er lacht. »Und was hat es mit unserem Supermond-Date auf sich?«

»Du wirst staunen, Zach.« In meinem Bauch kribbelt es, als ich seine Hand nehme und wir hinausgehen.

Wir breiten die Picknickdecke aus und lassen uns darauf nieder, und ich reiche Zach eine Dose Gin Tonic aus dem Vorrat in meiner Tasche.

»Vorsicht, die Dosen wurden auf dem Weg hierher geschüttelt …« Aber meine Warnung kommt zu spät. Gin und Tonic zischen aus der Dose direkt in Zachs Gesicht, und seine wilde dunkle Mähne wird mit Supermarkt-Cocktail vollgespritzt.

»Argh!« Er lacht und sucht nach einem Papiertaschentuch. »Meine Brille ist verschmiert.«

Ich nehme sie ihm ab und wische sie sauber, während er sich um den Rest kümmert. Zach sieht so süß aus, wenn er seine Brille nicht aufhat. Sie gehört einfach zu ihm, aber wenn wir morgens zusammen aufwachen, liebe ich es, ihn ohne sie zu sehen. So kurzsichtig und ein wenig verletzlich. Wahrscheinlich ist es seltsam, dass mir gerade das an meinem Freund gefällt, aber er wirkt in solchen Momenten einen Hauch weniger geschliffen und nicht ganz so einschüchternd attraktiv.

»Die wirst du brauchen. Nicht dass dir etwas entgeht. Du wirst keine Sekunde verpassen wollen.« Ich gebe sie ihm lächelnd zurück.

»Hat es etwas mit Sex zu tun?«

»Was ist nur mit allen los zurzeit?«, sage ich tadelnd. »Ich denke nicht immer bloß an das Eine, weißt du?«

»Nein.« Er nickt. »Vielleicht auch noch an das andere.«

Ich greife in meinen Rucksack und ziehe die Fish-and-Chips-Päckchen heraus, die wir auf dem Weg zur höchsten Stelle im Meersbrook Park besorgt haben. Eins reiche ich an Zach weiter, das andere öffne ich. Der Geruch von Salz und Essig steigt mir in die Nase. Als die Sonne untergeht, fühlt sich die Luft schon ziemlich kalt an, ein warmer, wolkenloser Tag weicht einer kühlen Nacht. Wir liegen auf dem Rücken wie Sardinen in der Dose, eng aneinandergeschmiegt, und schauen zu, wie sich langsam die Sterne zeigen.

»Die gute Nachricht ist, dass ich Astrologie-Experte bin«, verkündet Zach.

»Tatsächlich?«

»O ja. Siehst du den sehr hellen Stern dort oben links über den Bäumen?«

»Den rötlichen?«

»Das ist … der Mars.«

»Und wieso dieses verdächtige Zögern?« Ich kuschle mich noch enger an ihn.

»Nur so.«

»Also, der Mars ist kein Stern«, stelle ich fest.

»Na schön! Vielleicht versuche ich auch nur, mich mit der Sternegucker-App schlau zu machen, die ich gerade runtergeladen habe.«

»Du schummelst!«

»Nein, ich bereichere nur unsere Konversation.«

»Meine Mum hat mir immer eine Geschichte erzählt, dass der Mond aus Käse gemacht wurde, und den größten Teil meiner Kindheit habe ich mir gewünscht, ihn zu essen.«

Zach muss lachen. »Das klingt ganz nach dir.«

»Der Mond ist heute ganz schön riesig, oder? Das passiert anscheinend nur ein paarmal im Jahr. Immer dann, wenn der Mond an dem Punkt seiner Umlaufbahn voll wird, an dem er der Erde am nächsten ist.«

»Es ist faszinierend.« Zach verschränkt die Arme hinter dem Kopf. Ich schmiege mich an ihn und lege den Kopf in seine Achselhöhle. »Das erklärt, warum du heute einen Pullover mit Sternen drauf anhast.« Er dreht sich zu mir um und lächelt.

»Du weißt, ich stehe auf Motive.«

»Es ist schön hier, Alice. Wirklich schön.«

»Das ist mein liebster Park in Sheffield. Man hat hier so tolle Ausblicke auf die Stadt. In der Bonfire-Nacht ist es einfach toll hier, und wenn es im Winter schneit, kommen die Leute mit Skiern hierher und fahren dort hinunter«, sage ich und deute auf den steilsten Hügel.

»Weißt du was? Ich war schon jahrelang bei keinem Bonfire mehr dabei.«

»Was? Warum nicht?« Ich reiße den Blick von der Stadt unter uns los und drehe mich zu Zach um.

»Tiny steht nicht so auf Feuerwerk, deshalb verbringe ich diesen Abend meistens mit ihm, während Raff und Ellie mit Sienna und Francesca zu einer großen Veranstaltung gehen. Ich bin sicher, er käme auch allein zurecht, aber ich passe gern auf ihn auf, und ich weiß, dass Raff froh darüber ist.«

»Das ist wirklich sehr rücksichtsvoll von dir. Aber die Zwillinge sind schon fünf. Heißt das, du hast in all der Zeit kein Feuerwerk mehr erlebt?« Ich kann es nicht glauben. Ich liebe Feuerwerk.

»Sie haben erst angefangen, mit den Kindern auszugehen, als meine Nichten zwei oder drei Jahre alt waren, es ist also nicht so lange her.« Zach muss über meine Reaktion lachen.

»Also dieses Jahr wird das anders.«

»Wird es?«

»Ja. Ich bestehe absolut darauf, dass wir die Bonfire-Nacht gemeinsam verbringen.« Ich hebe meinen Zeigefinger. »Ich weiß, was du sagen willst. Wir können natürlich Hundesitter für Tiny spielen. Aber ich verkünde hiermit, dass ich dann Goldregen und winzige Feuerräder mitbringe und natürlich Glühwein, alles klar?«

Zach blickt mich aufmerksam an.

»Was?«

»Nichts.« Er lächelt vor sich hin.

»Sag es mir, los«, fordere ich.

Zach nippt an seiner Dose. »Nun ja, die Bonfire-Nacht ist im November«, sagt er langsam

»Oh, wie schlau«, scherze ich. »Kannst du auch alle Wochentage aufsagen?«

»Kann ich tatsächlich, und die Uhr kann ich auch lesen.« Zach rollt sich auf meine Seite der Picknickdecke und küsst mich leidenschaftlich. Seine Lippen sind salzig.

»Ich muss mir merken, dass ich mich öfter über dich lustig machen sollte«, murmle ich.

»Bitte nicht. Ich bin nicht sicher, ob mein Ego das aushält.«

»Aber wenn ich dafür solche Küsse bekomme ...«

»Dieser Kuss hatte nichts mit deinen gnadenlosen Hänseleien zu tun.« Er lächelt.

»Ach nein?«

»Dafür, dass du mir gesagt hast, ich würde es nie weiter als bis zum dritten Date schaffen, fand ich es gerade bemerkenswert, dass du beiläufig Zukunftspläne gemacht hast.«

Das kam jetzt ganz leicht heraus, oder?

Er dreht sich auf die Seite, sodass wir einander ansehen, und stützt den Kopf auf den Ellenbogen. »Ich bin nur überrascht, das ist alles«, fügt er hinzu und beobachtet mich aufgeregt. »Es macht mich glücklich.«

Ich kaue abwesend an einem Fingernagel. »Ich schätze, meine Aversion gegen Zukunftspläne hat eine Vorgeschichte.«

»Nun ja«, sagt er und lächelt. »Ich würde dich auch niemals drängen.«

»Noch vor ein paar Monaten habe ich geglaubt, etwas im Voraus zu planen, wäre bestenfalls langweilig und schlimmstenfalls riskant. Als Mum starb, hatten sie und Dad gerade einen Urlaub für uns drei gebucht. Sie hatte sich so darauf gefreut ... wir alle. Das war wirklich schmerzhaft, diesen Urlaub absagen zu müssen.« Ich schüttle unwillkürlich den Kopf bei der Erinnerung. »Dad hat versucht, per E-Mail eine Rückzahlung zu erhalten, aber das Reisebüro rief eines Morgens an, als er nicht zu Hause war, also habe ich abgenommen. Die Mitarbeiterin des Reisebüros bestand immer wieder darauf, dass sie eine Sterbeurkunde benötigten, um eine Rückzahlung veranlassen zu können, und ich weiß noch, dass ich einfach nur ins Telefon geheult habe. Sterbeurkunde, das schien einfach nicht das richtige Wort zu sein …«

Zach nimmt mitfühlend meine Hand, und ich hole tief Luft.

»Deshalb handle ich wohl eher spontan. Wenn ich nur an diese Paare denke, die ein Datum für alles Mögliche festgelegt haben … An unserem zweiten Jahrestag werden wir uns verloben, und ein Jahr später werden wir heiraten … Solche Dinge, weißt du? Das wirkt alles so … vorhersehbar.«

Ich blicke Zach an. Er hört mir zu.

»Aber mit dir zusammen fange ich an zu denken, es könnte nett sein, Pläne zu schmieden. Ich bin wirklich glücklich, mit dir hier zu sein, Zach.«

Ein breites Lächeln erhellt sein Gesicht im Mondlicht.

»Was?«

»Das war vielleicht das Romantischste, das du jemals zu mir gesagt hast.«

Ich lache. »Es ist wahrscheinlich das Romantischste, das ich überhaupt jemals gesagt habe.«

»Ich glaube, der Mond lächelt uns zu«, sagt Zach, und ich blicke eine Weile zu ihm hoch und entdecke, dass er Augen hat und schief grinst.

»Glaubst du, er findet es gut?«

»Das mit uns? Bestimmt«, sagt Zach und lächelt. »Wir sind seit unserer ersten Begegnung ganz schön weit gekommen, Alice. Wir hatten so viel Spaß und auch ein paar Hindernisse zu überwinden, aber ich glaube nicht, dass es ein besseres Date gab als das hier. Ich bin so ein Glückspilz! Über mir scheint dieser wundervolle Mond, und meine schöne Freundin liegt neben mir …«

»Du Charmeur.« Mein Herz schlägt Purzelbäume, und ich schmiege mich noch enger an Zach. Er sieht mich an, unsere Blicke verschmelzen im Mondlicht. Und da weiß ich, dass es der richtige Augenblick ist.

»Zach?«

»Alice?«

»Ich glaube, ich fange an, mich in dich zu verlieben.«

Zach nimmt mich in die Arme, bedeckt mein Gesicht mit Küssen und hält immer wieder inne, um mich einfach nur anzusehen – mit einem ungläubigen Staunen im Blick.

»Ich glaube, du weißt ja, dass ich dich schon liebe«, murmelt er.

Wir küssen uns unter dem Sternenhimmel, und der Supervollmond strahlt hell dazu.

Trip ins Unbekannte

Zach

Alice ist dabei, sich in mich zu verlieben. *Alice ist dabei, sich in mich zu verlieben.* Immer wieder sage ich mir lautlos diesen Satz vor, als ob ich mich überzeugen müsste, dass es wirklich stimmt. So muss es einem gehen, wenn man im Lotto gewonnen und ständig das Gefühl hat, dass etwas Unfassbares passiert ist. Selbst Situationen, die mich normalerweise nerven, gleiten an mir ab wie Wasser an Öl, zum Beispiel mich an meine Pin-Nummer zu erinnern, wenn ich ein paar Pfund zu viel ausgebe, um kontaktlos bezahlen zu können, oder wenn mein Wecker losgeht, während ich mich noch im Tiefschlaf befinde. Genau das passiert nämlich heute Morgen.

Ich strecke die Hand aus, um auf die Schlummertaste zu drücken, und mir wird schmerzhaft bewusst, dass es draußen noch nicht einmal hell ist. Da fällt mir ein, dass heute unser T-Date beginnt. Nachdem ich in Rekordzeit geduscht und mich angezogen habe, checke ich auf dem Weg zum Bahnhof mein Handy und sehe eine Nachricht von Natalie.

Alles paletti hier, Geburtstagskind aufgeregt und verwirrt!

Heute ist nämlich Alice' dreißigster Geburtstag, und darauf arbeite ich seit fast einem Monat in aller Stille hin. Es soll ein ganz besonderes Date werden. Natalie habe ich eingeweiht, denn ich benötige logistische Hilfe. Es war wirklich schwer, es geheim zu halten. Ich weiß nicht, wie oft ich am liebsten vor Alice damit herausgeplatzt wäre, obwohl ich ja weiß, wie sehr sie Überraschungen liebt. Und dann war da noch die Katastrophe nach dem verpatzten Pingpong-Date, als ich schon glaubte, alles abblasen und mein Geld zurückfordern zu müssen. Allerdings hat mir eine innere Stimme gesagt, dass wir es wieder hinbekommen würden. Ich bin froh, dass ich in einem seltenen Augenblick der Zuversichtlichkeit und Hoffnung damals auf mich gehört habe. Alles zwischen mir und Alice ist besser als je zuvor, und mit dieser Überraschung kann ich ihr zeigen, wie sehr ich sie liebe.

Jetzt hat Natalie bestätigt, dass sie auf dem Weg sind, und ich fühle mich schon wesentlich entspannter.

Am Bahnhof tauchen die ersten mit Kaffeebechern ausgestatteten Pendler auf, während ich eine Zeitung durchblättere. Ich lese gerade einen Artikel über Rettungssanitäter mit Raketenrucksack, als die Bahnhofstüren aufgleiten und einen Schwung kühler Morgenluft hereinlassen. Gefolgt von Alice. Mein Herz macht einen Sprung.

Natalie geht neben ihr her und zieht einen Rollkoffer, an dem ein Bündel Heliumballons befestigt ist. Wie ich sehe, hat Alice auch einen am Handgelenk. Ich muss lachen.

»Was hast du vor?« Sie fängt an zu grinsen, als sie näher kommt.

»Alles Gute zum Geburtstag, meine Schöne.«

»Tadaaa!«, ruft Natalie mit theatralischer Geste. »Darf ich vorstellen? Das Geburtstagskind. Es hat ein bisschen Überredungskunst gekostet, Alice dazu zu bringen, an diesem bedeutungsvollen Tag so früh aufzustehen. Am Ende habe ich sie mit Ballons geködert.«

»Auch wenn ich heute dreißig werde, ich mag einfach Ballons.« Alice schmunzelt.

»Danke, Natalie.«

Natalie wischt meinen Dank mit einer Handbewegung beiseite. »Schon gut, ich lasse euch Turteltäubchen jetzt allein. Vielleicht gehe ich sogar noch einmal schlafen. Viel Spaß!«

Ich drehe mich zu Alice um. Da steht sie und blickt mich belustigt an. Es ist ein kühler Septembermorgen, und sie hat ihr grünes T-Shirt in ihre enge weiße Hose gestopft. Fröstelnd streicht sie mit den Händen über ihre Oberarme, also nehme ich sie in die Arme, um sie zu wärmen.

»Ich hoffe, da ist ein Pullover drin.« Sie deutet auf ihren Koffer. »Natalie war so bestimmend heute Morgen. Sie hat mich dazu verdonnert, ganze zwanzig Minuten im Badezimmer zu bleiben, dafür hat sie mir sogar einen Timer auf dem Handy eingestellt. Und als ich endlich wieder ins Schlafzimmer durfte, waren meine Sachen schon gepackt. Dann hat sie mich einfach aus dem Haus gedrängt. Ich hatte keine Chance, noch zusätzlich etwas zum Anziehen einzupacken!«

Perfekte Arbeit, Natalie, denke ich, als ich meinen Pullover ausziehe und Alice über die Schultern lege. Sie verschwindet fast darin, aber sie genießt dankbar die Wärme, bevor sie anfängt, aufgeregt auf und ab zu hüpfen. »Jetzt sag schon! Ich nehme an, wir befinden uns in aller Herrgottsfrühe am Bahnhof von Sheffield, weil unser T-Date etwas mit Zugfahren zu tun hat?«

»Richtig.«

»Wohin fahren wir?«

Ich lege den Arm um ihre Schultern und deute auf die Abfahrtsanzeige.

»Ein Geburtstagstrip nach London?«

»Komm einfach mit«, sage ich und grinse.

Ich komme mir ein bisschen gemein vor, als ich Alice alles aufzählen lassen, was sie so gerne in London unternehmen würde, aber ich widerstehe der Versuchung, ihr jetzt schon alles zu erzählen. Schließlich habe ich ja aus einem bestimmten Grund diesen Tag eine Ewigkeit im Voraus geplant, und ihre Begeisterung wird noch größer sein, wenn ich die Spannung noch ein bisschen steigere.

»… der Blumenmarkt in der Columbia Road natürlich auch«, sagt sie gerade. »Ich meine, das ist *der* Ort, in London Blumen zu kaufen. Ich war noch nie dort, deshalb wäre es schön, falls wir Zeit dafür haben …«

Soeben kommt unser Zug in St. Pancras an, und Alice blickt mich erwartungsvoll an.

»Kann sein, dass wir es nicht in die Columbia Road schaffen«, sage ich so behutsam wie möglich.

»Okay.« Sie nickt und versucht, nicht enttäuscht auszusehen. »Ich würde sowieso nur Fotos für Instagram machen.«

»Es wird eine Menge Motive zum Fotografieren geben, versprochen.«

»Du bist heute so geheimnisvoll. Das gefällt mir!«

Ich muss lachen. Während ich unsere Koffer aus dem Zug rolle, hüpft Alice regelrecht über die Drehkreuze hinweg.

»Wie wär's mit der Champagner-Bar für den Anfang?«, schlage ich vor.

»Im Ernst?« Sie will gerade auf die Rolltreppe springen, die zum Hauptbahnhof hinabführt, und hält inne.

»Nun ja, es ist dein dreißigster Geburtstag. Und irgendwo ist es fünf Uhr.« Ich tue, als würde ich auf die Uhr sehen.

Minuten später sitzen wir auf Barhockern an einem Stehtisch und vor uns stehen Sekttulpen mit perlendem Champagner.

»Champagner zum Frühstück. Zach, du verwöhnst mich.« Sie strahlt.

»Hast du Lust auf ein paar Fakten zu deinem Champagner?«

»Nur zu, du weißt ja, ich liebe Fakten, besonders wenn sie etwas mit Wein zu tun haben.«

»Das ist die längste Champagner-Bar in Europa.«

»Sie ist wirklich sehr lang.« Alice blickt am Tresen entlang, der fast so lang wie der Bahnsteig ist. Hinter uns ist gerade ein Zug nach Paris eingefahren, und Alice beobachtet die Passagiere beim Aussteigen.

»Da drin findest du noch mehr Fakten, wenn du möchtest.« Ich schiebe ihr einen Umschlag zu. Sie blickt mich neugierig an, nimmt ihn und öffnet ihn.

Eine Geburtstagskarte befindet sich darin, und als sie sie herausholt, um sie zu lesen, fallen zwei Tickets heraus.

»Wofür sind die?«, fragt sie.

»Warum schaust du nicht nach?«

Alice legt die Karte auf den Tisch und greift nach den Tickets.

»WIR FAHREN MIT DEM EUROSTAR?«

Ihre Freude ist ansteckend, und ich lache, als sie vor lauter Begeisterung losschreit.

»IM ERNST? DU FÄHRST MIT MIR NACH FRANKREICH?«

Sie jubelt immer noch, als wir unsere Gläser geleert haben und ich zum Check-in für den Eurostar vorausgehe.

Unser Zug erreicht Paris, und Alice drückt beglückt das Gesicht ans Zugfenster. Doch als wir in der Gare du Nord einfahren und ich ihr sage, dass wir umsteigen, sieht sie nicht mehr so begeistert aus.

»Äh, okay.« In der Bahnhofshalle tut sie, als würde sie den Ballon an ihrem Handgelenk als Kopfkissen benutzen. »Zug nach London, ja. Zug nach Paris, ja. Aber jetzt noch mal ein anderer Zug? Hast du das Zug-Date zu wörtlich genommen, Zach? Ich würde so gerne etwas von Paris sehen, bevor wir nach England zurückfahren.«

»Ich fürchte, heute steht Paris nicht auf dem Plan. Aber …«

Ich beende den Satz nicht und lache in mich hinein, als Alice die Ohren spitzt. »Wir werden bald einiges von Frankreich sehen, das verspreche ich.«

Sie rückt die Geburtstagskrone zurecht, die sie seit St. Pancras auf dem Kopf behalten hat, und folgt mir zur U-Bahn. Ein Geburtstagskind, vier Heliumballons und einen prallvollen Koffer in die belebte Metro zu schaffen, ist nicht ganz einfach, und wir prusten vor Lachen, als wir es gerade noch rechtzeitig in einen der Waggons schaffen. Überhaupt ist es gar nicht leicht, zu Alice durchzudringen. In der Gare de Lyon lässt sie sich von einer üppigen Auslage mit Windbeuteln im Schaufenster einer Bäckerei so sehr ablenken, dass wir uns ein weiteres Mal erst Sekunden vor der Abfahrt in unseren nächsten Zug quetschen.

Unzählige Runden Uno später wird das Geheimnis um unser Ziel endlich gelüftet.

»Prochain arrêt, Avignon centre.«

»Da steigen wir aus«, sage ich.

»In Avignon?«

»Warst du schon mal dort?«

Sie schüttelt den Kopf. »Und wir bleiben über Nacht?«

Ich lache. »Ich hatte eigentlich nicht vor, von dir zu verlangen, dass du deinen ganzen Geburtstag im Zug verbringst. Wir bleiben ein paar Nächte.«

»Aber was ist mit der Arbeit?«

»Natalie hat alles mit Eve besprochen«, erkläre ich. »Eve übernimmt den Laden nur zu gerne übers Wochenende, und sie meint, es ist Zeit, dass du dir auch einmal freinimmst.«

»Du hast also mit Natalie und Eve konspiriert?«

»Ich wollte einfach etwas Besonderes für dich organisieren.«

Alice lehnt sich auf ihrem Sitz zurück, ein Lächeln umspielt ihre Lippen. »Du unverbesserlicher Romantiker«, sagt sie. »Eine Geburtstagsüberraschungsreise nach Frankreich?«

»Bist du glücklich?«

»Sehr. Ich kann nicht glauben, dass du das alles geplant hast, Zach. Ich bin so beeindruckt. Ich hatte keine Ahnung, und Natalie ist normalerweise auch ganz schlecht darin, etwas für sich zu behalten«, sagt sie und lacht.

Seit wir eingecheckt haben, rennt Alice in unserem Hotelzimmer herum, begutachtet all die kleinen Produkte im Badezimmer, durchstöbert die Minibar und wirft sich aufs Bett, um die »Elastizität der Matratze zu prüfen«. Es ist, als wäre man mit einem Welpen auf Crack im Urlaub.

Ich lehne mich gegen die Badezimmertür und beobachte, wie sie ihren Koffer öffnet, um herauszufinden, was Natalie für sie gepackt hat. Ganz oben auf ihren Kleidern liegt ein in ein Papiertaschentuch gewickeltes Päckchen mit Schleife, ein kleiner Umschlag ist daran befestigt. Alice wirft mir einen Blick zu, als sie sich daranmacht, es zu öffnen.

»Damit habe ich nichts zu tun«, sage ich.

»Auf der Karte steht ›GERN GESCHEHEN‹«, sagt Alice mit skeptischem Blick. Dann öffnet sie das Päckchen und zieht etwas heraus, das schwarz ist und aus Spitze und extrem sexy.

»Oh, oh.«

»Bist du sicher, dass du damit nichts zu tun hast?« Sie zieht die Brauen hoch und hält das Teil vor ihren Körper.

»Ganz sicher. Es sieht aus wie ein … sexy Badeanzug?«

»Es ist ein Body.« Alice grinst, faltet das Teil zusammen und legt es in eine Schublade. »Natalie muss es eingepackt haben. Sie zeigt in letzter Zeit ein übertriebenes Interesse an meiner Unterwäsche.«

Ich räuspere mich und weiß nicht recht, was ich sagen soll.

»Oh, sieh nur, eine Speisekarte für den Room-Service!« Alice setzt sich an den kleinen Tisch und dreht die Karte herum.

»Nachdem ich dich gezwungen habe, deinen dreißigsten Geburtstag im Zug zu verbringen, sind Room-Service und noch etwas Champagner vielleicht die perfekte Art, den Tag zu beenden.«

»Du hast meine Gedanken gelesen. Burger und Pommes? Aber vielleicht …« Sie hält inne und sieht mir in die Augen. »Erst eine gemeinsame Dusche?«

Wie der Blitz folge ich ihr ins Badezimmer.

»Ja, genau *so* sollte man seinen Geburtstag verbringen«, sagt sie später, als wir in den Hotelbademänteln am Fenster stehen, uns in den Armen halten und auf die Stadt hinausschauen.

Am nächsten Morgen nach einem ausgiebigen Frühstück im Bett, was sich anfühlt wie eine Szene aus einer der romantischen Komödien, auf die ich definitiv nicht stehe, verlassen wir endlich das Hotel und machen uns auf den Weg zum Palais des Papes.

»Es stammt aus dem 14. Jahrhundert und war früher die Residenz der Päpste.« Das habe ich in meinem Reiseführer gelesen. »Es ist ein riesiges Gebäude im gotischen Stil.«

»Ich glaube, das dort könnte es sein«, sagt Alice, als wir um eine schmale Ecke biegen und sich ein weitläufiger Platz vor uns erstreckt. Am anderen Ende erhebt sich der gigantische Palast.

»Du könntest recht haben.«

Bevor wir hineingehen, besteht Alice darauf, an den Andenkenständen vorbeizugehen. Sie kauft drei Lavendelseifen und ein paar Perlenarmbänder und unerklärlicherweise auch noch eine winzige Marienstatue.

»Die nehme ich auch«, verkündet sie. Ich muss ziemlich belämmert dreinschauen, denn sie fügt hinzu: »Ich dachte mir, deine *nonna* freut sich vielleicht darüber.« Alice fängt meinen

Blick auf, und ich bin total gerührt, weil sie sich solche Gedanken macht.

Im Laufe des Vormittags wird es immer wärmer, die gepflasterten Straßen reflektieren die warme Septembersonne, also machen wir Halt und gönnen uns einen Kaffee und Waffeln und beobachten Passanten. Alice' Sonnenbrille ist neonpink, und sie trägt ein ärmelloses blaues Baumwollkleid. Im Augenblick bin ich der größte Glückspilz von Frankreich.

Ich blicke auf die Uhr und lege ein paar Euro auf unsere Rechnung. »Bereit für die nächste Zugfahrt?«

»Ich dachte, wir bleiben hier noch eine Nacht?«, fragt sie niedergeschlagen.

»Tun wir auch. Ich spreche von dem hier …« Ich drehe mich um und deute auf die kleine silberne Eisenbahn, die exakt im richtigen Moment auf dem sonnenbeschienenen Platz aufkreuzt.

Alice' Lippen formen ein O.

»Haha. Sehr lustig.«

»Das soll kein Scherz sein.«

»Ich soll mit diesem winzigen Zug fahren? Ist der nicht für Kinder gedacht?«

Ich lache. »Er nennt sich *Petit train.* Wie man sieht, läuft er auf Rädern, nicht auf Schienen, und offenbar ist das eine tolle Möglichkeit, die Stadt zu erkunden. Du sagst immer, du magst Motive, also dachte ich mir, wir machen noch ein bisschen weiter mit dem Zug-Motiv.«

»Ich mag Motive«, sagt sie zögernd. »Aber ich mag keine öffentliche Blamage. Sieh dir nur diesen Spielzeug-Zug an … Wir werden aussehen wie Geeks!«

»Verstehe«, sage ich und verschränke die Arme.

»Was?«

»Hört sich sehr danach an, als ob der Introvertierte und die Extrovertierte plötzlich die Rollen getauscht hätten.«

Sie zieht einen Schmollmund. »Wenn ich keine Lust habe, mich auf diesen albernen Zug zu setzen, macht mich das noch lange nicht zu einer introvertierten Person.«

»Es ist dir peinlich.«

»Ist es nicht.«

»Du machst dir Sorgen, was andere über dich denken könnten.«

Sie blickt mich von der Seite an. »Na schön, ein bisschen. Worauf willst du hinaus?«

»Ich will damit nur sagen, dass wir alle verschieden sind, das ist alles. Ich singe und tanze vielleicht nicht gern in der Öffentlichkeit, aber ich habe kein Problem damit, auf diesen winzigen Zug zu springen …«

Sie seufzt und isst den letzten Bissen ihrer mit Schlagsahne garnierten Waffel. »Ich hasse es, wenn du recht hast.«

»Na, na, na.« Ich mache auf schadenfroh. »Darf ich dieses Zitat auf meine nächsten Visitenkarten drucken lassen?«

»Diese Visitenkarten sind überhaupt der Grund dafür, dass wir in dieser Situation gelandet sind.« Sie zieht ihre Geldbörse aus der Tasche, öffnet sie und reicht mir die Karte, die ich ihr bei unserer ersten Begegnung gegeben habe. Gerührt drehe ich sie um und lese die auf die Rückseite gekritzelten Worte.

A-Z. Ruf mich an.

»Du hast sie immer noch.« Ich weiß noch, wie nervös ich war, als ich das geschrieben habe. Diese kluge, selbstbewusste Frau war gerade in mein Leben hereingeschneit, und ich wollte nicht, dass sie jemals wieder daraus verschwand. Es kommt mir so unwirklich vor, dass wir jetzt, zwanzig Dates später, hier sind und sie mir diese verborgene romantische Seite zeigt, von der ich keine Ahnung hatte.

»Ich kann manchmal sentimental sein«, sagt sie mit einem verschämten Lächeln. Sie nimmt die Karte und steckt sie wieder in ihre Geldbörse. Sie trägt sie also immer bei sich. Ich bin so gerührt, dass ich nach ihrer Hand greife und sie für einen Kuss zu mir heranziehe.

Alice' anfängliche Verlegenheit schwindet schnell. Bald winkt sie sogar den Passanten von ihrem Platz auf dem *Petit train* zu. Sie erinnert sich, was »Ich habe Geburtstag« auf Französisch heißt, und obwohl ihr Geburtstag ja gestern war, sagt sie diesen Satz zu jedem, der bereit ist, zuzuhören. Ein niedliches französisches Kind, das hinter uns sitzt, wünscht ihr alles Gute. Alice ist begeistert.

Und mich begeistert ihre Begeisterung.

Wir schlängeln uns mit ziemlich hoher Geschwindigkeit durch die belebten Straßen, und ich frage mich, ob unser Zugführer nicht seine winzige Geschwindigkeitsgrenze überschreitet. Die Lautsprecher weisen in englischer und französischer Sprache auf Sehenswürdigkeiten hin, und Alice nimmt jedes Mal meine Hand, wenn sie etwas Interessantes entdeckt, was meistens etwas mit einer Konditorei zu tun hat.

»Zach, hier ist es einfach himmlisch«, sagt sie später, als wir durch den gepflasterten Innenhof unseres Hotels gehen. Im Hintergrund ertönt Jazzmusik, und zahllose Pflanzkübel verströmen den Duft von Lavendel. »Das muss dich ein Vermögen gekostet haben.«

Es war tatsächlich nicht billig, aber meine Arbeit läuft so gut in letzter Zeit. Dank ein paar größeren Verkäufen und einem neuen Auftrag fühle ich mich finanziell so sicher wie schon lange nicht mehr, und es ist ein gutes Gefühl, so etwas für die Frau, die ich liebe, tun zu können.

»Komm.« Ich nehme sie bei der Hand und gehe mit ihr zu unserem Zimmer. »Ich habe uns einen Tisch fürs Abendessen reserviert, wir sollten uns fertig machen.«

»Hoffen wir, dass Natalie etwas Passendes ausgesucht hat.« Sie macht eine Grimasse und durchwühlt ihren Koffer. Eine halbe Stunde später kommt sie aus dem Badezimmer und sieht so schön aus, dass mir der Atem stockt. Sie trägt jetzt ein langes dunkelblaues Kleid mit schmalen Trägern, das ihre Figur zart umspielt. Dazu hat sie sternförmige goldene Ohrringe angelegt und das Haar zu einem lockeren Knoten hochgesteckt, ein paar Löckchen fallen ihr auf die Schultern.

»Wow.«

»Selber wow.« Sie lächelt breit und begutachtet mich von oben bis unten. »Du hast ein Hemd angezogen!«

Ich war nicht sicher, ob der dunkelblaue Anzug nicht zu fein ist. Das weiße Hemd wirkt so förmlich, obwohl ich einen Knopf offen gelassen habe und Turnschuhe dazu trage. Alice tritt auf mich zu, lässt eine Hand unter mein Hemd gleiten und öffnet einen weiteren Knopf.

»Du hast einmal gesagt, du glaubst, ich könnte in einem Anzug gut aussehen, und das ist jetzt ein besonderer Anlass …«

Alice begutachtet mich wohlwollend von oben bis unten.

»Ich kann nur sagen, dass ich recht hatte. Du siehst sehr sexy aus.«

Als wir das Hotel wieder verlassen und in die Nacht hinaustreten, erhasche ich in der Lobby einen Blick in einem der Spiegel auf uns.

»Wir machen uns richtig gut, was?«, kommentiert Alice unser Spiegelbild.

»Du siehst umwerfend aus, Geburtstagskind.«

Der Wein auf dem Rattantisch hat ein spritziges Aroma, und Alice redet fröhlich drauflos, während sie mit ihrem Handy Fotos macht.

»Das ist das tollste Restaurant, in dem ich je gewesen bin.«

Sie legt ihr Handy beiseite. »Schau uns an, Zach, wir essen gleich Haute Cuisine … in Frankreich!«

Ich finde es wundervoll, wie glücklich sie zu sein scheint. Ich kann kaum den Blick von ihr lösen, während sie eine Olive aufspießt, und empfinde so ein Glück, hier zu sein.

»Ich habe das noch nie gemacht«, gestehe ich. »Für eine Freundin einen Überraschungstrip planen, meine ich.«

Ihr Blick verweilt auf mir, während ich rede. »Tatsächlich? Das überrascht mich.«

»Wieso das?«

»Du bist so romantisch, Zach. Das hast du mir auch gesagt, als wir uns das erste Mal trafen, weißt du noch?« Sie senkt die Stimme: »Ich liebe die Liebe.«

»Ist das der Eindruck, den du von mir hattest?«

»Ein guter Eindruck, oder nicht?«

»Nun ja …« Ich verziehe das Gesicht. »Du hast recht, ich habe das gesagt, und ich schätze, ich bin wirklich romantisch, aber ich bin noch nie jemandem begegnet, mit dem ich so ein Abenteuer wie das hier erleben wollte. Ich habe Urlaub mit Freundinnen gemacht, aber nichts ist mit dem hier vergleichbar.« Ich halte inne, denn ich will das nicht vertiefen. Ich weiß ja, wie Alice sich möglicherweise dabei fühlt. »Diese alphabetischen Dates haben es umso spannender gemacht. Ich wollte, dass dein Dreißigster besonders wird, und zuerst habe ich mir überlegt, an einen Ort zu fahren, der mit T anfängt …«

»Ich habe gehört, Twickenham ist nett um diese Jahreszeit«, scherzt sie.

»Ah, verdammt, das ist mir entgangen«, sage ich und grinse. »Als ich herausfand, dass der Eurostar so weit fährt, sagte ich mir, das machen wir.«

»Ich glaube nicht, dass ich jemals vergessen werde, wie mein Freund mir zum Geburtstag mehrere Zugfahrten geschenkt hat«, sagt sie augenzwinkernd. »Ich scherze natürlich. Avignon ist so schön, und dieses Wochenende bedeutet mir wirklich viel, Zach. Ich habe überhaupt noch nie mit einem Freund Urlaub gemacht.«

»Ich schätze, wir haben vieles noch nie gemacht, bevor wir uns kennenlernten. Zu einer Achtziger-Discoparty gehen zum Beispiel.«

Alice lacht. »Einen Zehn-Kilometer-Lauf machen. Ich hätte damals schon wissen müssen, dass ich dich mag.«

»Ach?«, sage ich erfreut.

»Ich kann mir niemanden sonst vorstellen, mit dem ich bereit wäre, um Sheffield herumzurennen.«

»Jetzt fühle ich mich geehrt. Es waren eine Menge coole Unternehmungen, und ich möchte ehrlich gesagt, dass das weitergeht.«

»Ja, das stimmt. Ich glaube, wir wurden dabei beide aus unserer Komfortzone geworfen und haben uns ganz schön selbst überrascht. Am meisten überrascht war ich darüber, wie sehr ich dich mag. Wie sehr du mich dazu inspirierst, mit dir zusammen Neues auszuprobieren.«

Ich wende den Blick ab. Ihre Worte hauen mich um. »Danke. Lass uns einen Toast aussprechen. Auf … uns?«

»Auf uns.« Sie hebt ihr Glas und stößt mit mir an.

Beim Hauptgang erzählt mir Alice, dass sie sich schon seit Längerem mit meinem Totemtier beschäftigt.

»Mit meinem was?«

»Mit deinem Totemtier. Es gibt viele verschiedene Betrachtungsweisen, für manche ist ein Totemtier eine Art Talisman, der einen durchs Leben führt.«

Ich lege mein Besteck ab. Klingt irgendwie krass.

»Und für andere ist es einfach eine witzige tierische Metapher für jemandes Persönlichkeit. Also, zum Beispiel für jemanden, den man nicht leiden kann, könnte das eine Schlange oder etwas in der Art sein.«

Ich nicke. »Okay. Ich glaube, ich habe verstanden. Und hast du schon herausgefunden, was meiner Persönlichkeit entspricht?«

»Ein Panda.« Sie strahlt.

»Weil … ich eine Affinität zu Bambus habe?«

Sie lacht. »Weil du sanft und gefühlsbetont bist, aber auch stark. Und du kletterst gern.«

»Hmm. Ein Panda. Ich werde noch darauf zurückkommen, aber lass mich erst mal über dein Totemtier nachdenken. Aber immer mit der Ruhe, du hast ja schon eine Weile Vorsprung.«

»Und heute Abend ist auch noch Alkohol im Spiel …«

»Genau! Du bist im Vorteil.« Ich lache. »Es gibt so viele Tiere.«

Mit einem Lächeln im Gesicht lehnt Alice sich zurück, während ich überlege.

»Ich hab's.«

»Und?«

»Kolibri.«

Alice wirkt eindeutig nicht beeindruckt. »Ein winzig kleiner Vogel? Ich hatte gehofft, dir würde etwas einfallen, das ein bisschen vitaler und stärker ist. Wie eine Löwin oder ein weiblicher Jaguar.«

»Hör mir erst mal zu.« Ich grinse. »Ich habe vor einiger Zeit eine Doku über Kolibris gesehen. Die wirken zwar zart, aber sie sind auch total eigensinnig und verspielt, und vergessen wir nicht das wichtigste Alice-artige Element.«

»Und das wäre? Mögen sie etwa auch Blumen?« Sie lacht.

»Daran hatte ich gar nicht gedacht. Was ich meine, ist, dass sie zwar nur ein paar Zentimeter groß sind, aber Tausende von Kilometern weit fliegen können.«

»Ich bin also klein, aber ich halte über lange Strecken durch? Nicht gerade die romantischste Analogie, die ich je gehört habe, Zach«, scherzt sie.

»Was ich damit sagen will – sie haben Ausdauer, so wie du.«

Alice bleibt eine Minute lang still. »Das ist sehr süß«, sagt sie schließlich.

»Besser, als ein Panda zu sein«, stelle ich fest.

»Komm schon, Pandas sind total liebenswert.«

Unsere Teller werden abgeräumt, und wir sind längst bei der zweiten Flasche Wein angekommen, als Alice mich anblickt.

»Ich weiß, das ist ein schicker Laden, aber meinst du, man lässt uns ein kleines Trinkspiel durchgehen, während wir auf unseren Pudding warten?«, sagt sie in gespieltem Flüsterton.

»Ganz bestimmt.« Ich lache.

»Spielen wir *Ich hab noch nie* … Du musst etwas trinken, falls du es schon mal gemacht hast«, schlägt sie vor. »Ich fange an: Ich hab noch nie einen schwarzen Spitzenbody zum Dinner außer Haus getragen.« Ihr Blick zuckt nach unten auf ihre Brüste, und einen Moment lang bin ich vor Verlangen wie gelähmt.

Wir trinken beide.

»Was?!« Sie lacht. »*Du* hast schon einmal zum Dinner einen Spitzenbody getragen?«

»Zu meiner Verteidigung – das ist lange her«, erkläre ich. »Eines Abends wurden wir an der Uni in den üblichen Erstsemester-Blödsinn verstrickt und entsprechend kostümiert, und am Ende fand ich mich in schwarzer Spitze bei McDonald's wieder.«

»Ich glaube, du könntest gut damit aussehen.« Alice kichert.

Ich merke, dass ich rot werde, und wechsle das Thema. »Ich hab noch nie im Leben die Schule geschwänzt.«

Alice trinkt. »Du hast nie geschwänzt?«

»Das war am Internat nicht so einfach. Allerdings bin ich

einmal absichtlich zu spät zum Lateinunterricht gekommen.«

»Oooh, du Rebell«, neckt sie mich. »Dylan und ich haben ziemlich oft geschwänzt, worauf ich jetzt nicht besonders stolz bin. Wir haben im Skate Park abgehangen und so getan, als wären wir Avril Lavigne.«

»Ich wette, Dylan hat sich ganz toll gemacht als Avril.«

»Mein Lieblings-Fakt über Avril war immer, dass sie sehenden Auges einen Mann namens Deryck Whibley geheiratet hat. Ich meine, das muss wirklich Liebe gewesen sein.«

Mein Herz pocht wild, als wir eng umschlungen in unsere Suite zurückkehren. Ich fühle mich wie der glücklichste Mensch auf dem Planeten, weil Alice an meiner Seite ist. Kaum haben wir die Tür hinter uns geschlossen, schiebt sie die Träger ihres Kleids herab und lässt es zu Boden fallen.

Da steht sie in diesem schwarzen Seidenbody, und ich gehe auf sie zu und weiß, dass es nichts im Leben gibt, das ich mir mehr wüsche, als jetzt mit ihr in diesem Hotelzimmer zu sein.

Später, als Alice barfuß in ihrem Frotteemantel zurück ins Schlafzimmer kommt, schmiegt sie sich in meine Arme.

»*Das* war jetzt wirklich das beste Geburtstagsgeschenk«, scherzt sie.

Ich schaue ihr zu, als sie ihr Haar zu einem Knoten hochsteckt, die Wangen immer noch rosig nach diesem grandiosen Tagesabschluss. Sie dreht sich zu mir um und lächelt, und ich schlinge die Arme noch fester um sie und möchte sie am liebsten nie mehr loslassen.

»Ich liebe dich, Zach«, flüstert sie an meiner Brust.

Die Frau, die bei unserer ersten Begegnung kristallklar zum Ausdruck gebracht hat, dass sie nichts vom Dating hält, hat wieder zu mir gesagt, dass sie mich liebt. Sie könnte es tausendmal sagen, und ich würde es nie als selbstverständlich betrachten.

»Ich liebe dich auch«, erwidere ich.

Unplugged

Alice

»Nachträglich alles Gute zum Geburtstag, mein Schatz«, ruft Dad. »Komm herein! Ich habe einen Überraschungskuchen und Partyfeuerwerk.«

Ich schmunzle und gehe hinein. Dads Vorstellung von einer Überraschung besteht darin, einem im Voraus mehrmals davon zu erzählen, sodass man absolut nicht mehr überrascht ist. Das gehört zu den vielen Eigenschaften, die so liebenswert an ihm sind.

»ÜBERRASCHUNG!«, ruft er und zündet das Feuerwerk, als ich das Wohnzimmer betrete.

»Was für eine tolle Überraschung«, sage ich pflichteifrig, als er den Kuchen präsentiert.

»Oh, warte, ich muss noch die Kerzen anzünden.«

»Ich gehe noch mal hinaus«, sage ich und schließe die Tür.

Sekunden später werde ich hereingerufen, und Dad steht vor mir, hält stolz den Kuchen mit den flackernden Kerzen und singt »Happy Birthday«. Ich schneide zwei Stücke und gebe eines davon Dad.

»Wie war die Reise mit Zach?«

»Wirklich wundervoll. Er war sehr aufmerksam und hatte eine Aktivität nach der anderen eingeplant. Ich hatte keine Ahnung, wohin wir fahren, bis wir in Avignon angekommen sind.«

»Hört sich nach einem herrlichen Urlaub an.«

»Das war es wirklich. Er hat sich solche Mühe gegeben, es zu etwas Besonderem zu machen, und wir haben die ganze Zeit sehr viel gelacht.«

Dad nickt wohlwollend. »Ich würde ihn sehr gern kennenlernen, wenn du dich bereit dazu fühlst.«

Ich schiebe mir eine Gabel voll Kuchen in den Mund. Seinem Dad den Freund vorzustellen, kommt mir vor wie ein bedeutender Schritt, noch bedeutender als die erste Begegnung mit meinen Freunden, aber während ich den nächsten Bissen Zitronenkuchen – meine Lieblingssorte – mampfe, wird mir bewusst, dass ich bei dem Gedanken keineswegs Gefahr laufe, an Kuchenkrümeln zu ersticken, wie das früher der Fall gewesen wäre. Vor Zach kam mir allein schon der Gedanke an einen festen Freund abartig vor. Aber jetzt fände ich es sogar gut, wenn Dad ihn kennenlernen würde.

»Okay, klingt gut.«

Dad geht in die Küche, und ich lasse mich auf unser altes rosa Sofa fallen. Ich sitze genau wie meine Mutter mit untergeschlagenen Beinen, Knie nach vorne und Unterschenkel seitlich angewinkelt. Früher, während des Studiums, hat es sich immer so seltsam angefühlt, hierherzukommen. Ich vermisste unser altes Zuhause so sehr, aber eigentlich war es nicht das Zuhause, das ich vermisste, sondern Mum. Langsam haben Dad und ich dieses neue Haus mit den Stücken aus Mums Sammlung gefüllt, die uns am liebsten waren, und dann auch mutig mit ein paar Dingen, die wir uns ausgesucht hatten. Dad hat es besonders ein Servierwagen angetan, den er im *Antiques Quarter* in Sheffield gefunden hat und von dem ich ziemlich sicher bin, dass Mum ihr Veto eingelegt hätte. Wir lachen jedes Mal, wenn der Wagen im Einsatz ist.

Jetzt rollt Dad ihn durch die Tür, eine Flasche *Harvey's Bristol Cream* steht darauf und eine Schale mit kleinen Cheddarwürfeln.

»Ein Drink vom Servierwagen?« Er grinst. Ein Geburtstags-Sherry ist bei uns Tradition, so lange ich denken kann.

Als wir an unserem Sherry nippen, fällt mir auf, dass Dad ein wenig nervös ist. »Bleibt es bei *Pie and Mash* diese Woche?«, frage ich. Dad und ich treffen uns jeden zweiten Dienstag zum *Pie and Mash*-Essen in seinem Pub, das ist seit vielen Jahren immer ein Highlight für mich.

Er kaut gerade an einem Käsewürfel. Schließlich hält er inne und blickt ein wenig verwirrt drein. »Nun … also, ja«, sagt er, greift nach einem von Mums Kissen und betrachtet es eingehend, bevor er den Blick nach oben richtet.

»Dad?« Jetzt bin ich besorgt.

»Ich dachte mir, ich könnte vielleicht noch eine Begleitperson mitbringen.«

Ich lache erleichtert und finde es lustig, dass Dad meint, eine weitere Person zum *Pie and Mash* mitzubringen, sei genauso, wie wenn man jemanden zu einer Hochzeitseinladung mitbringt.

»Wer ist es denn? Ich habe Frank oder Chris schon lange nicht mehr gesehen.«

Dad hüstelt.

»Äh, keiner von den Kumpels. Eine Freundin.« Er wird rot.

»Eine Freundin?« Jetzt bin ich überrascht. Dad nickt langsam.

»Okay.« Ich nehme rasch einen Schluck Sherry und schiebe mir eine Handvoll Chips in den Mund. »Versuchst du gerade, mir zu sagen, dass du eine Freundin hast, Dad?«

Dad klopft kräftig auf das Kissen.

»Also, ja, ich schätze, das tue ich.« Er wirkt so unglaublich nervös, dass ich eine gigantische Anstrengung unternehme, um alle Käsewürfel auf einmal zu schlucken, dann gehe ich schnell zu ihm und drücke ihn an mich. Allerdings ist meine

Kehle ganz trocken von dem Käse, und ich gebe merkwürdige Geräusche von mir.

»Weinst du?«, fragt er.

»Nein, nein.« Ich huste. »Mund voll.«

Eine Weile sitzen wir schweigend auf dem Sofa. Ich trinke noch mehr Sherry, in dem Versuch, meine Kehle frei zu bekommen, während ich darauf warte, dass Dad etwas sagt. Während ich also vor mich hin schlürfe, beschäftigt er sich damit, auf seiner Armlehne eine Pyramide aus Käsewürfeln zu bauen.

»Und?«, sage ich nach einer kleinen Ewigkeit.

»Puh«, macht er und wischt sich eine Träne aus dem Auge.

»O Dad! Sei nicht traurig. Warum bist du traurig?«

»Ich bin nicht traurig, Liebes. Ich bin glücklich. Es ist nur alles ein bisschen viel. Sie heißt Gloria, und wir haben uns im Golfclub kennengelernt. Sie hat beschlossen, mit dem Golf anzufangen, um sich von ihrer Scheidung zu erholen. Ihr Ex war ein ziemlicher Schuft, nach allem, was man hört. Gloria fand, es macht großen Spaß, so zu tun, als wäre der Golfball der Kopf ihres Ex-Manns.«

Ich muss lachen. Gloria scheint in Ordnung zu sein.

»Das war vor ein paar Monaten, und ich schätze, man könnte sagen, wir sind jetzt zusammen. Ich wollte es dir sagen, aber ich wusste nicht, wie du es aufnehmen würdest.«

»Ich freue mich für dich, Dad!«

Er blickt hinab auf seine Hände.

»Niemand wird deine Mum jemals ersetzen, weißt du.«

Ich spüre, dass mir die Tränen kommen, und blinzle sie weg.

»Das weiß ich, Daddy«, sage ich sanft. »Du verdienst es, glücklich zu sein, und ich freue mich ganz ehrlich für dich. Das ist das erste Mal, dass du eine Partnerin erwähnst, seit Mum gestorben ist, also haben wir wohl alle lange genug gewartet«, sage ich lachend. »Erzähl mir mehr von Gloria.«

»Ich glaube, ihr werdet prima miteinander auskommen«, sagt er zaghaft, und mir quillt das Herz über. »Sie liebt auch Gartenarbeit, das habt ihr schon mal gemeinsam, und sie ist ziemlich temperamentvoll. Neulich waren wir Salsa tanzen. Sie ist so voller Lebensfreude, genau wie deine Mu…« Er bricht ab.

»Dad, alles gut«, versichere ich ihm. »Mum wird immer die Allerbeste bleiben, das wird sich nie ändern. Aber es ist auch okay, mit jemand anders glücklich zu sein. Ich kann es nicht erwarten, sie an unserem *Pie and Mash*-Abend kennenzulernen.«

»Du könntest doch auch Zach mitbringen?«

Ich zögere. Ich bin auf jeden Fall dafür, dass Zach meinen Dad kennenlernt, aber schon diese Woche? Ist das nicht noch ein bisschen früh? Dad spürt sofort, was in mir vorgeht.

»Das Leben ist kurz, Alice. Du hast im Lauf der Jahre großartige Freundschaften geschlossen, und jetzt hört es sich an, als hättest du auch noch einen Partner gefunden, der dich sehr glücklich macht. Ich freue mich für dich, mein Schatz.«

Seitdem denke ich darüber nach, was Dad gesagt hat, und ich habe das Gefühl, dass irgendetwas nicht ganz in Ordnung ist. Ich glaube, es liegt an Dads Bemerkung über die großartigen Freundschaften. Ich habe nämlich seit diesem schrecklichen Pingpong-Abend nicht mehr richtig mit Dylan geredet. Abgesehen von der Fotocollage aus unserer Jugend, die er mir an meinem Geburtstag geschickt hat, hatten wir ungewöhnlich wenig Kontakt, dabei gibt es einige Punkte, die angesprochen werden müssen.

Ich beschließe, in den sauren Apfel zu beißen, und wähle seine Nummer.

»Gürkchen! Lange nichts gehört.«

»Ich weiß. Hast du eine Minute?«

»Klar«, sagt er, und ich höre, dass er in eine ruhigere Ecke geht, wo immer er sich gerade aufhält.

»Ich dachte, es wird Zeit, dass wir einmal reden, nachdem …«

»Nachdem ich mich bei unserem letzten Treffen wie ein Arsch benommen habe?«

»Genau.«

»Ich wollte dich anrufen, aber …«

»Aber es überfordert dich?«

»Autsch! Ja, du hast wahrscheinlich recht. Hör zu, Alice, mir tut das alles leid. Das Bier hat wohl auch dazu beigetragen, aber das ist keine Entschuldigung. Ich glaube, ich habe es mit dem Beschützen meiner besten Freundin einfach übertrieben.«

»Du hast dafür gesorgt, dass Zach sich mies fühlte wegen etwas, das wir bereits unter uns besprochen hatten, und dann haben wir alles noch einmal durchgekaut und haben uns gestritten. Ich bin dermaßen wütend geworden, dass ich, betrunken wie ich war, mit ihm Schluss gemacht habe.«

»Fuck, Alice, das wusste ich nicht. Nat hat mir erzählt, es würde zwischen euch nicht so gut laufen, aber …«

»Warum hast du mich dann nicht angerufen?«

Ich höre ihn seufzen. »Ich wusste nicht, was ich sagen sollte. Ich habe gedacht, ich passe auf dich auf. Du hast immer gesagt, du willst keine Beziehung, und seit Zach aufgetaucht ist, bist du total … durcheinander, was deine Gefühle angeht.«

»Das liegt daran, dass das alles neu für mich ist! Was ich von dir brauche, ist Unterstützung, anstatt alles schlimmer zu machen, indem du dich aufführst wie ein Arsch.«

»Ich dachte, ich unterstütze dich, indem ich dich an die Entscheidungen erinnere, die du getroffen hast, als deine Mum starb.«

»Das verstehe ich, aber Menschen ändern sich, Dylan. Ich

habe in letzter Zeit das Gefühl, reifer geworden zu sein, und, ja, du hast recht, ich war verwirrt, aber ich verbringe mit Zach die beste Zeit meines Lebens. Ich kann wirklich darauf verzichten, dass du das miesmachst.«

»Okay, ja, es tut mir leid. Freut mich, zu hören, dass er dich glücklich macht. Zach und ich sind offenbar sehr unterschiedlich …«

»Da hast du nicht unrecht«, gluckse ich.

»Vielleicht sollten wir mehr Zeit miteinander verbringen, damit wir lernen, miteinander auszukommen.«

»Das glaube ich auch. Ihr seid beide wichtig für mich, und ihr müsst euch beide ein bisschen anstrengen. Ich brauche das jetzt von euch.«

»Alles klar. Ich verspreche, ich werde nicht auf Overdrive schalten, wenn ich ihn das nächste Mal sehe. Sogar mir ist klar, dass ich manchmal ein bisschen übertreibe.«

»Untertreibung des Jahres«, flüstere ich theatralisch.

»Schon gut! Und du hattest also einen schönen Geburtstag?«

»Fantastisch.« Ich grinse, erleichtert, weil ich Dylan meine Meinung gesagt habe. Außerdem kann ich es nicht erwarten, dass zwischen uns alles wieder normal wird. »Übrigens gibt es Neuigkeiten. Dad hat eine Freundin!«

»Super, Geoff! Lass dich flachlegen!«

»Äh, kannst du das lassen? Ich freue mich sehr für ihn, aber ich muss nicht von dir hören, wie du meinen Vater ermutigst, sich ›flachlegen zu lassen‹, vielen Dank.«

Dylan lacht.

»Aber ernsthaft, kommst du damit klar?«

»Auf jeden Fall. Es ist wirklich gut, zu wissen, dass Dad eine Partnerin hat. Ich habe mir Sorgen gemacht, dass er zu einsam ist. Und wie läuft es bei dir?«

»Na, du kennst mich, alles im grünen Bereich.«

»Damit kommst du mir auf keinen Fall davon, Dyl. Hör zu, ich bin die nächsten vierundzwanzig Stunden OOO.«

»OOO? Was ist das? Versuchst du gerade, mir zu sagen, dass du die nächsten vierundzwanzig Stunden damit verbringen wirst, dich auch flachlegen zu lassen?«

»Es heißt *Out of office*, nicht im Büro, Großväterchen. Wie in *officially offline.*«

»Ich glaube, wir sind uns alle einig, dass der Abkürzungswahn außer Kontrolle geraten ist. Was, wenn ich ein SOS habe? Verlassen von meiner besten Freundin, FML.«

»Haha. Ich muss los.«

»TBH IDK, Alice, was soll ein Mann IRL tun ohne dich? LOL ROFL.«

»Du Clown. Wir sprechen uns bald wieder, okay?«

Lachend lege ich auf und schalte mein Handy aus. Wirklich AUS!

Zach öffnet die Haustür einen winzigen Spalt weit und späht hindurch.

»Ich habe dich erst später erwartet«, sagt er und zieht mich hinein, bevor er die Tür wieder zumacht. Es ist ziemlich dunkel in seinem Flur, und ich blinzle, während sich meine Augen an das Halbdunkel gewöhnen. Zach trägt eine Jogginghose und ein altes farbverschmiertes T-Shirt.

»Überraschung!« Ich genieße den Anblick von Zach außer Dienst. »Unser Date beginnt jetzt. Es sei denn, du hast noch zu tun?«

»Ehrlich gesagt, ja.« Er lächelt sein Lächeln und führt mich die Treppe hinauf.

Auf dem Treppenabsatz weichen wir einem alten aufgerollten Teppich aus und gehen weiter ins obere Stockwerk. Hier ist es wesentlich heller, Tageslicht fällt durch die riesigen Dachfenster.

»Das ist lange genug ein Raum des Verderbens gewesen. Vollgestopft mit unvollendeten Bildern, Kartons voller Kram und – dank der Vorbesitzer – einem nach Katzenpisse riechenden Teppichboden. Den habe ich neulich nach der Arbeit herausgerissen und die hier entdeckt.« Er tippt mit dem Fuß auf die Holzdielen. »Seitdem arbeite ich daran.«

»Sieht jetzt schon unglaublich gut aus.«

Er grinst. »Lust, mir beim Bodenpolieren zu helfen? Oder müssen wir irgendwohin für unser U-Date? Dann müsste ich nämlich unbedingt vorher duschen.«

»Hier sind wir genau richtig, und, ja, ich habe sehr wohl Lust, zu helfen. Darf ich diesen Schleifer benutzen?«

»Yes, Ma'am. Ich habe auch noch ein Paar Handschuhe übrig.«

Ich flitze mit dem Dielenschleifer herum wie Carole Smillie in *Changing Rooms*, während Zach die Ränder von Hand bearbeitet.

»Ich hatte ja keine Ahnung, dass du auf DIY stehst.« Lachend sieht er mir zu.

»Ich auch nicht. Aber es ist ziemlich befriedigend, oder?« Erhitzt von der Anstrengung, fächle ich mir mit der Vorderseite des T-Shirts, das ich mir zuvor von Zach ausgeliehen habe, Luft zu.

»Davon muss ich ein Bild machen«, sagt Zach, greift in die Hosentasche und zieht sein Handy heraus. »Ich glaube nicht, dass ich dich jemals so einfarbig gesehen habe.«

Ich blicke an dem geborgten Outfit herab. Graue Jogginghose, graues T-Shirt.

»Sieht aus wie *Fifty Shades of Grey*«, sage ich lachend.

»Immerhin hast du noch dein fluoreszierend gelbes Haar-Dingsbums.«

»Was ist schon ein DIY-Outfit ohne den Farbtupfer eines Haargummis?« Bevor ich eine Pose einnehme, muss ich niesen wegen all des Staubs, den wir aufgewirbelt haben. Ich weiß, das klingt jetzt lächerlich, aber einer der Vorteile, den mir Zach in meinem Leben bietet, ist, dass er hervorragende Bilder von uns macht. Ein Foto von mir, das er auf dem Film-Festival aufgenommen hat, benutzt er als Bildschirmschoner, und es ist die schönste Aufnahme, die je von mir gemacht wurde. Ich liebe es, durch seine Fotosammlung zu scrollen und mich an den Schnappschüssen aus unserer gemeinsamen Zeit zu erfreuen. Zach hebt sein Handy, um ein Foto zu machen, und …

Moment mal.

»NEIN! Leg das weg!«, verlange ich, denn jetzt ist es mir wieder eingefallen.

»Was soll das heißen, nein? Du siehst total bezaubernd aus.«

Ich mache einen Satz auf ihn zu, schlage ihm das Handy aus der Hand und stopfe es in die Tasche der geliehenen Jogginghose.

»Danke für das Kompliment, aber unser U-Date hat schon angefangen.«

»Ach so?« Zach blickt sich in seinem leeren oberen Stockwerk um und wirkt ein klein wenig enttäuscht.

»U wie Unplugged. Wir gehen für die nächsten vierundzwanzig Stunden offline. Ich weiß, ich kann manchmal ganz schön an meinem Handy kleben. Meistens ist es ja wegen der Arbeit, aber manchmal ertappe ich mich dabei, dass ich grundlos herumscrolle, und plötzlich ist der Tag zu Ende, und ich habe unvertretbar viel Bildschirmzeit angehäuft.«

Um Zachs Augen bilden sich lauter kleine Lachfältchen, während ich rede.

»Du meinst, wenn wir zum Beispiel im Fernsehen ein Real-Life-Drama ansehen und du darauf bestehst, dessen Ende zu googeln, noch während es läuft, weil du zu ungeduldig bist, um bis zum Schluss abzuwarten?«

»Genau.«

»Oder wenn wir im Restaurant zu Abend essen und dein Handy vor uns isst?«

»Haha, ja.«

»Oder wenn …«

»Ich glaube, wir hatten jetzt genug Beispiele, danke. Wir sind uns wohl einig, dass ich ziemlich viel auf mein Handy gucke, also gibt es für die nächsten vierundzwanzig Stunden nur dich und mich. Keine Ablenkungen.«

»Wie werden wir nur diese Zeit ausfüllen?«, raunt er mit samtiger Stimme.

»Ich bin froh über diese Frage. Komm mit.«

Unten im Flur befindet sich die Tasche, die ich beim Hereinkommen dort abgestellt habe. Jetzt öffne ich sie, damit Zach hineinschauen kann.

»Brettspiele?«

»Bingo! Ich habe eine Menge davon mitgebracht, es ist nämlich absolut kein Fernsehen erlaubt bei einem Unplugged-Date.«

Zach reibt sich die Hände. »Alles klar, aber versprichst du, nicht grantig zu werden, wenn du verlierst?«

»Was soll das heißen, *wenn* ich verliere?«

»Ich bin sehr gut in Brettspielen.«

»Oh, warte es nur ab, Schlaumeier.«

Es fühlt sich komisch an, nicht alle zehn Minuten zum Handy zu greifen. Ich nehme es normalerweise immer wieder ohne Grund in die Hand und tippe auf den Bildschirm, um nach der Uhrzeit zu sehen, und dann verliere ich mich im Kaninchenloch der sozialen Medien. Oder ich checke ständig meine Nachrichten, weil ich sicher sein will, dass ich auf Kundenanfragen reagiert und in meinem Blumengeschäft alles unter Kontrolle habe. Außerdem bin ich in letzter Zeit so begeistert über das neue Projekt mit Nat, dass ich das Gefühl habe, zurzeit noch mehr an meinem Handy zu kleben als sonst.

Normalerweise hätte sich meine Hand wie von selbst nach meinem Handy ausgestreckt, während Zach unser erstes Spiel aufstellt. Ich hätte das als nutzlose Zeit betrachtet, die ich locker mit etwas Unnötigem ausfüllen könnte, wie zum Beispiel ein Video von jemandem anzusehen, der sich die Wimpern färben lässt. Aber diese entzückende Szene hätte ich verpasst, wenn mein Handy eingeschaltet wäre: Wir wollen als Erstes *Jamaica* spielen, und während Zach eine Reihe von Mini-Piratenschiffen und kleine Stapel mit Beutestücken auf dem Spielbrett anordnet, murmelt er Piratensprüche vor sich hin.

»Volle Deckung!«

Ein Lächeln breitet sich auf meinem Gesicht aus, als ich mich ihm gegenüber auf den Wohnzimmerboden setze, zwei Gläser mit Rotwein fülle und es total gemütlich finde.

Es entsteht sehr schnell ein Wettstreit, und als ich merke, dass Zach im Begriff ist, zu gewinnen, verlege ich mich auf Verbalattacken.

»Du Schurke!«

»Sehr piratenmäßig. Du räudige Hündin«, erwidert Zach grinsend.

Schnell, denk dir noch mehr Seefahrerflüche aus, Alice! »Du ... Puppdeck-Affe.«

Hmm.

Jetzt muss Zach lachen. »Du Landmäuser.«

»Was bedeutet das? Ich kann es nicht mal googeln, weil unsere Handys tabu sind.«

»Es bedeutet, dass du eine warm duschende Flachlandbewohnerin bist, die auf See nicht zurechtkommt.«

»Ah, jetzt hast du dich warm geredet. Nur weil du am Gewinnen bist, brauchst du noch lange nicht so schadenfroh zu sein!«

»Du hast damit angefangen! Ich muss mal. Bitte versuch, nicht zu schummeln, während ich weg bin.«

Die ganze Zeit, solange Zach weg ist, denke ich daran, zu schummeln, doch ich bringe mich selbst zur Räson. Als er wiederkommt, fällt mir als Erstes auf, dass er sich eine Augenklappe aus Toilettenpapier gebastelt und über eines seiner Brillengläser gelegt hat. Ich spucke fast meinen Wein aus, weil ich so lachen muss.

»Ich. Fasse. Es. Nicht«, pruste ich.

»Ahoi, Matrose«, begrüßt er mich. »Hast du geschummelt?«

»Nein, habe ich nicht! Coole Augenklappe.«

»Danke.« Zach grinst und reibt sich die Hände. »Rechne damit, dass du verlierst, Alice.«

Während wir, ohne von der Welt da draußen unterbrochen zu werden, weiterspielen, wird mir bewusst, dass ich es ganz in Ordnung finde, nicht zu gewinnen, auch wenn ich versuche, Zachs Glückssträhne zu unterbrechen. Mit ihm macht einfach das Spielen selbst am meisten Spaß. Als ich dann tatsächlich verliere und Zach viel zu lange seine Schadenfreude genießt, schenke ich uns beiden, passend zur Situation, einen Rum ein und lasse mich in das Glücksgefühl fallen, das seine Gegenwart in mir auslöst.

»Soll ich etwas kochen?«, frage ich, denn es ist schon spät und wir haben bis jetzt nur Alkohol zu uns genommen.

Zach unterdrückt nur mühsam ein nervöses Stirnrunzeln.

»Mein Gott, es war *eine* Auster.« Ich gebe mich empört. »Außerdem habe ich eingekauft.«

»Tja, warum übernehme ich dann nicht das Kochen, und du räumst das Spiel auf?«

»Okay«, sage ich. »Ich wollte ein Pilz-Stroganoff machen, die Zutaten liegen schon in deinem Kühlschrank.«

Während Zach kocht, bleibe ich in seinem Wohnzimmer und betrachte sein Heim, das ich so selten zu sehen bekomme. Die Muster-Farbstreifen, die er über dem Heizkörper an die Wand gemalt hat. Das gerahmte Poster über seinem Sofa, das aussieht wie ein Foto des Fujiyama. Die meiste Zeit haben wir bis jetzt in meinem Haus verbracht, aber ich finde es schön, bei Zach zu sein und dadurch mehr über ihn zu erfahren.

»Essen ist fertig«, ruft er und fordert mich auf, in die Küche zu kommen, wo er ein paar Kerzen auf dem Tisch angezündet und lauter verschiedene Stühle herbeigeschafft hat. »Ich habe große Pläne für das Haus«, sagt er, als er sieht, wie ich alles betrachte. »Es muss eben nur alles getan werden.«

»Nun ja, du weißt ja, wen du anrufen musst, wenn es wieder ein DIY-Projekt gibt.« Ich schmunzle.

Wir sitzen uns gegenüber, häufen Reis auf die Gabeln und unterhalten uns ungezwungen über das Leben, gehen völlig in unserer Zweisamkeit auf und sind ganz zufrieden damit, ein faules Wochenende zu verbringen.

So könnten mir meine Dreißiger-Jahre gefallen.

Volontär-Einsatz

Zach

Als die U-Bahn quietschend und ächzend zum Halt kommt, höre ich mir noch einmal die Nachricht von Alice an. »Du schaffst das! Ich bin so stolz auf dich.« Sie ist mein persönlicher Cheerleader. Im Zentrum der Aufmerksamkeit zu stehen, wird wohl nie zu den bevorzugten Aspekten meiner Arbeit gehören. Während ich zu der Galerie in Whitechapel gehe, wird mir bewusst, dass ich mich heute viel selbstsicherer fühle als vor meiner Vernissage am Sommeranfang. Inwiefern hat das etwas mit Alice zu tun und wie viel mit mir selbst? Sie hat mich auf eine Art gefordert und herausgefordert, wie ich es nie erwartet hätte, aber ich weiß, dass es zum großen Teil auch aus mir selbst kommt. Ich fühle mich dieser Situation heute gewachsen, so wie ich mich jetzt eigentlich allem gewachsen fühle.

Octavia zieht die Tür auf, bevor ich überhaupt anklopfen kann, und sie umarmt mich, als wären wir Geschwister, die sich eine Ewigkeit nicht gesehen haben. Ihr Parfüm hängt wie eine Wolke in der Luft.

»Willkommen bei Goldbury's, wir freuen uns, dich bei uns zu haben. Gute Fahrt von Sheffield hierher gehabt?«

»Danke, Octavia, ich weiß das wirklich zu schätzen.«

Ich atme tief durch und blicke mich in der Galerie um. Der Parkettboden glänzt. Strahler leuchten von der Decke herab. Gemälde hängen an völlig weißen Wänden. Es wirkt einschüchternd. Am Ende des schmalen langen Raumes befindet sich eine behelfsmäßige Bühne mit einem Standmikrofon und ein paar Polstersesseln. Stolz registriere ich, dass meine Werke um die Bühne herum aufgehängt sind. Hier, in einer angesehenen Kunstgalerie in London, hängen meine Bilder! Davon träume ich, seit ich als Kind beim Haus meiner *nonna* am Strand lag und Bilder in den Sand malte.

Als Octavia mich kurz nach unserer ersten Begegnung beim Pingpong-Date kontaktiert hat, war ich nicht gerade in bester Stimmung. Alice hatte mit mir Schluss gemacht, und ich war am Boden zerstört, aber ich wusste, Octavias Angebot wäre ein fantastischer Schub für meine Karriere. Ich sagte zu, entschlossen, mich ganz auf meine Arbeit zu konzentrieren. Jetzt bin ich also tatsächlich hier, und so vieles hat sich inzwischen geändert. Zwischen Alice und mir läuft es gut. *Großartig*. Und während sie sich zu Hause in Sheffield mit Natalie abschuftet, bin ich hier in London und präsentiere mich in Octavias Galerie bei einem »Künstler hautnah«-Event. Gerade stellen ein paar Mitarbeiter der Galerie um die Bühne Stühle auf, und Octavia brüllt Anweisungen wie »DENKT AN DEN OPTISCHEN EINDRUCK«, während ihre Assistentin Iris mir die Personalküche im hinteren Bereich zeigt.

»Beachten Sie Octavia einfach nicht, sie kann manchmal ein bisschen …« Iris beendet ihren Satz nicht und zieht stattdessen nur die Brauen hoch. Ihr Manchester-Akzent hat etwas Beruhigendes.

Ich grinse. »Ja, das kann sie, nicht wahr? Wie lange arbeiten Sie schon hier?«

»Seit meinem Abschluss vor zwei Jahren.« Sie reicht mir eine Tasse Tee. »Ich habe in Camberwell Kunst studiert, und Octavia kam zur Abschluss-Ausstellung meines Jahrgangs. So bin ich hier gelandet. Ich würde zu gern eines Tages ebenfalls meine Kunst an einem Ort wie hier präsentieren.«

»Sie arbeiten also tagsüber hier und malen in Ihrer Freizeit?«

»Ja. Ich werde langsam panisch, weil, nun ja, werden meine Arbeiten jemals gut genug sein, oder muss ich am Ende ewig in so einem Job arbeiten?«

»Das kann ich gut verstehen. Ich habe früher in einem Coffeeshop gearbeitet und nach der Arbeit bei schlechtem Licht in meinem Zimmer in der Wohngemeinschaft gearbeitet.«

»Tatsächlich? Ich habe ein bisschen Angst, dass ich nie dort ankomme, wo ich hinwill.«

»Versuchen Sie, sich nicht zu sehr unter Druck zu setzen. Wenn Sie möchten, kann ich mir gerne einmal Ihre Arbeiten ansehen. Vielleicht kann ich Sie auch mit ein paar anderen aufstrebenden Künstlern zusammenbringen.«

»Wirklich? Es wäre mir eine Ehre.«

»Ich weiß, wie es ist, sich unsicher zu fühlen, weil man nicht weiß, was einen erwartet.« Ich gebe ihr meine Karte.

Octavia kommt herein, zieht einen roten Lippenstift aus ihrer Handtasche und verkündet, dass die ersten Gäste bereits angekommen sind. »Du trinkst Tee? Iris, in der Galerie steht Champagner.«

Iris blickt erschrocken, und ich sage schnell: »Es ist nie der falsche Zeitpunkt für einen Tee.«

»Wirklich, du bist genau wie Dylan. Da holt man den Jungen aus Yorkshire heraus …« Octavia verdreht die Augen. »Was macht das Lampenfieber?«

»Erstaunlich wenig.«

»Sehr gut. Lass uns die Vorgehensweise besprechen. Ich gebe zuerst eine klitzekleine Einführung, und dann kommst du zu mir auf die Bühne, und ich fordere das Publikum auf, Fragen zu stellen. Nach dem Q & A gehen wir dann über zum weniger förmlichen Teil, du weißt schon, das übliche Meet and Greet. Wir haben heute Abend fünfzig Gäste, bedeutende Namen aus der Kunstbranche, Kunden dieser Galerie und ein paar von deinen Fans. Das wird ein Segen!«

»Ein ›Segen‹?« Iris und ich wechseln einen irritierten Blick.

»Sind wir so weit?«

Ich stelle meinen Tee ab, und etwas davon schwappt über den Tassenrand auf den Küchentresen. Bin ich so weit? Die Nervosität ist wieder da, bereit, das Kommando zu übernehmen, aber ich denke an Alice' Worte und beruhige mich mit einem tiefen Atemzug.

»Alles klar«, sage ich.

Es ist ein Abend voll spannender Fragen, die ich glücklicherweise locker beantworten kann. Damals, bei meiner ersten Vernissage, kam ich mir vor wie ein Hochstapler, jemand, der einfach das Glück hatte, seine Leidenschaft zu seinem Beruf machen zu können. Jetzt erkenne ich, dass das alles das Ergebnis harter Arbeit war und dass ich sehr wohl erfolgreich bin und stolz auf mich sein sollte. Es wird immer Tage geben, an denen ich an mir und meinem Talent zweifle. Ich bin noch ganz erfüllt von der pulsierenden Energie um mich herum. Und so nervös mich die Situation auch gemacht hat, es gab auch ein paar lustige Momente. Während des Frage-und-Antwort-Teils hat jemand aus dem Publikum eine völlig deplatzierte Frage zu meiner Freizeit gestellt, und dann sind wir vom Hundertsten ins Tausendste gekommen, bis es Octavia gelang, uns wieder zum Thema Kunst zurückzuführen. Ich hatte noch gar keine Lust, zu gehen, als sich die letzten Gäste verabschiedeten.

»Das war fantastisch«, trällert Octavia, und ihre Absätze klackern, als sie mit Iris im Schlepptau in die Küche kommt. »Zach, ich habe heute Abend drei von deinen Werken verkauft. Drei!«

»Wow, ja, das ist großartig.« Ich bin überwältigt.

Octavia gießt jedem von uns ein Glas Champagner ein, und wir nippen an unseren Gläsern, als Dylan mit langen Schritten in die Galerie kommt. Wir haben uns seit jenem katastrophalen Pingpong-Abend nicht mehr gesehen, und ich straffe unwillkürlich die Schultern.

»Der Mann der Stunde«, sagt er und klopft mir auf den Rücken. »Wie ist es gelaufen?«

»Gut, danke.«

»Hör zu, Mann, es tut mir wie gesagt leid wegen …«

»Ja, mir auch«, erwidere ich. »Sollen wir einfach einen Strich darunter ziehen?«

»Gerne. Octavia und ich gehen jetzt etwas trinken. Habt ihr Lust, mitzukommen?«, fragt er mich und Iris.

»Eine Freundin von mir hat Geburtstag«, sagt Iris und greift nach ihrer Handtasche.

»Danke für die Einladung, aber heute Abend kann ich nicht«, sage ich. Es gibt nur einen Menschen, mit dem ich jetzt feiern möchte. »Aber ein anderes Mal gern. Es wäre schön, einmal gemeinsam etwas zu unternehmen. Vielleicht wenn du das nächste Mal in Sheffield bist, dann könnte auch Alice dabei sein.«

Dylan nickt, und als wir uns die Hände schütteln, habe ich das Gefühl, dass wir uns beide Mühe geben, das Vergangene hinter uns zu lassen. Wir werden nie die besten Freunde werden, das ist klar, aber ich habe die Hoffnung, dass wir es im selben Raum aushalten werden. Um Alice' willen.

»GLÜHENDE KOHLEN! Ich sitze hier auf glühenden Kohlen, Zach! Wie ist es gelaufen?« Ich kann ihrer Stimme anhören, wie aufgeregt und angespannt Alice ist, als ich sie später noch anrufe.

»Wirklich richtig gut.« Meine Stimme ist immer noch etwas zittrig vom Adrenalin. »Wir haben ein paar Gemälde verkauft, und ich war bei dem Frage-und-Antwort-Teil nicht einmal besonders nervös.«

»JJJJAAA! Ich wusste es! Du Legende! Ich bin so stolz auf dich!«

Ich liege in meinem Hotelzimmer auf dem Bett und sonne mich ein wenig in ihrer Begeisterung. »Wie war Octavia?«, erkundigt sich Alice, einen Hauch von Abscheu in der Stimme.

»Genau wie beim letzten Mal … Tut so vornehm und hat eine merkwürdige Art, sich auszudrücken. Es gab einen Tisch mit Getränken und Snacks, und sie spricht Hummus immer so aus, dass es wie Hu-mousse klingt.«

Alice lacht.

»Eigentlich war sie ganz in Ordnung, und ich bin froh über dieses Event heute Abend. Sie hat mir schon versichert, dass sie noch mehr von meinen Werken in der Galerie ausstellen will. Und Dylan ist am Ende auch noch aufgetaucht.«

»Ach?«

»Es war okay, Alice. Wir werden vielleicht nie die besten Kumpels sein, aber ich glaube, wir vertragen uns. Wir haben uns geeinigt, dass wir einen Schlussstrich unter unsere Differenzen ziehen wollen.«

»Puh. Da bin ich aber froh, Zach.«

»Ja, ich auch. Und jetzt zu uns. Ich habe eine Idee für unser V-Date, und das ist von dir inspiriert. Bist du am Wochenende frei?«

»Ich bin gespannt! Und, ja, ich habe Zeit.«

Alice hilft mir dabei, die Malutensilien im Kofferraum von Gerty, die geradezu unter dem Gewicht schwankt, zu verstauen.

»Ich verstehe es nicht«, sagt sie, als sie die letzten Papierrollen hineinschiebt. »Offensichtlich hat unser Wochenende was mit Kunst zu tun. Aber wozu brauchen wir so viel von dem

Zeug? Und welches damit zusammenhängende Wort beginnt mit V? Van Gogh?«

Ich finde es gut, dass unsere Dates uns immer noch Spaß machen und wir uns gegenseitig mit der Geheimnistuerei auf die Folter spannen. Wir steigen ein und fahren zu meinem Atelier. Hier laden wir die Utensilien, die ich zusätzlich gekauft habe, ab. Als ich Pläne für heute gemacht habe, fiel mir auf, dass meine Vorräte erschreckend knapp waren, und so habe ich die Gelegenheit genutzt, wesentlich mehr als nötig zu besorgen.

Alice' Rateversuche werden immer verrückter.

»V wie vegetarisch? Blumenkohlsteaks sollen der Hit sein. Man schneidet im Grunde einen Blumenkohl in Scheiben und tut, als wäre es Fleisch.«

»Nee.« Ich lache.

»Videos? Ich bin sicher, Dad hat ein paar von diesen alten VHS-Dingern, aber wie sollen wir die abspielen?«

Ich schüttle den Kopf.

»Violine?«

»Sollen wir dich aus deinem Elend befreien? Heute sind wir Volontäre. Wir leisten freiwillige Arbeit.«

Alice verschränkt die Arme. »Hier in deinem Atelier? Heißt das, ich bin hier als Volontärin, um dir bei der Arbeit zu helfen? Ich weiß, du bist beschäftigt, Zach, aber könntest du bitte selbst deine Farben anmischen?«

»Nicht so voreilig.« Ich küsse sie auf die Stirn. »Damals, als wir unser G-Date in deinem Garten hatten, hast du mir erzählt, dass du als Studentin mit einer Gartengruppe Freiwilligendienst geleistet hast. Du hast erklärt, wie dir das geholfen hat, mit dem Tod deiner Mutter fertigzuwerden, und wie erfüllend es war, zu erleben, dass andere Menschen von dir profitieren können.«

Alice nickt.

»Das hat mich wirklich beeindruckt«, rede ich weiter. »Ich

weiß noch, dass ich gedacht habe, wie gut es dir gelungen ist, deine Probleme auf so positive Art zu kanalisieren. In letzter Zeit habe ich mich gefragt, wie ich selbst Freiwilligenarbeit leisten könnte, ich wusste nur nicht, womit anfangen. Dann, letztes Wochenende in London, habe ich eine junge Künstlerin getroffen. Sie arbeitet in Octavias Galerie und hat große Angst, dass sie niemals ihr Ziel erreichen wird, nämlich ihre Leidenschaft zum Beruf zu machen. Dabei musste ich an dich und mich denken und was für ein Glück wir haben, unser Geld damit verdienen zu können, was wir am liebsten machen, aber auch, wie sehr wir beide uns dafür anstrengen mussten …«

»Gott, ja, ich erinnere mich, als ich Anfang zwanzig war und keine Ahnung hatte, ob wirklich etwas aus dem Blumengeschäft werden würde und ich jemals Geld damit verdienen könnte oder ob ich meine Träume aufgeben und etwas anderes machen müsste.«

»Genau! Dieser Lebensabschnitt kann wirklich beängstigend sein, und das betrifft nicht nur die Zeit mit Anfang zwanzig. Das Leben stellt uns immer wieder vor neue Herausforderungen. Denk nur an Raff. Meiner Meinung nach hat er alles – Familie, Haus –, aber er schielt immer noch nach Leuten wie uns, die keine Verpflichtungen wie Kinder und so weiter haben …«

»Und darauf ist er neidisch?«

»Irgendwie schon. Ich glaube, für die meisten Leute ist das Gras auf der anderen Seite immer grüner.«

»Das sehe ich auch so.«

»Ich werde also heute meinen ersten Kunst-Therapie-Workshop veranstalten. Wir werden das Atelier entsprechend ausstaffieren, damit die Leute einfach kommen und kreativ werden können, auf welche Art auch immer. Sie sollen die Chance haben, den Kopf frei zu bekommen, und werden hoffentlich für ein paar Stunden von ihren Sorgen abgelenkt.«

Alice blickt mich von der Seite an.

»Das ist eine wundervolle Idee, Zach. Ich nehme an, ich bin die Beispiel-Hobbykünstlerin des Tages?«, scherzt sie.

»Oh, natürlich«, sage ich und gebe vor, die Flyer zu verbergen, die ich letztes Wochenende gemacht habe und auf denen ganz oben mein Name steht. »Hier steht: ›ART SPACE, kommt und entspannt euch, seid kreativ und vergesst alles andere! Mit der bekannten Kunstmalerin Alice O'Neill. Vielleicht hilft sie euch sogar bei der Herstellung eines Pappmaschee-›Mondes‹.«

Alice lacht. »Tja, ich glaube, ich bereite mich jetzt besser auf meine Starrolle vor.«

Sechsundzwanzig Leute sind zum Workshop gekommen, und ich bin ganz beglückt über die Anzahl, schließlich musste alles recht schnell gehen. Ich habe Flyer in Cafés ausgelegt, in Colleges, in Altenheimen und bei Wohlfahrtsverbänden, und jetzt ist mein Atelier voller Menschen, die sich unsicher umsehen und sich fragen, was auf sie zukommt.

»Hallo, alle zusammen, und willkommen.« Ich stelle mich auf einen Stuhl, um die Aufmerksamkeit aller Anwesenden zu bekommen. »Es ist großartig, dass so viele gekommen sind. Vor allem sollt ihr euch entspannen und die Sache genießen. Vergesst alle Sorgen und amüsiert euch. In der Ecke gibt es jede Menge Materialien und Utensilien. Bitte bedient euch und lasst eurer Fantasie freien Lauf. Ich bin hier, falls ihr Tipps braucht oder einen Rat, aber ihr könnt mich auch ignorieren. Heute gibt es keinen Druck. Das ist Alice, die mich unterstützt, und wir stehen beide gerne für Gespräche zur Verfügung.«

Alice winkt den Leuten zu, und ich gehe mit jedem durchs Atelier, zeige, wo es Snacks und Getränke gibt, und sorge dafür, dass jeder einen Stuhl hat. Bald ist der Raum erfüllt von geschäftigem Summen. Die einen konzentrieren sich still, andere plaudern angeregt, und Alice und ich widmen uns jedem Einzelnen, hören zu oder bieten Kekse an.

Ich rede mit Dexter, einem Teenager, dessen Eltern unbedingt wollen, dass er das Geschäft der Familie übernimmt, während er lieber Kunst studieren möchte. Dann mit Tricia, die Eric, ihren alten Vater, mitgebracht hat. Er ist dement, und sie hofft, dass ein Tag mit Malen ihm etwas von den einfachen Freuden des Lebens zurückbringt. Und mit einer Anwältin namens Jacqueline, die »einfach eine verdammte Pause braucht«, wie sie sagt.

»Dexter meint, er würde dich gern nackt malen«, sagt Alice später. Ihr Malerkittel ist mit Farbspritzern bedeckt.

»Oh …« Ich stottere. »Äh …«

»Keine Sorge.« Sie lacht. »Ich habe ihm gesagt, dass das nicht *so* eine Art von Malkurs ist. Aber es hat mich auf Ideen gebracht. Vielleicht könnten wir das wirklich fortführen.«

»Soll ich als Nächstes einen Kurs in Aktmalerei geben? Ich bin mir nämlich nicht sicher, ob das mein Ding wäre.«

»Ich meinte diesen Workshop. Sieh dich nur um, Zach.«

Ich folge ihrem Blick durch den Raum und sehe Menschen aus allen Schichten und Generationen, die ganz versessen darauf sind, etwas zu kreieren. Erics Gesicht leuchtet, als er Jacqueline einen Witz erzählt, Tricia schaut zu und strahlt über das ganze Gesicht. Ein Mann namens Bryn, der gerade eine Trennung durchmacht, malt ein Bild von seinem Traumurlaub und sagt, er plant, allein dorthin zu fahren. Zum ersten Mal seit sechs Jahren wird er allein unterwegs sein.

»Jeder profitiert auf seine Weise von dem Workshop. Schau nur, wie glücklich sie aussehen. Vielleicht sollten wir Kontakt zu einer Kunsttherapeutin aufnehmen oder zu einer Wohlfahrtsorganisation oder etwas Ähnlichem? Du könntest das

Ganze ein bisschen mehr strukturieren und damit wirklich etwas bewirken, Zach.«

»Gute Idee.«

»Es ist wie beim Gärtnern. Ich merke immer wieder, dass man auch in schwierigen Zeiten Freude erleben kann.«

»Fran und Sienna kamen als Frühchen auf die Welt und mussten ein paar Wochen auf der Intensivstation bleiben. Das war für Raff und Ellie sehr schwer. Ich weiß noch, wie ich sie in der Klinik besucht und an all die anderen Kinder gedacht habe, die dort waren. Wie beängstigend muss es für sie gewesen sein, so weit weg von zu Hause an einem so klinischen Ort. Vielleicht sollte ich auch ein paar Kliniken ansprechen und Kunstwerke für die Kinderstationen spenden?«

Alice strahlt mich an. »Das wäre wunderbar.«

Später, als wir uns von den letzten Teilnehmern verabschieden, eilt Tricia zu mir und hält meine Hände fest.

»Dad hat es so viel Spaß gemacht. Danke. Es war wundervoll, zu sehen, wie er sich mit etwas beschäftigt, das ihm keine Angst macht oder ihn daran erinnert, dass er in letzter Zeit nicht mehr ganz auf der Höhe ist.«

Als wir zusammenpacken, gibt Alice mir einen Schubs. »Das war wirklich wundervoll. Mir ist ganz warm ums Herz, als würde ich innerlich leuchten.«

»Ja, mir auch. Ich war unsicher, wie es sich anfühlen würde, wenn ich mein Atelier für so viele Leute öffne. Inneres Leuchten trifft es genau. Wollen wir das feiern und in der Stadt essen gehen?«

»Feiern? Überredet.«

Wir bahnen uns einen Weg durchs Zentrum von Sheffield, einigen uns auf Burritos und nehmen sie mit in die Peace Gardens. Wir entdecken eine leere Bank neben dem Springbrunnen vor dem Rathaus, setzen uns und essen eine Weile schweigend. Ich vertilge in Rekordzeit einen Pulled-Pork-Burrito und Alice eine Version mit Rinderbraten.

Ich denke an all die Geschichten, die ich heute gehört habe, an die Menschen, die an der Schwelle zu etwas Neuem stehen, und ich weiß, ich sitze im selben Boot. Zu unseren Füßen plätschert das Wasser, und mir wird bewusst, wie glücklich ich mit Alice bin. Mein ganzes Leben war ich auf der Suche nach dem, was Raff hat, aber seit ich Alice begegnet bin, ist mir klar geworden, dass es im Leben noch viel mehr gibt. Sie will weder Ehe noch Kinder. Zumindest jetzt noch nicht. Und die Wahrheit ist, ich wünsche mir das immer noch. Aber Alice an meiner Seite zu haben, ist im Moment das Wichtigste in meinem Leben. Vielleicht ist meine Zukunft gar nicht so gesichert, aber solange Alice darin vorkommt, macht mir das nichts aus.

Weinprobe

Alice

Gott sei Dank ist Freitag. Ich schließe den Blumenladen ab und haste nach Hause, um mich auf unser Date vorzubereiten. Es war wieder einmal eine hektische Woche mit langen Arbeitstagen im Shop und danach mit Natalie für *The Hitch* arbeiten. Die Hoffnung, die Freude und die Aufregung, die eine Geschäftsgründung mit sich bringt, wetteifern in meinem Kopf um Aufmerksamkeit. Ich bin an Hektik gewöhnt, aber selbst ich stelle mir die Frage, ob ich dieses Mal nicht zu weit gegangen bin und mir mehr aufgehalst habe, als ich verkraften kann. Um es kurz zu machen, ich freue mich auf ein Glas Wein oder auch drei, ganz zu schweigen von etwas Zeit mit Zach. Ich bin dankbarer als je zuvor für seine Unterstützung, wenn es in meinem Leben hektisch wird, und dafür, dass er mich erdet, wenn ich versuche, tausend Dinge gleichzeitig zu erledigen.

Als ich die Bar erreiche, steht er draußen, heute Abend in einem dünnen Pulli. Ich seufze erleichtert, als ich ihn sehe, er erscheint mir wie der Fels in der Brandung.

»Ich schätze, das W steht für Weinprobe.« Lächelnd deutet er auf das Schild am Eingang. Darauf steht: »Weinprobe, 19 Uhr«.

»Erraten«, sage ich grinsend. Was für ein gutes Gefühl, ihn endlich wiederzusehen. Unser Volontär-Projekt war toll und edelmütig und so weiter, aber ich bin insgeheim froh, Zach heute für mich zu haben, aus ganz egoistischen Gründen. Ich lehne den Kopf an seine Brust und atme seinen Zitrusduft ein. Drinnen werden wir an unseren Tisch geführt, und Zach, liebenswerter Geek, der er nun mal ist, lauscht aufmerksam, als unser Weinexperte uns Instruktionen für die heutige Weinprobe gibt.

Wir arbeiten uns also vorwärts durch »Welt der Weine«, und eine kleine Kostprobe von jedem wird in unsere Gläser gefüllt, damit wir daran schnuppern, nippen und darüber diskutieren können.

»Mir schmecken sie alle«, sage ich kichernd nach dem dritten Minibesäufnis. André, unser Sommelier, kommt an unseren Tisch zurück, und ich erfahre, dass er kreative Geruchs- und Geschmacksbeschreibungen wirklich zu schätzen weiß.

»Dieser hier riecht wie eine warme Sommerbrise«, sage ich selbstbewusst.

»Sehr gut«, bestätigt André mit seinem gestutzten südafrikanischen Akzent.

Ich werfe Zach einen Blick zu, und er lächelt zurück und wirkt beeindruckt. Ich glaube nicht, dass er kapiert hat, dass ich mir das einfach ausgedacht habe. Er notiert *warme Sommerbrise* auf dem Notizblick, den man uns gegeben hat, und mich überkommt eine weitere Woge tiefer Zuneigung. Während wir uns durch die Kontinente bewegen, entspinnt sich zwischen Zach und mir die Art von lockerem Gespräch, die, wie ich merke, zu einer für meine Begriffe langen Beziehung dazugehört. Ich betrete mit Zach neues Terrain, und die Monate, die wir zusammen verbracht haben, wirken sich nun aus.

»Ein Hauch von Schwarzwild.«

»Bitte was?« Zach blickt verwirrt.

»Dieser argentinische Malbec. Ich spüre starke Schwarzwild-Vibes.«

»Da wir gerade davon reden, meine Nichten werden bald sechs, und ich habe keine Ahnung, was ich ihnen schenken soll.«

»Du kannst deine Nichten doch nicht mit wilden Tieren vergleichen!«

»Sie sind wild.«

»Das mag ich so an ihnen. Kinder können heutzutage ziemlich langweilig sein, aber Fran und Sienna sind voller Energie. Es sind schon richtige kleine Persönlichkeiten.«

»Wie eine andere Person, die ich kenne.«

»Jetzt bezeichnest du also *mich* als wildes Tier?« Ich lache und gebe mir Mühe, beleidigt dreinzublicken.

»Ist Schwarzwild nicht Mehrzahl? Wie nennt man ein einzelnes Schwarzwild?«

Damit sind wir eine Weile beschäftigt.

André räuspert sich neben uns. »Schwarzwild bezeichnet sowohl die Mehrzahl als auch die Einzahl«, sagt er, bevor er zur nächsten Gruppe weitergeht.

Zach beugt sich über den Tisch. »Wenn du wählen müsstest: Welcher von deinen Ex-Freunden könnte ein Mörder sein?«

»W…was?«, stottere ich, und das weiße Tischtuch wird mit Malbec-Flecken gesprenkelt. Ups.

»Ich habe in einem dieser Wahre-Geschichten-Magazine gelesen, dass …«

»Moment mal«, kichere ich. »Wie kommst du dazu, ein Real-Life-Magazin zu lesen?« In Zachs Augenwinkeln bilden sich Fältchen, als er »Hauch von Schwarzwild« notiert und ein Fragezeichen dahinter setzt. Ich glaube, er wird langsam misstrauisch, was meine kreativen Ideen über die Weine betrifft.

»Ich war kürzlich beim Friseur und musste warten, und dann kam eins zum anderen«, erklärt er.

Ich lache. »Verstehe. Sprich weiter.«

»Ich habe einen Artikel über eine Frau gelesen, deren Ex-Freund jemanden umgebracht hatte. Er sitzt jetzt im Gefängnis. Sie sagte aus, dass sie ihn niemals zu einer solchen Tat für fähig gehalten hätte, als sie noch ein Paar waren. Ist das nicht seltsam?«

»O Gott, ja. Stell dir nur vor.«

»Deshalb frage ich mich, welcher von deinen Ex-Freunden in die Ich-kann-nicht-glauben-dass-er-ein-Mörder-ist-Kategorie gehören könnte.«

»Man stelle sich vor, dass wir gerade eben noch über Glitzerstifte für Sechsjährige geredet haben«, sage ich schmunzelnd. Ich gehe im Kopf meine früheren Flirts durch, als würde ich einen Rolodex durchblättern. »Hmm. Ich habe keinen von ihnen wirklich gut kennengelernt, aber ich bin einmal mit einem Typen ausgegangen, der darauf bestand, beim Dinner seine Pastasoße in einer separaten Schüssel serviert zu bekommen …«

»Als Italiener kann ich bestätigen, dass das ein wahrhaft mörderischer Fehltritt ist.«

»Und dann war da dieser Pete, der jeden Tag seinen Bizeps gemessen hat, um festzustellen, wie schnell er wächst. Hatte wohl etwas mit Bodybuilding zu tun.«

»Ich weiß jetzt schon, dass ich ihn nicht leiden kann.«

»Ja, aber du weißt ja: Keiner von ihnen hat lange durchgehalten. Mit einem habe ich Schluss gemacht, nachdem ich feststellte, dass sein Lieblings-Emoji nicht das war, das vor Lachen Tränen vergießt.«

Zach lacht. »Wow. Ich habe immer gewusst, dass ich unglaubliches Glück hatte, weil ich mit dir über Date Nummer drei hinauskam, und jetzt hast du es bestätigt.«

»Wir sind beim Buchstaben W. Das heißt: dreiundzwanzig Dates! Ein absoluter Rekord für mich«, sage ich ungläubig. Da kehrt André mit einem Schuss Riesling aus Deutschland zurück.

»Dieser Riesling steigt mit einer tropischen Note in die Nase«, verkündet er.

Zach schnuppert. »Absolut.« Er nickt und wirft mir einen schnellen Blick zu, der mir sagt, dass er mein Spiel verstanden hat. »Ich schmecke Mango und Ananas. Wassermelone und Kokosnuss. Sonnencreme und einen Ninety-Nine mit Kokosraspeln.«

Mit den letzten beiden Beobachtungen scheint André weniger zufrieden zu sein. Er geht weiter zu einer Gruppe von Männern mittleren Alters, die die Weinprobe sehr viel ernster zu nehmen scheinen.

»Ein Ninety-Nine mit Kokosraspeln – bekommt man das in den Tropen?«, kichere ich.

»Ich habe es mit dem Meeresstrand-Motiv etwas übertrieben«, sagt Zach und lacht.

»Ich hätte Lust auf ein Eis«, gestehe ich, und mein Magen knurrt wie auf Kommando. Inzwischen fühle ich mich recht beschwipst.

»Hast du etwa nichts gegessen, bevor wir uns hier getroffen haben?«

Ich gluckse. »Nö.«

Die gute Nachricht ist, dass ich definitiv nicht betrunken bin. I wo. Ich bin so nüchtern wie ein Richter, falls besagter Richter sich beispielsweise gerade am Ende einer Kreuzfahrt auf dem Mittelmeer befindet. Es ist eine wundervolle Art von Betrunkenheit. Die Art, bei der man total rührselig wird und sich prallvoll fühlt vor lauter Liebe, als ob man mit einem Heliumkanister verbunden wäre.

Helium. Wie diese Geburtstagsballons, als Zach mit mir nach Avignon gefahren ist. O Mann, das war süß, oder? Seeeeeeehhhhr romantisch.

Diskret kaschiere ich einen Rülpser, indem ich einen weiteren Schluck nehme von … was ist denn das?

»Das ist ein englischer Schaumwein.«

Ich zucke zusammen. André steht direkt neben mir, und ich hatte es nicht bemerkt.

»Vielleicht ist das jetzt der richtige Moment, noch einmal darauf hinzuweisen, dass die Spucknäpfe auf Ihren Tischen aus einem bestimmten Grund dastehen«, sagt er laut.

Ich strecke die Hand hoch.

»Ja?«, sagt André.

»Was, wenn einem jeder Wein geschmeckt hat und man deshalb keinen ausgespuckt hat?«

Er hüstelt. »Es geht nicht darum, ob Ihnen der Wein schmeckt oder nicht. Es geht darum, jeden zu kosten und *jeden* danach auszuspucken.«

Oh. »Hat noch jemand bei der Einführung nicht aufgepasst?«

Ein paar Hände gehen nach oben. André wirkt sehr unzufrieden. »Wir werden wohl mehr Wasserkaraffen benötigen«, stellt er genervt fest und marschiert zum Bartresen.

»Ich fühle mich ziemlich beschwipst«, flüstere ich einem der beiden Zachs zu, die mir gegenübersitzen. Wer ist der andere? Muss wohl ein Stunt-Double sein.

»Sollen wir dir etwas zu essen besorgen?«

»Könnten wir vorher noch diesen Schaumwein kosten? Ich habe es so gerne, wenn es perlt.«

»Okay, aber dann müssen wir etwas zu essen für dich beschaffen.«

Ich hebe und senke zustimmend den Kopf.

»Du bist wundervoll«, sage ich.

»Ach?« Zach grinst.

»So auf mich aufzupassen. So rücksichtsvoll. Ein wirklich guter Typ. Wie ein wunderbarer Boyfriend.«

»Also, dein Boyfriend bin ich definitiv, und es ist sehr lieb von dir, das alles zu sagen.«

»Ja, du bist mein Boyfriend.« Ich nicke. Plötzlich fühle ich mich, als wäre ich im Begriff, von einer Klippe in einen Pool voller Gefühle zu springen, und ich fange an zu kichern, weil meine Füße bereits von der Kante baumeln. Jetzt gibt es kein Zurück mehr.

»Das finde ich gut«, verkünde ich.

»Gut zu wissen.«

»Ja«, stimme ich zu und beuge mich verschwörerisch vor. »Ich finde es gut, dass du mein Boyfriend bist, und ich finde noch einiges andere an dir gut. Ich weiß, wir sind in vielerlei Hinsicht verschieden, aber Menschen sind nun mal kompliziert, oder?« Ich schnippe mit den Fingern und taste in dem Weinnebel nach den richtigen Worten für meine ergreifende und von Herzen kommende Rede. »Wir sind nicht so unterschiedlich wie Tag und Nacht.«

»Das habe ich nie gesagt«, erwidert Zach belustigt.

»Wir sind eher so ähnlich wie Tag und Nacht.« Ja, das ist es. Das läuft ja richtig gut. Ich fühle mich heute so tiefsinnig, ich sollte mein Redetalent wirklich sinnvoll einsetzen und Zach jetzt sagen, was ich für ihn empfinde. »Mir gefällt an dir, dass du nicht so temperamentvoll bist wie ich. Mir gefällt deine Schüchternheit, aber auch deine Stärke. Mir gefällt, dass du lieb und fürsorglich bist. Mir gefällt, dass du zuhören kannst, ohne zu verurteilen, und dass du nichts dagegen hast, wenn du von mir gnadenlos gehänselt wirst, und dass ich in deiner Gegenwart total ich selbst sein kann, und, ja, wenn ich so darüber nachdenke, dann gefällt mir auch, dass ich viel mehr ich selbst geworden bin, seit wir uns kennen. Das ist natürlich nicht alles dir zu verdanken, weil ich es ja verdammt gut hingekriegt habe, mich seit diesem Sommer in einem ganz neuen Licht zu betrachten. Ich habe es geschafft, über meine Mum zu sprechen, und ich habe Natalie geholfen, über ihre Trennung hinwegzukommen, und ich habe, verdammt noch mal, auch noch eine neue Firma gegründet wie ein Champion. Also, was ich sagen will: Ich bin toll. Und du auch.«

Noch ein Rülpser. Weniger gut kaschiert.

»Das ist mir alles klar geworden. Wir haben alle unsere Schwächen, oder? Eine Weile dachte ich, deine Vergangenheit wäre für mich ein Grund, dir nicht zu vertrauen, aber dann habe ich gemerkt, dass ich aufhören sollte, nach Gründen zu suchen. Warum danach suchen, wenn es in *unserer* Beziehung doch gar keinen Grund gibt, sich Sorgen zu machen? Außerdem kann man sich im Leben nicht einfach immer nur das Beste aussuchen – sich immer nur für den einfachsten Weg entscheiden –, denn dann hätte ich all diese wundervollen Abenteuer verpasst, die wir gemeinsam erlebt haben. Und vielleicht ist das Beste an dir das, wozu dich deine Erfahrungen gemacht haben.«

»Wovon genau redest du?«

»Du weißt schon! Du bist liebenswert und nachdenklich und manchmal gehemmt, und du trägst dein Herz immer auf der Zunge. Du wärst nicht der, der du bist, wenn du nicht schwierige Zeiten durchgemacht hättest. Das Gleiche gilt für mich. Seit meine Mum starb, versuche ich, über meinen Kummer hinwegzukommen. Ich habe Schutzwälle aufgebaut, um mich nie wieder so traurig fühlen zu müssen. Und jetzt schau uns an! Meine Schutzwälle sind eingerissen, und ich bin wirklich sehr glücklich, und ich glaube auch gar nicht, dass man jemals von seinem Kummer wegkommt. Man lebt weiter und nimmt ihn mit. Es ist okay für mich, ihn mitzunehmen, gemeinsam mit dir, weil ich dich wirklich sehr mag.«

»Das heißt allerdings nicht, dass ich mich geändert habe«, fahre ich fort und wische dabei mit dem Arm über den Tisch, wie um eine Veränderung zu demonstrieren. »Ich bin nicht sicher, ob ich jemals heiraten oder Kinder haben will. Aber ich kann mir eine Zukunft mit dir vorstellen. Eine, die über eine alphabetische Reihe von Dates hinausgeht. Um es kurz zu machen: Ich gehöre dir, wenn du mich willst.«

RÜLPS.

Bestimmt ist Zach jetzt ganz überwältigt angesichts dieser Demonstration meiner Zuneigung, und bestimmt ist das jetzt der Moment für einen Kuss, denke ich. Ich stütze die Ellenbogen auf den Tisch, beuge mich vor und erwidere Zachs Blick.

Er hat seine Geldbörse auf den Tisch gelegt, ein sicheres Zeichen dafür, dass er gehen möchte, bestimmt weil er – da bin ich zu einhundert Prozent sicher – mit mir nach Hause gehen will nach all den total süßen Dingen, die ich gerade zu ihm gesagt habe.

»Sorgen wir dafür, dass du etwas zu essen bekommst«, sagt er.

Kluges Kerlchen.

»Erst essen!« Ich zwinkere ihm zu.

Eine Portion Nudeln und drei Gemüse-Gyoza später fühle ich mich wesentlich weniger beschwipst, aber ziemlich verwirrt. Zach hat mich nach unserer Weinprobe ins *Wagamamas* gelotst, und seit wir uns zum Essen hingesetzt haben, habe ich das Gefühl, dass er absichtlich nur über Alltägliches redet. Nicht ein einziges Mal hat er meinen romantischen Ausbruch erwähnt, und ich habe inzwischen den Eindruck, dass ich etwas Falsches gesagt habe, aber was? Zach *liebt* es, über seine Gefühle zu sprechen.

Ich spieße mit meinen Essstäbchen einen weiteren Knödel auf und kaue nachdenklich. Vielleicht war ich zu betrunken und habe wirr geredet. Vielleicht ist das ein Gespräch, das er lieber mit mir führen würde, wenn ich nüchtern bin?

O MEIN GOTT, natürlich, das ist es!

Ich habe ganz schön viele Weine probiert, bevor ich ihm gesagt habe, was ich fühle, und jetzt fragt er sich wahrscheinlich, wie ernst ich das gemeint habe. Alice, du dumme Nuss!

»Ich habe das alles ernst gemeint«, sage ich später, als wir auf dem Weg zu mir im Taxi sitzen und die City von Sheffield an uns vorbeifliegt.

»Danke, Alice«, erwidert er.

»Danke? Ist das alles, was du zu sagen hast?«

Er dreht sich im Halbdunkel zu mir um.

»Was soll ich denn sagen?«

»Keine Ahnung. Ich dachte, du würdest dich vielleicht freuen, das ist alles.«

Zach seufzt. »Hör zu, es ist schon spät, und ich möchte nicht einen schönen Abend verderben.«

»Wieso denn verderben? Was ist los?«

Das Taxi hält vor meinem Haus, und wir steigen aus. In meinem Kopf geht alles durcheinander, während ich meinen Hausschlüssel suche. Drinnen ziehen wir bei unbehaglichem Schweigen Jacken und Schuhe aus. Die Heliumballons des Glückstaumels, von dem ich eben noch beseelt war, fallen jetzt endgültig in sich zusammen.

Ich will gerade etwas sagen, da kommt Zach mir zuvor.

»Ich bin erledigt. Was dagegen, wenn ich gleich schlafen gehe?«

»Nur zu«, sage ich. Damit ist dieser Tag dann wohl zu Ende.

Ich wache vor Zach auf, schlüpfe leise aus dem Bett und schleiche die Treppe hinab, um Tee für uns zu machen. Jetzt, da ich zu hundert Prozent nüchtern bin, verstehe ich immer noch nicht so recht, was schiefgelaufen ist, aber ich schätze, bei meiner beschwipsten Liebeserklärung habe ich irgendwie den falschen Ton erwischt.

»Morgen«, sage ich und stelle einen Teebecher neben Zach,

als er sich rührt. »Sieh nur, ich habe unsere Weinprobennotizen von gestern Abend in meiner Tasche gefunden.«

Als er seine Brille aufsetzt, gebe ich ihm den Zettel. »Ich hatte ganz vergessen, dass wir dem Barolo einen Geschmack wie ›vor Kurzem umgegrabene Erde‹ bescheinigt hatten«, sage ich lachend.

Zach gähnt und streckt sich und stimmt nicht in das Lachen ein.

»Möchtest du darüber reden?«, frage ich schließlich.

»Ich befürchte, dass das, was ich sagen will, dich verscheuchen wird.«

Ich setze mich neben ihn aufs Bett.

»Weshalb sollte es mich verscheuchen?«

Zach seufzt. »Weil es mit der Zukunft zu tun hat. Unserer Zukunft.«

»Zach, ich weiß, ich war gestern betrunken, aber ich bin ziemlich sicher, dass ich gesagt habe, dass ich mir eine Zukunft mit dir wünsche. Ich wünschte, du hättest nicht immer das Gefühl, mich mit Samthandschuhen anfassen zu müssen.«

»Ich habe keineswegs immer dieses Gefühl.«

»Manchmal?«

»Also, ja. Am Anfang unserer Beziehung wollte ich dich nicht verschrecken, also habe ich mich ganz bewusst bemüht, nicht zu viel Druck auf dich auszuüben. Und jetzt sind wir so weit gekommen, und ich liebe dich, verdammt noch mal, und …«

»Und du hast immer noch Angst, ich könnte ausreißen?«, beende ich den Satz für ihn.

»Nein, das ist nicht das, worauf ich hinauswill. Ich glaube, du und ich, wir haben jetzt wirklich eine feste Beziehung. Aber wir kommen nicht an der Tatsache vorbei, dass wir unterschiedliche Vorstellungen vom Leben haben. Es macht mich so glücklich, dass du solche Gefühle für mich hast und sie auch ausdrückst. Aber ich wünsche mir immer noch eine eigene Familie, und du hast gestern ziemlich klar gesagt, dass du andere Vorstellungen hast. Sollen wir also einfach irgendwie zusammen weitermachen, bis uns klar wird, dass wir einander nicht wirklich glücklich machen können? Du willst keine Kinder. Ich schon. Das sollte doch Alarmglocken auslösen, oder?«

Ich weiche zurück. Die Bedeutung dessen, was er gerade gesagt hat, hängt zwischen uns in der Luft wie eine Gewitterwolke.

»Es müssen keine Alarmglocken sein, Zach.«

»Ich liebe dich so sehr, Alice. Ich würde so gern mein Leben mit dir verbringen, und es hat mich so glücklich gemacht, dass du auch über unsere Zukunft geredet hast. Ich will nur nicht, dass wir einen Punkt erreichen, an dem wir schon viel zu weit gegangen sind und dann feststellen, dass wir uns hassen, weil wir unterschiedliche Lebensziele haben.«

»Ich liebe dich auch! Zach, ich sage ja nicht, dass ich definitiv niemals ein Baby habe möchte. Ich habe mich einfach noch nicht entschieden. Am Anfang des Jahres gab es so vieles, das ich nicht wollte, und doch sind wir jetzt zusammen. Du bist das Beste, was mir je passiert ist. Aber, hör zu, ich verstehe dich, und du sollst dir keine falschen Hoffnungen machen. Wenn du eine endgültige Entscheidung brauchst, hier und jetzt, dann …«

Meine Stimme bricht. Ich kann nicht glauben, dass wir an diesem Punkt angekommen sind. Ich hasse es, Zachs Gefühle zu verletzen, aber ich werde nichts versprechen, was ich nicht halten kann.

»Alice, ich will dich mehr als irgendetwas sonst«, sagt er und greift nach meiner Hand. »Wenn ich wählen müsste, ich würde mich jederzeit lieber für dich als für eine Familie entscheiden.«

»Aber das ist nicht richtig. Wir sollten alle die Chance haben, mit unserem Leben das anzufangen, was wir wollen«, sage ich traurig.

»Argh, bitte sei nicht traurig. Es tut mir leid.«

»Es gibt nichts, was dir leidtun müsste.«

»Ich habe wieder ein Date verpatzt.«

»Nein, du warst ehrlich zu mir. Das ist wichtig. Ich will dich nicht verlieren, Zach, aber ich will dich auch nicht unglücklich machen.«

»Das ist es ja. Du machst mich nicht unglücklich. Ich war noch nie glücklicher.«

Ich kuschle mich an seine Brust, presse die Lider zusammen und hoffe wider besseres Wissen, dass das nicht das Ende ist.

»Weißt du was? Jedes Mal, wenn wir in unserer Beziehung auf ein Problem gestoßen sind, haben wir das gemeinsam gelöst. Wir haben einen Weg gefunden, es zu überwinden. Ich bin zuversichtlich, dass wir eine Lösung für diese wichtigen Fragen finden, wenn es so weit ist.«

»Wir sind ziemlich gut, wenn es darum geht, uns durch einen Shit-Storm zu navigieren.« Ich lache. »Hör zu, Zach, ich sage nicht endgültig Nein zu der Baby-Sache, okay? Ich weiß es einfach noch nicht.«

»Ich sage auch nicht endgültig, dass ich es unbedingt will. Ich dachte, es wäre so, aber das Wichtigste von allem ist, dass wir zusammen glücklich sind.«

Ich lege den Kopf in den Nacken und blicke zu ihm hoch. Sein Haar ist noch verstrubbelt vom Schlafen.

»Ich glaube, alles wird gut«, flüstere ich.

X für Schatz

Zach

»Ist das wieder eine SOS-Situation?«, fragt Ellie. Sie schiebt mir den Einkaufswagen zu und klippt ihre Einkaufsliste daran fest. Sie ist für einen Großeinkauf vor der Geburtstagsparty der Mädchen in die Stadt gekommen, und ich habe die Gelegenheit genutzt, um mir Rat von meiner besten Freundin zu holen.

»Es gab weder einen großen Streit noch eine schlimme Panikattacke«, sage ich, als wir durch den Supermarkt navigieren. »Die Beziehung mit Alice ist inzwischen viel stabiler, glaube ich. Ich mache mir nur Sorgen, weil wir unterschiedliche Erwartungen an unser Leben haben. Bei unserem letzten Date hat sie gesagt, dass sie nicht glaubt, jemals Kinder haben zu wollen, und, na ja, du weißt, wie ich darüber denke, eines Tages Vater zu werden.«

Ellie nickt. Wir steuern gerade die Regalreihe mit den Chipstüten an.

»Und warum möchtest du Vater werden?«

»Äh, ich möchte das einfach.«

»Aha. Also, ich verstehe das. Ich wollte auch ›einfach‹ Mutter werden. Das ist aber nicht nur Friede, Freude, Eierkuchen. Es ist harte Arbeit. Es gibt Tage, da würdest du alles für ein Nickerchen geben oder dafür, eine Nacht ohne Unterbrechung schlafen zu können oder dich nur um dich selbst kümmern zu müssen. Wenn man ein Kind bekommt, verdoppeln sich alle Sorgen über Nacht.«

»Oder sie verdreifachen sich – wie in deinem Fall.«

»Nur ein Wahnsinniger bekommt freiwillig zwei auf einmal.« Sie lacht. »Als die Mädchen zur Welt kamen, wurde mir sofort klar, dass da jetzt zwei kleine Menschenleben völlig von mir abhängen. Wenn man ein Kind hat, wirkt sich alles, was man tut, jede Entscheidung, die man trifft, auch auf das Kind aus.«

»O verdammt.«

»Es kann sich erdrückend anfühlen. Aber es ist auch das Beste auf der Welt. Zu sehen, wie dein Kind strahlt, weil du den Wasserhahn aufdrehst oder weil es eine Luftblase gesehen oder jemand ein komisches Geräusch gemacht hat. Man sieht die Welt durch ihre brandneuen Augen, und das ist wirklich eine große Freude. Dinosaurier oder Einhörner?«

»Wie?«

»Als Kuchen-Deko?« Sie deutet auf die Geburtstagskuchen.

»Von jeder Sorte eine.«

»Gute Entscheidung. Sag *nonna* nichts davon, dass ich geschummelt habe mit fertig gekauftem Kuchen!«

»Meine Lippen sind versiegelt. Du meinst also, dass Elternsein der beste und gleichzeitig der schwerste Job ist?«

»Ganz genau.« Wir gehen weiter zur Spirituosenabteilung. Aus der Menge an Prosecco, die sie in den Einkaufswagen lädt, schließe ich, dass bei Frans und Siennas Geburtstagsparty viele durstige Eltern anwesend sein werden. »Ich glaube, es ist wichtig, dass du mit Alice jetzt darüber redest, Zach. Ihr wollt euch bestimmt offen und ehrlich sagen, was ihr für euch vom Leben erwartet, bevor ihr euch gegenseitig verletzt.«

»Es ist das Unbekannte, was mich beunruhigt.«

»Du planst gerne alles im Voraus.« Ellie grinst.

»Wir sind beide nicht hundertprozentig sicher, ob wir Kinder wollen oder nicht, jedenfalls habe ich diesen Eindruck, was Alice angeht. Ich glaube, sie hat so lange geglaubt, dass eine feste Beziehung nichts für sie ist, dass es schwierig für sie ist, plötzlich eine Beziehung mit mir zu haben und diese Art von Gespräch zu führen. Sollte ich also eher mich selbst infrage stellen?«

»Das glaube ich nicht. Ich finde, wenn einer von euch sich ganz sicher wäre, für oder gegen Kinder zu sein, dann solltet ihr wohl jetzt die Beziehung beenden, auch wenn das unglaublich schmerzhaft wäre, denn es ist ja offensichtlich, wie sehr ihr euch liebt. Aber wie die Dinge liegen, habt ihr noch etwas Spielraum. Ich glaube, du und Alice, ihr könnt einen Weg finden, mit dem ihr beide glücklich werdet.«

»Wirklich?«

»Ihr seid beide nette, rücksichtsvolle Menschen, und ihr respektiert euch gegenseitig. Ihr findet sicher einen Weg. So, und jetzt reich mir mal den Karton mit italienischem Rotwein von dort oben herunter.«

»Noch mehr Alkohol?« Ich zögere.

Ellie blickt mich an. »Kindergeburtstage sind im Grunde nur ein Vorwand für Eltern, sich zu betrinken, während ihre Kinder im Haus anderer Leute herumtoben. Ich brauche so viel, wie wir in den Kofferraum hineinkriegen.«

Immer wenn ich mit Ellie geredet habe, geht es mir besser, und ein paar Tage später bin ich bereit, wenn auch ein bisschen nervös, für mein nächstes Date mit Alice. Ich habe den Tag durchgeplant, mir bis ins letzte Detail Gedanken gemacht und mich gefragt, was sie wohl am Ende dazu sagen wird. Ob es überhaupt eine gute Idee ist, wenn man bedenkt, was bei unserem letzten Date passiert ist. Mein Bauchgefühl sagt Ja.

Ich klopfe an ihre Tür, und Natalie öffnet sie.

»Hallo, Mr. Geheimnisvoll. Ich habe gerade mit Alice gesprochen, sie kommt erst in ungefähr einer Stunde.«

»Danke, dass du das überprüft hast«, erwidere ich dankbar. »Ich brauche ein bisschen Zeit, um alles vorzubereiten.«

»Was hast du eigentlich vor?«

»Es soll eine Überraschung für Alice werden.«

»Willst du mich aus dem Weg haben?«

»Ich könnte ehrlich gesagt Hilfe gebrauchen, falls du nichts dagegen hast. Ich habe Kaffee mitgebracht.«

»Überredet.« Sie lacht. »Wirklich, Zach, das war nicht nötig.«

»Ich wollte einfach Danke sagen. Du hast mir wirklich sehr geholfen bei dem Frankreich-Trip an Alice' Geburtstag.«

Natalie nimmt ihren Kaffee, und wir gehen hinein. »Das war doch nichts. Alice war für mich da, als Jake und ich uns getrennt haben, und ich liebe sie. Ich liebe sie zum Mond und wieder zurück, und du offenbar auch, deshalb bist du für mich einer von den Guten.«

»Gut zu wissen«, sage ich lachend.

»Also, wie kann ich helfen?«

Ich erkläre ihr meine Idee und beobachte ihre Reaktion. Natalie kennt Alice besser als sonst irgendjemand, und es wäre mir recht, wenn sie meine Idee für das X-Date absegnen würde.

»WAHNSINN!«, schreit sie mich an, als wir fertig sind. »Das ist ein großes Ding!«

»Ich weiß. Meinst du, es wird ihr gefallen? Oder ist es übertrieben?«

»Ich meine, sie wird total überwältigt sein von so viel Romantik.«

Ich zucke zusammen. »Alice steht nicht auf Romantik.«

Natalie sieht mich tadelnd an, als ich mich mit meinem Kaffeebecher am Küchentisch niederlasse.

»Stopp. Alice *stand* nicht auf Romantik. Wahrscheinlich immer noch nicht. Aber sie steht auf dich. Sie liebt dich!«

»Das hat sie dir gesagt?«, frage ich überrascht.

»Klar. Und jetzt haben wir wohl eine Menge zu tun, bevor sie nach Hause kommt.« Natalie blickt auf ihre Armbanduhr und wechselt in den Projektbearbeiter-Modus.

Anderthalb Stunden später stürmt Alice durch die Haustür und schreit: »Ich werde heiraten!«

Was?

Ich werfe Natalie, die mir im Wohnzimmer dabei hilft, kleine Botschaften in Couverts zu verteilen, einen panischen Blick zu. Sie zieht eine Grimasse und geht auf den Flur hinaus. »Wovon redest du?«

Ich höre, wie Alice ihre Schuhe wegkickt. »Ich und Eve. Wir sind total verknallt. Zurzeit müssen wir uns mit einer echt schwierigen Braut herumschlagen. Du kennst ja die Ex von Zach? So peinlich! Sie ist sehr anspruchsvoll, was die Details betrifft, was in Ordnung ist, aber als wir uns heute Morgen trafen, hat sie, als ich ihr meine ersten Entwürfe zeigte, so das Gesicht verzogen, dass ich hätte schreien können: HABEN SIE EINE AHNUNG, WIE LANG ICH DAFÜR GEARBEITET HABE? Wie auch immer, Eve ist gerade rechtzeitig dazugekommen, und ich denke, jetzt ist alles wieder in Ordnung. Also werde ich sie heiraten.«

»Hmm. Was wird Zach dazu sagen?«

»Er wird darüber hinwegkommen«, sagt Alice lachend.

Ich strecke den Kopf durch die Wohnzimmertür. »Da bin ich mir nicht so sicher.«

»Du bist hier.« Alice strahlt übers ganze Gesicht. »Hallo! Wieso bist du hier?«

»Ich hatte gehofft, unser X-Date früh zu starten, aber falls Eve mich jetzt aus dem Spiel verdrängt hat, kann ich ja …« Ich mache Anstalten, zur Tür zu gehen, wenn auch mit einem Grinsen.

»Bleib!« Sie lacht und verbiegt ihren Körper über den Flur hinweg, um mich zu bremsen. »Ich sage Eve, ich hätte kalte Füße bekommen.«

»Das käme mir recht.« Plötzlich bin ich furchtbar nervös, als mir klar wird, was gleich passiert. Wir drehen uns beide um und sehen, wie Natalie beide Hände auf ihr Herz legt und uns anschaut wie eine stolze Mutter, deren Kind an der Schule einen Preis gewinnt.

»Wieso bist du so komisch?«, will Alice wissen.

»Oh, du kennst mich doch. Zu viel Koffein am Morgen, und ich drehe durch«, sagt Nat. Sie zieht ein Paar schwarze Stiefel und eine Steppjacke an. »So, und jetzt gehe ich zu meinem Solo-Date im Kino, so gern bin ich in meiner Gesellschaft! Viel Spaß.«

Alice dreht sich zu mir um, sie hat ihr Haar hoch aufgetürmt, und an ihren Ohren funkeln Regenbogenohrringe.

»Ich frage mich, was es sein könnte«, sagt sie, nachdem wir uns geküsst haben. »Es gibt nicht viel, was mit X anfängt. Darf ich raten?«

»Nur zu.«

»Ich habe sogar eine Liste, auf der steht, was ich alles heute nicht tun möchte.«

O verflixt.

Alice hebt die Hand und beginnt, an ihren Fingern abzuzählen. »X-Box«, sagt sie und runzelt die Stirn. »Ich mag Videospiele nicht besonders. Aber ich glaube, du auch nicht, oder?«

»Nö.«

»Und *X-Men*. Wir hatten schon ein Kino-Date. Allerdings weiß ich ja, wie sehr du auf Comics stehst, und deshalb würde ich einem zweiten zustimmen, wenn Hugh Jackman darin vorkommt.«

Ich lächle. »Wieder nein.«

»Okay, damit sind die beiden Punkte, auf die ich wenig Lust habe, abgehakt.«

»Und was ist mit denen, auf die du Lust hättest?«

»Ich dachte, wir könnten vielleicht nach Exeter fahren, aber das fängt nicht wirklich mit X an.«

»Du weißt ja, ich lege Wert auf Regeln.«

Alice nickt. »Also habe ich mich für X-rated entschieden.«

Ich brauche einen Moment, oder zwei, um die Fassung wiederzuerlangen.

»Wir sollten das nicht ausschließen, für später.« Meine Stimme klingt heiser. »Und jetzt folge mir.«

In der Küche befindet sich auf einer Staffelei, die ich heute Morgen hergebracht habe, ein Bild von mir. Ich habe verschiedene Schrifttypen ausprobiert und dann dieses X auf einem Hintergrund aus kräftigen Farben von Hand gezeichnet. Es ist ganz anders als das, was ich sonst mache, aber als ich vor einiger Zeit mein Atelier für einen Workshop öffnete, habe ich gesehen, was für einen Spaß die Leute hatten. Es hat mich irgendwie daran erinnert, wie sich Malen angefühlt hat, als ich klein war und einfach nur aus Spaß mit den Farben herumgespielt habe, ohne den Druck, mein nächstes großes Kunstwerk erschaffen zu müssen.

Alice eilt herbei und zeichnet den Buchstaben mit der Hand nach. Dann entdeckt sie den Umschlag, der in dem Falz der Staffelei steckt und auf dem ihr Name steht. Sie blickt zu mir herüber, ihre Augen funkeln vor Freude, als sie ihn aufreißt. »*Mit dem X findest du den Schatz*«, liest sie vor. »*Folge den Hinweisen, bis du ein weiteres X findest.* – Eine Schatzsuche! O mein Gott, JA! Ich bin jetzt schon begeistert. Gibt es am Ende etwas zu essen?«

»Ab jetzt sage ich nichts mehr. Auf der Rückseite der Karte steht der erste Hinweis.«

Alice klatscht in die Hände, dann liest sie den Hinweis.

»Nummer eins: Ich werde immer deinen XXXX bewundern.« Sie legt die Stirn in Falten. »Du meinst mich? Alice? Mein Vier-mal-X?« Sie trommelt mit den Fingern auf den Küchentisch und überlegt.

»ELAN«, ruft sie nach einer Weile. »Ist es mein Elan?«

Ich presse die Lippen aufeinander.

Sie rennt zum Flur, wo ihre Sportschuhe stehen, und untersucht beide gründlich, findet jedoch keinen Hinweis. Dann dreht sie sich um, und ihre Augen leuchten auf, als sie ihre Leggings an der Garderobe sieht. »Aha!« Sie greift danach und prompt fällt ein Umschlag mit Karte heraus.

Sie reißt ihn ungeduldig auf, und ich grinse vor mich hin. Ich wusste, sie würde sich Hals über Kopf hineinstürzen.

»Nummer zwei: *Du bist wie ein Hauch von XXXXXXXX Luft*. Frisch. Das ist einfach. Richtig?« Das Wort *glühend* beschreibt nicht annähernd ihren Eifer. Es ist, als würde man einen menschlichen Wirbelwind in der *Crystal Maze*-Show beobachten. Alice nimmt zwei Stufen auf einmal, und ich stehe amüsiert unten. Ich höre, wie sie in einem Schrank herumstöbert, und nach einer Weile springt sie wieder auf den Treppenabsatz und präsentiert stolz einen Lufterfrischer.

»Aber da ist kein Hinweis.« Sie runzelt die Stirn.

»Das liegt daran, dass du danebenliegst.«

Alice schmollt. »Ein Hauch frischer Luft. Frisch ist eindeutig richtig.« Fragend blickt sie zu mir hinab, und ich kann nicht anders, als leicht zu nicken. »Was könnte sonst frisch sein?« Alice versucht es mit dem Schrank, in dem sie ihre Weichspüler aufbewahrt. »Auch nichts.« Sie streckt den Kopf zur Hintertür hinaus auf der Suche nach frischer Luft, ohne Ergebnis.

»Argh«, schnieft sie. »Moment mal, was ist mit Saskia?« Sie hat eine neue Idee und rennt wieder die Treppe hinauf. Ich folge ihr bis ins Schlafzimmer.

»Dass du dich daran erinnert hast!«, ruft sie freudig, als sie die Karte entdeckt, die an der Bogenhanfpflanze neben ihrem Bett steckt.

»Wie könnte ich Saskia vergessen?«, sage ich lachend. Ich denke daran, wie Alice mir ausführlich die Vorteile von Topfpflanzen erläutert hat, die eine luftreinigende Wirkung haben. Dass sie ihrer Pflanze den Namen Saskia gegeben hat, fand ich unglaublich liebenswert.

Alice springt im Haus umher, beglückwünscht sich jedes Mal, wenn sie etwas herausgefunden hat, und räuspert sich, wenn sich ein Hinweis als schwierig erweist. Hinweis Nummer drei errät sie sofort – *»Zachs peinlichstes Geheimnis«* – und geht direkt zum Bücherregal, wo ein Stapel *Point Romance*-Bücher auf sie wartet. *»Hinweis Nummer vier: Du kleidest dich wie ein XXXXXXXXXX«* veranlasst sie, ihren Kleiderschrank zu durchsuchen, bevor sie endlich hinaus in den Garten geht, wo an einem Regenbogen-Ballon der Hinweis Nummer fünf befestigt ist. *»Wir können nirgendwohin reisen ohne XXXXXX.«* Sie bindet sich die Ballonschnur um die Taille wie einen Gürtel und geht zurück in die Küche auf der Suche nach Snacks.

Dort, zwischen den *Hula Hoops*, befindet sich Hinweis Nummer sechs.

»Was dir am wertvollsten ist.«

Alice zieht die Brauen zusammen. »Zweifellos Mums Ring«, sagt sie und blickt hinab auf das goldene Band an ihrem Mittelfinger. »Aber den trage ich ja schon.« Ich ziehe geheimnistuerisch eine Braue hoch. Alice wirkt ein ganz klein wenig nervös, als sie wieder die Treppe hinaufgeht und dabei scherzt, was für ein gutes Training das ist. Alice legt den Ehering ihrer Mum jeden Abend vor dem Schlafengehen in die Originalschatulle und behält diese nahe bei sich, während sie schläft.

Ich lehne mich gegen den Türrahmen, als sie den Hinweis entdeckt, den ich dort deponiert habe.

Sie dreht sich zu mir um.

»Zach … ich …«

»Mach sie einfach auf«, sage ich lächelnd.

»Argh, Zach, bitte, ich …«

»Vertraust du mir?«

Sie öffnet die Ringschatulle.

»Sie ist leer«, sagt sie und macht ein Gesicht, als wäre sie gerade einer Gewehrkugel ausgewichen.

»Ich weiß«, sage ich, als Alice zögernd den Umschlag darunter hochhebt. Dieses Mal ist sie vorsichtiger.

»Noch ein Hinweis«, sagt sie und blickt mich überrascht an.

»Ist das nicht der Sinn einer Schatzsuche?«

»Nun ja.« Sie lässt sich auf das Fußende ihres Betts fallen. »Ich habe mich nur gefragt, ob du gerade …«

»Ob ich gerade …«

»Mir einen Heiratsantrag machen wolltest?«

»Der Frau, die nicht sicher ist, ob sie überhaupt heiraten will?« Ich setze mich neben sie und sehe sie aufmerksam an. Trotz allem verspüre ich eine gewisse Enttäuschung, weil sie so erleichtert aussieht, aber ich darf nicht vergessen, dass wir einfach noch nicht so weit sind.

Ihr Blick sagt »Uff«, und wieder werde ich von einem Anfall von Nervosität heimgesucht. Ich weiß, es ist zu früh für einen Heiratsantrag, aber angesichts ihrer Reaktion frage ich mich, ob mein Plan für diese Schatzsuche vielleicht doch ein bisschen zu weit geht.

»Einen Moment lang war ich fast in Panik.« Sie lächelt.

Ich lege den Arm um sie und küsse ihr weiches, nach Äpfeln

duftendes Haar. »Es war ein Ablenkungsmanöver. Ich wollte dich einfach ein bisschen von der richtigen Fährte abbringen.«

»O mein Gott!« Sie boxt mich scherzhaft auf den Arm.

»Wie wäre es, wenn du nach den anderen Hinweisen suchst? Dieses X findet sich nicht von allein.«

Alice ist ins Wohnzimmer zurückgekehrt und ihrer Spürnase gefolgt bis zu dem Laptop, den ich aufgestellt habe. Sie drückt bei der Playlist, die ich »Unser alphabetischer Soundtrack« genannt habe, auf Play. Die Sonne geht gerade unter und scheint in einem strahlenden Orange durchs Fenster. Der letzte Hinweis schaut unter meinem Laptop hervor, aber Alice hat ihn noch nicht geöffnet. Musik erfüllt den Raum. Alice blickt mich an, ihre grünen Augen funkeln. »Wollen wir tanzen?«

Sie nimmt meine Hand, und ich ziehe sie an mich. So swingen wir durchs Zimmer zu den Songs, die mich an bestimmte Augenblicke unserer Beziehung erinnern. Die Melodien aus den Achtzigern, als ich auf der Discoparty den Blick nicht von Alice lösen konnte, aber gleichzeitig das Gefühl hatte, ihr nicht genügen zu können, und schließlich früh gegangen bin. Das Duett, das wir an dem Karaoke-Abend sangen, als ich anfing zu verstehen, dass alles gar nicht so schwarz-weiß war, wie ich gedacht hatte. Die Songs, die ich mit allergrößter Sorgfalt für unseren ersten Ausflug mit Gerty zusammengestellt habe, weil ich Alice unbedingt zeigen wollte, wie cool ich war, obwohl ich ironischerweise den Verdacht habe, dass ihr der *Point Romance* lesende, Comics zeichnende Geek, der ich in Wirklichkeit bin, ohnehin lieber ist.

Nach unserem Weinprobe-Date hatte ich das Gefühl, dass das allzu vertraute Gefühle der Unsicherheit zurückkommt. Nicht, dass es tatsächlich jemals weg gewesen wäre, ich kann inzwischen nur besser damit umgehen. Immerhin habe ich

Alice, seit wir uns das erste Mal trafen, alles Mögliche zugemutet. Warum war sie überhaupt so lange bei mir geblieben? Bestimmt wäre es doch nur eine Frage der Zeit, bis sie einfach gehen würde. Jetzt blicke ich zu ihr hinab – ihr Gesicht leuchtet vor Freude –, und mir wird klar, dass etwas verschwunden ist. Die Angst, sie könnte merken, was für ein Dummkopf ich bin, und aufgeben. Die Sorge, sie könnte sich an ihre Liebe-gibt-es-nicht-Regel erinnern und mich verlassen. Das kann natürlich immer noch passieren. Wer weiß schon, was als Nächstes kommt. Aber mit Alice' Hilfe habe ich zu schätzen gelernt, was mir das Leben jetzt und hier bietet. Und jetzt und hier versucht die wundervollste und allerschönste Frau der Welt, mich dazu zu bringen, dass ich es mit *Body Popping* versuche.

Nach mehreren nicht wirklich erfolgreichen Versuchen prustet sie vor Lachen.

»Ich habe ja den letzten Hinweis vergessen!« Sie blickt zum Laptop.

»Ah, ja. Was dagegen, hier fünf Minuten zu warten, bis ich ihn perfektioniert habe? Nicht gucken! Nicht schummeln.«

»*Hinweis Nummer acht: Mit dir und deinem XXXXXXXXXX ist das Leben spritzig.* Ein Wort mit zehn Buchstaben? Mein Gott, Zach. Ist es etwas Obszönes?« Ich bin wieder im Wohnzimmer, und Alice versucht es mit verschiedenen Begriffen, von denen sie die Buchstaben an den Fingern abzählt. »Hmm. Mir fällt nichts ein, was mit Brüsten oder Hintern in Verbindung steht.« Sie lehnt sich auf dem Sofa zurück, der Laptop spielt gerade die Erkennungsmelodie von *Sweet Valley High.*

»Blumen? Sind es irgendwelche Blumen? Aber inwiefern machen die das Leben spritzig? Ich meine, ich bin gut in meinem Job und so weiter.«

»Willst du noch einen Hinweis?«

»Wäre das nicht geschummelt?«

»Geschummelt? Meinst du so wie damals, als du mich bei unserem Jogging-Date zwischen die Rippen geboxt hast, um mich überholen zu können?«

Alice gluckst. »Also gut.«

»Sieh dir das letzte Wort des Hinweises an.«

»Spritzig. Was ist spritzig? Limonade?«

»Zu wenig Buchstaben.« Ich schüttle den Kopf und lache. »Eigentlich ist es dein ›Temperament‹, aber wo solltest du das suchen?«

»Spritzig. Spritzig. Du bist witzig. Ist es vielleicht Sprudel? Oder Brause? Moment mal. Hat es etwas mit Alkohol zu tun?«

Ich schnippe mit den Fingern. »Ganz nah dran! Nicht schlecht. Und wo findet man das?«

Aber sie ist schon hinausgestürmt.

Alice keucht, als sie die Küche betritt, jetzt erleuchtet von den Kerzen, die ich überall aufgestellt habe. Ich habe die letzten fünf Minuten damit verbracht, Polaroidfotos von uns hier drin aufzuhängen und einen X-förmigen Ballon an einer Champagnerflasche zu befestigen, die auf dem Küchentisch steht. Zwei der Champagnerschalen von Alice' Mum stehen ebenfalls da.

Alice blickt mich neugierig an.

»Ich habe das X gefunden.« Sie deutet auf den Ballon. Auf einmal klingt sie ein ganz klein wenig befangen.

»Glückwunsch«, sage ich. Das Herz schlägt mir bis zum Hals, und die Nervosität gewinnt die Oberhand.

»Ist das der englische Schaumwein, von dem ich bei unserem Weinproben-Date das meiste getrunken habe?«

»Du hast gesagt, er schmeckt dir.«

»Stimmt.« Sie springt hinüber zu dem Ballon, und ich wappne mich innerlich. Ihr Blick ist auf mich gerichtet, als sie den

Schlüssel entdeckt, den ich an die Unterseite des Ballons geheftet habe.

»Was ist das?«

»Es ist ein Schlüssel zu, äh, zu meinem Haus. Ich wollte …«

»O Zach. Das ist so lieb«, fällt mir Alice ins Wort. »Jetzt kann ich also jederzeit vorbeikommen und muss nicht einmal klingeln.«

Nein! Darum geht es nicht.

»Also, eigentlich …«

Aber Alice ist nicht mehr zu bremsen. »Ich könnte dir auch einen für hier machen lassen, wenn du möchtest. Ich müsste das zuerst mit Natalie besprechen, aber ich bin sicher, sie hätte nichts dagegen.«

Verdammt. Ich dachte, es wäre klar, aber sie hat es missverstanden. Hastig greife ich nach dem Umschlag, den ich unter die Weinflasche gelegt hatte, und lasse ihn in meine Hosentasche gleiten, als Alice gerade nicht hinsieht. Sie scheint so glücklich zu sein, weil sie jetzt einen Schlüssel für sich allein hat, dass ich es nicht über mich bringe, ihr die Frage zu stellen, die ich eigentlich stellen wollte.

Alice wendet sich wieder mir zu und küsst mich überschwänglich auf den Mund, bevor sie sich wieder löst. Sie strahlt über das ganze Gesicht. »Das ist ein großer Schritt für uns beide.«

Dann hält sie inne. »Tut mir leid, wenn ich die Stimmung verderbe, aber könntest du uns einschenken, während ich schnell zur Toilette gehe? Das viele Herumrennen! Bin in zwei Minuten wieder da.«

Alice springt die Treppe hinauf, und ich stehe verloren in der Küche. Der Umschlag, den ich mir schnell in die Tasche gestopft habe, beult meine Hose aus. Ich ziehe ihn heraus, den letzten Hinweis dieser Schnitzeljagd. Den einzigen, den sie niemals zu sehen bekommen wird.

Eine von Hand geschriebene Botschaft steckt darin und eine sonnengelbe Schlüsselkette, in die ich die Buchstaben A-Z eingeritzt habe.

Alice, möchtest du mein Haus zu einem Zuhause machen und bei mir einziehen?

Jetzt ist es zu spät, ihr zu erklären, worum es bei dieser Schnitzeljagd wirklich ging. Alice betrachtet es als großen Schritt, dass sie über einen Schlüssel zu meinem Haus verfügt, also kann ich sie jetzt unmöglich fragen, ob sie bei mir einziehen will. Ich zerre an der Kartonverpackung der Champagnerflasche, niedergeschlagen, weil mein Plan nicht aufgegangen ist. Vielleicht habe ich mich geirrt. Vielleicht leben Alice und ich doch in zwei verschiedenen Welten. Wieder einmal habe ich das Gefühl, mich eine Million Meilen pro Stunde vorwärts zu bewegen, während Alice zufrieden in ihrer Zeitzone vor sich hin dümpelt.

»Alles in Ordnung?«, fragt sie, als sie wieder hereinkommt und sieht, wie ich mich lustlos an der Flasche zu schaffen mache. »Lass mich das machen.«

Sie nimmt sie mir aus der Hand, lässt den Korken knallen und lacht verzückt, als der perlende Wein sich über ihre Finger ergießt.

»Ich kann nicht glauben, dass du mir einen Schlüssel anvertraut hast.« Sie strahlt. »Auf uns?«

Ich sehe, wie ihre Augen aufleuchten, als sie mir die Champagnerschale hinhält. Es ist nicht das, worauf ich gehofft hatte, anzustoßen, aber ich hebe trotzdem mein Glas.

»Auf uns«, stimme ich zu.

Yoga

Alice

Für unser heutiges Date habe ich mich für eine gebatikte Pluderhose und ein braunes T-Shirt mit dem Aufdruck »Namaste« entschieden. Nicht so ganz mein Stil, ich gebe es zu, aber ich dachte mir, es könnte Spaß machen, es einmal mit richtigem Yoga zu probieren, anstatt nur zu Hause zu sitzen und mit Natalie auf der Yoga-Matte Kuchen zu essen. Außerdem liebt Zach Sport, und er macht schon die ganze Woche den Eindruck, als wäre er nicht ganz bei der Sache. Vielleicht entspannt ihn das ja.

Er steht schon vor dem Studio, als ich ankomme, und ich merke, dass er mein Ensemble sehr interessiert betrachtet.

»Hey.« Ich strahle ihn an und strecke mich, um ihn zu küssen.

Er lächelt zu mir herab, aber etwas fehlt. Seine Begeisterung. Ich war total gerührt über die Schatzsuche, die er für mich bei unserem letzten Date organisiert hat, aber seitdem wirkt er ein bisschen matt, und ich kann mir nicht erklären, weshalb.

»Ich schätze, wir machen heute Yoga?«

»Hundert Punkte! Dass ich mich mit dir in einem Yoga-Studio verabredet habe, war nicht etwa ein Hinweis? Vielleicht sollte ich nächstes Mal eine Schnitzeljagd für dich arrangieren.«

»Kess wie immer«, sagt er lächelnd.

»Komm, lass uns reingehen und uns dehnen. Ich weiß, du bist gestresst vom Renovieren, zusätzlich zu allem anderen.

Deshalb habe ich mir überlegt, Yoga könnte eine prima Möglichkeit sein, die Anspannung zu lösen.«

Unser Yoga-Lehrer nennt sich Ocean, ein drahtiger Mann mit roten Haaren und einem Yorkshire-Akzent, woraus ich schließe, dass Ocean vielleicht nicht sein richtiger Name ist. Aber er steht eindeutig auf Wasser. Das Geräusch einer Meeresbrandung kommt aus dem Soundsystem des Studios, und Ocean trägt ein Paar abgeschnittene, lose fallende Shorts, die mit Seesternen und Muscheln bedruckt sind. Sonst nichts. Als der Raum voll besetzt ist, rollt er seine Matte vor uns aus und schaltet die Meeresgeräusche aus.

»Heyyyyy«, sagt er mit weicher, sonorer Stimme und bedeutet uns, dass wir uns setzen sollen. »Willkommen. Wir werden heute ohne Musik trainieren, damit wir uns ganz auf unseren Körper konzentrieren können.«

O nein. Bitte lass mich nicht furzen. Ich habe bis jetzt erst zwei Kurse in diesem Studio belegt, und, um es kurz zu machen, ich habe dabei eine wichtige Lektion darüber gelernt, dass man niemals an einer Yoga-Gruppe teilnehmen sollte, nachdem man ein Cannellini-Bohnen-Wrap zum Frühstück gegessen hat. Wenigstens gab es damals Hintergrundgeräusche, sodass ich mich vorwurfsvoll umblicken konnte, in der Hoffnung, dass niemand mich als Verursacherin ausmachen würde.

»Bei unserem heutigen Flow geht es um unseren Oberkörper. Schön von einer Bewegung in die nächste übergehen. Ohne Zwang, ohne Krafteinsatz, wir lassen es einfach fliiieeeßen.«

Zach wirft mir einen Blick zu.

Ich beiße mir auf die Lippen.

Wir beginnen mit gekreuzten Beinen, Handflächen auf die Herzgegend, und ich gebe mir alle Mühe, auf Ocean zu hören, als er darüber spricht, dass wir unseren Kopf frei machen sollen. Meiner ist total frei, denke ich. Absolut leer. Habe ich heute Morgen die Milch aufgebraucht? Ich sollte auf dem Heimweg welche besorgen. Nein, konzentrier dich auf den Flow. Habe ich gestern Abend den Laden abgeschlossen?

»Hat jemand Schwierigkeiten damit, dass die Gedanken nicht aufhören?«, fragt Ocean, und da merke ich, dass er direkt neben meiner Matte steht.

Fröhlich schüttle ich den Kopf.

»Und jetzt zur Atmung.« Er holt tief durch die Nase Luft und atmet mit einem extrem lauten AHHHH-Geräusch durch den Mund aus.

»Einatmen«, fordert er, und das Geräusch von ungefähr fünfzehn einatmenden Personen erfüllt den Raum.

»Ausatmen. AHHH.«

Wir versuchen alle ein kleines Ahh.

»Lauter«, verlangt Ocean.

»AHHHH.«

»LAUTER.« Diesmal brüllt Ocean fast und verliert für einen Moment seine Plätscherstimme. Ich öffne rasch ein Auge. Nachdem ich eingeatmet habe, sehe ich, dass Zach seinen Mund weit öffnet. Ich mache es genauso und versuche, dabei nicht zu kichern.

»ARRRRRRGGGHHHHHH.« Wir schreien fast beim Ausatmen und lachen in uns hinein.

Die Brücke ist nicht wirklich Zachs Ding. Ich höre förmlich, wie seine Knochen knirschen, als er versucht, sich hochzudrücken, dann einen Moment lang hin und her schwankt und schließlich wieder auf dem Rücken landet.

»Ganz schön würdelos«, flüstert er mir zu.

Ich finde es großartig, dass er es versucht.

Ocean kommt rüber zu Zach und geht in die Hocke, bis sein Hintern fast den Boden berührt. So gelenkig, staune ich. »Sieht aus, als hätten wir hier einen Yoga-Neuling«, stellt er fest. »Was für Sport machst du sonst?«

»Ich laufe und ich klettere viel«, erwidert Zach.

»Oje, oje. Totaaal verspannt«, sagt Ocean und streicht mit der Hand über Zachs breite Schultern. »Lass uns ein paar einfachere Dehnungen für dich ausprobieren, wir wollen versuchen, diese Muskeln ein bisschen zu lockern.«

Ab jetzt werden die übrigen Kursteilnehmer praktisch ignoriert, Ocean beschäftigt sich nur mit meinem Freund. Zach wirkt ein wenig geschmeichelt und sehr verlegen, als Ocean ihn mit nach vorne nimmt und ihre beiden Matten aneinanderlegt, um uns zu demonstrieren, wie man einen geraden Rücken bekommt.

»Basisübungen sind superwichtig, auch für geübte Yogis«, sagt er, beugt Zachs Oberkörper und lässt die Hand an seiner Wirbelsäule entlanggleiten. Ich bemühe mich, nicht hörbar zu schnauben. Am Ende des Kurses bekommt Zach eine Broschüre in die Hand gedrückt und wird aufgefordert, ab jetzt jede Woche teilzunehmen. Seine Wangen sind entzückend gerötet, als es ihm endlich gelingt, sich vom Om-Singsang mit Ocean zu lösen. Als wir draußen auf der Straße sind, brechen wir beide in Gelächter aus.

»Nun ja, wenigstens weiß ich jetzt, was für Optionen ich habe, falls es mit dir den Bach runtergeht«, sagt er.

Ich boxe ihn in die Seite.

»Hey! Ich denke nicht, dass es den Bach runtergehen wird, vielen Dank auch. Und falls doch, verlässt du mich gefälligst nicht wegen eines Yoga-Lehrers, der sich Ocean nennt. Abgemacht?«

»Wie wär's mit: Ich verlasse dich auf keinen Fall, Punkt?«

Mein Herz pocht schneller, als ich seine ausgestreckte Hand ergreife und wir das mit einem Händedruck besiegeln.

Danach gehen wir los, um in der Stadt im *Tamper* zu frühstücken. Als wir die Speisekarte studieren, kommt mir der Gedanke, wie viele Menschen sich wohl zu Zach hingezogen fühlen, so wie Ocean gerade oder so wie ich. Er ist wie das prasselnde Feuer an einem eiskalten Winterabend, an das man immer näher heranrücken möchte. Und doch scheint er selbst sich dessen nicht bewusst zu sein.

»Was kann ich euch bringen?«, fragt die Bedienung.

In einer idealen Welt würde ich nach einer Yoga-Stunde einen Smoothie konsumieren oder vielleicht einen Avocado-Toast, aber, machen wir uns nichts vor, das wäre einfach nicht ich. Ich entscheide mich für die hier erhältliche Version eines kompletten englischen Frühstücks und Zach für ein Salt Beef Benedict.

»Hört sich gut an.« Ich lächle ihm zu, als die Speisekarten wieder vom Tisch sind. »Und wie fandest du den Kurs?«

Zach streckt die Arme hinter den Kopf. »Morgen werde ich es spüren.«

»Ich auch. Meine Waden werden höllisch brennen, so oft wie wir den *Herabschauenden Hund* gemacht haben.«

Zach nickt, schält sein Besteck aus der Serviette und blickt sich in dem belebten Café um. Es ist jetzt schon voll besetzt mit Leuten, die sich zu einem gemütlichen Wochenendbrunch treffen oder vor einer Shopping-Tour in der Stadt Energie tanken. Und mit Zach und mir … die sich anscheinend nicht viel zu sagen haben.

Unsere Kaffees werden gebracht, und ich beginne ein übertrieben fröhliches Gespräch mit der Bedienung, bis sie an einen anderen Tisch gerufen wird.

Ich sehe Zach an. Unsere Blicke treffen sich kurz, und er wendet sich ab.

»Was ist los?«, frage ich.

»Nichts. Bei dir?«

»Nichts! Du bist schon den ganzen Tag so still …«

»Ich schätze, ich bin ziemlich in Gedanken.« Er hebt die Schultern.

»Du weißt, du kannst mit mir über alles reden. Gibt es etwas, was ich für dich tun kann?«

Zach seufzt und blickt auf einen Punkt in der Ferne.

»Bin *ich* das Problem?«, frage ich.

»Nein, Alice, du bist überhaupt nicht das Problem.«

Er wird unterbrochen, als unser Essen serviert wird. Mein Frühstück ist so umfangreich, dass es kaum auf den Tisch passt, und ich sterbe vor Hunger, aber ich bringe es nicht über mich, mit dem Essen anzufangen. Zach ist definitiv nicht bei der Sache, und ich fange an, mir Sorgen zu machen.

»Was ist es dann?«, frage ich, als Zach langsam an seinem Kaffee nippt.

»Diese Schatzsuche letzte Woche … Sie hat nicht so geendet, wie ich es geplant hatte.« Er greift zum Besteck und spießt ein poschiertes Ei auf. Eigelb tropft herab und bildet um den getoasteten Muffin herum eine Pfütze.

»Du meinst, du hattest etwas anderes vor?« Ich zerbreche mir den Kopf, was es gewesen sein könnte.

»Also – ja. Der Schlüssel sollte nicht einfach nur eine Einladung an dich sein, jederzeit zu mir zu kommen. Natürlich wäre es mir sehr recht, wenn du das tätest. Aber er hätte mehr als das sein sollen.«

»Inwiefern?«

»Ich wollte dich bitten, bei mir einzuziehen, Alice.«

Mir stockt der Atem. Die Teller mit Speisen, die ich kurz zuvor noch so gern vertilgt hätte, sind jetzt das Letzte, woran ich denke.

»Du willst, dass ich bei dir einziehe?«

»Ja, aber dann hast du gesagt, was für ein großer Schritt das ist, einen Schlüssel zu meinem Haus zu besitzen, da wusste ich nicht weiter. Ich wusste nicht, was ich tun sollte. Also habe ich den letzten Umschlag versteckt und so getan, als wäre nichts.«

»Ich komme mir ganz schön blöd vor. Ich dachte einfach, der Schlüssel wäre dafür gedacht, dass ich, na ja, einfacher in dein Haus komme.« Verlegen reibe ich mir die Stirn. Wie dumm von mir, so falsche Schlüsse zu ziehen. Dabei war zwischen uns gerade alles so gut gelaufen. »Ich hatte keine Ahnung, dass das dein Plan war.«

Zach fährt sich mit der Hand durch seine dunkle, wilde Mähne und blickt mich unbehaglich an.

»Ich glaube, das ist das Problem«, sagt er. »Wollen wir jemals dasselbe?«

Ich lehne mich auf meinem Stuhl zurück, plötzlich fühle ich mich erschöpft.

»Ich will dich«, sage ich.

»Aber ist das genug?«

»Ich werde niemals Fünf-Jahres-Pläne aufstellen, Zach. Ich habe einfach nicht die Art von Lebensplanung, die viele andere Menschen haben. Ich kann dir nicht sagen, wo wir in der Zukunft stehen werden, und es tut mir weh, dich zu verletzen. Aber ich kann im Moment einfach nichts versprechen. Ich liebe dich. Mehr müssen wir doch eigentlich nicht wissen.«

Zach bricht den Blickkontakt ab und starrt hinab auf seinen Teller. Ich tue es ihm nach.

»Ich sollte jetzt los«, sagt er.

»Aber wir haben noch gar nicht zu Ende gefrühstückt.« Ich sehe, wie niedergeschlagen er aussieht, und könnte heulen.

»Iss einfach für mich mit«, schlägt er mit gezwungener Fröhlichkeit vor, dann steht er auf und geht.

Zucchini

Zach

Nur noch eine Bücherkiste, und dann müssen ein paar Bilder an der frisch gestrichenen Wand aufgehängt werden. Es hat lange gedauert, aber inzwischen fühle ich mich fast in meinem Haus zu Hause. Eigentlich sollte ich begeistert sein, nachdem die Renovierung endlich beendet ist. Ich bin auch begeistert, irgendwie. Ich bin stolz darauf, wie es jetzt aussieht, genauso wie auf die viele harte Arbeit, die ich hineingesteckt habe. Aber es fehlt einfach ein Alice-förmiges Puzzleteil. Ich bin so wütend auf mich selbst, weil ich das Wohnungs-Thema gestern nach dem Yoga-Kurs angeschnitten habe. Sie hätte nichts davon erfahren müssen, und trotzdem habe ich es ihr gesagt. Wie oft muss ich mich noch daran erinnern, dass Alice so etwas lieber langsam angehen lässt? Wie oft werde ich noch ins Fettnäpfchen treten? Ich war so genervt von mir, dass ich einfach gehen musste.

Der Vormittag vergeht schnell mit all den Kleinigkeiten, die ich vor mir hergeschoben habe. Spülmaschine ausräumen. Eine Ladung Wäsche in die Maschine geben. Malerkreppband von den Sockelleisten im Wohnzimmer entfernen. Schließlich reiße ich den Bücherkarton auf, und ich will gerade die Bücher in meinen Bücherschrank räumen, da klingelt es an der Tür. Ich gehe los, um zu öffnen, und frage mich, ob der Toaster, den ich online bestellt habe, etwa so früh geliefert wird. Ich bin ziemlich hungrig, etwas Toast mit Butter wäre nicht schlecht.

Eine frische, herbstliche Brise weht durch die Haustür herein, und ich schlinge die Arme um mich, als ich nach draußen schaue. Aber da ist niemand. Alles, was ich auf der Türschwelle finde, ist eine vertraut aussehende Pflanze. Ich knie nieder, um sie genauer zu betrachten.

»Saskia?«, sage ich laut, dann blicke ich die Straße hinab. Was werden die Nachbarn denken, wenn sie mich mit einer Pflanze reden sehen? Sie sieht aus wie Alice' Lieblingspflanze, aber das kann nicht sein.

Oder doch?

Dann taucht Alice in meinem Blickfeld auf. Sie hat sich eine Mütze über ihr langes, gewelltes Haar gestülpt, und die flauschige Quaste obendrauf wackelt, als sie an die Tür kommt.

»Hattest du dich versteckt?«, frage ich vorsichtig.

»Vielleicht«, erwidert sie. »Nach deinem plötzlichen Abgang gestern war ich mir nicht sicher, ob du mich überhaupt wiedersehen willst.«

»Ich werde dich immer wiedersehen wollen.«

»Das ist gut. Ich habe mir nämlich überlegt, dass ich dir ein Einweihungsgeschenk bringen könnte, jetzt, da du mit der Arbeit am Haus fertig bist.« Sie deutet auf die Pflanze, neben der sie nun steht.

»Das ist wirklich nett von dir. Hast du Saskia geklont?«

»Das *ist* Saskia!«

»Was wirst du tun ohne sie?«

Alice reibt sich die Hände, um sie zu wärmen, bevor sie meinem Blick begegnet. Das spontane Gefühl der Verbundenheit, das ich in ihrer Nähe schon immer empfunden habe, ist sofort wieder da, wie ein Schalter, den man umgelegt hat.

»Nun, wo immer Saskia hingeht, gehe ich auch hin. Also frag mich noch mal, Zach.«

Sie zappelt vor der Haustür herum, versucht, nicht zu frieren, aber ein warmes Lächeln erhellt ihr Gesicht.

Sie noch mal fragen? Sie meint doch wohl nicht …?

Einen Versuch ist es wert.

Ich sehe ihr in die Augen, meine Nerven liegen blank. »Alice, willst du bei mir einziehen?«

Sie lacht. »JA. Ich würde nichts lieber tun als das, Zach.«

In der nächsten Sekunde halte ich sie in meinen Armen, atme ihren Duft ein und fühle mich, als müsste ich platzen vor Glück. Sie hat Ja gesagt.

»Du hast doch wohl nicht geglaubt, ich würde dir Saskia schenken, oder? Uns gibt es nur im Doppelpack«, sagt Alice, und ihre Quaste kitzelt mich am Kinn. Sie blickt zu mir hoch. Sie nimmt die Mütze ab, stopft sie in ihre Tasche und wendet sich wieder mir zu. Und dann küssen wir uns hier vor der Tür zu meinem Haus, das sich jetzt wirklich so anfühlt, wie ich es mir erhofft habe: wie ein Zuhause.

Alice streicht mit den Fingern über jede Oberfläche, bleibt ab und zu stehen und macht eine Bemerkung darüber, wie anders alles aussieht im Vergleich zum letzten Mal, als sie hier war. Es erinnert mich an unser zweites Date im Buchladen, als ich zusah, wie sie in den Büchern blätterte, die wir begutachteten. Die gleiche Art von Neugierde, Interesse, Lebensfreude. Alles, was ich so an ihr liebe.

»Das ist also *unser* offener Kamin, was?« Mit großen Augen bleibt sie im Wohnzimmer stehen.

Ich nicke zur Bestätigung, immer noch total aufgeregt über die Neuigkeit, dass diese unglaubliche Frau bei mir einziehen wird. Sie geht zur Küche.

»Und das ist *unser* Kühlschrank?«

»Richtig«, sage ich lachend.

Sie öffnet ihn und wirft mir einen Blick zu. »Natürlich werde ich dafür zuständig sein müssen, dass er gefüllt wird.«

»Du kannst zuständig sein, wofür du willst.«

»Das ist gut, denn ich werde auf keinen Fall in einem Haus leben, wo es nur Getränke und außer Parmesankäse und einer Fertigpizza nichts Essbares gibt.«

Ich hebe die Hände. »Zu meiner Verteidigung, ich wusste nicht, dass du heute kommen würdest. Hätte ich es gewusst, wäre der Kühlschrank voll bis oben hin mit deinen Lieblingssachen.«

»Du bist meine Lieblingssache.« Alice lächelt, schließt die Kühlschranktür und kommt in die Mitte der Küche. »Das Haus ist wirklich toll geworden, Zach.«

»Möchtest du eine richtige Führung? Das Badezimmer ist fertig und mein … *unser* Schlafzimmer ist frisch gestrichen.«

»Ja, ich möchte eine richtige Führung. Hast du eine Dienstmütze?«

»Ich fürchte, nein, Ma'am«, sage ich und ziehe eine imaginäre Mütze.

»Hier«, sagt sie, zieht mir ihre Pudelmütze über den Kopf und muss lachen, weil sie kaum passt. Bevor ich Zeit habe, mich zu wehren, greift sie zum Handy, öffnet die Kamera und befiehlt mir, zu lächeln. Sie krümmt sich vor Lachen, als sie das Foto betrachtet.

»Ich bin nicht sicher, dass Pudelmützen mein Ding sind«, protestiere ich.

»Du siehst aus wie ein Schlumpf.«

»Genau.«

»Ein wirklich süßer Schlumpf.« Sie schlingt die Arme um mich. Ich schlinge meine um sie. Und dann stehen wir einen Moment lang so da, unsere Blicke treffen sich, ein Versprechen liegt in der Luft.

»Alice, ich würde dir jetzt wirklich sehr gern unser Schlafzimmer vorführen.«

»Ist das ein Euphemismus?«

»Und ob. Aber ich muss darauf bestehen, vorher diese Mütze abzunehmen.«

Sie grinst mich an und geht auf die Zehenspitzen, um sie abzuziehen. »Na gut, aber ich muss dir sagen, dass ich die Absicht habe, dieses Foto ausdrucken und auf einem Magnet anbringen zu lassen und dann an den Kühlschrank zu heften. Als Andenken an den Tag, an dem wir beschlossen haben, zusammenzuleben, und du ausgesehen hast wie ein Schlumpf.« Den letzten Teil spricht sie in theatralischem Flüsterton aus. Ich greife nach ihren Händen und halte sie hinter meinem Rücken fest.

»Etwas sagt mir, dass der Kühlschrank nicht alles sein wird, wofür du zuständig sein wirst, wenn wir zusammenwohnen«, sage ich, wohl wissend, dass Alice jedem einzelnen Aspekt unseres Zuhauses Leben einhauchen wird, wenn sie einzieht.

»Wie wäre es also jetzt mit der Führung?«

»Das … ist … die … Treppe …« Ich unterstreiche jedes Wort mit einem Kuss, als ich sie hinauf zu unserem Schlafzimmer führe und die Tür öffne. »Das … ist … die … neue … Tür, die ich auf einem Schrottplatz gefunden habe. Ich habe sie selbst …«

»Zach.« Sie fällt mir ins Wort und zieht ihren Pulli aus. »Ich denke nicht, dass das jetzt der richtige Moment ist, über die Renovierung zu reden.«

Sie zieht sich weiter aus und geht dabei rückwärts ins Zimmer hinein, bis sie völlig nackt am Fußende des Betts steht.

»Hast recht«, sage ich und folge ihr.

Schätzungsweise neunzig Prozent des Tages verbringen wir im Bett und unterbrechen das nur für kurze Ausflüge in die Küche, um Getränke zu holen. Mir ist sehr heiß, ich bin sehr glücklich und total durch den Wind, als Alice fertig ist mit mir.

Sie liegt auf dem Bauch und zeichnet Kreise auf meine Brust, da fangen unsere Mägen unisono an zu knurren.

»Sollen wir uns etwas bestellen?«, schlage ich vor.

»Du liest meine Gedanken.« Sie grinst, während sie durch *Deliveroo* scrollt. »Ich habe inzwischen einen Riesenkohldampf.«

Eine Stunde später versuche ich auszusehen wie einer dieser Typen, die mit Essstäbchen umgehen können. Wir vertiefen uns in eine Sushiplatte, spießen Maki-Röllchen auf und dippen sie in Sojasoße.

»Also, ich denke, wir sollten das gut planen«, sagt Alice und sieht dabei aus, als wäre sie erstaunt über sich selbst, weil sie das Wort »wir« und »planen« in einem Satz verwendet. »Jetzt, da wir zusammenwohnen und so weiter.«

»Klingt vernünftig.«

»Ich habe darüber nachgedacht. Natürlich ist da noch mein Haus, um das ich mich kümmern muss, und ich will sicher sein, dass Nat auch wirklich mit allem einverstanden ist, also muss ich mit ihr darüber reden. Aber ich dachte mir, vielleicht kann ich mit meiner Vermieterin sprechen, damit sie den Mietvertrag auf Natalies Namen überschreibt. Dann hätte Nat überhaupt keine Unannehmlichkeiten. Davon hatte sie genug, seit Schluss war mit Jake.«

Ich nicke. »Gute Idee. Solange Nat einverstanden ist, glaube ich nicht, dass es ein Problem damit geben wird, den Mietvertrag auf sie zu überschreiben.«

»Und dann muss ich praktisch nur noch packen.«

»Gerty und ich stehen dir für den Umzug zur Verfügung.«

»Das Haus war möbliert, also müssen keine schweren Sachen transportiert werden.«

»Und Saskia ist ja schon hier …«

»Genau! Ich muss nur Kartons und so weiter besorgen, und

dann – ich schätze, ich könnte in einer Woche mit dem Packen fertig sein …«

Ich greife nach ihrer Hand und halte sie fest. »Wann auch immer du bereit bist.«

Am nächsten Morgen wache ich vor Alice auf und beobachte, wie sie sich unter der Bettdecke reckt und streckt. In *unserem* Schlafzimmer. Es fühlt sich immer noch nicht ganz real an, ich meine, ich kann nicht so recht glauben, dass diese wunderschöne, wundervolle Frau bei mir einzieht.

»Guten Morgen, Zach«, murmelt sie. »Guten Morgen, Saskia.«

Die Hauspflanze hat jetzt ihren Wohnsitz in einer Ecke meines Schlafzimmers, das zumindest habe ich am Tag zuvor zustande gebracht, abgesehen von jeder Menge Sex, Sushi-Essen und davon, Pläne für die nähere Zukunft zu schmieden. Es war ein perfekter Tag.

»Ich habe mir etwas überlegt«, sage ich und gebe Alice einen Gutenmorgenkuss. »Wir sollten dieses bedeutungsvolle Ereignis würdigen. Wie wäre es, wenn wir etwas unternehmen, um deinen offiziellen Einzug nächstes Wochenende zu feiern? Wir könnten das mit unserem nächsten alphabetischen Date verbinden.«

»Hört sich wirklich gut an. Ich muss jetzt los und mit Natalie reden«, sagt sie und geht zögernd Richtung Dusche. Ich greife nach ihrer Hand und ziehe sie wieder in meine Arme.

»Kann das noch ein wenig warten?«

Ein paar Tage später – wir schleppen gerade weitere Kartons in mein Haus – mache ich eine kurze Pause und sehe Alice an. Es ist Freitagabend, und wir müssen mindestens noch eine Autoladung herüberbringen, bevor sie morgen offiziell einziehen kann.

»Ich will nicht unhöflich sein, aber ich habe nicht damit gerechnet, dass du so viele Sachen hast. Wir müssen uns womöglich ein größeres Haus suchen, damit all deine Kleider hineinpassen. Allerdings bin ich beeindruckt, wie schnell du das alles eingepackt hast.«

»Ich kann sehr effizient sein, wenn ich will«, sagt sie. »Und reg dich ab, ich besitze nicht mehr als andere Leute auch.«

»Sag das mal, nachdem du Kartons mit Dingen wie ›Erinnerungen‹, ›Sommersandalen‹ und ›Schals, alle Arten‹ zwei Stockwerke hinaufgetragen hast. Wie kann man überhaupt einen ganzen Karton mit allen Arten von Schals füllen?«

»Man kann nie zu viele davon haben. Du bereust doch nicht, mich gefragt zu haben, ob ich einziehe, oder?«

»Niemals. Bereust du, Ja gesagt zu haben?«

»Nö. Allerdings war es ein bisschen anmaßend von dir, A-Z auf die Schlüsselkette gravieren zu lassen, als wir doch erst beim X angelangt waren …«

»Ach ja? Ich hatte mich entschieden, es mit dir zu probieren.«

»*Du* probierst es mit *mir*? Also bitte. Es ist eindeutig andersherum.« Alice knufft mich zwischen die Rippen.

»Ich habe eine Frau, die auch als die Ausreißerin bekannt ist, gefragt, ob sie bei mir einziehen …«

»Woher kennst du den Spitznamen?« Sie wirkt verlegen.

»Dylan hat ihn erwähnt, schon vor einer Weile.«

»Gott, was ist er für ein Idiot. Aber es stimmt, sie haben mich früher so genannt. Ich war vorher noch nie in einer Beziehung, in der ich bleiben wollte.«

Ich räuspere mich. »Ich bin nicht sicher, ob ich mich für das, was vor ein paar Wochen nach dem Yoga-Kurs passiert ist, richtig entschuldigt habe.«

»Als du nach dem Frühstück davongerannt bist?«

»Ich hatte mir zu viele Gedanken über das Schlüssel-Missverständnis gemacht und habe mich davon beunruhigen lassen, aber als du letztes Wochenende hier vor meiner Haustür aufgetaucht bist, das hat mich ein für alle Mal beruhigt.«

»Merkwürdig. Vor deiner Haustür aufzutauchen, hat bei mir dieselbe Wirkung gehabt«, erwidert sie. »Es hat sich so richtig angefühlt. Ich schlage vor, wir einigen uns darauf, das Ausreißen nicht zur Gewohnheit werden zu lassen.« Alice schlingt die Arme um mich.

»Ich bin ganz und gar einverstanden.«

Sie zieht einen Fotorahmen aus ihrer Tasche, sorgfältig verpackt in Seidenpapier. Das Bild habe ich schon unzählige Male bei ihr zu Hause neben ihrem Bett gesehen. Es ist ein Foto von Alice als kleines Mädchen mit ihrer Mum und ihrem Dad. Sie sitzen hoch oben auf einer Klippe, die Haare vom Wind zerzaust, die Wangen gerötet. Ihre Mum hält eine Blumenkrone in der Hand, von der Alice mir erzählt hat, dass sie diese an jenem stürmischen Familienausflugstag in Cornwall für ihre Mum geflochten hatte. Die drei kauern eng zusammen auf einem Felsen und blinzeln in die Sonne, Lachfalten im Gesicht. »Hättest du etwas dagegen, wenn ich das in deinem … *unserem* Schlafzimmer aufhänge?«

»Natürlich nicht. Geht es dir gut?«

»Ich vermisse einfach Mum.« Sie hebt die Schultern. »Ich gerate immer in diese Stimmung, wenn etwas Wichtiges passiert. Zum Beispiel als ich die Schlüssel zu meinem Blumengeschäft in Empfang genommen habe. Ich werde mir immer wünschen, solche großen, wunderbaren Augenblicke mit meiner Mum teilen zu können, deshalb werden das immer irgendwie auch traurige Augenblicke sein.«

Ich nehme sie in die Arme und küsse sie sacht auf die Stirn.

»Glaubst du, sie würde es gutheißen, dass wir zusammenziehen?«, frage ich nach einer Weile.

Alice dreht sich um und blickt mir in die Augen, ein Lächeln spielt um ihre Lippen. »Ob sie es gutheißen würde? Sie wäre außer sich, Zach. Sie würde wahrscheinlich Kuchen für uns backen und uns Einrichtungstipps geben. Mum hat immer gesagt, das Wichtigste ist die Liebe.«

Am nächsten Morgen bin ich früher wach als sonst, und Adrenalin schießt mir durch die Adern, kaum dass ich die Augen öffne. Heute ist der Tag. Das ist das letzte Mal, dass ich in diesem Haus allein aufwache. Das letzte Mal, dass ich mich zur Seite rolle und eine leere Betthälfte sehe. Das letzte Mal, dass ich als Erster unter die Dusche gehe, zweifellos. Ich zähle die Minuten, bis ich zu Alice rüberfahren kann, und genieße den Gedanken, dass dies die letzte Fahrt dieser Art ist, bevor sie einzieht.

Ich parke vor ihrem Haus. Alice reißt die Tür auf und springt zu mir herüber.

»Heute ist der Tag! Kommst du herein auf einen Kaffee?« Sie redet sogar noch schneller als sonst.

Drinnen reicht Natalie mir mit theatralisch düsterem Blick einen Karton mit in Blasenfolie verpackten Blumenvasen. Dann dreht sie sich zu Alice um. »Du wirst natürlich zurückkommen und mit mir Zeit verbringen. Sagen wir, siebenmal pro Woche?«

»Klar. Also, sagen wir, einmal?«, sagt Alice.

»Ah, verstehe. Du hast mich am Sommeranfang dazu angespornt, selbstständiger zu werden, und jetzt, nachdem du den Mut hattest, total über die Stränge zu schlagen und dir einen Freund anzuschaffen, lässt du mich einfach sitzen? Das ist alles deine Schuld, Zach.«

Ich stelle den Karton ab und halte die Hände hoch.

»Lass ihn aus dem Spiel.« Alice lacht. »Und als ob du sitzen gelassen würdest. Du triffst jetzt endlich eigene Entscheidungen.«

»Du hast recht.« Nat grinst. »Die Jungs haben mir die Sicht getrübt, und es tut mir so gut, auf eigenen Füßen zu stehen. Und du? Der Liebe keine Chance zu geben, das hat dir die Sicht getrübt. Ihr zwei seid einfach ein süßes Paar. Ihr verdient es, total glücklich zu sein.«

»Das Komische ist, ich dachte, das wäre ich. Aber Zach hat mein Leben auf eine ganz andere Ebene gebracht. Ich bin jetzt bereit dafür«, sagt Alice und nimmt meine Hand. »Zum Teil liegt das an dir, Zach, und zum großen Teil liegt es auch daran, dass ich erwachsener geworden bin, aus eigenem Antrieb. Ich will mutig sein und etwas Neues zulassen. Ich dachte, Romantik wäre das Letzte, was ich brauche, aber jetzt, da ich Zach habe, brauche ich sie wie die Luft zum Atmen.«

Könnte ich bloß in Flaschen füllen, was Alice gerade gesagt hat!

Natalie tut, als müsste sie sich übergeben. »Liebe Güte, ihr zwei, ich bin immer noch hier, okay? Wie wäre es, wenn ihr wartet, bis ihr zu Hause seid, bevor ihr euren Schmalz abladet?«

»Sollen wir? Nach Hause fahren?«, fragt mich Alice.

»Nur zu gern.«

Wir parken vor meinem Haus, und ich springe aus dem Wagen, damit ich für Alice die Beifahrertür öffnen kann.

»So galant.« Sie lacht.

»Du weißt, was jetzt kommt?«

»Sag bloß, du bestehst darauf, mich über die Schwelle zu tragen?«

»Ganz genau.«

»O verdammt, nein. Die Neunziger sind vorbei, Zach.«

»Das ist mir klar.« Ich grinse. »Aber du weißt, wie ich auf Romcoms stehe, und das ist die perfekte Gelegenheit für einen romantischen Moment …«

Sie bedeckt ihr Gesicht mit den Händen. »Na schön.«

Ich hebe Alice hoch, schließe die Autotür mit einem Fußtritt und trage sie zum Haus. Sie kann derweil nicht aufhören zu kichern.

»Man kann uns sehen«, schnauft sie.

Wie sich herausstellt, ist es gar nicht so leicht, die Frau deiner Träume in dein neues Haus zu tragen, wenn selbiges verschlossen ist und du deinen Schlüssel nicht findest. Ich muss Alice absetzen, zurück zu Gerty hasten, den Schlüssel suchen und dann wieder zurückrennen.

Dieses Mal hüpft sie auf meine Arme, und wir prusten beide vor Lachen, als ich sie nach drinnen trage.

»Willkommen zu Hause«, sage ich und bemerke erst dann die Blumen. Sie sind überall.

»Ich habe ein paar meiner Lieblinge ausgesucht.« Alice strahlt mich an und beobachtet meine Reaktion. »Ich habe Eve meinen Hausschlüssel gegeben. Sie hat sich hereingeschlichen, während wir fertig gepackt haben. Ich dachte, es wäre schön, wenn vor unserem Date heute Abend alles total einladend aussieht.«

»Wirklich eine tolle Idee von dir.« Ich küsse sie. »Ich habe für dich auch ein kleines Geschenk.«

Ich führe sie zum Wohnzimmer und gebe ihr ein in Leder gebundenes Skizzenbuch. Sie schlägt es auf. Auf jeder Seite ist eine Bleistiftzeichnung, die ich jeweils nach einem unserer A-Z-Dates angefertigt habe. Alice streicht mit den Fingern über die Efeuranken auf Seite eins und lacht bei dem Gedanken an unsere erste Begegnung, als ich mich wunderte, weshalb eine Besucherin meiner ersten Ausstellung die meiste Zeit des Abends damit verbrachte, die Pflanzen neben den Toiletten zu fotografieren. Dann die süßen Stückchen, die wir bei unserem zweiten Date aßen, auf Seite zwei. Eine Skizze ihres hell auflachenden Gesichts während der Comedy-Show, die wir besucht haben.

»Zach, hast du etwa nach jedem einzelnen Date eine Zeichnung gemacht?«, fragt sie leise.

»Ich habe mir ziemlich früh überlegt, dass ich ein Andenken haben möchte an jeden Tag, den ich mit dir verbracht habe. Es ist für mich so eine Art Tagebuch geworden. Nach jedem Date habe ich mich hingesetzt und meine liebste Erinnerung skizziert. Dadurch ist der Geist unserer Dates für mich noch länger lebendig geblieben. Als hätte ich ein Stück von dir die ganze Zeit bei mir.«

»Ich bin sprachlos.«

Langsam blättert sie sich durch die Skizzen. Da ist der Sonnenaufgang während unseres Spaziergangs mit Hund, die Glitzerkugel aus der Achtziger-Disco, das Picknick beim Filmfestival und Alice im Liegestuhl in ihrem Schrebergarten. Sie hält inne bei dem Happy-Hour-Date. Da wollte ich eigentlich ein gefülltes Cocktailglas skizzieren, das dann aber ziemlich abstrakt geriet, nachdem ich so wütend auf mich selbst war, weil ich alles vermasselt hatte. Sie verweilt etwas länger bei der Zeichnung, die uns beide an der höchsten Stelle im Park zeigt, im Hintergrund der Supervollmond.

»Eines meiner Lieblings-Dates«, sage ich.

»Du hast das gesamte Date sehr gut wiedergegeben«, sagt sie und lächelt.

Sie lacht, als sie zu dem Bild kommt, auf dem sie nach unserem ach so köstlichen Austern-Date im Bett liegt. »Ich bin sehr froh, dass du keine andere Szene von diesem Abend gewählt hast.« Dann kommen der Felsen, auf den wir geklettert sind, der Panda und der Kolibri, die wir zu unseren Totemtieren erklärt hatten, damals in Avignon …

Alice' Stimme wird brüchig. »Die sind wunderschön. Jede einzelne. Aber die für Z fehlt noch.«

»Das liegt daran, dass unser Z-Date noch nicht stattgefunden hat. Heute Abend ist es so weit«, verkünde ich. Ich bin gerührt, dass ihr die Skizzen so gefallen.

»Okay.« Sie klappt das Buch zu und legt es vorsichtig auf den Couchtisch. »Du hast absolut recht. Allerdings frage ich mich, was wir wohl tun werden? Etwas mit Z? Es sei denn, du stiehlst dich aus der Verantwortung und nennst es einfach Zach-Date.«

»Das hatte ich keineswegs vor. Warum überlässt du das nicht für eine Weile mir und machst es dir solange gemütlich? Das Date beginnt um sieben.«

Ich habe *nonna* im Lauf der Jahre unzählige Male zugesehen, wenn sie dieses Gericht gekocht hat. Als Raff und ich noch Kinder waren, haben wir uns immer darum gestritten, wer den Parmesan reiben und den Wermut abmessen darf. Dann saßen wir draußen auf der Terrasse, wo es nach einem weiteren Sommertag in Italien immer noch warm war, und wenn wir Glück hatten, schenkte *nonna* uns ein wenig Wein zum Essen ein. Ich muss lächeln, als ich jetzt die Zucchini in Scheiben schneide. Ein Berg frisch geraspelter Parmesan befindet sich in einer Schüssel neben mir. Ich kann es nicht erwarten, dieses Mahl mit Alice zu teilen.

Um Punkt sieben erscheint sie wieder in der Küche, sie trägt das blaue Seidenkleid, das sie an ihrem Geburtstag in Avignon anhatte. Sie sieht sehr schön aus. Wie ein mitternächtlicher Sternenhimmel.

»Das sind ganz schön viele Zucchini für zwei Personen«, stellt sie fest.

»Und sie fangen mit Z an …«

»Aha, unser Z-Date! Zachs berühmte Zucchini-Pasta? Das Gericht, das es an Ellies und Raffs Hochzeitstag gab?«

Ich nicke. Wie schön, dass sie sich daran erinnert.

»Also, ich fühle mich geehrt. Und ganz schön hungrig. Wann gibt es Essen?«

»In ungefähr einer halben Stunde.« Ich bin wahnsinnig froh, dass ich für meine Freundin dieses besondere Gericht zubereiten kann, hier in unserem Zuhause.

»Perfekt. Dann habe ich noch Zeit, meine Halloween-Dekoration anzubringen. Erinnerst du dich an die Kürbissamen, die du in meinem Schrebergarten ausgesät hast? Da ist tatsächlich etwas daraus geworden.«

»Kein Grund, so überrascht zu sein!«

Alice nimmt einen ernsteren Ausdruck an. »Ich habe sie Anfang der Woche geerntet. Sieh nur.« Sie hält einen Beutel mit Kürbissen in allen Farben und Formen hoch. »Ich werde ein paar davon anmalen und sie um den Kamin herum verteilen.« Sie schüttet die Kürbisse auf dem Küchentisch aus und macht sich an die Arbeit, während ich das Abendessen vorbereite und schneide, hacke, dämpfe. Von Zeit zu Zeit bringe ich Alice eine Gabel voll zum Probieren. Sie kostet genießerisch und fragt mich dabei, was ich von ihrer Farbenwahl halte.

Gemeinsam decken wir den Tisch und legen eine nachtblaue Tischdecke auf, die Alice vollendet mit ihren frisch bemalten Kürbissen dekoriert.

»Dinner ist fertig«, rufe ich, bringe eine riesige Schüssel mit Zucchini-Pasta herein und gebe etwas davon auf unsere Teller. Alice verteilt Parmesan darauf und macht schon begeistert »Mh«.

»Ein Toast.« Ich stehe auf und lasse den Korken einer Champagnerflasche knallen. »Alice, du bist am Anfang des Sommers in mein Leben hereingetanzt, und seitdem stehe ich in Flammen. Seitdem brennt das Feuer und hört nicht auf. Niemals ist mir eine Frau begegnet, die so dickköpfig, so kämpferisch und so absolut wundervoll ist. Du hast keine Gelegenheit ausgelassen, mich herauszufordern, selbst bei der Auswahl von süßen Teilchen.«

Alice lacht.

»Du bist so voller Leben, es macht so viel Spaß, mit dir zusammen zu sein, und ich bin dankbar für jeden Tag, den du mit mir riskiert hast. Du hättest dich nicht mit meinen Unsicherheitsproblemen herumschlagen müssen, aber du hast es getan, und schau nur, wohin uns das gebracht hat. Dir ist es zu verdanken, dass mein Haus erfüllt ist von Liebe. Danke für die letzten sechsundzwanzig Dates. Prost auf viele, die noch folgen.«

Alice steht auf, sie wirkt fast ein wenig befangen nach diesem Gefühlsschwall.

»Ich weiß, es wird immer noch Hindernisse geben, die wir gemeinsam überwinden müssen«, sagt sie. »Aber ich weiß auch, dass wir gemeinsam entscheiden werden, als Paar. Ich bin glücklicher, als ich jemals war. Es hat sich wie ein gewaltiges Risiko angefühlt, mich auf die Liebe einzulassen, und ich glaube nicht, dass ich nie mehr Angst davor haben werde, dass mir das Herz gebrochen wird. Aber ich fühle mich jetzt so viel stärker, und dafür wollte ich dir danken, Zach. Ich dachte, Liebe ist das Letzte, was ich brauche. Ich habe mich geirrt. Du bist der Anfang vom Rest meines Lebens. Ich bin das A zu deinem Z. Wir sind wie zwei Puzzleteile, und ich kann es kaum erwarten, zu sehen, was die Zukunft für uns bereithält. Prost auf ein Alphabet der Liebe.«

»A bis Z«, sage ich und stoße mit ihr an. Ich schlinge den Arm um ihre Taille, und wir nehmen uns Zeit für einen langen Kuss, bevor wir uns hinsetzen und uns über die Zucchini-Pasta hermachen.

»Das ist so lecker«, sagt Alice. »Und ich habe ganz schön lange darauf gewartet.«

»War es das Warten wert?«

»Sagen wir, das ist bei Weitem unser bestes Date. Aber Zach, jetzt, da wir mit dem Alphabet durch sind, wie soll es weitergehen?«

Ich blicke tief in ihre meergrünen Augen.

»Ganz genauso«, sage ich. »Die Buchstaben sind vielleicht aufgebraucht, aber meine Liebe niemals.«

ENDE

Danksagung

Zuerst möchte ich Katie Seaman in der Zentrale danken für ihre fantastische Unterstützung, ganz zu schweigen von ihrem unvergleichlichen redaktionellen Urteilsvermögen, als es darum ging, diesen Roman zu schreiben. Es war eine Freude, mit dir zusammenzuarbeiten. Gemeinsam haben wir ein Buch kreiert, auf das ich superstolz bin.

Danke an alle bei Harper Collins dafür, dass ihr mich bei euch aufgenommen habt, und an meine hervorragende Agentin Amanda Preston sowie an das gesamte Team bei LBA für eure ununterbrochene Unterstützung.

An meinen Mann, der unsere Zwillinge auf zahlreiche Abenteuer entführt hat, während ich Abgabetermine einhalten musste, an meine Eltern, die für mich der Fels in der Brandung waren, und an meine besten Freunde und Freundinnen, die alle ganz wunderbare Menschen sind. Danke.

Danke an die Buch-Blogger, die ihre Liebe zu Büchern mit der Welt teilen, und an die Autoren, die auch in diesen schwierigen Zeiten nicht aufhören, fabelhafte Geschichten zu schreiben. Was für tolle Champs ihr seid.

Und schließlich auch an EUCH, weil ihr dieses Buch sogar bis zu der Dankesorgie lest, die im Kapitel Danksagungen stattfindet … Das ist Lesertreue! Ich hoffe wirklich, dass euch dieses Buch ein Lächeln entlockt hat … Und ich liebe es, zu chatten, also kommt und sagt Hallo. Ihr findet mich bei Instagram, Twitter und Facebook @byhannahdoyle.

H x